Val McDermid

Clean Break

Roman

Aus dem Englischen von
Brigitta Merschmann

W0296485

Fischer Taschenbuch Verlag

Neuausgabe
Veröffentlicht im Fischer Taschenbuch Verlag GmbH,
Frankfurt am Main, September 2000

Die Originalausgabe erschien unter dem Titel ›Clean Break‹
im Verlag Harper Collins Publishers, London
© Val McDermid 1995
Für die deutschsprachige Ausgabe:
© Fischer Taschenbuch Verlag GmbH, Frankfurt am Main 1997
Gesamtherstellung: Clausen & Bosse, Leck
Printed in Germany
ISBN 3-596-15007-8

3. Auflage: April 2001

Allen Chelsea-Fans, in tiefstem Mitgefühl;
ihr könnt, weiß Gott, Aufmunterung gebrauchen.

Dank

allen aus der alten Clique, die mir wieder erlaubt haben,
ihr Wissen anzuzapfen, damit dieses Buch
so gut und genau wie möglich wird –
Coop, Onkel Lee, BB, Paula, Jai, Bruder Brian,
Lisanna, Jane und Julia.
Um Hilfe geschnorrt habe ich außerdem bei
Frankie Hegarty, Fairy Baillie und Diana Muir.
Sollten sich dennoch Fehler eingeschlichen haben,
ist dies allein meine Schuld.
Mein innigstes Mitgefühl jedem, der wiedererkennt,
wo wir unsere Ferien verbracht haben.

1. Kapitel

Ich verstehe nicht viel von Kunst, aber zumindest weiß ich, was mir nicht gefällt. Gemälde, die auf Wanderschaft gehen, nachdem ich die Sicherheitsanlage installiert habe, mag ich nicht. Vor allem dann nicht, wenn ich gerade meinen Partner für zwei Monate zu den Antipoden geschickt habe, mit der seelenruhigen Versicherung, daß ich während seiner Abwesenheit schon klarkomme.

Besagtes Gemälde war ein kleiner Monet. Wenn ich klein sage, meine ich die Maße, nicht den Wert. Es würde kaum das Loch bedecken, das mein Liebster Richard im Zustand volltrunkener Ekstase in die Wand seines Wohnzimmers geschlagen hat, als Eric Cantona den Doppelsieg von Manchester United besiegelte. Dafür war es gut zehnmal soviel wert wie unsere beiden aneinandergebauten Bungalows zusammengelegt. Was übrigens nie geschehen wird. Das Gemälde stellte einen blühenden Apfelbaum dar, viel mehr nicht. Man merkte gleich, daß es ein Apfelbaum war, weil es – so Shelley, unsere Büromanagerin – in einem recht frühen Stadium von Monets Laufbahn entstanden war, bevor sein Sehvermögen allmählich dahinschwand und die ganze Welt für ihn wie ein impressionistisches Gemälde auszusehen begann. Man stelle sich vor – eine ganze Kunstrichtung aus den schlechten Augen eines einzigen Typs hervorgegangen. Erstaunlich, was man an der Fernuniversität so alles lernt. Shelley studiert seit letztem Jahr, und was sie über Kunstgeschichte nicht weiß, werde ich mit Sicherheit niemals ergründen. In *Wie werde ich Privatschnüffler* für Autodidakten lernt man so was nicht.

Besagter Monet mit dem sehr einfallsreichen Namen *Blühender Apfelbaum* gehörte Henry Naismith, dem Herrn über das Schloß Birchfield with Polver. Henry für seine Freunde und – John Majors klassenloser Gesellschaft sei Dank – auch für kleine Geschäftsleute wie mich. Henry kannte eben keine Allüren, was mitnichten hieß, daß er seine Gedanken und Gefühle nicht hinter charmantem Geplauder zu verbergen wußte. Daher merkte ich schnell, daß etwas im Busch war, als ich eines schönen Morgens im September den Hörer abnahm und seine gepflegte Stimme hörte. »Kate? Henry Naismith«, begann er. Ich lehnte mich zurück und stellte mich auf das gewohnt muntere Einleitungsgeplänkel über seine neuesten Heldentaten ein. Fehlanzeige. »Könnten Sie herkommen?« fragte er.

Ich schnellte hoch. Das klang verdächtig nach dem Auftakt zu einem Montag, an dem ich mir noch wünschen würde, im Bett geblieben zu sein. »An welche Zeit hatten Sie gedacht, Henry?«

»So schnell wie möglich. Wir... hatten in der Nacht Einbrecher hier, und jemand von der Polizei kommt vorbei, um noch ein paar Einzelheiten zu klären. Er wird sicherlich Fragen zur Sicherheitsanlage stellen, die ich allein nicht beantworten kann, deshalb wäre ich Ihnen sehr dankbar, wenn Sie gleich losfahren könnten.« Er stieß den ganzen Wortschwall fast ohne Luft zu holen und mir die Gelegenheit zu Zwischenfragen zu geben hervor.

Ich brauchte nicht erst im Terminkalender nachzusehen, um zu wissen, daß ich kein dringendes Alternativprogramm hatte. Nur Routinenachforschungen zum Verbleib eines Firmenpräsidenten, dessen Verwaltungsräte ihm unbedingt ein paar Fragen zum Zustand der Bilanzen stellen wollten. »Kein Problem«, sagte ich. »Was vermissen Sie?« Ich hoffte inständig, daß es der Fernseher und der Videorecorder waren.

Schön wär's. Am anderen Ende der Leitung herrschte Stille. Ich glaubte zu hören, wie Henry tief Luft holte. »Den Monet«, sagte er dann kurz und bündig.

In meinem Magen fing es an zu brodeln. Birchfield Place war die erste Sicherheitsanlage, die ich mir allein ausgedacht und deren Installierung ich überwacht hatte. Eigentlich ist mein Partner Bill Mortensen der Sicherheitsexperte, und er hatte meine Arbeit auch begutachtet, dennoch fiel es auf mich zurück. »Ich komme sofort«, sagte ich.

Wie ferngesteuert fuhr ich durch die Vororte zur Autobahn. Selbst die unvermeidlichen, allgegenwärtigen Straßenarbeiten registrierte ich nur am Rande. In Gedanken rekapitulierte ich den bisherigen Verlauf der geschäftlichen Beziehungen zwischen Mortensen & Brannigan und Henry Naismith. Als ich im Bürokalender auf seinen ersten Termin stieß, dachte ich, Shelley hätte sich einen

Scherz mit mir erlaubt, zumal ich erst am Tag zuvor eine meiner regelmäßig wiederkehrenden antimonarchistischen Schimpftiraden vom Stapel gelassen hatte; ausgelöst von der Behauptung des Thronerben, die Nation müsse zwei Traditionen wiederbeleben: ihren Shakespeare lesen und ihre Kinder verprügeln. Dann, als ich begriff, daß der Termin echt war, stellte ich mir einen Knaben mit fliehendem Kinn und der Sorte angeborenen Schwachsinns vor, den man nur beim Hochadel und der Einwohnerschaft abgelegener Bergdörfer antrifft. Ich lag völlig daneben.

Henry Naismith war Ende Zwanzig, gebaut wie ein australischer Rettungsschwimmer mit den dazugehörigen blonden Haaren und kräftigem Kinn, das einem Boxer als lohnende Zielscheibe dienen könnte. Dem *Who's Who* zufolge hatte er zwei Hobbys, Segeln und Meeresregatten, was ich mir auch selber hätte denken können, schon als ich ihm das erste Mal begegnete. Er hatte den Blick eines Seglers, schaute stets an dir vorbei zu einem fernen, nur für ihn sichtbaren Horizont. Abgesehen von den weißen Fältchen rings um seine tiefblauen Augen, war sein Gesicht von Wind und Sonne zu einem frischen Braun poliert. Seine Bildung hatte er im Marlborough und im New College, Oxford, erhalten. Obgleich ich in Oxford aufgewachsen war, glaubte ich nicht, daß seine Stadt der träumenden Türme und meine der Autofabriken sich so weit deckten, daß wir uns in gemeinsamen Erinnerungen ergehen konnten. Hinzu kam die gleiche vornehme Aussprache wie bei Prinz Charles, aber trotzdem, trotz allem, mochte ich ihn. Ich mag jeden, der den Hintern hochkriegt und zupacken kann. Und Henry konnte zupacken, da gab's kein Vertun. Jeder, der dir sagt, eine Meeresregatta sei der reine Spaß, kann einen Anker nicht von Schanker unterscheiden.

Unsere Zeitungsdatenbank hatte die groben Umrisse des Bildes ausgefüllt: Henry hatte vor zwei Jahren seinen Titel, ein schwarzweißes Tudorschloß in Cheshire, eine Handvoll wertvoller Gemälde sowie eine eher bescheidene Barschaft geerbt, als seine Eltern in einem schicken alpinen Ferienort einer Lawine zum Opfer fielen. Henry machte damals gerade einen Segeltörn in der Karibik. Das Leben ist ein Miststück, und dann heiratest du auch noch eins. Das hatte Henry allerdings nicht. Geheiratet, meine ich. Er stand in den Klatschspalten immer noch auf der Liste der begehrtesten Junggesellen. Vielleicht reichte es nicht ganz für die Top twenty, wegen der fehlenden Knete; aber dank seines guten Aussehens und seiner geschickten Handhabung der Segelstange lag er nach wie vor im Rennen.

Henry hatte sich wegen erwähnter dramatischer Ebbe in seiner Kasse an uns gewandt. Da sein Vater nicht vorausgesehen hatte, daß er mit siebenundvierzig sterben würde, hatte er keine Vorkehrungen getroffen, wie beim Landadel sonst üblich, um zu verhindern, daß das Schatzamt das Scherflein der Witwen und Waisen dezimiert. Nachdem er alles addiert und subtrahiert hatte, stellte Henry fest, daß er nur dann Haus und Kunstsammlung behalten und trotzdem die Hälfte des Jahres am Ruder seiner Hochseejacht stehen konnte, wenn er in den sauren Apfel biß und Birchfield Place Tagesausflüglern zugänglich machte.

Im Zirkus der Tagestouren zu alten Schlössern ist die sogenannte britische Öffentlichkeit für ihre langen Finger berühmt-berüchtigt. Wenn man die Busladungen kleiner alter Damen sieht, die an Feiertagen herangekarrt werden, sollte man es nicht meinen, aber sie nehmen alles mit, was nicht niet- und nagelfest ist, und sogar auch einiges, was niet- und nagelfest ist. Das macht die Versicherungen bei Vertragsabschlüssen noch nervöser als sonst, und als Ergebnis wirft das Geschäft rund um die Sicherheit einen hübschen kleinen Batzen Geld für Privatagenturen wie die unsere ab. In letzter Zeit stellten Sicherheitsanlagen ein Viertel unseres jährlichen Umsatzes, und daher hatten Bill und ich beschlossen, daß ich mich auch in diesen Teil des Geschäfts einarbeiten sollte.

Es ist unmöglich, irgendein Gebäude zu einer völlig uneinnehmbaren Festung zu machen, es sei denn, du mauerst Türen und Fenster zu, und dann kommst du in Schwierigkeiten, wenn du anständiges Licht für deine Petitpoint-Stickerei brauchst. Du kannst bestenfalls signalisieren, daß du alles nur menschenmögliche getan hast, um dein Haus einbruchssicher zu machen, und hoffen, daß der eventuelle Einbrecher entmutigt weiterzieht, um sich das nächste Schloß die Straße weiter runter vorzuknöpfen. Um zu garantieren, daß ich alles richtig machte, hatte ich nicht nur Bills Know-how angezapft, ich hatte auch meinen alten Freund Dennis konsultiert, selbst Einbrecher im Halbruhestand. »Weißt du, was das einzig sichere Abschreckungsmittel ist, Brannigan?« hatte Dennis gefragt.

»Wärmesensorische thermonukleare Raketen?« riet ich.

»Ein Hund. Du holst dir einen großen Schäferhund, läßt ihn frei rumlaufen, und schon will dein professioneller Dieb nichts mehr von dir wissen. Als ich noch in der Branche war, gab es keine Alarmanlage der Welt, an der ich mich nicht versucht hätte. Aber Hunde? Vergiß es.«

Leider sind die Klienten nicht besonders scharf darauf, Rottweiler auf ihren unschätzbaren Orientteppichen patrouillieren zu lassen. Sie machen sich zu große Sorgen, hinterher Hundehaare – oder noch Schlimmeres – auf dem Hepplewhite zu finden. Daher hatte sich Birchfield Place, wie die meisten Schlösser, auf eine allermodernste Mischung aus verdrahteten Detektoren an Türen und Fenstern, Passiv-Infrarotmeldern an allen zentralen Punkten und Drucksensoren vor allen wichtigen Gegenständen verlassen. Bei der Masse von Sicherheitsfallen, die ich aufgestellt hatte, konnte ich mir beim besten Willen nicht vorstellen, wie jemand unentdeckt durch meine Anlage hatte schlüpfen können, ohne so viele Alarmglocken auszulösen, daß Quasimodo vollends den Verstand verloren hätte.

Ich fuhr von der Autobahn ab und drang in das Herz des Cheshire-Grüngürtels der Börsenmakler, Serienstars und Fußballspieler vor. Wie gewöhnlich fuhr ich fast an der Lücke in der großen Hecke vorbei, die das Ende der Zufahrt von Birchfield Place markierte. Der Besuchereingang befand sich auf der Rückseite, aber ich hatte nicht die Absicht, auf einem Feld in einem Kilometer Entfernung zum Haus zu parken. Gerade noch rechtzeitig riß ich das Lenkrad herum und bog auf eine schmale Straße ein, die sich zwischen Feldern mit beschaulich weidenden Schafen hindurchschlängelte. Die Schafe schenkten mir keinen Blick, sie fraßen seelenruhig weiter, als ich an ihnen vorbeifuhr. Auf dem Land bin ich stets ein wenig nervös; ich weiß nicht, wie alles heißt, und entwickle im Nu Phobien, weil ich keine Ahnung habe, wo ich meine nächste Mahlzeit herkriegen soll. Da ist mir jede urbane Landschaft, die kein vernünftiges Schaf auf die Idee kommen läßt, sich dort heil und sicher verköstigen zu können, allemal lieber. Das Feld wich einem dichten Wäldchen aus verschiedenen Baumarten, und die Bäume sahen aus, als weilten sie schon länger auf diesem Planeten als meine Granny Brannigan. Dann, urplötzlich, beschrieb die Zufahrt eine scharfe Rechtskurve, ich schoß unter den Bäumen hervor, und die Front von Birchfield Place lag unmittelbar vor mir.

Von einem Naismith in ferner Vergangenheit erbaut, der seinem Monarchen irgendeinen unbekannten Dienst erwiesen hatte, sah das Haus aus, als gehöre es auf eine Postkarte oder ein Puzzle. Die Zeit hatte seine schwarzen Balken und weißen Felder stark verwittern lassen, und keine Bausparkasse, die auf sich hielt, hätte eine Hypothek auf das Gebäude gewährt. Mir kam es immer irgendwie unwirklich vor.

Ich hielt neben einem anonymen Ford mit einem Funkgerät; vermutlich gehörte er der Polizei. In der Ferne schrie ein Pfau, was meiner Fassung abträglicher war als jedes nächtliche Sirenengeheul. Ich wußte nur deshalb, daß es ein Pfau war, weil Henry es mir beim ersten Mal, als der Vogel mir Todesangst einjagte, gesagt hatte. Noch ehe ich die Hand nach dem antiken Klingelzug ausstrecken konnte, sprang die Tür auf, und Henry lächelte mich entschuldigend an. »Das finde ich wirklich sehr nett von Ihnen, Kate«, sagte er.

»Gehört alles zum Service«, beteuerte ich. »Die Polizei ist schon da?«

»Ein Inspector Mellor vom Kunstraubdezernat«, sagte Henry, während er über den Innenhof zum Großen Saal voranging, in dem – ein Stilbruch – die Impressionisten hingen. »Er hat nicht viel gesagt.«

Wir durchquerten die Vorhalle. Ihre massive Eichentür sah aus, als hätte sie einige Schläge mit einem schweren Vorschlaghammer abbekommen. An der Tür zum Großen Saal hielt ich Henry zurück. »Was ist denn genau passiert?«

Henry rieb sich das Kinn. »Der Alarm hat mich geweckt. Kurz vor drei, nach meiner Uhr. Ich habe gleich die Meldezentrale überprüft. Sie signalisierte Vorhalle, Tür zum Großen Saal, Großer Saal und Drucksensoren. Ich rief schnell die Polizei an, um Bescheid zu sagen, daß es kein Fehlalarm war, und lief nach unten. Als ich in den Saal kam, war niemand mehr zu sehen, und der Monet war verschwunden. Sie müssen in knapp fünf Minuten drin und wieder draußen gewesen sein.« Er seufzte. »Anscheinend wußten sie genau, was sie wollten.«

»Der Piepser der Beleuchtungsanlage im Hof hat Sie also nicht geweckt?« fragte ich verblüfft.

Henry machte ein verlegenes Gesicht. »Ich hatte den Piepser ausgeschaltet. Wir hatten Füchse hier, und ich war es leid, Nacht für

Nacht aus dem Schlaf zu schrecken.« Ich sagte nichts. Ich hoffte, daß meine Miene für sich sprach. »Ich weiß, ich weiß«, sagte Henry. »Inspector Mellor ist wohl auch nicht sonderlich begeistert. Sollen wir?«

Ich folgte ihm in den Saal, einen für seine Epoche überraschend hellen Raum. Zwei Stockwerke hoch, mit weißgetünchter, gewölbter Decke und einer Galerie wie geschaffen für Minnesänger Blondel unplugged. Die Wand zum Innenhof war einen halben Meter hoch über dem Fußboden holzgetäfelt, dann kamen Hunderte winziger Bleiglasfenster bis zu einer Höhe von etwa zwei Meter fünfzig. Die Täfelung der Außenwand war etwa einen Meter zwanzig hoch, bevor weitere Fenster folgten. Den Fensterputzer konnte man nur bedauern. Am anderen Ende des Raums befand sich ein erhöhtes Podest, von dem aus Henrys einstige Vorfahren das Szepter über den Plebs geschwungen und über die Ungeheuerlichkeit der Fenstersteuer gewettert hatten. Rings um dieses Podest hingen die Gemälde. Ein hochgewachsener, dünner Mann stand mit gerecktem Hals wie ein Kranich vor der Stelle, an der der Monet gehangen hatte. Als wir hineinkamen, wandte er sich uns zu und fixierte mich mit trübem Blick.

Henry stellte uns vor, während Inspector Mellor und ich einander musterten. Mit seiner hohen Stirn über der Raubvogelnase und seinem kleinen herzförmigen Mund hatte er mehr von einem Patrizier als Henry. Auf seine Bitte hin beschrieb ich ihm die Sicherheitsanlage. Er hörte zu, nickte unverbindlich, dann sagte er: »Viel mehr hätten Sie nicht tun können, außer Videoüberwachung.«

»Die Arbeit von Profis, oder?« fragte ich.

»Zweifellos. Sie haben ihr Ziel ausgewählt, das Haus gründlich inspiziert, dann sind sie blitzschnell rein und wieder raus. Keine kriminaltechnisch verwertbaren Spuren, sagen meine Kollegen, die nach dem Vorfall hier waren.« Mellor sah deprimiert aus, und mir ging's ähnlich.

»Kennen Sie die Handschrift der Täter?« fragte ich.

Mellor zuckte die Achseln. »Ich habe schon ähnliche Arbeit gesehen, aber es ist uns noch in keinem der Fälle gelungen, eine Verhaftung zu erreichen.«

Henry schloß die Augen und seufzte. »Besteht irgendeine Aussicht, daß ich meinen Monet zurückbekomme?« fragte er müde.

»Wenn ich ehrlich sein soll, Sir, keine sehr große. Diebe dieses Schlages nehmen nur mit, wofür sie bereits einen Käufer haben«, erklärte Mellor. »Früher oder später werden wir Glück haben und sie erwischen. Vielleicht ja sogar dieses Mal. Ich würde übrigens gern noch zwei von meinen Leuten vorbeischicken, wenn Ihr Personal kommt. Die Diebe werden sich mehr als einmal im Haus umgesehen haben. Durchaus möglich, daß einer Ihrer Aufseher einen Wiederholungsbesucher bemerkt hat.«

»Das Personal kommt um halb zehn am Donnerstag«, sagte Henry. »Montags, dienstags und mittwochs ist das Haus für Besucher geschlossen, ausgenommen an Feiertagen.«

Mellor wandte sich ab und studierte eine Zeitlang den Boudin, den Renoir und die beiden Pissarros, die noch vor kurzem den Monet umrahmt hatten. »Ich persönlich«, sagte er leise, »hätte den Boudin ausgewählt.«

Ich nicht. Der Monet hätte viel besser zu meinem Farbspektrum gepaßt. Aber vielleicht war Inspector Mellors Wohnzimmer ja eher in Blautönen gehalten als in Grün, Creme und Pfirsich. Während Henry ihn hinausbegleitete, strich ich durch den Saal und überlegte, was ich als nächstes unternehmen sollte. Mellors Plan, das Personal vernehmen zu lassen, hatte mich der einzigen Idee beraubt, die mir bezüglich weiterer Ermittlungen gekommen war. Ich sank auf den Stuhl des Aufsehers an der Tür und starrte quer durch den Saal auf die Drähte in der alten Täfelung, die bis gestern den Monet mit der Alarmanlage und der Wand verbunden hatten. Meine Inspiration streikte; aber wenn das in diesem Land sonst schon keiner mehr tut...

Als Henry zurückkam, setzte ich mich aufrecht hin und sagte munter: »Tja, Henry, Mellor klang nicht sehr optimistisch, daß die Hüter von Recht and Ordnung viel ausrichten können. Sieht so aus, als bliebe es mir überlassen, Ihnen den Monet wiederzubeschaffen.«

Henry zupfte mit sichtlichem Unbehagen an seinem Ohrläppchen. »Hat das denn Sinn, Kate?« fragte er. »Ich meine, wenn die Spezialisten schon nicht wissen, wo sie ansetzen sollen, wie können Sie da auf Erfolg hoffen?«

»Manche Leute neigen dazu, mir Dinge zu erzählen, die sie der Polizei nicht unbedingt anvertrauen würden. Einschließlich Versicherungen. Außerdem verfüge ich über unorthodoxe Methoden der Informationsbeschaffung. Ich bin überzeugt, daß ich Hinweise finden kann, auf die die Polizei nie im Leben stoßen würde.« Das war die reine Wahrheit. Nun ja, bis auf den letzten Satz.

Er blieb skeptisch. »Ich weiß nicht, Kate. Das waren knallharte Profis. So wie die Tür zur Vorhalle aussieht, haben sie nicht die geringsten Skrupel, Gewalt anzuwenden. Ich weiß nicht recht, ob ich glücklich darüber sein soll, daß Sie sich auf ihre Fährte setzen.«

»Henry, ich mag ja nur eins siebenundfünfzig groß sein, aber ich kann sehr gut auf mich selbst aufpassen«, erwiderte ich und versuchte nicht an das letzte Mal zu denken, als ich den Männern in meinem Leben diesen blöden Spruch aufgetischt hatte. Die Narbe an meinem Kopf reagierte inzwischen nur noch mit einem leisen Ziehen, wenn ich mir die Haare bürstete, die inneren Narben allerdings gingen tiefer. Ich war nicht direkt ängstlich geworden; ich hatte mir nur eine kräftige Portion Vorsicht zugelegt.

»Außerdem«, fuhr ich fort, als ich seinen offen ungläubigen Blick sah, »haben Sie laut Vertrag noch Anspruch auf dreißig unentgeltliche Stunden meiner Dienste.«

»Aha. Ja. Natürlich.« Er war wieder reserviert, sein Blick ging in mittlere Distanz.

»Und abgesehen davon wird meine Schnüffelei Ihre Versicherung davon überzeugen, daß nicht Sie das schwarze Schaf sind.«

Seine Augen wurden schmal, wie bei einem Mann, der sieht, daß eine riesengroße Flutwelle direkt auf seinen Bug zurollt. »Wieso sollte die Versicherung so etwas denken?« fragte er scharf.

»Es wäre nicht das erste Mal, daß jemand wegen des Schadenersatzes seinen eigenen Einbruch inszeniert hat«, sagte ich. »Wo ich wohne, passiert das andauernd.« Ein Schatten huschte über Henrys Gesicht. »Sie haben mir nichts zu sagen, Henry, oder?« erkundigte ich mich vorsichtig.

»Es gibt nicht den geringsten Grund, warum ich das arrangiert haben sollte«, sagte er steif. »Die Polizei und die Versicherung können jederzeit die Bücher überprüfen. Wir machen Gewinn. Die Einnahmen an Eintrittsgeldern haben bereits den Umsatz des letzten Jahres erreicht, der Umsatz des Geschenkshops hat sich um fünfundzwanzig Prozent gesteigert, und der Große Saal ist fast jeden Samstag von heute bis Februar für Feste ausgebucht. Mir macht nur

Kopfzerbrechen, daß ich in drei Wochen nach Australien abreisen soll und bis dahin die Sache gern vom Tisch hätte.«

»In diesem Fall lege ich mal lieber gleich los«, erwiderte ich sanft.

Auf der Heimfahrt nach Manchester ging mir vieles durch den Kopf. Ich mag keine Geheimnisse. Das ist einer der Gründe, warum ich Privatdetektivin geworden bin. Ich mag sie vor allem dann nicht, wenn es Geheimnisse sind, die meine Klienten vor mir haben.

2. Kapitel

Das Vestibül der Fortissimus Insurance führte mir leibhaft vor Augen, wo Henrys dicke Prämien versickerten. Die Versicherungsgesellschaft war von London wieder nach Manchester umgesiedelt, zweifellos angelockt von dem Geldsegen, der von verschiedenen Programmen zur Innenstadtsanierung ausgeschüttet wurde. Man hatte sich für einen Standort in der Oxford Road entschieden, fünf Minuten zu Fuß von den weit weniger feudalen Büroräumen von Mortensen & Brannigan entfernt. Ganz praktisch, so hatten wir anfangs gedacht, sollte die Versicherung irgendwann die Dienste freier Ermittler benötigen; aber man hatte noch nie an unsere Tür geklopft. Wahrscheinlich zog die Gesellschaft Firmen mit vergleichbarem Einrichtungsstil in Stahl und Glas und dementsprechenden Honoraren vor.

Wie bei so vielen neuen Bürokomplexen in Manchester hatte Fortissimus ein nagelneues, modernes Gebäude hinter einer prunkvollen viktorianischen Fassade hochgezogen. In diesem speziellen Fall hatte man die Front eines früher recht vornehmen Hotels erworben und Marmor und Granit zu funkelndem Glanz aufpoliert, wie man es sich im Jahrhundert seiner Entstehung nicht vorstellen konnte. Die Eingangshalle hatte etwas von ihrem Originalcharakter bewahrt, das verglaste Vestibül hinter der Sicherheitskontrolle jedoch war hundertprozentig *fin* eines anderen *siècle*. Die beiden Empfangsdamen hatten sich den Kurs in Kundenbetreuung offenbar sehr zu Herzen genommen. Ihre Aufmachung war tadellos, ihr Lächeln hätte jedes Krokodil mit Stolz erfüllt, und der näselnde Tonfall ihres »Guten Morgen, wie kann ich Ihnen behilflich sein?« verursachte mir um ein Haar Ohrensausen. Natürlich waren sie ebenso irreführend wie die Fassade des Gebäudes. Nachdem ich meine Karte überreicht, nach Michael Haroun gefragt und ihnen seine Abteilung genannt hatte, mußte ich trotzdem geschlagene zehn Minuten lang Däumchen drehen, während sie sich über ihre romantischen Abenteuer des Wochenendes Bericht erstatteten, Mr. Haroun anriefen, einen Besucherpaß ausfüllten und mir sagten, Mr. Haroun werde am Aufzug auf mich warten.

Ich stieg im fünften Stock aus und stellte fest, daß sie mit der Wahrheit äußerst sparsam umgegangen waren. Da war kein Mr. Haroun, und es saß auch niemand hinter dem Tresen mit der Aufschrift »Information Schadenersatz«. Ehe ich mir schlüssig werden konnte, in welche Richtung ich mich wenden sollte, ging eine Tür im Korridor auf, jemand kam rückwärts hinaus und sagte: »Und ich möchte die anderen Fälle damit vergleichen, Karen. Graben Sie also die Akten aus, seien Sie so lieb.«

Er drehte sich auf den Fußballen um, und mich überwältigte das Gefühl, das alles schon einmal erlebt zu haben. Ich stand nur da und machte große Augen, als er auf mich zukam. Er streckte die Hand aus. »Miss Brannigan? Michael Haroun.«

Ich war sprachlos und konnte mich nicht rühren. Und ich hatte wohl Glotzaugen wie ein hungriger Goldfisch, denn er runzelte die Stirn und fragte: »Sie sind doch Miss Brannigan?« Dann trat ein argwöhnischer Blick in seine glänzenden dunklen Augen. »Was ist los? Entspreche ich nicht dem Bild, das Sie sich gemacht haben? Ich kann Ihnen versichern, ich bin der Leiter der Schadenersatzabteilung.«

Mein Aussetzer war vorüber, und ich schüttelte ihm hastig die Hand. »Entschuldigen Sie. Ja, ich... Tut mir leid, Sie sind das wandelnde Abbild von... jemandem«, haspelte ich. »Mir hat's nur vor Überraschung die Sprache verschlagen.«

Er warf mir einen Blick zu, der klar und deutlich besagte, daß ich in seinen Augen entweder ein Rassistenschwein war oder nicht alle Tassen im Schrank hatte. Sein Lächeln war bemüht, als er sagte: »Ich wußte gar nicht, daß ich einen Doppelgänger habe. Wollen wir in mein Büro gehen und uns dort unterhalten?«

Ich nickte stumm und ging immer seinen breiten Schultern nach.

Er bewegte sich wie ein Mensch, der viel Sport treibt. Daher fiel es nicht schwer, sich ihn bei der gleichen Betätigung vorzustellen, bei der ich seinem Ebenbild begegnet war.

Als ich etwa vierzehn Jahre zählte, hatten wir einen Schulausflug ins Britische Museum gemacht. Ich hatte mich derart in den Stein von Rosetta vertieft, daß ich von der übrigen Gruppe getrennt wurde und eine Ewigkeit auf der Suche nach den anderen umherirrte. So war ich auf die assyrischen Basreliefs gestoßen. Bei ihrem Anblick begriff ich auf Anhieb, daß es kein völliger Unsinn ist, wenn Kritiker schreiben, große Kunst spreche unmittelbar zu unserem Herzen. Die riesenhaften gemeißelten Szenen einer Löwenjagd sprachen nicht nur zu meinem Herzen, sie dröhnten in meiner Brust wie der Baßton einer Orgel. Ich verliebte mich in die Bogenschützen und Rosselenker mit den Profilen von Sperlingshabichten und dem schulterlangen Haar, das sich kräuselte wie das Fell von Pudeln. An jenem Tag stand ich wohl eine Stunde vor ihnen. Wenn ich seither zum Shopping nach London fuhr, fand ich jedesmal einen Vorwand, um mich von meinen Freunden abzusetzen und mich, während sie über die Oxford Street zogen, auf ein kurzes Stelldichein mit König Assurbanipal ins Museum zu stehlen. Hätte Aslan der Skulptur des assyrischen Königs Leben eingehaucht, dann wäre dieser mit dem Aussehen von Michael Haroun von der Wand gestiegen – mit schimmernder Haut von der Farbe meisterhaft zubereiteter Röstkartoffeln. Auch wenn er den Chiton gegen ein Hemd von Paul Smith, eine italienische Seidenkrawatte und Hose eingetauscht hatte – im Minirock machst du eben keine großen Sprünge auf der Firmenleiter, es sei denn, du bist eine Frau. Ein Blick auf Michael Haroun, und ich erlitt einen Rückfall in meine pubertäre Schwärmerei. Richard war eine ferne Erinnerung.

Ich folgte Haroun lammfromm in sein Büro. Bis hier oben hatte die Pracht des Vestibüls es nicht geschafft. Das Mobiliar war eher zweckmäßig, es sollte keinen Eindruck schinden. Wenigstens hatte er die Aussicht auf den kürzlich (mit EU-Geldern) restaurierten Rochdale Canal, wenngleich der Blick auf das Canal Café ein deprimierender Hinweis darauf sein mußte, daß der Rest der Welt sich amüsierte, während er arbeitete. Wir setzten uns im rechten Winkel zueinander auf das L-förmige Sofa, und mein pubertärer Drang, mich auf ihn zu stürzen, wurde durch den niedrigen Couchtisch zwischen uns gebremst. Haroun warf die Akte, die er in der Hand gehalten hatte, auf den Tisch. »Ich höre viel Gutes über Ihre Agentur, Miss Brannigan«, sagte er. Seinem Tonfall durfte ich entnehmen, daß er das Gehörte nicht recht mit meinem Mondkalbblick in Einklang zu bringen wußte.

Ich riß mich notgedrungen zusammen und rief mir ins Gedächtnis, daß ich doppelt so alt war wie jener romantisch gesonnene Teenager. »Sie haben anscheinend mit den Klienten gesprochen, bei denen nicht eingebrochen wurde«, erwiderte ich mit annähernd normaler Stimme.

»Keine Sicherheitsanlage der Welt bietet hundertprozentigen Schutz vor Einbrüchen«, beklagte er sich.

»Aber manche sind besser als andere. Und unsere ist besser als die meisten.«

»So sah es jedenfalls aus, als wir damals die Prämie vereinbarten. Einer der Faktoren, die wir in Betracht ziehen, wenn wir die Höhe der Tarife festsetzen. Neben dem Gesichtspunkt, wie hoch das Risiko in der betreffenden Gegend ist.«

»Mir brauchen Sie das nicht zu sagen. Meine Postleitzahl ist M13«, sagte ich.

Er schnitt eine Grimasse und zog die Luft durch die Zähne ein, ungefähr so wie ein Installateur, wenn er sich deine Zentralheizung ansieht. Das lernen sie schon in der Ausbildung. »Und ich dachte, ihr Sicherheitsberater verdient euch eine goldene Nase.«

»So ein Rattenloch ist es auch wieder nicht«, sagte ich gereizt.

Er hob abwehrend die Hände und grinste. Ich merkte wieder, wie die Jahre von mir abfielen, und gab mir alle Mühe, mich an der Gegenwart festzuhalten. »Henry Naismith hat angerufen und Sie angekündigt. Er hat mir eine vorläufige Schadensrechnung gefaxt«, berichtete er.

»Ich ermittle in Henrys Auftrag zu dem Diebstahl, und er meinte, es könnte nützlich sein, wenn wir uns unterhalten.«

»Ist mir ein Vergnügen. Selbstverständlich wird sich auch einer unserer Hausermittler damit befassen, aber ich wüßte nicht, was dagegen spräche, auch mit Ihnen zu reden. Könnten Sie mir kurz den Stand der Ermittlungen darlegen?«

Ich erzählte ihm alles, was ich von Henry und Inspector Mellor erfahren hatte. Haroun machte sich Notizen. »Rein interessehalber«, sagte ich. »Inspector Mellor erwähnte, es hätte andere Einbrüche in ähnlichem Stil gegeben. Hatten Sie damit zu tun?«

Haroun nickte. »Ja, leider. So über den Daumen gepeilt würde ich sagen, mit drei weiteren Fällen in den letzten neun Monaten. Und genau da liegt unser Problem.«

»Unser wie Sie und ich, oder unser wie Fortissimus?«

»Wie Mr. Naismith und Fortissimus.«

»Heißt das, Sie wollen mit mir nicht darüber sprechen?«

Haroun starrte auf die Akte. »Gesetzliche Schweigepflicht. Dafür sollten gerade Sie Verständnis haben.«

»Ich wäre nicht hier, wenn Henry mir nicht vertrauen würde. Warum rufen Sie ihn nicht an und lassen sich bestätigen, daß Sie mir alles sagen können, was Sie ihm sagen würden? Auf diese Weise erfahre ich es direkt von der Quelle und nicht à la Stille Post.«

Seine geraden Brauen zuckten. »Selbst wenn er seine Einwilligung geben würde, wäre es nicht fair, mit Ihnen darüber zu sprechen, bevor ich mit ihm gesprochen habe.«

»Dann holen Sie Henry her. Mir macht es nichts aus zu warten.« Solange ich Sie dabei betrachten kann, fügte ich im Geiste hinzu.

Haroun nickte zustimmend. »Ich rufe ihn an«, sagte er.

Er war fast zehn Minuten weg. Anstatt eine Computerzeitschrift aus meiner Schultertasche zu ziehen oder einen Bericht in meinen Minirecorder zu diktieren, hing ich Tagträumen nach. Worüber, geht keinen außer mir was an.

Als Haroun zurückkam, wirkte er ernst. »Ich habe Mr. Naismith die Situation geschildert, und er bestand darauf, ich solle die Angelegenheit in allen Einzelheiten mit Ihnen erörtern.«

Ich war zu wohlerzogen, um zu erwidern: »Na, was hab ich gesagt?«, aber laut Richard bin ich ein Genie in süffisantem Grinsen. Ich hoffte, daß ich es mir jetzt verkneifen konnte. »Dann schießen Sie mal los«, sagte ich und sah ihm in die Augen.

Haroun erwiderte meinen Blick einige Sekunden lang, bevor er sich wieder seiner Akte zuwandte. »Wie ich bereits sagte, gab es andere, diesem sehr ähnliche Vorfälle. Sämtliche Diebstähle fanden in ähnlichen Häusern statt – mittelgroßen Schlössern, die der Öffentlichkeit zugänglich waren. Jedesmal sind die Diebe so nah wie möglich an ihrem Zielobjekt eingedrungen. In zwei Fällen haben sie ein Fenster eingeschlagen, aber auf Birchfield Place war das nicht möglich. Sie ignorieren den Alarm, steuern direkt auf das anvisierte Objekt zu, reißen es von der Wand oder entfernen es aus seiner Vitrine und verschwinden. Wir schätzen, daß sie sich längstens fünf Minuten in einem Haus aufhalten. In den meisten Fällen reicht das kaum aus, um die Polizei oder den Wachdienst zu verständigen, geschweige denn zum Tatort kommen zu lassen.«

»Überaus professionell«, bemerkte ich. »Und weiter?«

»Wir sind sehr unglücklich darüber. Es kostet uns eine Menge Geld. Normalerweise würden wir einfach in den sauren Apfel beißen und die Prämien entsprechend erhöhen.«

»Ich kann ein ›aber‹ an der Kette zerren hören«, sagte ich.

»Sie haben ein sehr feines Gehör, Miss Brannigan.«

»Kate.« Ich lächelte.

»Also gut, Kate«, sagte er und erwiderte das Lächeln, »hier kommt das ›Aber‹. Unser erster Klient, der auf diese Weise bestohlen wurde, war drei Monate später erneut Zielscheibe der Diebe. Daraufhin fällten meine Vorgesetzten die Grundsatzentscheidung, daß wir in Zukunft, wenn ein Schloß einmal ausgeraubt wurde, die Weiterversicherung verweigern – es sei denn, daß beziehungsweise bis die Sicherheitsvorkehrungen nachgebessert werden und ein akzeptabler Sicherheitsstandard erreicht ist.«

Er mochte ja wie ein alter Assyrer aussehen, doch Michael Haroun klang aufs Haar wie ein Versicherungsmensch des zwanzigsten Jahrhunderts. Wir wollen kein Drama aus dieser Krise machen; o nein, wir machen eine ausgewachsene tragische Große Oper daraus. Bezahle du nur kreuzbrav zehn Jahre lang deine progressiven Prämien, und wenn du uns dann brauchst, verschwinden wir wie die Diebe in der Nacht. Nichts macht pubertären Phantasien schneller den Garaus. »Und wie genau lautet Ihre Definition von ›akzeptablem Sicherheitsstandard‹?« fragte ich und hoffte, daß er den kalten Sarkasmus aus meinen Worten heraushörte.

»Das variiert von Fall zu Fall.«

»In Henrys Fall?«

Haroun zuckte die Achseln. »Ich müßte einen unserer Prüfer zu ihm schicken, um Genaueres sagen zu können.«

»Na los, riskieren Sie mal was, springen Sie ins kalte Wasser. Ich weiß, das fällt einem Versicherungsangestellten ungefähr so leicht wie einer Katze, aber geben Sie sich einen Ruck.« Es kostete mich

Mühe, meine Gereiztheit zu unterdrücken. Es war meine Sicherheitsanlage, über die er da den Stab brach.

Er machte ein finsteres Gesicht, anscheinend hatte ich ihn geärgert. »Aufgrund der bisherigen Erfahrungen würde ich einen Rund-um-die-Uhr-Wachdienst in den Räumen vorschlagen, in denen die wertvollsten Gegenstände aufbewahrt werden.«

Ich schüttelte ungläubig den Kopf. »Sie glauben doch nicht im Ernst, daß Sie von Klienten verschont bleiben können, die die Kühnheit besitzen, sich bestehlen zu lassen?«

»Nein, nein, wir wollen nur garantieren, daß weder uns noch unseren Klienten untragbare Verluste entstehen«, verteidigte er sich.

»Die Kosten für diese Art der Sicherheitsvorsorge können bei einem Unternehmen von der Größe des Betriebes von Henry existenzbedrohend sein. Das müssen Sie doch wissen.«

Haroun breitete die Arme aus und zuckte mit den Achseln. »Er kann jederzeit die Eintrittsgebühr anheben, wenn die Wirtschaftlichkeit des Betriebs davon abhängt.«

»Also wollen Sie damit sagen, daß Birchfield Place gegenwärtig unzureichend geschützt ist?«

»Nein, nein, Sie mißverstehen mich. Wir werden nur einen Teil der Zahlung auf das gestohlene Eigentum zurückhalten, bis ein akzeptabler Sicherheitsstandard gegeben ist. Kate, unsere Klienten liegen uns am Herzen, aber wir sind auch Geschäftsleute, das müssen Sie verstehen.« Er sah mich bittend an, und meine Wut schmolz dahin. Tja, das war für mein Geschäft schlecht, daher stand ich widerstrebend auf.

»Wir bleiben in Kontakt«, sagte ich.

»Ich würde mich freuen.« Er stand ebenfalls auf, und die Ehrlichkeit, mit der er das sagte, ging mir durch und durch.

Als er mich zum Aufzug begleitete, kam mein Gehirn wieder auf Touren. »Noch eines«, sagte ich. »Wie kommt es eigentlich, daß ich in den Zeitungen nichts von den Einbrüchen gelesen habe?«

Haroun lächelte verschlagen wie eine Eidechse. »Wir halten solche Dinge gern so weit wie möglich unter Verschluß«, sagte er. »Es nützt dem Geschäft unserer Klienten wenig, wenn man in der Öffentlichkeit den Eindruck gewinnt, daß die erlesensten Ausstellungsstücke ihrer Sammlungen nicht mehr da sind. Die Diebstähle waren ziemlich weit gestreut, und es war daher unsere Politik, die Informationen nur an die Lokalpresse weiterzugeben, und das auch nur in sehr abgeschwächter Form. Ungefähr nach dem Muster: ›Gestern nacht drangen Diebe in Bloggs Manor ein, wurden jedoch gestört, bevor sie die unschätzbare Korkensammlung des Schlosses mitgehen lassen konnten.‹«

»Das heißt, Sie lassen lediglich unerwähnt, daß die Diebe sie anschließend gemeinsam mit dem befreundeten Wachmann wegschafften«, sagte ich zynisch.

»So in etwa«, bestätigte er. Der Aufzug bimmelte, und ich stieg ein, als die Türen aufgingen. »Es war nett, sich mit Ihnen zu unterhalten, Kate.«

»Müssen wir irgendwann mal wiederholen«, sagte ich, bevor die Türen uns trennten. Es ging aufwärts mit dem Tag. Ich war nicht nur Michael Haroun begegnet, ich wußte auch, was ich als nächstes tun sollte.

Ich bin überzeugt, das Sicherheitspersonal des *Manchester Evening Chronicle* hält mich für eine Mitarbeiterin der Zeitung. Mag sein, weil ich die Türschloßkombination kenne. Oder weil ich mehrmals in der Woche mit selbstsicherem Winken im Gebäude ein und aus gehe. Wie dem auch sei, es ist praktisch, nach Belieben dort auftauchen und wieder verschwinden zu können. Die Kantine ist preiswert und freundlich gestaltet, der ideale Ort, um Energie zu tanken, wenn ich mich zufällig an diesem Ende der Stadt aufhalte. Heute jedoch hatte ich es nicht auf ein Schinkensandwich und einen Becher Tee abgesehen. Mein Ziel war Alexis Lee, die Kriminalreporterin des *Chronicle* und meine beste Freundin.

Ich ging flott durch die Nachrichtenredaktion, wo niemand auf mich achtete. Vermutlich könnte ich mit dem gesamten Computernetzwerk verschwinden, ohne daß jemand es bemerken oder versuchen würde, mich aufzuhalten. Sollte ich mich allerdings an dem Fernseher auf dem Newsdesk vergreifen, dann würde man mich lynchen, bevor ich fünf Schritte tun konnte.

Ich wußte gleich, daß Alexis an ihrem Platz saß. Zwar konnte ich sie durch die Wand aus üppigem Blattwerk rings um ihren Winkel des Großraumbüros nicht sehen; dafür jedoch war die Rauchspirale, die zum Lüftungsschlitz der Klimaanlage emporkletterte, ein bombensicherer Hinweis auf ihre Anwesenheit. Als die Computerterminals im *Chronicle* installiert wurden, hatte die Geschäftsführung den Versuch gestartet, die Nachrichtenredaktion zur rauchfreien Zone zu erklären. Dieser Politik waren nicht einmal fünf Minuten Lebensdauer beschieden. Journalisten zum Nikotinverzicht zu bewegen ist in etwa so leicht, wie einen Minister mit außerehelichen Affären zum Rücktritt zu zwingen.

Ich streckte den Kopf um die Trennwand aus buntgemischtem Grünzeug. Alexis kippelte auf ihrem Stuhl, die Füße auf dem Rand des Papierkorbs abgestützt, tippte sich geistesabwesend mit der Zigarette an die Lippen und blickte finster auf ihr Terminal. Ich sondierte ihre anarchische schwarze Haarmähne. Der Grad ihres chaotischen Zustands ist ein verläßliches Barometer für ihre Streßbelastung. Je größer der Druck, um so häufiger fährt sie mit den Händen hindurch. Heute sah es so aus, als könne ich es riskieren, sie zu stören, ohne einen Schwall deftiger echt Liverpooler Schimpfwörter zu ernten.

»Ich dachte, du wirst fürs Arbeiten bezahlt«, sagte ich und zwängte mich durch die Lücke in den Blättern in ihr Dschungelkabuff.

Sie fuhr herum und grinste. »Alles klar, KB?« sagte sie mit ihrer rauhen Whisky-und-Zigaretten-Stimme.

»Ich glaube, ich bin verliebt, aber abgesehen davon geht es mir bestens.« Ich zog mir den anderen Stuhl heran.

Alexis prustete los, dann säuselte sie à la Marlene Dietrich: »*Ich bin von Kopf bis Fuß auf Liebe eingestellt... Das ist, was soll ich machen, mei-ei-ne Natur, bin zweiundneunzig nur, und sonst gar nichts*. Ich hab dir schon tausendmal gesagt, es ist höchste Zeit, daß du das Weichei loswirst.« Sie und Richard tun noch immer so, als könnten sie sich nicht riechen. Er ärgert sie andauernd damit, sie sei ein Sirenenjunkie, und sie tut so, als verachte sie ihn, weil er sein Leben den Niederungen des Rockjournalismus widmet. Doch dahinter, so weiß ich, stecken Zuneigung und Respekt.

»Wer hat etwas von Richard gesagt?« fragte ich unschuldsvoll.

»Und ich hab schon gedacht, ihr zwei kriegt euer Zusammenleben endlich auf die Reihe.« Sie seufzte. »Also wer ist der Glückliche? Ich meine, ich setze mal voraus, daß dir nicht die Augen geöffnet wurden und es wieder ein Kerl ist.«

»Sein Name ist Michael Haroun. Aber keine Angst, es ist rein fleischlich. Nach einer kalten Dusche ist alles vorbei.«

»Und was treibt dieses Sexobjekt beruflich?«

Ich verzog das Gesicht. »Du wirst lachen.«

»Bestimmt«, pflichtete Alexis mir bei. »Also bring's hinter dich.«

»Er ist in der Versicherungsbranche.«

Ich hatte recht gehabt. Sie lachte tatsächlich – tiefe, rauhe Lachsalven, die die Blätter erzittern ließen. Ich dachte schon, gleich käme ein Papagei vom Amazonas aus dem Dickicht geflogen, um einzustimmen. »Du hast wirklich ein Händchen für die Kerle«, keuchte Alexis.

»Man sucht sich seine Sexobjekte nicht aus, sie sind einfach da«, sagte ich eisig. »Im übrigen wird nichts daraus, deshalb ist das alles ohnehin blasse Theorie. Die Beziehung zwischen Richard und mir mag bessere Tage gesehen haben, aber das kriegen wir wieder hin.«

»Also soll ich nicht Chris anrufen und ihr auftragen, eine Ziegelmauer im Wintergarten hochzuziehen?«

Alexis' Liebste Chris ist Architektin und hat den Wintergarten entworfen, der sich hinten an den beiden von Richard und mir bewohnten Bungalows entlangzieht. Er verbindet sie miteinander und verschafft uns gleichzeitig den nötigen Freiraum – die ideale Lösung für zwei Menschen, so schien es uns, die zusammensein wollten, deren Lebensstil jedoch in etwa so verträglich war wie der von Burton und Taylor. »Beherrsch dich, Alexis. Ich werde nicht zulassen, daß meine Hormone meinen Verstand überwältigen.«

»Das war's dann also schon? Du kommst hier rein, unterbrichst den kreativen Prozeß, nur um mir zu sagen, daß nichts passiert?«

»Nein, ich habe dich mit dem neuesten Klatsch versorgt, damit du dich nicht beschwerst, daß ich nur komme, um dich auszubeuten«, konterte ich.

Alexis stieß eine Rauchwolke und gleichzeitig einen Seufzer aus. »Na schön, was willst du wissen?«

»Ist das eine Art, mit einem wertvollen Kontakt umzugehen, der dir eine Story als Geschenk mitgebracht hat?« fragte ich, als könnte ich kein Wässerchen trüben.

Alexis ließ ihren Stuhl nach vorn kippen und drückte ihre Zigarette in dem bereits überquellenden Aschenbecher aus. »Warum ist mir nur, als handelte es sich um die Sorte Geschenk, die schweißtreibender ist als ein Modellflugzeugbaukasten Marke höchster Schwierigkeitsgrad?«

3. Kapitel

Ich ließ Alexis allein, damit sie der Polizei von sechs Grafschaften auf den Wecker fallen konnte, auf der Suche nach der Story, die sich, wie wir beide wußten, irgendwo verbarg, und fuhr zurück zu Mortensen & Brannigan. Shelley hing an der Strippe, daher ging ich gleich weiter in mein Büro. Auf der Türschwelle blieb ich wie angewurzelt stehen. Ich hörte, wie Shelley ihr Telefongespräch beendete, fuhr herum und sah sie böse an. »Was soll das sein?« stellte ich sie zur Rede.

Sie blickte nicht von der Notiz auf, die sie sich gerade machte. »Wonach sieht's denn aus? Es ist eine Trauerfeige.«

»Es ist Plastik«, sagte ich mit zusammengebissenen Zähnen.

»Seide«, berichtigte sie mich zerstreut.

»Und das soll besser sein?«

Endlich sah Shelley mich an. »Alle sechs Wochen kaufst du dir eine gesunde, gedeihende, quicklebendige Pflanze. Fünf Wochen später sieht sie aus wie ein Heuschreckenparadies. Demnach wird sich die Trauerfeige in sechs Monaten amortisiert haben, und selbst du kannst keine Seidenpflanze killen«, sagte sie in einem nüchternen Ton, bei dem es mir in den Fingern juckte, ihr diese um den Hals zu legen.

»Wenn ich eine Kunstpflanze wollte, dann hätte ich mir selbst eine mitgebracht«, sagte ich.

»Du hörst dich an...«

»›...wie eines meiner Kinder‹«, ergänzte ich und ahmte dabei ihre seelenruhige Stimme nach. »Du begreifst es wohl nicht, wie? Es geht mir um die Herausforderung. Eines Tages werde ich eine Pflanze finden, die für mich all ihre Pracht entfaltet.«

»Und bis dahin wird der Planet eine Wüste sein.« Shelley warf den Kopf zurück, und die Perlen, die sie sich ins Haar geflochten hatte, klimperten wie ein Sack voll Murmeln.

Ich würdigte sie keiner Antwort und marschierte in mein Büro, schnappte mir die Trauerfeige und deponierte sie neben ihrem Schreibtisch. »Wenn du sie so magst, dann lebe mit ihr«, verkündete ich und stapfte umgehend zurück in mein Büro. Wenn sie mich wie eines ihrer Teenie-Kids behandeln wollte, dann durfte ich mir auch einen saftigen Wutanfall erlauben. Ich fischte die bräunlichen Überreste des Spargelkrauts aus dem Mülleimer und stellte es trotzig auf die Fensterbank.

Ehe ich zu weiteren Taten schreiten konnte, läutete mein Telefon. »Was denn noch?« fuhr ich Shelley an.

»Ein Anruf für dich. Ein Herr, der sich weigert, seinen Namen zu nennen.«

»Hast du ihm gesagt, daß wir keine Ehesachen übernehmen?«

»Natürlich. Ich bin ja nicht diejenige mit dem prämenstruellen Syndrom.«

Ich unterdrückte ein Knurren, als Shelley den Anruf durchstellte. »Kate Brannigan«, meldete ich mich. »Was kann ich für Sie tun?«

»Ich brauche Ihre Hilfe, Miss Brannigan. Es handelt sich um eine streng vertrauliche Angelegenheit. Brian Chalmers von PharmAce hat Sie mir empfohlen.«

»Wir sind bekannt für unsere Verschwiegenheit in Angelegenheiten unserer Klienten«, leierte ich herunter. »Wie Sie zweifellos schon wissen, wenn Sie mit Brian gesprochen haben. Ich müßte trotzdem wissen, mit wem ich es zu tun habe.«

Ein kurzes Zögern, jedoch lang genug, daß ich Lärm im Hintergrund hören konnte. Mein Anrufer sprach von einer Kneipe aus. »Mein Name ist Trevor Kerr. Ich glaube, die Firma, die ich leite, wird erpreßt. Darüber muß ich mit Ihnen sprechen.«

»Gut. Wie wär's, wenn ich heute nachmittag in Ihr Büro komme und wir uns dort unterhalten?«

»Um Gottes willen, nein«, sagte Kerr offenkundig erschrocken. »Die Erpresser dürfen auf gar keinen Fall erfahren, daß ich mit einer Privatdetektivin Kontakt aufgenommen habe.«

Einer von der Sorte, die sich zu viele Filme angucken. Das hatte mir gerade noch gefehlt. »Na schön. Dann kommen Sie zu mir.«

»Das halte ich für keine gute Idee. Wissen Sie, ich glaube, man beobachtet mich.«

Wenn man schon denkt, es sei ungefährlich, ans Telefon zu gehen... Neuer Anlauf. »Ich weiß, wie beunruhigend Drohungen sein können, wenn man es nicht gewohnt ist, damit zu tun zu haben. Vielleicht könnten wir uns an einem neutralen Ort treffen. Sagen wir, in der Lounge des Midland?«

Der beschwichtigende Ton hatte sein Ziel verfehlt. »Nein«, sagte Kerr eindringlich. »Nicht in der Öffentlichkeit. Es muß völlig unverdächtig aussehen. Haben Sie einen Freund, Ms. Brannigan?«

An diesem Punkt hätte ich auflegen müssen, so wurde mir vier Stunden später klar, als ich Richard begreiflich zu machen suchte, daß ein zerknitterter cremefarbener Leinenanzug ja vielleicht das richtige sein mochte, um mit Mick Hucknall auf die Piste zu gehen, ihm jedoch keinesfalls dazu verhelfen würde, Furore zu machen als Gast eines karitativen Essens höherer Kreise.

»Himmel, Arsch und Zwirn, Brannigan«, grummelte er. »Ich bin alt genug, um mich alleine anzuziehen.«

Ich ging nicht darauf ein, stöberte in seinem Kleiderschrank und tat einen recht dezenten italienischen Zweireiher in Dunkelblau auf. »Der hier paßt schon eher«, sagte ich.

Richard machte ein finsteres Gesicht. »Den ziehe ich nur zu Beerdigungen an.«

Ich warf ihn aufs Bett. »Stimmt nicht. Du hast ihn zur Hochzeit deiner Cousine getragen.«

»Hast du ihren Mann schon vergessen? Egal, ich sehe nicht ein, warum ich mich aufmotzen sollte wie eine Schaufensterpuppe. Als ich dir das letztemal ausgeholfen habe, hast du geschworen, du würdest mich nie wieder auch nur in die Nähe deiner Arbeit kommen lassen«, beschwerte er sich, während er sein Leinenjackett abstreifte.

»Glaub mir, wenn Bill da wäre, würde ich dich nicht im Traum darum bitten«, konterte ich gereizt. »Außerdem kannst selbst du ein Wohltätigkeitsdinner mit Schatzsuche und buntem Buffet nicht in eine lebensbedrohliche Situation verwandeln.«

Richard erstarrte. »Das ging unter die Gürtellinie, Brannigan«, sagte er bitter.

»Tja, ich verziehe mich dann mal nach nebenan, um in meinem eigenen Schrank etwas angemessen Geschmackloses aufzutun. Komm rüber, wenn du fertig bist.«

Ich ging durch Richards Flur und durch sein Wohnzimmer zum Wintergarten. In meinem Haus angelangt, atmete ich erst mal tief durch und versuchte mich zu beruhigen. Vor ein paar Monaten hatte ich Richard für eine Ermittlung angeworben, die eigentlich nach einem unkomplizierten Fall von Autoschwindel aussah. Nur war dann alles, wie es in den schlechten Polizeiserien so schön heißt, ganz anders gekommen. Und wie. Richard landete hinter Gittern, sein Leben war in Gefahr, und ich wurde fast umgebracht, als ich die wahren Täter aufspürte. Als hätte das nicht schon gereicht, war mir auch noch die Aufgabe zugefallen, auf seinen acht Jahre alten Sohn Davy aufzupassen. Und das mir, die den Mutterinstinkt einer Tüte Lakritz hat.

Die physischen Narben waren ziemlich schnell verheilt, unsere Beziehung jedoch hatte einen üblen Knacks davongetragen. Man sollte meinen, Richard hätte sich dankbar gezeigt, weil ich alles aufgeklärt hatte. Statt dessen war er distanziert und sarkastisch, und er war häufig unterwegs. Natürlich war es nicht ununterbrochen schlimm. Sonst hätte ich schon vor Wochen gestreikt. Wir hatten nach wie vor Spaß miteinander, manchmal war fast eine Woche lang alles genauso wie früher: viel Lachen, gemeinsam verbrachte Abende, Essen vom Außerhausverkauf des Chinesen und herrlicher Sex. Dann zogen wieder Wolken auf, gewöhnlich wenn ich bis zum Hals in einem stressigen Auftrag steckte.

Dies war das erste Mal seit unserem Kräftemessen mit den Drogenbossen, daß ich Richard in Zusammenhang mit meiner Arbeit um etwas bat. Ich hatte Trevor Kerr gesagt, es müsse doch einen weniger komplizierten Weg geben, uns zu treffen, doch der clevere Trevor war überzeugt, daß er seine Vorsichtsmaßnahmen zu Recht ergriff. Ich fragte ihn beinahe, warum er einen Wachhund engagierte, wo er das Bellen doch selbst besorgte, biß mir jedoch auf die Zunge. Die Geschäfte liefen in letzter Zeit so toll wieder nicht, daß ich es mir erlauben konnte, neue Klienten zu verprellen, noch bevor sie uns einen Auftrag erteilt hatten.

Seufzend ging ich in mein Schlafzimmer und dachte über die modischen Alternativen nach. Richard sagt, ich hätte keine echte Garderobe, sondern bloß eine Kollektion von Verkleidungen. Als ich das Aufgebot an Klamotten vor mir betrachtete, war ich versucht, ihm beizupflichten. Ich holte ein schlicht geschnittenes Kleid aus rotbrauner Waschseide mit passendem Bolerojäckchen heraus. Dieses Ensemble hatte ich erstanden, als ich Bodyguard für eine Hollywood-Schauspielerin spielte, die eine Woche in England war, um eine Folge einer Serie fürs Regionalfernsehen abzudrehen. Nach nur einem Blick auf das kleine Schwarze, in dem ich am ersten Abend aufgetaucht war, hatte sie prompt einen Scheck über fünfhundert Pfund ausgeschrieben – damit ich mir »etwas mit ein wenig mehr Schick, Schätzchen« besorgen konnte. Ich bin nicht stolz; ich nahm das Geld und machte Shopping. Alexis und ich hatten uns seit Jahren nicht mehr so amüsiert.

Ich stieg in das Kleid und griff nach hinten, um den Reißverschluß hochzuziehen. Richard kam mir zuvor. Er küßte mich hinters Ohr. Ich bekam Gänsehaut und fröstelte. »Entschuldige«, sagte er. »War'n mieser Tag heute. Dann sehen wir uns jetzt mal an, wie die andere Hälfte lebt.«

Die Adresse, die Trevor Kerr mir genannt hatte, war in Whitefield, einem Vorort überwiegend aus Doppelhäusern, gleich hinter den immerwährenden Straßenbauarbeiten auf der M62. Eine Gegend, in der zum großen Teil sozial aufsteigende, nicht streng orthodoxe Juden leben, die einen wesentlichen Anteil der Bevölkerung von Manchester stellen. Unser Ziel lag hinter den Straßenzügen mit identischen Doppelhäusern aus der Zeit zwischen den beiden Weltkriegen – eine von Architekten individuell entworfene Siedlung; eine von einer Handvoll, in denen sich das dicke Geld konzentrierte. Mein Installateur hatte in einer der Siedlungen den Zuschlag bekommen und mir von einem Gespräch mit einem seiner Kunden berichtet. Er dachte, der Architekt habe sich geirrt, da auf den Plänen Installationen für vier Spülmaschinen eingezeichnet waren – zwei in der Küche und zwei im Allzweckraum. Als er das reklamierte, sah der Kunde ihn an, als sei er von allen guten Geistern verlassen, und erklärte: »Wir leben koscher, und wir haben oft Gäste.« Darauf kann man nichts mehr erwidern.

Das Haus, an das man mich verwiesen hatte, sah eher nach Frankenstein als nach Frank Lloyd Wright aus. Es hatte mehr Türme und Zinnen als Schloß Windsor, alles in knallroten Accrington-Ziegeln. »Manchmal hat es nur Nachteile, nicht bekifft zu sein«, bemerkte Richard, als wir parkten. Es gab eine Dreiergarage und asphaltierte Einstellplätze für ein halbes Dutzend Autos, und heute abend war Partytime der Staatskarossen angesagt. Richards Käfer-Kabrio in knalligem Pink wirkte so fehl am Platz wie Aschenputtel eine Minute nach Mitternacht. Als die Gastgeberin die Tür aufmachte, lächelte ich. »Guten Abend. Wir sind wegen Trevor Kerr hier.«

Der kalte Glanz ihrer makellosen Coiffure färbte auf ihr Lächeln ab. »Kommen Sie doch herein«, erwiderte sie.

Der Mann, der sich hinter ihr in der Diele herumgedrückt hatte, trat vor. »Ich bin Trevor Kerr.« Er wies mit den Augenbrauen zur Treppe, und wir folgten ihm nach oben in ein Arbeitszimmer, das aussah wie im Paket einem Landhaus entnommen. Der einzige Stilbruch waren der Computer und das Faxgerät auf dem Schreibtisch. »Hier sind wir ungestört«, sagte er. »Es wird mindestens noch eine halbe Stunde dauern, bis der Gastgeber die Hinweise zur Schatzsuche verteilt und das Startsignal gibt. Vielleicht würde Ihr Freund gern schon mal nach unten gehen und sich etwas vom Buffet holen?«

Ich konnte fast sehen, wie sich Richard die Haare sträubten. »Mr. Barclay ist ein geschätzter Mitarbeiter von Mortensen & Brannigan. Alles, was Sie sagen, ist bei ihm sicher aufgehoben«, erklärte ich steif. Ich wagte mir nicht vorzustellen, wie viele Menschen Richard am Buffet eines Wohltätigkeitsdinners vor den Kopf stoßen könnte.

»Stimmt genau«, sagte er gedehnt. »Ich bin keine bloße Staffage.«

Kerr wirkte peinlich berührt, aber er war wohl kaum in der Position, Einwände zu erheben. Als er sich auf einem Sessel niederließ, musterten wir einander. Auch ein Anzug vom Herrenschneider kann es nicht verbergen, wenn ein Körper völlig aus den Fugen geraten ist. Ich hatte größte Lust, ihm ein paar Modetips zu geben, wagte allerdings zu bezweifeln, daß er die Nachricht, daß man Bäuche in diesem Jahr in der Hose trug, freundlich aufnehmen würde. Er konnte nicht viel älter sein als vierzig, doch seine Augen hätten den Neid jedes standesbewußten Bluthundes erregt, und seine Hängebacken hätten eine Bulldogge in Ekstase geraten lassen. Das einzig anziehende Merkmal, das dieser Mann vorzuweisen hatte, war sein dichter, welliger brauner Haarschopf mit einem Hauch Silbergrau an den Schläfen.

»Also, Mr. Kerr?« sagte ich.

Er räusperte sich. »Ich leite Kerrchem. Sie haben wahrscheinlich noch nie von uns gehört, aber wir sind ein recht großes Unternehmen. Wir haben eine große Fabrik draußen in Farnworth. Dort stellen wir Reinigungsmittel für den gewerblichen Bedarf her, außerdem ein, zwei Haushaltsprodukte für die Hausmarke von Supermärkten. Wir sind stolz darauf, ein Familienunternehmen zu sein. Wie dem auch sei, vor etwa vier Wochen lag bei mir zu Hause ein Brief im Briefkasten. Soweit ich mich erinnern kann, stand darin, ich könne es durch Zahlung eines sehr bescheidenen Geldbetrags vermeiden, daß Kerrchem etwas Ähnliches drohe wie der Tylenol-Skandal.«

»Produktfälschung«, sagte Richard schlau.

Kerr nickte. »So habe ich es auch aufgefaßt.«

»Sie sagten ›soweit ich mich erinnern kann‹«, bemerkte ich. »Heißt das, Sie haben den Brief nicht mehr?«

Kerr machte ein finsteres Gesicht. »So ist es. Ich hielt es für einen Scherz. Der Brief sah lächerlich aus, die Buchstaben waren aus der Zeitung ausgeschnitten und aufgeklebt. Ich habe ihn weggeworfen. Daraus können Sie mir keinen Vorwurf machen«, sagte er quengelig.

»Niemand macht Ihnen einen Vorwurf, Mr. Kerr. Es ist nur schade, daß Sie den Brief nicht behalten haben. Ist danach etwas geschehen, das Ihnen den Eindruck vermittelte, der Brief sei ernst gemeint?«

Kerr wandte den Blick ab und holte eine dicke Zigarre aus seiner Innentasche. Als er sich an die Prozedur des Anzündens machte, beugte Richard sich vor. »Danach ist ein Mann gestorben, nicht wahr, Mr. Kerr?« Ich war beeindruckt. Ich hatte nicht den leisesten Schimmer, wovon er sprach, aber ich war beeindruckt.

Eine Wolke aus beißendem blauem Rauch verbarg Kerrs Augen, als er entgegnete: »Ja, das trifft zu. Aber es ist durch nichts bewiesen, daß ein Zusammenhang besteht.«

»Ein Mann stirbt, als er einen versiegelten Behälter mit einem Ihrer Produkte öffnet, Sie haben einen Erpresserbrief erhalten, und Sie glauben nicht, daß ein Zusammenhang besteht?« fragte Richard nur gelinde erstaunt.

Ich sah Funken hinter seinen Brillengläsern tanzen, daher hielt ich es für besser, auf der Stelle zu intervenieren. Vermutlich würde Richard jeden Augenblick beschließen, sich einen Spaß aus der Sache zu machen, ohne Rücksicht darauf, daß nicht jeder sich so ungeniert über ein Menschenleben hinwegsetzen kann wie die Spezies Journalist. »Wie wäre es, wenn Sie mir Ihre Version der Ereignisse schildern, Mr. Kerr?«

Er paffte an der Zigarre, und ich versuchte nicht zu husten. »Wie ich bereits sagte, ich hielt diesen Brief für einen Scherz. Dann, vorige Woche, erhielt die Firma einen Anruf von der Polizei. Man teilte uns mit, ein Gastwirt sei bei der Arbeit tot umgefallen. Anscheinend hatte er gerade einen neuen Behälter KerrSter geöffnet – ein Allzweckreiniger aus unserer Produktion. Einer unserer Verkaufsschlager im Handel. Wie dem auch sei, der Obduktion zufolge starb dieser Mann, weil er Zyanid, Blausäuresalz, eingeatmet hatte, was ein Witz ist, weil im Herstellungsverfahren von KerrSter überhaupt kein Zyanid verwendet wird. Niemand bei uns konnte sich erklären, was sein Tod mit KerrSter zu tun gehabt haben sollte«, sagte er trotzig. »Uns war nicht wohl bei dem Gedanken an die gerichtliche Untersuchung, das gebe ich zu, aber wir verstanden nicht, wie man uns dafür verantwortlich machen konnte.«

»Und?« half ich nach.

Kerr rutschte auf seinem Sessel herum und verlagerte sein Gewicht von einer Gesäßbacke auf die andere, mit einer Bewegung, die ich seit *Dumbo* nicht gesehen hatte. »Ich versichere Ihnen, ich hätte den Fall niemals mit dem Brief in Verbindung gebracht. Er war mir komplett entfallen. Dann, heute morgen, kam das hier.« Seine Wurstfinger glitten wieder in seine Innentasche und kamen mit einem zusammengefalteten Blatt Papier zum Vorschein. Er hielt es mir hin.

»Hat außer Ihnen jemand dieses Blatt angefaßt?« fragte ich, ohne es an mich zu nehmen.

Er schüttelte den Kopf. »Nein. Der Brief kam zu mir nach Hause, genau wie der erste.«

»Legen Sie ihn auf den Schreibtisch«, sagte ich und kramte in meiner Tasche nach einem Füller und meinem Schweizer Armeemesser. Ich zog die Augenbrauenpinzette aus dem Heft des Messers und faltete den Brief damit vorsichtig auf. Es war ein Blatt von einem DIN-A4-Block mit Klebestreifen, gelocht, mit schmalen, feinen Linien und Rand. Darauf stand in weit auseinandergezogenen, aufgeklebten Zeitungsbuchstaben: »Sie bedauern bestimmt, daß Sie nicht getan haben, was wir von Ihnen verlangt haben. Wir bleiben in Verbindung. Keine Bullen. Wir behalten Sie im Auge.« Es war eine Mischung aus Groß- und Kleinbuchstaben, und ich erkannte die vertrauten Schrifttypen des *Manchester Evening Chronicle*. Tja, damit kamen also nur ein paar Millionen Leser in Frage.

Ich hob den Kopf und seufzte. »Auf den ersten Blick sieht es so aus, als hätte Ihr Briefeschreiber seine Drohung wahrgemacht. Warum sind Sie damit nicht zur Polizei gegangen, Mr. Kerr? Mord und Erpressung, dafür sind die Cops da.«

Kerr wirkte nervös. »Ich dachte, dort würde man mir nicht glauben«, erklärte er verlegen. »Betrachten Sie es mal aus der Perspektive der Polizei. Die Produkte meiner Firma sind in einen Panschskandal verwickelt. Ein Mann ist tot. Haben Sie eine Vorstellung, wieviel es mich kosten wird, die Prozesse, die es in Kürze hageln wird, heil zu überstehen? Nichts läßt darauf schließen, daß ich das hier nicht selbst zusammengebastelt habe, um mich aus der Schlinge zu ziehen. Ich bin mir sicher, auf diesem Brief sind allein meine Fingerabdrücke, und Sie können Ihren sprichwörtlichen letzten Cent darauf verwetten, daß die Polizei ihre Zeit nicht damit verschwenden wird, nach Industriesaboteuren zu fahnden, an deren Existenz sie möglicherweise nicht einmal glaubt. Außerdem steht in dem Brief ›Keine Bullen‹.«

»Also wollen Sie, daß ich Ihre Saboteure für Sie finde?« fragte ich resigniert.

»Könnten Sie das tun?« fragte Kerr gespannt.

Ich zuckte die Achseln. »Ich kann es versuchen.«

Ehe wir diesen Punkt vertiefen konnten, klopfte es an der Tür, und der Kopf unserer Gastgeberin erschien. »Entschuldige die Störung, Trevor, aber wir wollen gleich die Hinweise für die Schatzsuche verteilen, und du willst doch bestimmt ungern den Anfang verpassen, oder?« Sie lud uns nicht ein, uns zu beteiligen. Offenbar entsprach mein Aufzug nicht den Kleidervorschriften.

»Ich komme gleich, Charmian.« Trevor stemmte sich von seinem Sessel hoch. »In meinem Büro, halb neun morgen früh?« fragte er.

Ich hatte noch einen ganzen Berg Fragen an Trevor Kerr, aber die konnten durchaus warten. »Ich dachte, Ihnen ist nicht wohl dabei, wenn ich in Ihr Büro komme?« sagte ich als kleine Erinnerungsstütze.

Er ließ sich auf seinem Weg zur Tür nicht aufhalten. »Ich sage meiner Sekretärin, daß Sie vom Amt für Umweltschutz kommen. Diese neugierigen Mistkerle schnüffeln ja andauernd da herum, wo sie nicht erwünscht sind.«

Ich schüttelte verzweifelt den Kopf, als er verschwand. Manche Kunden sind so. Bevor du eingewilligt hast, für sie zu arbeiten, rutschen sie förmlich auf den Knien. Sobald du dann an Bord gegangen bist, behandeln sie dich wie etwas, das unter den Sohlen ihrer Gucci-Schuhe klebt. »Und ich dachte, Heavy-Metal-Bands wären die letzten Arschlöcher«, sagte Richard.

»Sind sie ja auch«, erwiderte ich. »Und wo wir gerade beim Thema sind, woher wußtest du von dem Todesfall durch Kerr-Ster?«

Richard zwinkerte mir zu und ließ jenes Lächeln sehen, das mich überhaupt erst dazu gebracht hatte, mich mit ihm einzulassen. »Hat nicht viel Sinn, den *Chronicle* zu abonnieren, wenn man ihn nicht liest, oder?« fragte er falsch-freundlich.

»Manche von uns haben eben Wichtigeres zu tun, als auf der faulen Haut zu liegen, Joints zu rauchen und in der Zeitung zu schmökern«, fuhr ich ihn an.

Richard tat beleidigt. Zumindest glaube ich, daß er nur so tat. »Na, wenn das so ist, willst du wohl nicht, daß ich dich zum Essen einlade, wie?« fragte er lässig.

»Probier's doch«, sagte ich. Es gibt nur wenig im Leben, was nach einer duftenden, knusprigen Ente nicht schon ganz anders aussieht. Woher sollte ich wissen, daß Trevor Kerr eine dieser Ausnahmen war?

4. Kapitel

Während der Wachmann an der Sperre zum Parkplatz von Kerrchem überprüfte, ob ich auch keine hinterhältige Industriespionin war, die sich einschleichen wollte, um die Firmengeheimnisse zu stehlen, starrte ich auf die Fabrik gegenüber, ein weitläufiges Gebäude, dessen rote Ziegelsteinmauern von den Jahren der Berieselung mit industriellen Abgasen schwarz verfärbt waren. Irgendwo da drinnen würde ich den Anfang des Fadens finden, der zu dem Mörder führt.

Schließlich ließ er mich passieren und zeigte mir den Weg zu den Verwaltungsbüros. Trevor Kerrs Sekretärin saß bereits hinter ihrem Schreibtisch, als ich um fünf vor halb neun hereinkam. Ihr Chef leider nicht. Ich stellte mich vor. »Mr. Kerr erwartet mich«, fügte ich hinzu.

Sie war augenscheinlich eher ihrer Tüchtigkeit als ihres Charmes halber eingestellt worden. »Vom Amt für Umweltschutz«, sagte sie in einem Ton, den ich für den Gerichtsvollzieher benutzt hätte. »Nehmen Sie Platz. Mr. Kerr kommt gleich.« Sie wandte sich wieder ihrem Textverarbeitungssystem zu, hämmerte verbissen auf die Tastatur ein, als spiele sie Mortal Kombat.

Ich schaute mich um. Beide Besucherstühle sahen nicht so aus, als seien sie nach dem Prinzip der Bequemlichkeit ausgewählt worden. Der einzig verfügbare Lesestoff war eine Branchenzeitschrift, zu der ich nicht einmal auf einem Zwölf-Stunden-Flug gegriffen hätte, mit einem Film von Sylvester Stallone als einziger Alternative. »Vielleicht könnte ich mir schon mal die Unterlagen ansehen, die ich überprüfen muß?« schlug ich vor. »Um keine Zeit zu verlieren.«

»Nur Mr. Kerr kann die Einsichtnahme Dritter in Firmenpapiere gestatten«, erwiderte sie kalt. »Er weiß, daß Sie kommen. Ich bin sicher, er läßt Sie nicht lange warten.«

Wie wünschte ich mir doch, ihren Optimismus teilen zu können. Ich versuchte es mir bequem zu machen und nutzte die Zeit, um in Gedanken noch einmal die spärlichen Informationen durchzugehen, die ich bisher hatte. Nachdem Richard und ich uns gestern abend in einem kleinen chinesischen Restaurant in Whitefield den Bauch vollgeschlagen hatten – wo wir uns beide übrigens furchtbar overdressed vorkamen –, hatte ich mir die Zeitungen der letzten Wochen vorgenommen und mich schlau gemacht. Richard hatte sich währenddessen umgezogen und war zu irgendeiner Kneipe in Longsight gefahren, um sich eine lokale Techno-Band anzuhören, die gerade einen Plattenvertrag an Land gezogen hatte. Offen gestanden fand ich, daß ich das bessere Ende der Wurst erwischt hatte.

Auf der Fahrt durch den frühen Rush-hour-Verkehr heute morgen hatte ich einen Zwischenstopp im Büro eingelegt, um meinem befreundeten Finanzexperten ein Fax zu schicken. Ich brauchte Hintergrundinformationen zu Trevor Kerr und seiner Firma, und wenn es etwas auszugraben gab, dann war Josh Gilbert der richtige Mann dafür. Josh und ich haben eine Vereinbarung: er versorgt mich mit Finanzinformationen, und ich lade ihn in teure Restaurants ein. Der Umstand, daß Josh keinerlei Skrupel kennen würde, sich ins Savoy ausführen zu lassen, stört mich nicht; darüber brauche ich mir keine Gedanken zu machen, mein Spesenkonto besorgt alles weitere.

Die Finanzdaten würden eine Lücke in meinem Wissensstand füllen. Ich hoffte, sie fielen ergiebiger aus als die Zeitungsberichte. Auf den Tod von Joey Morton hatten die Medien mit makabrer Schnelligkeit reagiert. Ausnahmsweise gab es gerade keinen Regierungsskandal, der sie ablenken konnte, und sämtliche Zeitungen hatten dem Tod des Stockport-Wirts breiten Raum gewidmet. Zunächst konnte ich mir nicht erklären, wie ich das Zeter und Mordio hatte verpassen können, bis mir dann einfiel, daß ich an besagtem Tag die ganze Zeit unterwegs gewesen war, um einen Hauptentlastungszeugen für Ruth Hunter, meine Lieblingsstrafverteidigerin, aufzutreiben. Ich hatte kaum Zeit gehabt, mir auf meiner Tour ein Sandwich zu genehmigen, geschweige denn, in der Tageszeitung zu blättern.

Joey Morton war achtunddreißig Jahre alt, ein ehemaliger Fußballspieler der dritten Liga, der sich zum Gastwirt gemausert hatte. Er und seine Frau Marina führten den Cob-and-Pen-Pub am Ufer des Mersey. Joey war in den Keller gegangen, um die Bierleitungen zu reinigen, dazu hatte er einen neuen Behälter KerrSter mitgenommen. Joey war stolz auf sein echtes Ale, und er ließ keinen anderen auch nur in die Nähe seines Kellers. Als er bis zur Öffnungszeit nicht wiederauftauchte, schickte Marina jemanden vom Barpersonal hinunter, um ihn zu holen. Der Barmann hatte seinen Chef am Boden liegend vorgefunden, das KerrSter stand offen neben ihm. Die Polizei ließ verlauten, daß Joey der Obduktion zufolge gestorben war, weil er Zyanwasserstoffsäure eingeatmet hatte.

Der Barmann hatte dem Pathologen die Arbeit erleichtert, da er zu berichten wußte, er habe gleich bei Betreten des vollgestopften Kellers Bittermandel gerochen. Kerrchem hatte umgehend dementiert, daß sein Produkt für den Todesfall verantwortlich sei, und die Polizei hatte die gespannte Öffentlichkeit davon unterrichtet, daß zu Joeys Tod ermittelt werden solle. Danach schien die Story gestorben zu sein, wie gewöhnlich, wenn nicht mit immer neuen schokkierenden Enthüllungen aufgewartet werden kann.

Es war also wenig wahrscheinlich, daß Joey Morton infolge eines fatalen Fehlers in der Kerrchem-Fabrik gestorben war. Die logische Konsequenz war Industriesabotage. Die Frage lautete nur, wann und durch wen? Handelte es sich um das Werk von Insidern? Eines verbitterten ehemaligen Beschäftigten? Eines Außenstehenden, der ein Erpressergeld kassieren wollte? Oder war es ein Konkurrent, der Trevor Kerrs Marktanteil an sich zu reißen suchte? Menschen zu töten erschien ein wenig extrem, doch wie ich aus bitterer Erfahrung weiß, kommt es nur allzuleicht zu »Unfällen«, wenn jemand Hilfe von außen anheuert, um die Drecksarbeit für sich erledigen zu lassen.

Es war zehn vor neun, als Trevor Kerr hereingestürzt kam. Seine Augen sahen aus, als habe sich der einzige Schatz, den er am Abend zuvor gefunden hatte, am Grund der Flasche befunden. »Dann sind Sie Miss Brannigan?« begrüßte er mich. Falls er Träume von einer Schauspielerkarriere hegte, konnte ich nur hoffen, daß Kerrchem nicht einging. Ich folgte ihm in sein Büro und fing eine wenig reizvolle Scotchfahne auf, bevor wir in das Aroma aus abgestandenem Zigarrenrauch und Zitronenmöbelpolitur eintauchten. Wie man sah, reichte der spartanische Einrichtungsstil nicht über das Vorzimmer hinaus. Trevor Kerr hatte keine Kosten gescheut, um sein Büro mit sämtlichen Bequemlichkeiten auszustatten. Das heißt, wenn man Herrenklubs für bequem hielt. Ohrensessel aus Leder standen um einen spiegelblank polierten niedrigen Tisch. Trevors Schreibtisch war eine Kopie, aber was ihm an Klasse abging, machte er durch schiere Größe wett. Ihm fehlte eigentlich nur noch grünes Tuch, um darauf die Snooker-Weltmeisterschaften austragen zu können. Und man mußte den Kram abräumen. An den Wänden hingen lauter alte Golfdrucke. Nach seiner massigen Gestalt zu urteilen, hielt Trevor Kerr von Golf mehr in Form von Bildern als in der Praxis.

Er ließ seine Aktenmappe neben dem Schreibtisch fallen und richtete sich auf seinem Stuhl ein. Ich wählte unaufgefordert den Sessel aus, der ihm am nächsten stand, denn wenn ich wartete, bis er mich bat, Platz zu nehmen, würde ich mein Verfallsdatum überschreiten. »Also, was brauchen Sie von mir?« wollte er wissen.

Ehe ich antworten konnte, kam die Sekretärin mit einem dampfenden Becher Kaffee herein. Auf dem Becher stand »Der Welt größter Sprücheklopfer«. Ich dachte nicht daran zu widersprechen. Ich selbst hätte auch nichts gegen ein Täßchen einzuwenden gehabt, aber anscheinend wurde das Fußvolk bei Kerrchem dieser Ehre nicht für würdig erachtet. Wäre ich wirklich vom Amt für Umweltschutz gekommen, dann hätte ich ob dieser Unhöflichkeit die Messer für Trevor Kerrs gutgepolsterte Rippen gewetzt. Ich wartete, bis die Sekretärin sich zurückgezogen hatte, dann fragte ich: »Haben Sie den Rest der Serie zurückgehen lassen?«

Er nickte ungeduldig. »Selbstverständlich. Wir haben uns mit sämtlichen Großhändlern in Verbindung gesetzt, und sowohl wir als auch der Handel haben eine Anzeige in der überregionalen Presse geschaltet. Wir haben schon eine ganze Ladung des Zeugs zurückbekommen. Heute müßte noch mehr eingehen.«

»Gut«, sagte ich. »Das möchte ich mir ansehen, ebenso die Lieferscheine zu der Serie. Ich nehme an, das stellt kein Problem dar?«

»Nein. Ich lasse sie von Sheila heraussuchen.« Er machte sich eine Notiz auf einem Block. »Noch was?«

»Verwenden Sie in irgendeinem Ihrer Verfahren Zyanid?«

»Quatsch«, sagte er aggressiv. »Es findet in der Industrie zwar Verwendung, aber hauptsächlich in der Kunststoffherstellung und in der Galvanotechnik. Wir stellen nichts her, wozu man Zyanid brauchen könnte.«

»Na gut. Zurück zu dem ersten Erpresserbrief. Enthielt er irgendwelche Instruktionen zur Höhe des geforderten Geldbetrags oder zur Art und Weise einer Kontaktaufnahme?«

Er nahm eine Zigarre aus einem Feuchthaltebehälter von der Größe eines kleinen Gewächshauses und drehte sie zwischen den Fingern. »Eine Zahl war nicht genannt, nein. Da stand eine Telefonnummer, und in dem Brief hieß es, es sei die Nummer eines öffentlichen Fernsprechers in der Piccadilly Station. Ich sollte am Freitagabend um neun dort sein. Natürlich bin ich nicht hingegangen.«

»Schade, daß Sie uns nicht schon da angerufen haben«, sagte ich.

»Ich habe Ihnen doch gesagt, ich hielt das Ganze für einen Scherz. Von irgend so einem Irren, der mich reinlegen wollte. Diese Befriedigung wollte ich ihm auf gar keinen Fall verschaffen.«

»Oder ihr«, ergänzte ich. »Mir stößt nur auf, Mr. Kerr, daß Mord eine ziemlich extreme Handlungsweise für einen Erpresser zu sein scheint. In der Regel sind Erpresser eher feige. Die Verbrechen, die sie begehen, finden aus der Distanz statt, und normalerweise bringen sie niemanden in Lebensgefahr. Ich hätte erwartet, daß die Erpresser in diesem Fall zurückhaltender reagieren, zumindest anfangs. Sie wissen schon, Ätznatron in ein Spülmittel geben oder dergleichen.«

»Vielleicht hatten sie nicht vor, jemanden zu töten, wollten den Leuten nur einen mächtigen Schreck einjagen.« Er zündete die Zigarre an und stieß eine Rauchwolke aus, die mir so früh am Tag einen Schreck einjagte.

Ich zuckte die Achseln. »In diesem Fall wäre Blausäuresalz eine seltsame Wahl. Die tödliche Dosis ist ziemlich gering. Außerdem konnte man es nicht einfach in einen Container geben und dann warten, bis jemand ihn öffnet. Innen muß man eine Art Hilfsvorrichtung angebracht haben. Um das tödliche Gas zu erzeugen, müssen Zyanidkristalle chemisch mit einem anderen Stoff reagieren. Also muß man sie irgendwie in der Flüssigkeit aufgelöst haben. Da hat sich jemand sehr viel Arbeit gemacht, wenn er die gleiche unfreundliche Warnung auch mittels zig anderer chemischer Verbindungen hätte aussprechen können. Ich anstelle der Erpresser hätte einige Container entweder mit einer übelriechenden Flüssigkeit gefüllt oder mit etwas, das Oberflächen nicht reinigt, sondern zerstört, um Ihnen zu demonstrieren, daß ich in der Lage bin, Ihnen das Leben zur Hölle zu machen. Dann hätte ich einen zweiten Brief ungefähr nach dem Motto ›Beim nächsten Mal ist es Blausäure‹ folgen lassen.«

»Also haben wir es vielleicht mit einem ganz und gar Wahnsinnigen zu tun«, meinte er bitter. »Na großartig.«

»Oder es ist jemand, der Sie fertigmachen will, nicht bloß erpressen«, sagte ich frei heraus.

Kerr nahm die Zigarre aus dem Mund, der jedoch weiterhin ein vollendetes O formte. Schließlich sagte er: »Das soll wohl ein Witz sein.«

»Sie sollten es in Betracht ziehen. Sowohl beruflich wie auch privat.« Er hatte große Mühe, diesen Gedanken zu verarbeiten, das konnte ich sehen. Wäre er ein bißchen netter zu mir gewesen, dann hätte ich es ihm schonender beigebracht. Aber ich finde eben, man soll nicht austeilen, wenn man nicht selbst einstecken kann. »Was ist mit Geschäftskonkurrenten? Sitzt Ihnen jemand im Nacken? Steht jemand vor dem Ruin, weil Sie neue Produkte herausgebracht oder neue Verkaufsstrategien entwickelt haben?«

»In der Geschäftswelt mordet man nicht«, protestierte er. »Jedenfalls nicht in meiner Branche, unmöglich.«

»Mag sein, daß Mord ursprünglich nicht geplant war«, sagte ich. »Aber wenn man Sie sabotieren und trotzdem auf Distanz bleiben wollte, hat man für die Schmutzarbeit vielleicht jemanden angeheuert. Und dieser Jemand wiederum könnte einen anderen angeheuert haben. Und irgendwo auf dem Weg kam es zu Unklarheiten, à la Stille Post. Gibt es also irgendeine Firma, die einen besonderen Grund haben könnte, Kerrchem kaputtzumachen?«

Er runzelte die Stirn. »Die letzten Jahre waren hart, das läßt sich nicht leugnen. Viele Firmen sind pleite gegangen, das heißt, es werden nicht mehr so viele Reinigungsmittel für gewerbliche Zwecke gebraucht. Viele Geschäfte lassen nur noch an drei statt fünf Tagen putzen, ergo reduzieren die Reinigungsfirmen ihre Bestellungen. Wir haben uns über Wasser gehalten, aber es war ein Kampf. Ein paarmal mußten wir überschüssiges Personal abbauen, zeitweilig haben wir die Einführung neuer Herstellungsverfahren verzögert, und wir mußten uns aggressiver vermarkten, doch das ist überall in der Industrie das gleiche Lied. Einer unserer Hauptkonkurrenten ist vor neun Monaten pleite gegangen, aber nicht etwa deshalb, weil wir ihn unter Druck gesetzt hätten. Es lag vielmehr daran, daß er in Basingstoke saß und höhere Arbeitskosten hatte als wir. Ich habe nichts davon gehört, daß sonst noch wer auf der Kippe steht, und es ist eine kleine Welt. Offen gestanden gehören wir zu den kleineren Fischen. Die meisten unserer Konkurrenten sind große Multis. Wenn die uns außer Gefecht setzen wollten, würden sie an die Familie herantreten und uns ein Angebot machen, das wir unmöglich ausschlagen könnten.«

Damit war die einfache Lösung vom Tisch. Weiter zur nächsten. »Ist jemand verstimmt gegangen? Irgendwelche anhängigen Prozesse wegen sozial ungerechtfertigter Entlassungen?«

Er schüttelte den Kopf. »Nicht, daß ich wüßte. Soweit ich weiß – und glauben Sie mir, ich wüßte es – sind nur die Leute gegangen, die wir im Rahmen des Sozialplans weggeschickt haben. Ich nehme an, einige waren schon etwas verstimmt, aber falls jemand Drohungen ausgestoßen hat, wäre mir das zu Ohren gekommen. Wie gesagt, wir sind stolz darauf, ein Familienbetrieb zu sein, und die Abteilungsleiter und Werkmeister wissen Bescheid, daß sie etwaige Konflikte nicht für sich behalten sollen.«

Wir machten Fortschritte, ohne von der Stelle zu kommen, womit nur noch der heikle Teil übrigblieb. »Na schön« sagte ich. »Ich möchte nicht, daß Sie mich falsch verstehen, Mr. Kerr, aber ich muß Ihnen diese Fragen stellen. Sie sagten, Kerrchem sei ein Familienbetrieb. Besteht die Möglichkeit, daß ein Mitglied der Familie Sie in Mißkredit bringen will? Um den Eindruck zu erwecken, daß die Firma in Ihren Händen nicht gut aufgehoben ist?«

Plötzlich sah ich in Trevor Kerrs Zukunft. Die Warnung vor dem nicht allzu fernen Herzinfarkt, der in seinen verstopften Arterien lauerte, stand ihm in sein hochrotes Gesicht geschrieben. Sein Mund öffnete und schloß sich ein paarmal, dann brüllte er: »Schwachsinn. Purer, absoluter Schwachsinn.«

»Denken Sie darüber nach.« Ich lächelte süßlich. Das würde ihn lehren, mir mein Koffeinhigh vorzuenthalten. »Die zweite Frage ist noch persönlicher, fürchte ich. Sind Sie verheiratet, Mr. Kerr?«

»Natürlich. Drei Kinder.« Er wies mit dem Daumen auf einen Bilderrahmen auf dem Schreibtisch. Ich drehte ihn um. Das Studio-Standardfoto einer aufgemotzten Frau, zwei mißmutige Jungs mit den Gesichtszügen ihres Vaters und ein Mädchen mit Zahnspange, das trotzdem auf beunruhigende Weise einem Kaninchen ähnelte. »Bin seit sechzehn Jahren mit ein und derselben Frau verheiratet.«

»Also keine Exfrauen oder Exfreundinnen in Ihrer Vergangenheit, die noch ein Hühnchen zu rupfen haben?« fragte ich.

Sein Blick glitt von mir ab zu einem Punkt irgendwo an der Wand gegenüber. »Machen Sie sich nicht lächerlich«, sagte er unvermittelt. Dann, in dem Bemühen, mich für sich einzunehmen, lachend: »Himmel noch mal, Kate, Sie arbeiten für mich, nicht für meine Frau.«

Damit wußte ich, daß er eine Geliebte hatte, oder früher gehabt hatte. Das war ein vager Ansatzpunkt, den ich jedoch im Hinterkopf behalten mußte. Ehe ich diese Richtung weiterverfolgen konnte, summte die Gegensprechanlage auf seinem Schreibtisch. Er drückte auf einen Knopf. »Was gibt's, Sheila?«

»Reg Unsworth ist hier, Mr. Kerr. Er sagt, er muß mit Ihnen reden.«

»Ich bin in einer Besprechung, Sheila«, erwiderte er gereizt.

Gedämpfte Stimmen waren zu hören, dann wieder Sheila: »Er sagt, es sei dringend, Mr. Kerr. Sie wollten umgehend informiert werden. Es hat mit der Rückrufaktion zu tun.«

»Warum sagen Sie das nicht gleich? Schicken Sie ihn rein.«

Ein kräftiger Mann in braunem Lagerarbeiterkittel und mit einem Kopf so kahl wie ein gekochtes Ei und von annähernd der gleichen Form kam herein. »Entschuldigen Sie, wenn ich störe, Mr. Kerr. Es geht um KerrSter.«

»Na los doch, Reg, raus mit der Sprache«, sagte Kerr ungeduldig.

Unsworth warf einen besorgten Blick auf mich. »Es ist 'ne vertrauliche Sache.«

»Schon gut. Miss Brannigan kommt vom Amt für Umweltschutz. Sie ist hier, um uns bei der Klärung des ganzen Schlamassels zu helfen.«

Unsworth wirkte trotzdem noch unsicher. »Ich hab die Unterlagen geprüft, bevor die reklamierte Ware reinkam. Wir haben insgesamt vierhundertdreiundachtzig Vierliterbehälter mit der Seriennummer des Behälters geliefert, mit dem es die Probleme gab. Nur... bisher zurückgekriegt haben wir sechshundertsiebenundzwanzig.«

5. Kapitel

Kerr sah aus wie vom Donner gerührt. »Sie müssen sich geirrt haben«, tobte er.

»Ich hab's zweimal überprüft«, sagte Unsworth. Sein Kinn war ebenso stur vorgereckt wie das seines Chefs. »Dann bin ich zur Produktion gegangen und hab noch mal nachgeschlagen. Es stimmt. Wir haben hundertvierzig Behälter mehr zurückbekommen, als wir verschickt haben. Und dabei ist weder der mitgerechnet, den der

Tote aufgemacht hat, noch die, die schon aufgebraucht wurden oder bei Leuten stehen, die noch nichts von der Rückrufaktion mitbekommen haben.«

»Das muß ein Irrtum sein«, wiederholte Kerr. »Was ist mit der Serienkodiermaschine? Hat jemand überprüft, ob die richtig funktioniert?«

»Ich hab selbst zusammen mit dem zuständigen Werkmeister nachgesehen«, sagte Unsworth. »Sie hatten keinerlei Probleme damit, und ich hab auch die Auswertungen der Qualitätskontrolle gesehen. Es geht kein Weg daran vorbei. Wir haben nur vierhundertdreiundachtzig geliefert. Auf dem Ladeplatz stehen haufenweise Vierlitertonnen KerrSter, für die wir keine Erklärung haben. Kommen Sie und sehen Sie selbst, wenn Sie mir nicht glauben«, fügte er in gekränktem Ton hinzu.

»Tun wir das.« Kerr zog sich hoch. »Kommen Sie mit, Miss Brannigan. Kommen Sie und sehen Sie sich an, wie die Arbeiter sich ihr Brot verdienen.«

Ich folgte Kerr aus dem Zimmer. Unsworth blieb zurück, hielt die Tür auf und schloß sich mir an, als wir den überdachten Weg zwischen Verwaltungsbüros und Fabrik entlanggingen. »Ein echtes Rätsel«, sagte er.

Ich hatte meine eigene Theorie zu den hiesigen Vorgängen, doch die beschloß ich vorläufig für mich zu behalten. »Die zurückgebrachten Tonnen«, sagte ich, »sind die alle versiegelt oder wurden einige bereits geöffnet?«

»Ein paar sind schon angebrochen«, erwiderte er. »Die Serie ging vorletzten Dienstag raus ins Lager. Wahrscheinlich wurden die ersten Container am Donnerstag oder Freitag weggebracht, so ist der normale Lagerbetrieb, deshalb hatten die Leute jede Menge Zeit, sie zu benutzen.«

»Und niemand sonst hat von einer schädlichen Wirkung berichtet?«

Unsworth wirkte nervös. »Nicht in dieser Form.«

Kerr wandte sich mir halb zu, um meine Reaktion mitzubekommen. »Sondern?« fragte ich.

Unsworth sah Kerr an, der ungeduldig nickte. »Na ja, dem einen oder anderen Großhändler und ein, zwei Vertretern wurden ebenfalls Behälter von der Serie zurückgebracht«, gab Unsworth zu.

»Wissen Sie, warum?« fragte ich.

»Die Kunden beschweren sich, daß die Ware nicht unserem gewohnten Standard entspricht«, sagte er widerstrebend.

»Es gab Beschwerden?« wollte Kerr aufgeregt wissen. »Warum hat man mir nichts davon gesagt?«

»Wir haben's auch gerade erst erfahren, Mr. Kerr. Die Kunden sagten, das KerrSter wäre nicht in Ordnung. Einer behauptete, es hätte die Versiegelung von den Fußböden in den Bürotoiletten abgelöst.«

Kerr prustete. »Der Mann soll seinen blöden Angestellten sagen, sie sollen sich gefälligst an Boddingtons halten. Die haben bestimmt dieses ausländische Bier überall auf die blöden Fliesen gepißt.«

»Hatten Sie schon Gelegenheit, einige der reklamierten Behälter zu analysieren?« mischte ich mich ein.

Unsworth nickte. »Die Jungs im Labor haben die ganze Nacht an Proben aus den Containern gearbeitet. In keinem war auch nur die kleinste Spur Zyanid.«

Kerr stieß eine Doppeltür auf. Als ich im Rückschwung die Tür auffing, schlug mir auch schon der Geruch entgegen – ein eigenartiges Gemisch aus Kiefer, Zitrone und Seifenlauge, durchdrungen von ätzenden chemischen Dämpfen, die mir in Nase und Hals bissen. Es war so ähnlich, als fahre man mit einem dieser Duftstäbe im Wagen an den Chemiewerken von Ellesmere Port vorbei, einem von der Sorte, bei denen du denkst, ein verwesendes Stinktier unter dem Fahrersitz wäre vorzuziehen. Gleich nach dem Gestank kam der Maschinenlärm, überlagert von dem Blubbern und Gluckern von Flüssigkeit. Kerr erklomm eine Stiege aus schmalen Eisenstufen, und ich folgte ihm über einen erhöhten Laufgang, der sich über die ganze Länge der Fabrikhalle erstreckte. Es war unangenehm feucht. Ich kam mir vor wie nasse Wäsche, die man gerade in den Trockner gesteckt hatte.

Unter uns schäumten Kessel, Düsen spritzten Flüssigkeit in Plastikbehälter, und erstaunlich wenige Menschen waren zu sehen. »Nicht viele Beschäftigte«, sagte ich laut über die Schulter zu Unsworth.

»Computersteuerung«, erwiderte er knapp.

Noch ein Hinweis, den ich im Auge behalten mußte. Wenn die Sabotage internen Ursprungs war, sandte der Schuldige vielleicht schlicht die falschen Befehle an die Produktionsanlagen aus. Also alles andere als ein unkomplizierter Fall von Industriesabotage, wie ich gedacht hatte; allmählich brummte mir der Schädel von all den sich eröffnenden Möglichkeiten.

Nach zweihundert Metern auf dem Laufgang stiegen wir wieder hinunter und gingen durch eine massive Tür in eine Lagerhalle. Jetzt weiß ich, wie sich die Finnen fühlen, wenn sie von der Sauna direkt in den Schnee springen. Ich konnte spüren, wie meine Poren von dem Schock zuschnappten. Hier roch die Luft nach Öl und Diesel. Die einzigen Geräusche kamen von Gabelstaplern, die Paletten auf Regale hoben und herunterholten. »Das Lager«, sagte Kerr. Worauf ich von allein nie gekommen wäre. »Die vollen Behälter gehen von der Fabrik weiter zur Verpackung, wo die Maschinen sie im Dutzend beschriften, die Seriennummern aufstempeln, sie verschließen und abdichten. Dann gelangen sie auf Förderbändern hierher und werden einsortiert oder verladen.« Er wandte sich an Unsworth. »Wo habt ihr die reklamierte Ware gestapelt?«

Ehe Unsworth antworten konnte, läutete mein Mobiltelefon. »Entschuldigen Sie«, sagte ich, entfernte mich ein Stück und holte das Telefon heraus. »Kate Brannigan«, verkündete ich.

»Sagen Sie mal«, erwiderte eine belustigte Stimme, »gibt es Alexis Lee wirklich, oder ist das nur Ihr Pseudonym?«

Ich erkannte die Stimme auf Anhieb. Ich entzog mich Kerrs neugierigem Blick, wandte ihm den Rücken zu, damit er nicht sehen konnte, daß ich knallrote Ohren bekommen hatte. »Natürlich gibt es sie, Mr. Haroun. Warum fragen Sie?«

»Ich finde, Sie sollten Michael sagen, sonst komme ich noch auf die Idee, daß es ein unfreundlicher Akt sein sollte. Man hat mir gerade die Frühausgabe des *Evening Chronicle* gebracht.«

»Und was steht drin?«

»Muß ich Ihnen das wirklich sagen?« Nach wie vor belustigt.

»Ich habe vergessen, meine Kristallkugel mitzubringen. Wenn Sie kurz warten, werde ich mal sehen, ob ich ein Huhn finden kann, um es zu schlachten und die Eingeweide unter die Lupe zu nehmen.«

Er lachte. Ein Lachen, an das ich mich leicht gewöhnen könnte. »Es wäre bedeutend einfacher, eben in einen Zeitungsladen zu gehen.«

»Sie wollen es mir nicht sagen?«

»O nein, ich möchte Ihnen auf keinen Fall die Überraschung verderben. Sagen Sie, Kate... hätten Sie irgendwann eventuell mal Lust auf ein Abendessen?«

»Michael, es sieht vielleicht nicht so aus, aber ich habe jeden Tag Lust auf ein Abendessen.« Ich faßte es selbst nicht – in Teenie-Romanen hatte ich schon bessere Sprüche gelesen.

Gott sei Dank lachte er wieder. Ich mag Männer, die sich nicht auf das erste kleine Anzeichen von Schwäche stürzen. »Sind Sie heute abend frei?«

Ich tat so, als müßte ich nachdenken. Machen wir uns nichts vor, ich hätte Mel Gibson, Sean Bean, Lynford Christie und Daniel Day Lewis zugleich für ein Abendessen mit Michael Haroun einen Korb gegeben. Ich tat nicht allzu lange, als müßte ich nachdenken, damit er nicht das Interesse verlor. »Ich kann mich freimachen. Wenn es nach sieben ist.«

»Großartig. Soll ich Sie abholen?«

Das stellte mich vor eine schwierigere Entscheidung. Ich wollte nicht vergessen, daß dies ein Geschäftsessen war. Andererseits konnte es nichts schaden, Richard Stoff zum Nachdenken zu geben. Ich nannte Michael die Adresse, und wir einigten uns auf halb acht. Ganz anders als die Leute im Fernsehen, die ein Mobiltelefon benutzen, drückte ich schwungvoll auf den »Ende«-Knopf, dann wandte ich mich wieder dem finster blickenden Trevor Kerr zu.

»Tut mir leid«, log ich. »Jemand, den ich wegen einer anderen Sache zu erreichen versucht habe. Also, Mr. Unsworth, Sie wollten uns gerade die wieder eingegangenen Behälter zeigen.«

Die nächste halbe Stunde war eine der langweiligsten meines Lebens, vor allem deshalb, weil es mich juckte, den *Chronicle* in die Finger zu bekommen. Um halb zwölf entkam ich endlich und schlug Trevor Kerr zum Abschied noch vor, seine Chemiker sollten den Inhalt einer weiteren Stichprobe aus den Behältern analysieren. Nur sollten sie dieses Mal nicht bloß nach Zyanid suchen. Sie sollten überprüfen, ob das KerrSter in den Tonnen echt war oder irgendeine andere Mixtur.

Im dritten Zeitungsladen erhielt ich die endgültige Bestätigung für etwas, das ich über Farnworth schon immer vermutet hatte: es ist ein deprimierendes kleines Kaff, von der Zivilisation vergessen.

Niemand hatte den *Chronicle* da. Er sollte erst irgendwann am Nachmittag geliefert werden. Die Ladeninhaber sahen alle zutiefst beleidigt aus, als ich ihnen erklärte, nein, die *Bolton Evening News* sei eben nicht das gleiche. Ich mußte mich in Geduld fassen, bis ich auf der East Lancashire Road angelangt war. Dort setzte ich mich in den Vorhof einer Reparaturwerkstatt und las die Ergebnisse von Alexis' Recherche. Sie hatte mir alle Ehre gemacht.

Kulturerbe verschwindet

Serie spektakulärer Einbrüche von der Polizei und Schloßeigentümern vertuscht

Die Befürchtung wächst, daß eine Bande professioneller Diebe Großbritannien planmäßig wertvoller Kunstwerke beraubt, die einen wesentlichen Bestandteil unseres nationalen Erbes ausmachen. Unter den gestohlenen Stücken befinden sich Gemälde der französischen Impressionisten Monet und Cézanne sowie eine Bronzebüste des italienischen Barockmeisters Bernini. Außerdem ist eine Sammlung elisabethanischer Miniaturen von Nicholas Hilliard verschwunden. Insgesamt wird der Wert der Diebesbeute auf rund 10 Millionen Pfund geschätzt.

Die Vertuschungskampagne wurde gemeinsam von mehreren Polizeikräften und den Eigentümern der betroffenen Schlösser ausgeheckt. Der Polizei geht es darum, jedes öffentliche Aufsehen zu vermeiden, da sie Hinweisen nachgeht und nicht bekanntwerden lassen wollte, daß nach den bisher gewonnenen Erkenntnissen ein und dieselbe Bande hinter den Diebstählen steckt.

Den Schloßeigentümern hingegen geht es darum, unter Verschluß zu halten, daß die Glanzstücke ihrer Sammlungen fehlen, damit als Konsequenz nicht die Zahl der Besucher auf ihren Herrensitzen zurückgeht.

Einige der Eigentümer haben sich sogar darauf verlegt, Reproduktionen der verschwundenen Meisterwerke aufzuhängen, um die Öffentlichkeit in die Irre zu führen.

Das jüngste Opfer der dreisten Räuber ist der Eigentümer eines Schlosses in Cheshire. Die Polizei weigert sich, seine Identität preiszugeben, man hat lediglich verlauten lassen, daß ein französisches Gemälde aus dem neunzehnten Jahrhundert entwendet wurde.

Die Diebe kopieren die Methode des Pärchens, das bei den Olympischen Spielen in Lillehammer mit dem Diebstahl von Edvard Munchs ›*Der Schrei*‹ für einen Skandal sorgte.

Wie es heißt, dringen sie durch die dem Objekt nächstgelegenen Türen oder Fenster ein, steuern direkt auf ihr Ziel zu, nehmen es an sich und ergreifen dann die Flucht. Oft halten sie sich nicht länger als eine Minute im Haus oder in der Galerie auf.

Wie ein Informant aus Polizeikreisen gestern abend sagte, handelt es sich um Profis, die »vermutlich auf Bestellung arbeiten. Es gibt nur eine begrenzte Anzahl von Abnehmern für ihre Beute. Gegenwärtig stellen wir Nachforschungen in der Kunstszene an.«

Einer der bestohlenen Schloßeigentümer, der sich nur anonym äußern wollte, sagte: »Hier steht nicht nur das Erbe unseres Landes auf dem Spiel. Es geht auch um unser geschäftliches Überleben. Wir haben viele Angestellte, und wenn keine Besucher mehr kommen, weil unsere berühmtesten Ausstellungsstücke verschwunden sind, wird das notwendigerweise Konsequenzen nach sich ziehen.

Wir bemühen uns nach Kräften, wirksame Sicherheitsvorkehrungen zu treffen, aber gegen Profis kann man sich nicht hundertprozentig schützen.«

Im gleichen Tenor ging es noch eine Zeitlang weiter, es kam jedoch nichts aufsehenerregend Neues mehr. Man mag mich für pingelig halten, aber ich habe nie verstanden, wie die Kunst verschiedenster europäischer Kulturen zu einem wesentlichen Bestandteil unseres britischen Erbes hat werden können, es sei denn, diese Sichtweise symbolisiert den räuberischen Geist, der das Empire groß gemacht hat. Davon einmal abgesehen, ging ich davon aus, daß Alexis' Story das von mir erhoffte Ergebnis haben würde. Mit ein wenig Glück würden die überregionalen Zeitungen morgen früh die Geschichte aufgreifen, und sie würde immer weitere Kreise ziehen. Bald wäre es Zeit für einen Gedankenaustausch mit meinem Freund Dennis. Sollte er sich jemals entscheiden, ganz und gar ehrlich zu werden, könnte er sich als Journalist sein Brot verdienen. Ich habe noch nie jemanden gekannt, der soviel kriminelle Intelligenz absorbieren und wieder absondern kann wie er. Ich bin nur dankbar, daß manches davon für mich abfällt, wenn ich es brauche.

Vorläufig fuhr ich erst mal zum Büro zurück und hielt zwischendurch an, um einige Stücke Pizza zu besorgen. Ich wußte, daß Shelley mit einem Stoß Papierkram hinter der Tür lauern würde, schlimmer als eine Nudelrolle. Vielleicht konnte eine Pizza-Opfergabe den Bürostunk ja auf ein erträgliches Maß reduzieren.

Ich hatte mich halb durch die schnarchlangweilige Prozedur gekämpft, fällige Schecks zu unterschreiben, als Josh kam. Ich tat erstaunt. »Josh!« rief ich. »Es ist zwischen eins und drei, und du bist nicht in einem Restaurant! Was ist passiert? Ist der Aktienmarkt zusammengebrochen?«

Um seine durchdringenden blauen Augen bildeten sich Fältchen von dem Lächeln, das er einstudiert hat, um seine Ähnlichkeit mit Robert Redford auf die Spitze zu treiben. Offen gestanden wundert es mich, daß er nicht auch noch sein hellbraunes Haar gebleicht hat, zumal Joshs Energien auf nur zwei Dinge gerichtet sind – Geld wie Heu zu verdienen und Frauen. Was er bezüglich der letzteren an Resultaten vorzuweisen hat, ist eher kläglich; zum Glück hat er mit ersterem weit mehr Erfolg, wodurch er zum Seniorpartner einer der renommiertesten Maklerfirmen der Stadt aufgestiegen ist. Shelley hat nach ihrem Abitur in Psychologie eine Theorie über Josh und die Frauen entwickelt. Sie vermutet, daß sich hinter der selbstbewußten Fassade ein Abgrund mangelnder Selbstachtung auftut. Daher sei sein Unterbewußtsein, was Frauen anbelangt, zu der Überzeugung gelangt, daß kein weibliches Wesen mit auch nur einem Funken Verstand und einem Fitzelchen Persönlichkeit mehr als fünf Minuten mit ihm zusammensein will. Die logische Schlußfolgerung daraus ist: Jede Frau, die ihm länger als sechs Wochen die Stange hält, muß per definitionem eine langweilige Tussi sein, und er kann sich unter gar keinen Umständen mit ihr blicken lassen.

Ich hingegen denke, daß er nur gern seinen Spaß hat. Er schwört, daß er mit Vierzig in Pension gehen will, und das ist früh genug, um seßhaft zu werden. Ich mag ihn, weil er mich stets wie seinesgleichen behandelt hat, nie wie eine potentielle Eroberung. Darüber bin ich heilfroh; ich würde meine Schnellstraße in das Innenleben der Finanzwelt nur ungern verlieren. Und Tatsache, der Nikkei-Index rülpst nicht, ohne daß Josh genauestens weiß, was er zum Abendessen verspeist hat.

Josh schnippte ein Phantasiestaubkorn von einem der Besucherstühle, setzte sich und schlug die Beine in der eleganten Hose übereinander. »In der großen Welt des Geldes ist auch nicht mehr alles, was es einmal war«, sagte er. »Die Zeiten der dreistündigen Mittagspausen sind vorüber. Ausgenommen natürlich, wenn du es bist, die bezahlt.« Er warf eine Akte auf meinen Schreibtisch.

»Du hast aufgehört, Mittag zu machen?« Hatte die Welt aufgehört, sich zu drehen?

»Ich habe heute im Büro eines meiner wichtigsten Klienten ein Garnelensandwich von Marks & Spencer verzehrt. Dazu gab es ein pikantes, perlendes Mineralwasser aus den Tälern von Wales. Eine interessante Diversifikation zum Kohlebergbau, findest du nicht auch?«

Ich nahm die Akte an mich. »Kerrchem?«

»Eben diese. Soll ich aus dem Nähkästchen plaudern, da ich schon mal hier bin?«

Ich präsentierte mein argwöhnischstes Stirnrunzeln. »Wird mich das was kosten?«

Er spitzte die Lippen. »Vielleicht ein kleines Gratisglas Brandy?«

»Ist es mir wert«, entschied ich. »Leg los.«

»Na gut. Kerrchem ist ein Familienunternehmen. Im Jahre 1934 von Josiah Kerr, dem Großvater des gegenwärtigen Präsidenten, Geschäftsführers und leitenden Direktors Trevor Kerr, gegründet. Sie stellten Seife her. Keine Gebrüder Lever, auch wenn sie der Familie stets ein ordentliches Auskommen sicherten. Wie man hört, war Trevors Vater Hartley ein cleverer Typ; er hatte Chemie studiert und sorgte dafür, daß sie genug Geld in Forschung und Entwicklung investierten, um Vorreiter in der Branche zu sein. Er stieg mit der Firma auch auf den Markt für Reinigungsmittel zu gewerblichen Zwecken ein.« Das alles aus dem Effeff. Eines von Joshs Erfolgsgeheimnissen – sein praktisch fotografisches Gedächtnis für Fakten und Zahlen. Genauer, Zahlen der Spezies Bilanzen.

»Hartley Kerr war ein Einzelkind«, fuhr er fort. »Er selbst hatte drei Kinder: Trevor, Margaret und Elizabeth. Trevor, wenngleich der jüngste, besitzt neunundvierzig Prozent der Aktien, Margaret und Elizabeth gehören je zwanzig Prozent. Die restlichen elf Prozent hält Hartley Kerrs Witwe, Elaine Kerr. Elaine ist Anfang Siebzig, im Vollbesitz ihrer geistigen Kräfte, lebt auf den Bermudas und mischt sich selten ein, außer daß sie bei jeder sich bietenden Gelegenheit gegen Trevor stimmt. Trevors Söhne gehen noch zur Schule, aber er hat drei Neffen, die bei Kerrchem arbeiten. John Hardy arbeitet in der Abteilung Forschung und Entwicklung, sein Bruder Paul ist in der Buchhaltung, und Margarets Sohn Will Tomasiuk ist in der Verkaufsabteilung tätig. Trevor ist, wie man hört, das totale Arschloch, doch wider Erwarten scheint er die Firma gut zu leiten. Keine Vorgeschichte betrieblicher Probleme. Finanziell und steuerlich scheint alles korrekt zu sein. Offen gestanden, Kate, wenn Kerrchem an die Börse ginge, wäre es genau die Sorte Firma, die ich dir als Geldanlage empfehlen würde, wenn du unspektakulär und sicher investieren wolltest. Das heißt, bis zu dem Todesfall.«

»Das schließt Versicherungsbetrug dann wohl schon mal aus. Sind alle in der Familie glücklich damit, daß Trevor das Heft in der Hand hält? Keine jungen Hengste, die hufescharrend in den Startlöchern stehen?«

Josh schüttelte den Kopf. »In der Börsianerszene erzählt man sich nichts dergleichen. Die alte Dame stimmt nur gegen Trevor, weil sie denkt, er könne seinem alten Herrn nicht das Wasser reichen, und das möchte sie immer wieder betonen. Und die Neffen haben alle von der Pike auf gelernt und erklimmen die Firmenleiter beeindruckend schnell. Nein, Kate, dieser Drachen steigt leider nicht.« Er sah auf seine Uhr, die so schmal war, daß sie anorektisch wirkte, und stellte beide Füße auf den Boden.

»Du bist ein As, Josh. Ich schulde dir ein Essen.«

»Sprich den Termin mit Julia ab, ja? Ich habe meinen Kalender nicht dabei.« Er stand auf, und ich ging um den Schreibtisch herum, um Küßchen auf beide Wangen mit ihm auszutauschen. Dann sah ich zu, wie beste Schneiderarbeit im Werte von fünfhundert Pfund zur Tür hinausspazierte. Nicht einmal diese Summe als wöchentlicher Etat für Klamotten könnte mich dazu bewegen, meine Tage damit zuzubringen, über Rentenfonds und Investmentpapiere zu sprechen.

Andererseits bedurfte es nur eines Profils von einer alten Skulptur, damit mir beim Gedanken an eine abendliche Plauderei über Versicherungsfragen das Wasser im Munde zusammenlief. Vielleicht war ich ja doch nicht Lady Superschlau.

6. Kapitel

Ich hatte fast schon vergessen, daß es Restaurants ohne Dim Sum auf der Speisekarte gibt. Seit ich Richard kannte, vertrat er die Ansicht, daß nur Essen, wozu du Stäbchen benutzen mußt, richtiges

Essen ist. Und auch Josh hatte sich seit neuestem darauf verlegt, sich sein Honorar in den wenigen guten Thai-Restaurants von Manchester in Form von Naturalien ausbezahlen zu lassen. Ich bin mir nicht schlüssig, ob das an dem Essen liegt oder aber an den diensteifrigen Kellnerinnen. So oder so war ich überhaupt nicht mehr auf dem laufenden, ich kannte nur noch, was aus dem Wok kam. Was Michael Haroun in mehr als einer Hinsicht zu einer erfrischenden Abwechslung machte.

Er war Punkt eine Minute vor halb acht gekommen. Da ich Richards flexiblen Zeitbegriff gewohnt war, trug ich gerade noch Kajalstift auf, als die Türglocke ging. Vor Schreck stach ich mir fast ins Auge und mußte mit einem Kosmetiktuch vor dem Gesicht aufmachen gehen, um den Schaden notdürftig zu verdecken. Cindy Crawford würde vor Neid erblassen. Michael lehnte lässig am Türrahmen. Er sah wahnsinnig gut aus in Bluejeans, einem dunkelblauen Seidenblouson und einem mattweißen kragenlosen Leinenshirt, das garantiert nicht von Marks & Spencer stammte. Mein Magen vollführte einen Salto, und das machte nicht der Hunger. »Der Long-John-Silver-Look, vermute ich mal«, sagte er.

»Passen Sie auf, oder ich hetze den Papagei auf Sie«, erwiderte ich, trat zurück und winkte ihn herein.

Er stieß sich von der Tür ab und folgte mir durch die Diele. Ich zeigte zum Wohnzimmer. »Ich komme sofort.«

Wieder im Bad, reparierte ich den Schaden und musterte mich in dem Wandspiegel. Dunkelblaue Leinenhose, rotbraunes seidenes T-Shirt, dunkelblaues Seidentweedjackett. Ich sah aus, als hätte ich mir Mühe gegeben, ohne zu dick aufzutragen. Michael brauchte nicht zu wissen, daß dies mein neuestes, elegantestes Outfit war. Außerdem hatte ich Richard gesagt, meine abendliche Verabredung sei eine geschäftliche Besprechung, und noch wollte ich nicht, daß er etwas anderes dahinter witterte, wenn er mich weggehen sah.

Ich nahm einen Klecks Gel mit den Fingern und fuhr mir durch die Haare, die ich ziemlich kurz trug, seit man mich Anfang des Jahres ohne Rücksprache fast kahlgeschoren hatte. Mein rechtes Auge war immer noch ein wenig rot, aber besser kriegte ich es jetzt nicht mehr hin. Ein kleiner Spritzer von Richards Eternity von Calvin Klein, und fertig war ich.

Ich ging durch die Diele und blieb auf der Türschwelle stehen.

Michael hatte mich anscheinend nicht gehört. Er war in eine Zeitschrift über Computerspiele vertieft. Ein Bonuspunkt für den Jungen. Ich räusperte mich. »Fertig, wenn Sie auch fertig sind«, sagte ich.

Er blickte auf und lächelte anerkennend. »Ich möchte nicht, daß Sie mich für spießig halten«, sagte er, »aber ich muß gestehen, der Zwei-Augen-Look gefällt mir besser.« Er klappte die Zeitschrift zu und stand auf. »Sollen wir?«

Er fuhr einen brandneuen Citroën. »Ein Firmenwagen?« fragte ich und fand es sehr angenehm, zur Abwechslung mal chauffiert zu werden.

»Ja, aber man hat mir die Wahl gelassen. Ich hatte immer schon eine Schwäche für Citroëns. Ich finde, der DS war eines der schönsten Autos, die je gebaut wurden«, sagte er, während er eine saubere Hundertachtzig-Grad-Drehung vollführte, um den Parkbereich draußen vor meinem Bungalow zu verlassen. »Mein Vater fuhr früher immer einen.«

Das sagte mir, daß Michael Haroun nicht in einer Sozialsiedlung aufgewachsen war. »Sie Glückspilz«, sagte ich, und es kam von Herzen. »Mein Dad arbeitet bei Rover, meine Kindheit habe ich praktisch auf dem Rücksitz eines Mini verbracht. Deshalb bin ich auch nur eins siebenundfünfzig groß. Die britische Alternative zum Zusammenbinden der Füße.«

Michael lachte, während er auf einen Knopf am CD-Player drückte. Bonnie Raitt. Richard hätte sich vor Lachen gekugelt über solch einen Mainstream-Sound. Ich hingegen war nur froh, daß meine Trommelfelle nicht von kreischenden Gitarren gepeinigt wurden oder von diesem penetranten, hektischen Schlagzeug, das so klingt, als pralle immer wieder eine Fliege gegen eine Heizung. Wir verließen die kleine Siedlung für »alleinstehende Berufstätige«, in der ich wohne, und bogen in die Sozialsiedlung ein. Zu meiner Überraschung fuhr er, anstatt die Upper Brook Street in Richtung Stadt entlangzufahren, links ab. Als wir die Stockport Road hinunterzockelten, sank meine Stimmung. Ich hoffte inständig, daß es nicht eine Dreißig-Kilometer-Fahrt zu irgendeinem protzigen Bistro in der tiefsten Provinz mit den obligatorischen Spinatcrêpes und nur einer Sorte Wodka wurde.

»Dann haben Sie also eine Schwäche für Computerspiele?«

fragte ich. Höchste Zeit, mal herauszufinden, wieviel genau ich mit diesem atemberaubenden Profil gemeinsam hatte.

»In meinem Gästezimmer habe ich ein 486er Multimediasystem stehen. Beantwortet das Ihre Frage?«

»Es zählt nicht, was man hat, sondern was man damit macht«, erwiderte ich. Und wünschte mir prompt, zwischen unseren einzelnen Gesprächsbeiträgen läge jeweils ein vorgeschriebener Abstand von fünf Sekunden, so wie bei Radio-Phone-Ins.

Er grinste und nannte seine derzeitigen Lieblingsprogramme. Wir erörterten noch die relativen Vorzüge von U-Boot-Simulationen, als er auf einem trostlosen Abschnitt der Stockport Road vor einem Snooker-Ausrüster hielt. Ein kleines Stück den Gehsteig hinunter und wir standen vor *That Café*, einem schlichten Restaurant, im Dreißiger-Jahre-Stil hergerichtet. Ich hatte viel Gutes darüber gehört, war bisher jedoch noch nie über seine Schwelle getreten. Vor allem hatte mich die Umgebung abgeschreckt. Ich mag ja pingelig sein, aber ich möchte gern die Gewißheit haben, daß mein Auto nach dem Essen draußen noch auf mich wartet.

Das Interieur sah aus wie eine Kreuzung zwischen Flohmarkt und irischem Landpub, doch angesichts der Speisekarte lief mir das Wasser im Mund zusammen. Die Kellnerin, in Jeans, einem Deacon-Blue-T-Shirt, riesigen Doc-Martens-»Verpiß-dich«-Boots und der langen weißen Schürze französischer Kellner, führte uns zu einem ruhigen Ecktisch neben einem prasselnden Feuer. Na gut, sie hatten tatsächlich nur eine Wodkasorte, aber wenigstens war es kein hierzulande gebrannter Ausschuß mit frei erfundenem russischem Namen.

Als unsere Vorspeise kam, sagte ich bedauernd: »Ich wünschte nur, die Suche nach Henry Naismiths Monet wäre so einfach wie ein Computerspiel.«

»Ja. Bei Computerspielen hat man wenigstens immer noch das Schwarze Brett, und man kann Hilfe aufrufen. Ich nehme an, in dieser Sache sind Sie auf sich allein gestellt«, sagte Michael.

»Nicht ganz. Ich habe den einen oder anderen Kontakt.«

Er schluckte einen Bissen von seinem Essen hinunter. »Ist das der Grund, warum Sie meine Einladung zum Essen angenommen haben?« fragte er leicht gequält.

»Nur zum Teil.«

»Und der andere Teil?« Er fischte offensichtlich nach Komplimenten.

»Ich liebe gutes Essen und dazu interessante Gespräche.« Ich hatte mich wieder unter Kontrolle, das pubertäre Mädchen hatte ich in die Kiste mit der Aufschrift »Unerwünscht« gepackt.

»Und Sie dachten, ich wäre ein interessanter Gesprächspartner, ja?«

»Es kann nicht anders sein«, sagte ich honigsüß. »Sie sind in der Versicherungsbranche, und momentan gehören Schadenersatzfälle zu meinen Hauptinteressen.«

Wir aßen eine Zeitlang schweigend, dann sagte er: »Ich nehme an, Sie steckten auch hinter der Story im *Chronicle*?«

Ich zuckte die Achseln. »Ich wirbele gern ein wenig Staub auf. So kommt zum Vorschein, was darunter verborgen war.«

»Bei uns im Haus haben Sie allerdings für Wirbel gesorgt«, sagte Michael trocken.

»Die Leute haben ein Recht darauf, informiert zu werden«, sagte ich und zitierte selbstgerecht Alexis.

»Prost.« Michael stieß mit seinem Glas an meines. »Auf eine einträgliche Beziehung.«

»Soll das heißen, Fortissimus wird Mortensen & Brannigan engagieren?« fragte ich unschuldsvoll.

Er grinste wieder. »Ich glaube, da muß ich passen. Ich meinte lediglich, daß Sie mit etwas Glück vielleicht Henry Naismiths Monet finden.«

»Da fällt mir ein«, sagte ich, »heute nachmittag habe ich mit Henry gesprochen. Er sagt, Ihr Sachverständiger war da.«

»Richtig«, sagte Michael reserviert.

»Henry sagt, Ihr Kollege hätte ihm einen hochinteressanten Vorschlag gemacht. Ganz inoffiziell. Ob es sich um Dinge handeln mag, in die Sie eingeweiht sind?«

Michael legte sorgfältig Messer und Gabel auf dem Teller zusammen und betupfte sich mit der Serviette die Lippen. »Schon möglich«, sagte er vorsichtig. »Aber wenn es so wäre, würde ich wohl kaum mit jemandem darüber sprechen, der einen heißen Draht zur Titelseite des *Chronicle* hat.«

»Auch dann nicht, wenn ich verspreche, daß ich es nicht weitergebe?«

»Und nach der heutigen Erfahrung erwarten Sie von mir, daß ich Ihnen das glaube?«

Ich lächelte. »Es gibt einen wesentlichen Unterschied. Hinsichtlich Alexis' Geschichte habe ich ganz im Interesse meines Klienten gehandelt. Ich habe weder die Schweigepflicht gegenüber meinem Klienten verletzt, noch habe ich Alexis etwas erzählt, das nicht bereits bekannt war. Sie hat lediglich die einzelnen Versatzstücke zusammengesetzt. Im Gegensatz dazu würde es seinem Geschäft schaden, wenn Henry dem Vorschlag Ihres Kollegen folgen und ich es anschließend an die Presse durchsickern lassen würde. Und so was tue ich den Leuten, die meine Hypothek finanzieren, nicht an. Vertrauen Sie mir, Michael. Es bleibt unter uns.«

Das Erscheinen der Kellnerin verschaffte ihm eine kurze Denkpause. Sie räumte den Tisch ab. »Also Sie behalten es für sich?«

»Ja, nur der Information halber«, bestätigte ich.

Die Kellnerin kam lächelnd mit zwei großen Tellern zurück. Ich starrte auf meinen hinunter – in einer Lache aus cremiger Sauce schwamm so viel Kaninchen, daß man ein zweites Watership Down damit hätte bevölkern können. »Die *nouvelle cuisine* ist an diesem Lokal offenbar spurlos vorübergegangen«, sagte ich matt.

»Ich vermute eher, wir in Manchester sind zu geizig, um für ein Zipfelchen Fleisch, garniert mit drei winzigen Karotten, zwei Erbsenschoten, einem winzigen Maiskolben und einem künstlerisch aufgeschnittenen Radieschen, einen halben Wochenlohn auszugeben«, sagte er ironisch.

»Und steckt dieser Manchester-Geiz auch hinter dem konspirativen Vorschlag Ihres Prüfers?« fragte ich unschuldig.

»Hat nichts mit der Gegend zu tun«, sagte Michael. »Um diesen Job zu kriegen, muß man sein Diplom in Mißtrauen und Wachsamkeit gemacht haben.«

»Also finden Sie es in Ordnung, Ihre Klienten darum zu bitten, sich Kopien an die Wand zu hängen?«

»Eine effektive Vorbeugungsmaßnahme«, sagte er vorsichtig.

»Das hat Ihr Prüfer Henry nämlich vorgeschlagen. Er sagte, Sie wären bereit, seine Prämie nicht bis zur Höhe des Bruttosozialprodukts eines kleinen afrikanischen Landes heraufzusetzen, wenn er Kopien von seinen übrigen Bildern anfertigen ließe und diese anstelle der Originale an die Wand hinge«, sagte ich wie nebenbei.

»Darauf läuft es ungefähr hinaus«, gab Michael zu. Zumindest hatte er den Anstand, peinlich berührt auszusehen.

»Und ist das heutzutage allgemeine Praxis?«

Michael schnitt sein Gemüse und verschaffte sich so einen Vorwand, um mir nicht in die Augen sehen zu müssen. »Eine ganze Reihe unserer Klienten hat sich dafür entschieden, als Lösung für ihre Sicherheitsprobleme«, sagte er. »Es ist doch völlig logisch, Kate. Heute morgen waren wir uns einig darüber, daß es keine Sicherheitsanlage gibt, die man nicht knacken kann. Wenn es nicht praktikabel ist, rund um die Uhr einen Wachdienst auf dem Gelände zu unterhalten, wegen der Kosten oder weil der Versicherungsnehmer sich an der Anwesenheit der Leute stört, dann kann man nur so die schwindelerregend hohen Prämien umgehen.«

»Es geht aber doch nicht nur um Geld«, protestierte ich. »Es ist so, wie Henry sagt. Er kennt diese Gemälde. Er hatte sie fast sein Leben lang um sich. Ein Original vermittelt einem Gefühle, die eine Fälschung niemals erzeugen kann.«

»Nicht ein einziger Besucher hat etwas von dem Austausch gemerkt«, sagte Michael.

»Vielleicht bisher noch nicht«, räumte ich ein. »Das Problem ist doch, daß Fälschungen niemals der Zeit standhalten.« Ich dankte Shelley im stillen für meine Kunst-Nachhilfestunde an diesem Nachmittag und fuhr dann mit meinem Sermon fort. »Nehmen Sie nur die Vermeer-Fälschungen von Van Meegeren. Früher waren sämtliche Experten davon überzeugt, sie seien echt. Wenn man sie sich jetzt ansieht, läßt sich nicht mal mehr eine Kunstbanausin wie ich in die Irre führen. Der Unterschied zwischen schneid und koscher ist, daß Fälschungen veralten, ein wahrhaft großes Gemälde nicht. Es ist zeitlos.«

Er runzelte die Stirn. »Selbst wenn Sie recht haben, was ich keinesfalls sage, sind das für unsere Klienten noch auf lange Sicht ungelegte Eier.«

Ich war nicht bereit, so schnell schon aufzugeben. »Trotzdem, finden Sie nicht auch, daß man die Öffentlichkeit damit beschwindelt? Eine reine Bauernfängerei, damit man an seinem freien Tag in einem Verkehrsstau festsitzt, nur weil man einen Constable bestaunen will, der unechter ist als eine Rolex aus Plastik. Laufen Sie nicht Gefahr, gegen Gesetze zu verstoßen?«

»Unsere Klienten vielleicht«, sagte Michael unbekümmert. »Wir nicht.«

Das war dreist. »Ich fasse es nicht, was ich da höre«, sagte ich. »Sie arbeiten in einer Branche, die wohl Hunderttausende im Jahr ausgibt, um ihre Klienten bei Betrügereien zu erwischen, und doch schlagen Sie einer bestimmten Klientengruppe ganz munter vor, daß sie hingehen und betrügen sollen?«

»Wir sehen das anders«, erwiderte er steif. »Außerdem haben wir damit Erfolg«, sagte er. »Persönlich weiß ich von wenigstens zwei Fällen, in denen Kunden, bei denen eingebrochen wurde, lediglich Kopien verloren haben. Das beweist doch, daß es sich lohnt.«

Trotz des prasselnden Feuers spürte ich einen kalten Hauch im Nacken. Nur ein Mann, der nicht die geringste Ahnung von der extrem nervösen Welt des Verbrechens hatte, konnte derart selbstgefällig solche Sprüche vom Stapel lassen. Es bedurfte keiner großen Phantasie, um sich auszumalen, was geschah, wenn ein übernächtigter Einbrecher mit einem Gemälde im Schlupfwinkel seines Hehlers auftauchte, das er für einen alten Meister hielt, und sich anhören mußte, daß er eine miese Kopie angeschleppt hatte. Szenarium Nummer eins: Der Einbrecher glaubt, der Hehler wolle ihn übers Ohr hauen, und ergreift die entsprechenden Maßnahmen. Szenarium Nummer zwei: Der Hehler glaubt, der Einbrecher wolle ihn übers Ohr hauen, und ergreift die entsprechenden Maßnahmen. So oder so ist am Ende jemand in Schwierigkeiten. Wenn es nicht noch schlimmer kommt. Mehr oder weniger gesetzestreue Bürger wie Michael denken, daß diese Leute nur bekommen, was sie verdienen, aber auch Ganoven haben Frau und Kinder, die in ihrer Freizeit nicht unbedingt an Krankenhausbetten sitzen oder vor Gräbern stehen möchten.

Mein Schweigen war für Michael anscheinend ein Zeichen, daß ich mich geschlagen gab, denn er beugte sich vor und drückte meine Hand. »Vertrauen Sie mir, Kate. Unsere Methode garantiert, daß alle rundum glücklich und zufrieden sind.«

Ich tat so, als ob ich aufstehen wollte und panisch den Ausgang suchte. »Ich muß hier raus«, sagte ich. »Wenn ein Versicherungsmensch sagt ›vertrauen Sie mir‹ – nichts wie weg.«

Er grinste. »Ich verspreche, daß ich nie versuchen werde, Ihnen eine Versicherungspolice zu verkaufen.«

»Na gut. Aber ich verspreche Ihnen nicht, daß ich niemals versuchen werde, Ihnen die Dienste von Mortensen & Brannigan aufzuschwatzen.«

»Apropos, wie sind Sie eigentlich auf den Beruf der Privatdetektivin verfallen?« fragte Michael.

Ich wußte nicht zu sagen, ob es nur ein spontaner Versuch war, das Thema zu wechseln, oder ein gezieltes Überwechseln auf die persönliche Ebene. Wie auch immer, ich spielte gern mit. Ich glaubte nicht, daß ich noch irgendwelche nützlichen Informationen aus ihm herausholen würde, und ich brauchte ihn nur anzusehen, um mich daran zu erinnern, daß meine Motive, diesem gemeinsamen Essen zuzustimmen, alles andere als selbstlos gewesen waren. Bis wir bei Kaffee und Armagnac angelangt waren, wußte er alles über mein Jurastudium, das ich nach zwei Jahren an den Nagel gehängt hatte, weil der Job bei Bill Mortensen, dessen Laufarbeit ich erledigte, um ein ganzes Ende interessanter war als die Feinheiten der Jurisprudenz.

»Erzählen Sie doch mal von Ihrem interessantesten Fall«, lockte er mich.

»Vielleicht später«, sagte ich. »Jetzt sind erst mal Sie an der Reihe. Wie sind Sie auf die Versicherungsbranche gekommen?«

»Familientradition«, sagte er ein wenig verlegen.

»Also sind Sie in Daddys Fußstapfen getreten«, sagte ich und war enttäuscht. Ich wußte auch nicht recht, warum. Vielleicht hatte ich erwartet, daß er mit diesem Profil eine entsprechend abenteuerliche Vergangenheit vorzuweisen hatte.

»Letztlich ja«, sagte er. »Ich war Lektor für Arabisch an der Universität, dann habe ich eine Zeitlang für den BBC World Service gearbeitet. Aber die Bezahlung war mies, und es gab keine Aufstiegschancen. Mein Vater war klug genug, um einzusehen, daß der Verkauf mich nie interessiert hatte, daher überredete er mich, es mal mit dem Schadenersatz zu probieren.« Michael hob die Schultern und breitete vielsagend die Arme aus. »Na ja, und es macht mir tatsächlich Spaß.«

Urplötzlich fiel mir einer der Hauptgründe ein, warum ich gern mit Richard zusammen bin. Er führt ein abwechslungsreiches Leben: Musikjournalist, Fußballfan, Sonntag morgens auch aktiver Spieler, Teilzeitvater. Ich war sicher, wenn ich mich mit Michael

Haroun einließ, würde ich viele unschätzbare Dinge lernen. Aber selbst der brillanteste Erzähler kann Versicherungsangelegenheiten nicht auf Dauer spannend erscheinen lassen. Mit Richard glich kein Tag dem anderen. Mit Michael, so vermutete ich, wäre Abwechslung im Leben nicht unbedingt das A und O.

Nachdem insofern geklärt war, daß ich nicht den Rest meines Lebens mit diesem Mann verbringen wollte, fühlte ich mich erleichtert. Ich konnte aus diesem Treffen ziehen, was ich brauchte, und das war's dann. Mein Leben würde nicht auf den Kopf gestellt werden, nur weil ich mich mit vierzehn Jahren in ein Profil verknallt hatte.

Mit diesem beruhigenden Gedanken im Hinterkopf hatte ich keinerlei Bedenken, ihn noch auf einen Kaffee zu mir einzuladen. Der Umstand, daß ich vergessen hatte, ihm gegenüber Richard zu erwähnen, war mir irgendwie entgangen.

7. Kapitel

Richards Auto war nicht da, als wir bei mir zu Hause ankamen. Ich wußte nicht, ob ich mich darüber freuen oder ärgern sollte. Einerseits wollte ich, daß er mich mit Michael Haroun zusammen sah. Wenn es einer Prise Eifersucht bedurfte, um Richard zum Nachdenken darüber zu bringen, wohin unsere Beziehung steuerte, bitte sehr. Andererseits hatte mir gerade noch gefehlt, daß er einen Anfall vor jemandem bekam, der eine potentiell nützliche Informationsquelle, wenn nicht gar ein aussichtsreicher Klient war.

»Dann leben Sie also allein?« fragte Michael wie nebenbei, als wir den Weg zur Tür hochgingen.

»Ja und nein«, sagte ich. »Ich habe eine Beziehung mit dem netten Jungen von nebenan, wir leben allerdings nicht direkt zusammen.« Ich schloß die Tür auf, schaltete die Alarmanlage aus und führte ihn durchs Wohnzimmer in den Wintergarten. »Das hier ist neutraler Boden«, sagte ich. »Wir behalten uns beide das Recht vor, die Tür zum Wintergarten abzusperren.« Warum erzählte ich Michael das alles? Vielleicht spielten meine Hormone immer noch ein kleines bißchen verrückt.

Michael folgte mir ins Wohnzimmer und schloß die Terrassentür hinter sich. »Kaffee?« fragte ich. »Oder möchten Sie lieber einen Drink?«

Er lächelte hintergründig. »Kommt drauf an.«

»Ach, Sie fahren ja noch.« Selbst wenn ich jung und Single gewesen wäre, hätte er fahren müssen, sagte ich mir bestimmt.

Er machte ein bedauerndes Gesicht. »Dann also Kaffee.«

Ich hatte gerade die Bohnen gemahlen, da hörte ich das Rumpeln von Richards Motor. Ich warf einen Blick durchs Fenster und sah, wie das aufgemotzte Käfer-Kabrio in knalligem Pink sich in die Lücke zwischen Michaels Wagen und meinem Leo-Gemini-Turbosupercoupé schob, meiner Siegestrophäe aus dem Fall, der unsere Beziehung so arg strapaziert hatte. Ich hatte immer vorgehabt, es gegen ein für Observierungen tauglicheres Fahrzeug einzutauschen, da das Coupé in einer Sozialsiedlung etwa so unauffällig war wie die Prunkkarosse der Queen. Doch es zu fahren war ein solcher Genuß, daß ich den Plan bisher nicht in die Tat umgesetzt hatte.

Als ich ins Wohnzimmer zurückkam, grämte Michael sich dort keineswegs über den Korb, den ich ihm gegeben hatte. Er war wieder in die Computerspiele-Zeitschrift vertieft. »Der Kaffee kommt gleich«, sagte ich.

Er klappte die Zeitschrift zu und steckte sie in den Ständer zurück. Entweder hatte er sehr gute Manieren, oder er war ein ebensolcher Ordnungsfanatiker wie ich. Richard nennt das anal verklemmt, aber ich sehe nicht ein, warum ich in einem Saustall leben sollte, nur um zu beweisen, wie relaxed ich bin. Ehe wir weiter über Computerspiele fachsimpeln konnten, hörte ich, wie die Terrassentür am anderen Ende des Wintergartens aufging. Richards Begrüßungsgebrüll drang selbst durch meine geschlossene Tür. »Brannigan, ich bin wieder da«, rief er.

Wenig später erschien er in meiner Tür und schwenkte unverkennbar die Tragetasche eines chinesischen Außerhausverkaufs. Er zog die Tür weit auf, registrierte Michael und grinste. »Hi«, sagte er langgezogen. Ich schätzte ihn auf drei Joints. »Ihr zwei arbeitet noch?«

»Wir haben schon vor einer Ewigkeit aufgehört«, erwiderte ich. »Michael ist noch auf einen Kaffee mit reingekommen.«

»Gut«, sagte Richard. Anscheinend verstand er den Wink mit

dem Zaunpfahl nicht. »Dann stört es euch also nicht, wenn ich mich dazusetze?«

Ohne die Antwort abzuwarten, plumpste er auf das Sofa Michael gegenüber und packte sein Essen aus. »Ich bin übrigens Richard Barclay«, sagte er und streckte Michael über den Tisch hinweg die Hand hin. »Wenn man warten will, bis Brannigan sich an ihre Kinderstube erinnert, könnte man das eventuell nicht überleben.«

»Michael Haroun.« Er schüttelte Richard die Hand. »Freut mich, Sie kennenzulernen.« Ja, ein Versicherungsmensch durch und durch. Nur ein Immobilienmakler hätte überzeugender lügen können.

Richard sprang wieder auf und ging zur Tür. »Stäbchen und Schalen für drei?« fragte er. »Sorry, Mike, ich hab nicht mit einem Gast gerechnet, aber es reicht bestimmt für drei.«

»Wir haben gerade gegessen, Richard«, sagte ich. »Ich habe dir eine Nachricht hinterlassen.«

»Ja, ich weiß.« Er grinste. »Aber ich hab noch nie erlebt, daß du ein Salz- und Pfefferrippchen verschmäht hättest, Brannigan.« Er verschwand.

»Tut mir leid«, sagte ich zu Michael.

Er zwinkerte. »So kann ich der Konkurrenz wenigstens auf den Zahn fühlen.«

Mir gefiel der Gedanke nicht, daß ich eine Art Preis war, auch wenn es mich freute, daß er an mehr interessiert war als nur an Henry Naismiths Monet. Und er hatte nicht einmal die Ausrede einer früheren Begegnung im Britischen Museum. »Wie kommen Sie auf den Gedanken, daß hier irgendeine Art der Konkurrenz besteht?« fragte ich harmlos.

Michael lehnte sich auf dem Sofa zurück und streckte die Beine aus. »Ich dachte, Sie sind die Detektivin. Kate, wenn Sie beide ungetrübt glücklich wären, dann hätten Sie mich im Wagen sitzen lassen, und ich hätte mir den Kopf zerbrochen, wo genau ich den Fehler gemacht habe.«

Ehe ich antworten konnte, war Richard wieder da. »Ich hole den Kaffee«, sagte ich, ärgerlich auf mich selbst, weil ich so durchschaubar war. Bis ich zurückkam, waren Richard und Michael sich nähergekommen. Und da heißt es, Frauen seien die falschen Schlangen.

»Und, was treiben Sie so, wenn Sie nicht gerade die Schadenersatzforderungen von Leuten zusammenstreichen, denen das Auto geklaut wurde, weil Ihr Prüfer von dem Nachbarn erfahren hat, daß der Aschenbecher voll war?« fragte Richard, den Mund voller *shiu mai*.

Ich setzte mich neben Michael. Er lächelte mir zu und sagte: »Ich liebe Computerspiele. So wie Kate.«

Schweigend goß ich den Kaffee ein und ließ die Jungs weiterspielen. »Alles mehr oder weniger sitzende Tätigkeiten«, bemerkte Richard, während er seine Schale mit gebratenem Reis und etwas, das nach Hähnchen *hoi nam* aussah, füllte.

»Oh, ich trainiere im Fitneßcenter«, sagte Michael. Das glaubte ich ihm auf Anhieb. Ich konnte die festen Muskeln an dem Arm spüren, der sich gegen meinen preßte.

Richard nickte, als sähe er sich in einer Vermutung bestätigt. »Hab ich mir gedacht«, sagte er. »Kommt mir ziemlich sinnlos vor, dieses Herumgestemme von Metall. Ich halte mich lieber in Gesellschaft fit. Andererseits ist es bestimmt auch nicht einfach, Leute zu finden, die mit einem spielen wollen, wenn man bei der Versicherung für Schadensfälle zuständig ist«, fügte er hinzu, fast wie im nachhinein. »Ist 'n bißchen so, als wäre man Gerichtsvollzieher.«

»Ich hatte nie Probleme damit, Leute zu finden, mit denen ich spielen kann«, sagte Michael gedehnt. Das glaubte ich ihm aufs Wort. »Was machen Sie denn, um sich fit zu halten, Richard? Squash? Konventionelles Tennis? Polo? Oder gehen Sie lieber zu Raves?«

Richard verschluckte sich fast an seinem Essen. Weder Michael noch ich eilten ihm zur Hilfe und wandten die Heimlich-Technik an. Als er sich wieder gefangen hatte, schluckte er angestrengt und sagte: »Ich spiele selbst Fußball. Im Ortsverein. Jeden Sonntagmorgen, bei jedem Wind und Wetter.«

Michael lächelte. Wie heißt es noch in dem Gedicht? *Der Assyrer fiel ein wie der Wolf in den Schafspferch.*

»Für Schlamm hatte ich noch nie viel übrig«, sagte er.

»War dein Abend gut?« schaltete ich mich ein, bevor noch Blut floß.

Richard nickte. »Ich war drüben im Academy, hab mir ein paar osteuropäische Grunge-Bands angehört. Einige klingen ganz gut.«

Er schenkte mir sein tolles Lächeln. »Wie kommst du mit deiner Arbeit voran?«

Ich zuckte die Achseln. »Langsam. Michael hat mir ein paar Infos zur Kunstszene gegeben, und Alexis hat auf mein Betreiben aus allem eine Story für die Zeitung zusammengemixt. Mal abwarten, was dabei herauskommt.«

»Hoffentlich kein Molotowcocktail«, sagte Richard ironisch und warf Michael einen Blick zu.

Der hatte anscheinend genug. Er trank aus und stellte seinen Becher auf den Couchtisch. »Ich mache mich mal lieber auf den Weg«, sagte er. »Morgen wird ein hektischer Tag.«

Wir standen beide auf. »Ich bringe Sie noch zur Tür«, sagte ich.

»Nett, Sie kennengelernt zu haben«, sagte Michael auf dem Weg zur Tür höflich zu Richard.

»Ganz meinerseits.«

Auf der Türschwelle bedankte ich mich bei Michael für das Abendessen. »Das war eine nette Abwechslung.«

»Habe ich gemerkt«, sagte Michael. »Vielleicht könnten wir das irgendwann mal wiederholen.«

Ich zögerte nur kurz. »Fände ich schön.«

»Lassen Sie mich wissen, wie es mit Ihren Ermittlungen weitergeht«, sagte er. »Melden Sie sich mal.« Er beugte sich vor und streifte mit den Lippen meine Wange. Er hatte einen warmen, frischen, animalischen Duft, untermalt von seinem moschusartigen Aftershave. Die Härchen an meinem Nacken stellten sich auf, und in meinem Körper kribbelte es.

Schnell wandte ich den Kopf und drückte einen kurzen, atemlosen Kuß auf seine Lippen. Ehe mehr daraus werden konnte, trat ich zurück. »Fahren Sie vorsichtig«, sagte ich.

Ich sah zu, wie er zu seinem Auto ging, genoß den Anblick seines leicht federnden Gangs. Dann holte ich tief Luft und ging wieder rein.

Nachdem Michael gegangen war, verputzte Richard den Rest seines chinesischen Essens und enthielt sich jeglichen Kommentars zu meiner Wahl abendlicher Gesellschaft. Er fragte, ob ich am folgenden Abend ins Kino gehen wolle, und wir stritten gutmütig darüber, was wir uns ansehen würden, wobei ich hartnäckig für *Blade Runner:*

The Director's Cut votierte, das zum x-tenmal im Cornerhouse gezeigt wurde. »Kommt nicht in Frage«, sagte Richard mit Nachdruck. »Ins Cornerhouse gehe ich nicht. Allmählich werde ich zu alt für Kunstkinos. Die sind voll von politisch korrekten Wichsern, die so tun, als verstünden sie die Artikel in der *Modern Review*. Du kannst dich nicht rühren vor lauter Spinnern, die über Semiotik, Foucault und Dekonstruktivismus schwafeln.« Er hielt inne, dann kam der wahre Grund heraus. »Außerdem gibt es dort kein Popcorn oder Häagen-Dazs. Das kann man doch nicht als echtes Kinoerlebnis bezeichnen.«

Ich gab mich mit Würde geschlagen. Zufrieden, daß ich ihm ein Zugeständnis gemacht hatte, verkündete Richard, er müsse noch für eine amerikanische Westküsten-Zeitschrift einen Artikel über die postkommunistischen Rocker verfassen, und den wolle er fertiggeschrieben und gefaxt haben, bevor er ins Bett ging. Er schob die Überbleibsel seines Mahls in die Tragetasche und umarmte mich kurz. »Ich liebe dich, Brannigan«, murmelte er rauh an meinem Ohr.

Kurz bevor ich einschlief, gingen mir die Worte von Dean Friedmans *Love is not enough* wie ein Mantra im Kopf herum. Am nächsten Morgen wachte ich allein auf, und das überraschte mich nicht einmal besonders. Ich fühlte mich eigenartig leer, als wäre etwas, worauf ich mich wahnsinnig gefreut hatte, nicht eingetreten. Ich wußte nicht recht, ob das mit Michael oder Richard zu tun hatte. So oder so mißfiel mir der Gedanke, daß meine Stimmungslage von einem anderen Menschen abhing, gründlich. Ich stand lange unter der Dusche und ließ das Wasser auf mich hinunterprasseln. Eine Freundin von mir, die auf New Age steht, meint, eine Dusche reinige deine Aura. Ich weiß nicht, ob ich so weit gehen würde, aber zumindest verhilft sie mir meistens dazu, die Dinge wieder mehr so zu sehen, wie sie sind.

Als ich das Büro betrat, hatte ich das Gefühl, mein Leben wieder fest im Griff zu haben. Vielleicht hing das mit dem Wunder zusammen, daß ich eine Parkuhr gefunden hatte, die dem Büro näher war als meinen heimischen vier Wänden. Das Parken in dieser Stadt wird mit jedem Tag schwieriger. Ich habe mich bereits ernsthaft gefragt, wieviel es wohl kosten würde, die Wachleute im BBC-Gebäude gegenüber zu bestechen, damit sie mich meinen Wagen auf ihrem Gelände abstellen lassen. Vermutlich mehr, als ich verdiene.

Shelley war am Telefon, daher ging ich geradewegs zur Kaffeemaschine, einem Cappuccinoautomaten aus funkelndem Chrom, den mein Partner, der Gerätekönig des Nordwestens, uns spendiert hatte, nachdem ein dankbarer Klient uns eine Extrazulage zahlte, weil wir seinen Auftrag schneller erledigt hatten als Speedy Gonzales. Irgendwie konnte ich mir nicht vorstellen, daß der eine oder der andere unserer derzeitigen Auftraggeber mich für meine Schnelligkeit belohnen würde. Ich hatte allmählich den Eindruck, in beiden Fällen wie durch Zement zu waten.

Ehe ich den Kaffee einfüllen konnte, hörte ich Shelley sagen: »Bleib dran, sie ist gerade reingekommen.«

Ich drehte mich um und sah, daß sie mir mit dem Hörer winkte. »Alexis«, sagte Shelley.

Ich ging in mein Büro. »Kaffee?« Ein schwacher Versuch, ich geb's zu. Mortensen & Brannigan verfolgt eine strenge Politik in Sachen Kaffeekochen, nach dem Motto »Willst du welchen, dann mach dir selbst welchen«. Aber hin und wieder erbarmt Shelley sich meiner.

Ich nehme an, ich wirkte nicht bedürftig genug, denn es gab keinerlei Anzeichen dafür, daß sie sich zur Kaffeemaschine begeben würde, nachdem sie den Anruf durchgestellt hatte. Ich seufzte und nahm den Hörer ab. »Morgen«, sagte ich.

»Nicht ganz so begeistert«, sagte die vertraute rauhe Liverpooler Stimme. »Da bin ich mit den neuesten Meldungen von der Front, und du empfängst mich mit der freudigen Erregung einer Frau, die auf Nachricht von ihrem Zahnarzt wartet.«

»Eigene Schuld. Stell dich niemals zwischen eine Frau und ihren Cappuccino«, konterte ich flott.

Ich hörte das Geräusch, wenn Rauch inhaliert wird, dann ein heiseres Kichern. »Manche von uns brauchen so spät am Tag keinen Kaffee. Sie haben den halben Arbeitstag schon hinter sich, KB.«

»Selbstgerechtigkeit steht dir nicht«, grummelte ich. »Rufst du aus einem besonderen Grund an, oder wolltest du dir nur bestätigen lassen, daß es cleverer ist, sich einen Job zuzulegen, der mitten in der Nacht anfängt?«

»Das ist wieder mal typisch«, sagte Alexis fröhlich. »Ich rufe dich an, um dir lebenswichtige Informationen zu übermitteln, und was ist der Dank?«

Ich holte tief Luft. »Ich liege vor dir im Staub, o du Barmherzige. Also, was sind das für lebenswichtige Informationen?«

»Was hast du als Gegenleistung anzubieten?«

Ich dachte kurz nach. »Du kannst dir für eine Woche meine Lederjacke ausleihen.«

»Zu eng in den Achselhöhlen. Was ist los, KB? Hast du keinen Klatsch zu erzählen? Was ist aus dem Versicherungsfuzzi geworden?«

Sollte der Chefredakteur des *Chronicle* jemals den Plan fassen, der Antiraucher-Lobby einen Gefallen zu tun und Alexis rauszuschmeißen, wird sie nicht Hungers sterben. Sie könnte schon morgen einen Kiosk auf dem Pier in Blackpool eröffnen. Dazu braucht sie nicht mal ihren Namen zu ändern. Gypsy Alexis Lee klingt gut in meinen Ohren. »Wir waren gestern abend essen«, sagte ich unvermittelt.

»Und?«

»Und nichts. Essen im That Café, er kam auf einen Kaffee zu mir mit, Richard platzte herein, schwenkte eine Tüte vom Chinesen, sie haben sich gezankt wie zwei Hunde um einen Knochen, er fuhr nach Hause.«

»Allein?«

»Natürlich allein, wofür hältst du mich? Wenn ich recht überlege, antworte lieber nicht. Glaub mir, Alexis, aus der Sache mit dem Versicherungsfuzzi wird nichts. Du wärst die erste, die sonst davon erführe. Jetzt laß den Quatsch und erzähl mir, warum du angerufen hast.«

»Na schön. Anscheinend hat mein Artikel gestern über die Diebstähle Wellen geschlagen.«

Nichts tut so gut wie die selbstgefällige Befriedigung, wenn man recht gehabt hat. »Und was sagt man auf der Straße?«

»Ich hab keine Ahnung, was man auf der Straße sagt. Neuerdings bediene ich nämlich die Schloßbesichtigungsszene«, erwiderte Alexis verächtlich. »Ich hatte gerade eben einen Typ namens Lord Ballantrae an der Strippe.«

»Wer ist das?«

»Sämtliche Titel kriege ich noch nicht auf die Reihe, ich hab ihn noch nicht im Adelskalender nachgeschlagen. Du darfst raten, er ist Baron und – das Gegenstück zu Bourbon.«

»Du meinst, er ist in der Whisky-Branche?«

»Nein, du Dummi, ich meinte Scotch, er ist Schotte, obwohl man nie auf die Idee käme, wenn man ihn so reden hört.«

»Und bei ihm wurde auch eingebrochen?«

»Ja, aber deshalb hat er nicht angerufen. Anscheinend hat er sich nach dem Einbruch mit einigen seiner blaublütigen Kumpels unterhalten und festgestellt, daß sehr vielen das gleiche passiert ist. Also haben sie sich zu einer Art halboffiziellem Netzwerk zusammengeschlossen, das Informationen sammelt und anderen reichen Mistkerlen hilft, diesem Schicksal zu entgehen. Einer von ihnen hat meine Story gelesen und ihm davon erzählt, anschließend hat er mich angerufen, um mit mir zu plaudern. Ich schreibe einen Hintergrundbericht über ihn und seine Clique, wie sie sich verbündet haben, um den Dieben einen Strich durch die Rechnung zu machen. Und jetzt paß auf. Sie nennen sich die Nottingham Group.« Sie hielt gespannt inne.

Ich biß an. Es war ein kleiner Preis, den ich zu zahlen hatte, um das Räderwerk unserer Freundschaft zu ölen. »Na los, sag schon. Ich weiß, daß du dich kaum beherrschen kannst. Warum Nottingham Group?«

»Nach dem Sheriff von Nottingham. Weil ihr erklärtes Ziel darin besteht, diese Räuber Hoods daran zu hindern, ihre Reichtümer mitgehen zu lassen, um sie an ausgewählte Arme zu verteilen.«

»Wie nett«, sagte ich. »Gibst du mir seine Nummer?« Ich notierte mir Alexis' Infos und klebte den Post-It-Zettel an mein Telefon. »Danke.«

»Das soll alles sein? Wie wär's mit ›du hast was bei mir gut‹?«

Niemand hat Alexis jemals vorwerfen können, sie sei zu bescheiden. »Hast du nicht. Das ist die Bezahlung für deine Exklusivstory von gestern abend.«

»Na gut. Bist du heute mittag frei?«

»Bezweifle ich stark. Wie wär's, wenn wir uns heute abend treffen? Richard und ich gehen ins Kino. Willst du nicht mitkommen?«

»Sorry, wir haben schon Karten für *Blade Runner* im Cornerhouse.«

Typisch. »Vergeßt euren Foucault nicht«, sagte ich.

Ich war schon halb aufgestanden, Ziel Kaffeemaschine, als das Telefon erneut läutete. Ich unterdrückte ein Aufstöhnen, schnappte mir den Hörer und injizierte eine Spur Freundlichkeit in meine Stimme. »Guten Morgen, Kate Brannigan am Apparat.«

»Trevor Kerr hier.«

Schade, die Freundlichkeit hätte ich mir sparen können. »Hallo, Mr. Kerr. Irgendwas Neues?«

»Ich könnte Ihnen die gleiche Frage stellen, da ich Sie für die Ermittlungen in dieser Sache bezahle«, grummelte er. »Ich rufe an, um Sie wissen zu lassen, daß meine Leute im Labor jetzt die Ergebnisse der Analyse haben, mit der ich sie beaufragt hatte.«

Kein Mann, der Ehre gab, wem Ehre gebührte, unser Mr. Kerr. Ich unterdrückte einen Seufzer und fragte: »Was haben sie herausgefunden?«

»Es ist ein verdammter Alptraum. Die Hälfte der Proben, die sie untersucht haben, sind kein KerrSter.«

»Zyanid?« fragte ich, plötzlich beunruhigt.

»Nein, nichts dergleichen. Bloß eine Mixtur aus Chemikalien, mit denen man überhaupt nichts saubermachen kann. Und nicht nur das, bestimmte Oberflächen werden dadurch beschädigt. Alles mit Versiegelung wie Bodenfliesen oder Arbeitsflächen. Diese Schweine!« stieß Kerr hervor.

»Sind es gängige Chemikalien?«

»Schon mal was von Ätznatron gehört? Gängiger geht's nicht.«

»Und ebenso billig wie gängig?« fragte ich.

»Verdammt viel billiger jedenfalls als die Herstellung von KerrSter. Also, was gedenken Sie dagegen zu unternehmen?« wollte er kampfeslustig wissen.

»Ihr Killer blufft also nur«, sagte ich und ignorierte seinen aggressiven Ton. »Entweder will man Ihren Betrieb kaputtmachen, oder aber er ist einfach auf schnelles Geld aus.«

»Darauf bin sogar ich schon gekommen«, sagte er sarkastisch. »Ich erwarte von Ihnen, daß Sie diese Scheißkerle finden, solange ich noch einen Betrieb habe. Haben Sie mich verstanden, Miss Brannigan? Finden Sie diese Schweine, oder es ist kein Geld mehr übrig, mit dem ich Sie bezahlen kann.«

8. Kapitel

Manchmal frage ich mich, wie die Klienten es geschafft haben, allein aufs Klo zu gehen, bevor wir sie ans Händchen nahmen. Trevor Kerr gehörte ganz eindeutig zu jenen, die glauben, wenn sie dich erst engagiert haben, bist du für alles und jedes verantwortlich, einschließlich des Abends ihre Papierkörbe zu leeren. Er bestand hartnäckig darauf, es sei meine Aufgabe, die Detectives aufzusuchen, die zum Tod von Joey Morton, dem Gastwirt aus Stockport, ermittelten, und ihnen mitzuteilen, daß just die Person, die Kerrchems Produkte sabotierte, auch der Mörder war, auf den sie mit ihren Gummiknüppeln einprügeln sollten. Übrigens, man glaube ja nicht Politikern und hochrangigen Cops, wenn sie behaupten, so etwas könnte nicht mehr passieren, seit sämtliche Vernehmungen auf Band aufgenommen werden. In Streifen- oder Mannschaftswagen gibt es keine Kassettenrecorder, und ich habe von Fällen gehört, in denen ein Streifenwagen für eine Strecke von drei Kilometern durch die Innenstadt drei Stunden gebraucht hat.

Es behagte mir nicht, daß ich einem überarbeiteten und gestreßten Polizeibeamten erzählen sollte, wie er seine Ermittlungen aufzuziehen hatte. Wenn es etwas gibt, das der Durchschnittscop mehr haßt, als in einen Ehekrach zu geraten, dann, von einem Privatdetektiv auf die richtige Spur gewiesen zu werden. Noch weniger begeistert war ich, als Kerr mir sagte, wer der ermittelnde Beamte war. Detective Inspector Cliff Jackson und ich waren alte Kontrahenten. Das erste Mal, als einer meiner Fälle mit Mord endete, war er der Conferencier der Show. Er hatte sich nicht gerade mit Ruhm bedeckt, indem er zweimal den Falschen einsperrte, ehe der wahre Täter schließlich hinter Gittern landete, in erster Linie aufgrund der klugen Einmischung von Mortensen & Brannigan. Man sollte meinen, er wäre uns dankbar gewesen. Sollte man.

Ich fuhr zum Revier in Stockport. Ausnahmsweise mal hätte ich es begrüßt, im Verkehr festzustecken – und tuckerte gemütlich über die Stockport Road, ohne auf eine einzige rote Ampel zu treffen. Als ich am Revier anlangte, machte mein Glück immer noch Mittagspause. Jackson war da. Ich brauchte nicht einmal zu warten, während er vorgab, zu beschäftigt zu sein, um mich gleich vorzulassen.

Er stand nicht auf, als man mich in sein Büro führte. Er hatte sich kaum verändert; immer noch schlank, das Haar noch dunkel und auf höchstens zwei Zentimeter Länge gestutzt, die Augen nach wie vor hinter einer getönten Kassenbrille verborgen. Sein Geschmack in Sachen Mode hatte sich nicht gebessert. Er trug ein weißes Hemd mit dicken smaragdgrünen Streifen, die Ärmel bis über die knochigen Ellbogen aufgekrempelt. Sein Schlips war aus glänzendem Polyester, in einem Grünton, der angesichts des Hemds um Erbarmen flehte. »Ich habe nicht damit gerechnet, Sie wiederzusehen«, empfing er mich wenig liebenswürdig.

»Ich freue mich auch, Sie wiederzusehen, Inspector«, sagte ich freundlich. »Aber verschwenden wir unsere Zeit nicht mit dem Austausch von Nettigkeiten. Ich wollte mit Ihnen über Joey Mortons Tod sprechen.«

»Verstehe«, sagte er. »Dann nur zu, sprechen Sie.«

Ich sagte ihm alles, was er wissen mußte. »Sie sehen also«, schloß ich, »es sieht so aus, als ob es jemand auf Kerrchem abgesehen hätte, und Joey Morton geriet zufällig in die Schußlinie.«

Er rieb sich mit einer mir vertrauten Geste den Nasenrücken. An der finsteren Miene, die er zur Schau trug, seit ich zur Tür hereingekommen war, änderte sich dadurch nichts. »Hochinteressant, Miss Brannigan«, sagte er. »Ich nehme an, Sie haben vor, in dieser Richtung eigene Ermittlungen anzustellen?«

»Dafür werde ich bezahlt«, sagte ich.

»Es handelt sich möglicherweise um Mord«, sagte er salbungsvoll. »Da sind Ihre Schnüffeleien unangebracht.«

»Inspector, falls Sie es vergessen haben – ich war es, die zu Ihnen gekommen ist. Ich wollte Ihnen helfen«, sagte ich und zwang mich, nicht mit zusammengebissenen Zähnen zu sprechen.

»Und Ihre ›Hilfe‹ wird hiermit gebührend zur Kenntnis genommen«, erwiderte er. »Jetzt kümmern wir uns darum. Wenn Sie sich in diese Ermittlung einmischen, so wie beim letztenmal, werde ich Sie ohne Bedenken verhaften lassen. Ist das klar?«

Ich stand auf. Ich weiß, eins siebenundfünfzig sind nicht gerade einschüchternd, aber im Stehen fühlte ich mich gleich besser. »Ich gehe nur meiner Arbeit nach, Inspector. Und wenn ich fertig bin, sage ich Ihnen, wo Sie Ihren Mörder finden können.«

Ich wollte die Tür hinter mir zuknallen, sie war jedoch mit einem hydraulischen Arm bestückt. Anstelle eines befriedigenden Krachens erntete ich nur ein verrenktes Handgelenk. Ich kochte immer noch, als ich am Auto ankam, daher beschloß ich, zwei Fliegen mit einer Klappe zu schlagen. In der Halle für Thai-Boxen konnte ich meine Wut und Frustration abreagieren und mit ein wenig Glück auch ein paar Informationen abstauben.

Ich mag die Sporthalle. Sie kommt ohne Schnörkel und Verzierungen aus, was bedeutet, daß ich dort in der Regel keinem meiner Klienten über den Weg laufe. Neben der Boxhalle selbst gibt es einen Raum für Gewichttraining und schlichte Umkleideräume. Ihr einziger Schwachpunkt ist, daß in Stoßzeiten nie genug Duschen frei sind. Nach der Anzahl der offenstehenden Schließfächer würde das heute kein Problem sein. Ich kam aus dem Umkleideraum für Frauen in den Ytong-Exerzierraum und entdeckte dort meinen Kumpel Dennis O'Brien. Er saß im Trainingsanzug auf einem Regiestuhl und las den *Chronicle*, Mobiltelefon, Zigaretten und einen Becher Tee griffbereit neben sich auf dem Fußboden. Dennis war früher Profi-Einbrecher, einer von der Sorte, die sich über die geschmacklosen Vororthäuser der Neureichen hermachen. Aber damit war Schluß, seit ein junger Typ, den er als Assistent zu einer größeren Aktion mitgenommen hatte, das Kunststück vollbracht hatte, ihm den Safe aufs Bein fallen zu lassen. Sie wollten sich gerade aus dem Staub machen, und er ließ Dennis mit gebrochenem Knöchel in der Einfahrt liegen. Bis die Cops eintrafen, war Dennis einen Kilometer weit gekrochen. Drei Jahre später, als er aus dem Gefängnis kam, schwor er, nie wieder ein Ding zu drehen, durch das er Gefahr lief, sich von seinen Kindern trennen zu müssen. Soweit ich weiß, hat er Wort gehalten, bis auf eine Ausnahme. Der Typ, der ihn im Stich gelassen hat, humpelt immer noch.

Es war Dennis, der mich auf das Thai-Boxen gebracht hatte. Er ist der Meinung, alle Frauen sollten Selbstverteidigung lernen, und als er erfuhr, daß ich mich lediglich auf meinen Charme und einigermaßen schnelle Beine verließ, hatte er mich zur Sporthalle mitgeschleift. Seine Tochter war drei Jahre hintereinander Finalistin bei den Landesmeisterschaften, und er läßt mich regelmäßig von ihr verprügeln, damit ich nicht vergesse, daß es Leute gibt, die mir mit links den Schädel einschlagen könnten. Als brauchte ich nach der Scheiße, die ich in den letzten Jahren erlebt habe, noch solch eine Gedächtnisstütze.

Seit Dennis aus der Oberliga der Ganoven ausgestiegen ist und »ein bißchen dies, ein bißchen das« macht, ist die Sporthalle nach und nach zu seinem Firmenhauptquartier geworden. Ich glaube nicht, daß die Geschäftsführung sich daran stört. Alle, die hier verkehren, kennen Dennis' drakonische Ansichten über Drogen, daher verhindert seine Gegenwart jeglichen Mißbrauch von Steroiden. Und es gibt keine Keilereien außerhalb des Rings. In Südmanchester ist er nicht umsonst als Dämon-Dennis bekannt.

Ich überprüfte zwei schwarze Typen, die sich an den schweren Sandsäcken am anderen Ende des Raums abrackerten. Sie waren zu weit entfernt, um uns zu hören. »Dein Hintern sieht bald aus wie Richards Auto, wenn du so weitermachst«, sagte ich und lächelte ihn über den Rand seiner Zeitung hinweg an.

»Endlich ein lohnender Sparringpartner.« Dennis sprang auf. »Wie läuft's denn so, Kleines?«

»Es kriecht«, sagte ich und bückte mich, um mit meinen Aufwärmübungen anzufangen. »Und bei dir?« Ich sah auf und stellte fest, daß Dennis meine Bewegungen kopierte.

Er wirkte bedrückt. »Ehrlich gesagt, Kate, ich sitze in der Scheiße.«

»Inwiefern?«

»Erinnerst du dich an das hübsche kleine Geschäft, von dem ich dir vor einer Weile erzählt habe? Mein Programm zur Verbrechensbekämpfung?«

Wie konnte ich das vergessen? Dennis neueste Nummer, zu dem Zweck ersonnen, Kriminelle um ihr Geld zu erleichtern, indem er ihnen eine Wagenladung geklauter Ware andrehte. Dennis zeigte ihnen ein Muster (in einem der Strangeways-Großhandelsgeschäfte gekauft oder geklaut) und vereinbarte für den folgenden Tag die Übergabe auf dem Gelände einer Autobahnraststätte. Nachdem seine Kunden ihr Geldbündel gegen die Schlüssel der angeblichen Wagenladung eingetauscht hatten und Dennis' Auto nur noch eine ferne Abgaswolke war, mußten sie entdecken, daß die Schlüssel zu keinem der Lkws auf dem Parkplatz paßten. Verbrechensbekämpfung? Ganz einfach – wenn Dennis sie schröpfte, würden sie niemanden sonst dazu anstiften können, für sie zu stehlen.

»Hat jemand deine Tour durchschaut?« keuchte ich zwischen zwei Liegestützen.

»Noch schlimmer«, sagte er niedergeschlagen. »Ich hatte einen Treff an der Anderton-Raststätte auf der 61 vereinbart. Zehn Riesen für eine Ladung Levis. Alles lief glatt wie 'ne Schlittenpartie im Neuschnee, als es soweit war. Aber urplötzlich schwärmten mehr Bullen aus als bei der Zuschauerkontrolle vor einem United/City-Spiel. Ich bin über die Fußgängerbrücke geflüchtet und in der Damentoilette abgetaucht. Hab zwei Stunden da gehockt. Als ich wieder rüberging, sah ich gerade noch, wie der Haufen meinen Audi auf einen Abschleppwagen verfrachtete. Ich konnte es verdammt noch mal nicht glauben«, grummelte Dennis, während er Kniebeugen machte.

»Hat jemand den Cops deinetwegen einen Tip gegeben?« fragte ich und legte einen Körperschutz an.

»Soll das ein Witz sein? Das waren nicht die normalen Cops, es war das Drogendezernat. Sie überwachten den Parkplatz, weil sie den Tip bekommen hatten, daß dort ein großer Crack-Deal stattfinden sollte. Jemand sieht, wie ein großes Bündel Scheine den Besitzer wechselt, und schon werden die falschen Schlüsse gezogen.«

»Und was geschieht jetzt?« fragte ich, hielt die Seile auseinander und kletterte in den Ring.

Dennis folgte mir, und wir begannen uns vorsichtig zu umkreisen. »Sie haben meinen Kunden geschnappt und beschuldigen ihn, ein Drogenboß zu sein.« Er prustete. »Dieser Jämmerling hätte nicht mal die Nerven für Poker, ganz zu schweigen von Crack. Auf jeden Fall wollte er unbedingt seinen Hals aus der Schlinge ziehen und hat gesungen. Am nächsten Morgen hat eine ganze Heerschar von Cops mein Haus umstellt. Meine Frau ist im Boden versunken.«

»Wollen sie dich vor Gericht bringen?« fragte ich, während ich zu einem überraschenden Tritt gegen Dennis' Knie ausholte.

Er wich aus, vollführte eine Drehung und traf mich über der rechten Hüfte. »Müssen Sie ja schon, oder? Sonst stehen sie nach ihrer großen Überwachungsaktion mit leeren Händen da. Diebstahl und betrügerische Vorteilsgewinnung.«

Ich sagte nichts. Ich brauchte nichts zu sagen. Dennis mochte, was die Polizei anbelangte, seit sechs Jahren sauber sein, aber bei seinem Vorstrafenregister winkte ihm der Knast. Ich fingierte eine Linke und schwang auf den Fußballen herum, riß mein rechtes Bein hoch und erwischte Dennis in den Rippen.

»Gut gemacht, Kate«, keuchte er, als er von den Seilen abprallte.

»Wenn du Glück hast, denken deine Kunden vielleicht, daß es ihrem Ruf schadet, in einem Prozeß als Zeugen aufzutreten.« Das war kein großer Trost, aber mehr fiel mir nicht ein.

»Abgesehen von ihrem Ruf wäre es auch ihrer Gesundheit abträglich«, sagte er finster. »Wie dem auch sei, ich hab noch ein, zwei Sachen laufen. Als kleine Rückversicherung, falls ich eingelocht werde. Damit Debbie und die Kids nicht ohne was dastehen, während ich weg bin.«

Ich fragte nicht, welche Art der Rückversicherung das war. So blöd war ich nicht. Wir trainierten eine Zeitlang schweigend weiter. Ich war geknickt bei der Vorstellung, Dennis in den nächsten paar Jahren vielleicht nur mittels einer Besuchserlaubnis sehen zu können, aber ich konnte ihm nicht helfen, und das wußte er ebensogut wie ich. Obgleich wir mehr gemeinsam haben, als es auf den ersten Blick scheint, gibt es jeweils Bereiche in unserem Leben, die wir sorgfältig meiden. Es geht überwiegend um Informationen, die wir, wenn wir sie vom anderen erführen, nur schwer für uns behalten könnten. Ich sage es ihm nicht, wenn ich Leute abschießen will, die er kennt; und er sagt mir nichts, wodurch ich mich genötigt sehen würde, zu den Cops zu gehen.

Nach einer Viertelstunde Tanz im Ring waren wir beide in Schweiß geraten. Ich verlor einen Augenblick lang die Konzentration, und mehr war nicht nötig. Im Nu lag ich auf dem Rücken, mit Blick auf die Neonröhren an der Decke.

»Schlapp«, bemerkte Dennis.

Ich rappelte mich auf und sah, daß er an den Seilen lehnte. Mit einem Tritt hätte ich ihn flachlegen können. Oder vielleicht auch nicht. Ich bin schon mehrmals mit diesem steinharten Zwerchfell aneinandergeraten. »Mir geht so vieles im Kopf rum«, sagte ich.

»Kann ich helfen?« fragte er. Typisch Dennis. Ganz gleich, in welcher Bredouille er selbst steckte, er war trotzdem entschlossen, die Rolle des guten Kumpels weiterzuspielen.

»Gut möglich«, sagte ich, schlüpfte zwischen den Seilen hindurch und steuerte auf den ordentlichen Stapel abgenutzter Handtücher im Regal zu.

Dennis folgte mir, und wir saßen einträchtig auf einer Bank, während wir redeten. Ich schilderte ihm in groben Zügen den Kerrchem-Fall. »Kennst du jemanden, der in gepanschten Reinigungsmitteln macht?« schloß ich.

Er schüttelte den Kopf. »Solche Schwachköpfe kenne ich nicht«, sagte er verächtlich. »Da springt doch kaum was bei raus. Viel zu aufwendig. Kostet 'ne Menge, das Zeug zu transportieren, und man kann es ja wohl kaum an der Straßenecke verkaufen. Vor ein paar Jahren gab es mal ein Team in Liverpool; die haben es mit Waschpulver versucht. Sie hatten in einer Chemiefabrik eingebrochen und als Fluchtauto einen der Lieferwagen geklaut. Hinten im Laderaum waren zwei Container mit Chemikalien, und sie beschlossen, das Zeug nicht einfach wegzuwerfen, packten es in Kisten und schleusten es auf den Markt. Ekelhaftes Zeug. Hat dir die Haut von den Fingern gerissen, wenn du mit der Hand waschen wolltest. Aber alle ›Problemflecken‹ gingen raus. Weil hinterher nämlich nicht mehr viel von den Klamotten übrig war.«

»Also meinst du nicht, daß es ein Bekannter von dir sein könnte?«

Dennis schüttelte den Kopf. »Wie gesagt, man muß schön blöd sein, wenn man so was macht, wo es jede Menge lohnendere Aktionen mit größerer Gewinnspanne und viel geringerem Risiko gibt. Ich schätze, diesmal mußt du näher an der Quelle suchen. Da begleicht jemand 'ne alte Rechnung.«

»Ein früherer Angestellter? Ein Konkurrent?« Auch wenn es mit seiner Welt nicht unmittelbar zu tun hat, es lohnt sich immer, an Dennis ein paar Ideen auszutesten.

Er zuckte die Achseln. »Du bist die Firmenexpertin. Steht das Big Business heutzutage auf solche Sachen? Ich hab gehört, daß da neuerdings mit harten Bandagen gekämpft wird, aber Mord ist 'n bißchen heavy, wenn man nur die Konkurrenz schlucken will.«

»Also ein früherer Angestellter, vermutest du?«

»Würde ich eher sagen. Ist doch einleuchtend. Die haben alte Rechnungen zu begleichen und sind weg vom Fenster. Und was ist mit diesen Dingsbums... wie nennt man das noch gleich? Wenn sie dich abschießen und einen Wisch unterschreiben lassen, auf dem steht, daß du ihre Geheimnisse nicht an die Konkurrenz verkaufen darfst?«

»Goldene Handschellen«, sagte ich bedauernd. Ich ließ wirklich nach. Das hätte eine der ersten fünf Fragen sein müssen, die ich Trevor Kerr stellte.

»Na ja, keiner trägt gerne Handschellen mit sich herum, ob sie nun aus Gold oder Stahl sind«, sagte Dennis aus tiefstem Herzen. »Wenn mir das passieren würde, dann käme ich mir ziemlich gelinkt vor. Vor allem als einer von diesen Wissenschaftlern, deren Fachwissen schneller sein Verfallsdatum überschreitet als ein Fertiggericht von Marks & Spencer.«

Ich legte den Arm um seine muskulösen Schultern und drückte ihn. »Du bist ein echter Freund, Dennis.«

»Ich hab doch gar nichts gemacht«, sagte er. »War's das schon? Die Befragung des Orakels abgeschlossen?«

»Das war's schon. Es sei denn, du kennst noch eine internationale Gang von Kunstdieben?«

»Kunstdiebe?« fragte er interessiert.

»Sie brechen in Schlösser ein, in ganz Großbritannien. Sie picken sich einen bestimmten Gegenstand heraus und verschaffen sich durch die nächstgelegene Tür oder ein Fenster Zutritt. Keine raffinierte Technik – nur mit dem Vorschlaghammer. Gehen kurz rein und wieder raus. Anscheinend Vollprofis. Kommt dir das bekannt vor?«

Dennis verzog das Gesicht. »Zu dieser Szene hab ich absolut keinen Kontakt mehr«, sagte er und stand auf. »Ich gehe unter die Dusche. Bist du noch hier, wenn ich fertig bin?«

Ich sah auf meine Uhr. »Nein, ich muß los.« Was heute auch passieren mochte, ich durfte Richard nicht vor dem Kino stehenlassen.

»Bis demnächst dann, Kleines«, sagte Dennis und ging.

»Ja. Ach, Dennis...«

Er sah über seine Schulter, die Tür zum Umkleideraum hatte er schon halb geöffnet.

»Wenn ich irgendwas für dich tun kann...«

Dennis lächelte schief. »Dann sage ich dir sofort Bescheid.«

Im Auto klemmte ich mich gleich hinters Telefon. Sheila, die Drachenlady, versuchte mir weiszumachen, Trevor Kerr sei in einer

Besprechung, aber mit meiner Imitation einer Beamtin konnte sie es nicht aufnehmen. Ich hatte gute Lehrer gehabt; einmal hatte ich sechs Monate lang den Löwenanteil meiner Freizeit der Aufgabe gewidmet, aus einer Serie sturer Beamter Wohngeld herauszupressen.

»Tevor Kerr«, bellte das Telefon mich an.

»Kate Brannigan hier. Ich habe mit der Polizei gesprochen. Der zuständige Beamte war sehr interessiert an dem, was ich über das gefälschte KerrSter zu berichten hatte. Er sagte, er werde diesem Hinweis nachgehen.«

»Sie haben mich aus einer Produktionsbesprechung geholt, nur um mir das zu sagen?« zischte er.

»Nein, noch etwas«, erwiderte ich müde. Es kostete mich viel Kraft, gleichmütig zu bleiben. Wenn er so weitermachte, würde ich einen fünfprozentigen Streßaufschlag auf seine Rechnung setzen.

»Also?«

»Sie erwähnten, daß Sie Entlassungen vorgenommen haben«, sagte ich.

»Und?«

»Ich wüßte gern, ob einige der Entlassenen eine Vereinbarung unterschreiben mußten, in der sie sich zu Geheimhaltung verpflichten.«

Es herrschte kurz Stille. »Es muß solche Vereinbarungen gegeben haben«, gestand er widerstrebend ein. »Das ist übliche Praxis bei Leuten, die in der Forschung oder an Schaltstellen der Produktion gearbeitet haben.«

»Ich brauche eine Liste.«

»Die werden Sie bekommen«, sagte er.

»Lassen Sie sie an mein Büro faxen«, sagte ich. »Die Nummer steht auf meiner Karte.« Ich unterbrach die Verbindung. Das ist das Tolle an Mobiltelefonen. Es gibt so viele schwarze Löcher im Netz, daß dir niemand mehr vorzuwerfen wagt, du hättest einfach aufgelegt.

Ich holte mein Notizbuch heraus und wählte die Nummer, die Alexis mir gegeben hatte. Die Stimme, die sich meldete, klang nicht nach Lord Ballantrae. Es sei denn, er schluckte Hormone. »Ich hätte gern mit Lord Ballantrae gesprochen«, sagte ich.

»Ich bin seine Frau. Wer spricht da?«

»Kate Brannigan. Ich bin Privatdetektivin in Manchester. Ich habe gehört, daß Lord Ballantrae der Koordinator einer Gruppe von Schloßeigentümern ist, bei denen in der letzten Zeit eingebrochen wurde. Einem meiner Klienten wurde ein Monet gestohlen, und ich wollte mich erkundigen, ob Lord Ballantrae Zeit für ein Gespräch mit mir hätte.«

»Ganz bestimmt. Warten Sie einen Augenblick, ich sehe im Terminkalender nach.« Ich wartete eine kostspielige Minute lang. Dann kam sie wieder. »Wie wär's mit zehn Uhr morgen früh?«

»Kein Problem«, sagte ich.

»Also, wenn Sie von Manchester kommen, dann fahren Sie am besten direkt über die M6, dann nehmen Sie die A7 bei Carlisle, bis Hawick, dort die A698 durch Kelso. Etwa zehn Kilometer hinter Kelso sehen Sie zur Linken zwei Torpfosten aus Stein mit Ananas darauf. Die können Sie nicht verfehlen. Das sind wir. Castle Dumdivie. Alles klar?«

»Ja, danke«, sagte ich matt. Klar wie Kloßbrühe. Es war eine Fahrt von gut drei, vier Stunden.

»Dann freuen wir uns schon auf Sie«, sagte Lady Ballantrae bemerkenswert fröhlich. Schön zu wissen, daß wenigstens eine von uns sich freute.

9. Kapitel

Richard gab kein Lebenszeichen von sich, als der Wecker um zehn vor sechs durch meine Träume schnitt – wie Draht durch ein Käsestück. Ich wankte zur Dusche, überzeugt, die Augen erst vor zehn Minuten geschlossen zu haben. Bis ich diesen Auftrag angenommen hatte, wußte ich nicht, daß es zweimal an ein und demselben Tag sechs Uhr sein konnte. Richard wird es nie wissen. Das war wohl auch der Grund, warum er nach dem neuesten Steven-Spielberg-Film noch einen Besuch im Club vorgeschlagen hatte. Vorher hatten wir genug Popcorn vertilgt, um ganz Bosnien durchzufüttern, und uns Hamburger und Bier in Starvin' Marvins Original-American Diner genehmigt. Der Abend war schön, und ich wollte nicht, daß er mit einer säuerlichen Note ausklang, daher willigte ich unter der Bedingung ein, um ein Uhr den Partymuffel spielen zu dürfen. Unnötig zu erwähnen, daß wir um zwei immer noch tanzten.

Selbst eine zehnminütige Powerdusche konnte meinem Körper und meinem Geist nicht suggerieren, daß ich mehr als drei Stunden Schlaf bekommen hatte. Manchmal bereue ich doch, daß ich das Jurastudium nach zwei Jahren aufgesteckt habe, weil ich sonst eine stinknormale Anwältin mit Achtstundentag hätte sein können. Ich ließ eine Kanne starken Kaffees durchlaufen, während ich mich meiner Garderobe widmete. Was zieht man denn an für einen schottischen Baron, das nach vier Stunden hinterm Steuer nicht aussieht wie ein schlappes Geschirrtuch? Schließlich entschied ich mich für dunkelblaue Leggings, einen cremefarbenen Aran-Pullover aus Baumwolle und einen dunkelblauen Wollblouson im Militärlook, den Alexis mir vererbt hatte. Schon im Geschäft hatte ich ihr gesagt, daß sie darin viel zu breithüftig wirkte, aber hatte sie etwa auf mich gehört?

Nach der dritten Tasse Kaffee hatte ich das Gefühl, fahren zu können, ohne gleich eine Massenkarambolage zu verursachen. Nicht, daß es viel Verkehr gegeben hätte, durch den dieses Gefühl auf die Probe gestellt worden wäre. Ausnahmsweise mal war es das pure Vergnügen, die East Lancashire Road entlangzufahren. Keine präpotenten Raser, die einen Ampel-Grand-Prix gegen mein Coupé austragen wollten, keine kleinen alten Männer mit Hut und Pfeife, die von einer Spur zur anderen pendelten, keine Macho-Vertreter, die ihre Mobiltelefone schwenkten wie Kriegsauszeichnungen. Nur wonniglich freie Straßen, die sich vor mir erstreckten, und Deacon Blues *Greatest Hits*. Da ich nach Schottland fuhr, hatte ich gedacht, daß ich mich an den dort heimischen Sound halten sollte. Als ich bei Carlisle von der Autobahn abfuhr, war es kurz nach acht. Ich versprach mir ein Frühstück in dem ersten Imbiß, an dem ich vorbeikam – aber ich hatte vergessen, wie die Straßen im Grenzgebiet zu Schottland beschaffen sind. Fast eine Stunde lang kam überhaupt nichts, und dann war ich bereits in Hawick. Am Ende wurde nur ein Schinken-Ei-Brötchen aus einer Bäckerei daraus, hinuntergespült mit einem Becher trüben Industrieabwassers, von dem man behauptete, es wäre Kaffee.

Um Viertel vor zehn erspähte ich die Torpfosten. Als Lady Ballantrae Ananas sagte, hatte ich mir dezente kleine Steinornamente vorgestellt. Was ich zu sehen bekam, waren zwei kompakte Säulen mit gemeißelten Scheußlichkeiten so groß wie Telefonhäuschen. Sie hatte recht gehabt, als sie sagte, ich könne sie nicht verfehlen. Ich bog in eine schmale Durchfahrt zwischen zwei Buchenhecken ein, die höher waren als mein Haus. Die Straße beschrieb einen sanften Bogen. Unvermittelt hörten die Bäume auf, und ich fand mich auf einer grasbewachsenen Lichtung wieder, die von Lord Ballantraes Haus beherrscht wurde. Den Begriff »Haus« gebrauche ich frei. An dem einen Ende des weitläufigen Gebäudes stand ein massiver viereckiger Steinturm mit spitzem Giebeldach. An ihn schloß sich das aus demselben abweisenden grauen Stein erbaute Haupthaus an. Seine Form war im wesentlichen rechteckig, allerdings war es mit so vielen Türmchen, Strebepfeilern und verschiedenstem anderem Beiwerk bestückt, daß es einen auf den ersten Blick erschlug. Über dem Ganzen erhob sich ein unpassender Aussichtsturm mit grünem Dach. Einer von Ballantraes Vorfahren hatte entweder einen abgedrehten Sinn für Humor besessen oder aber nicht alle Tassen im Schrank gehabt.

Ich hielt auf dem Kies zwischen einem Range Rover und einem brandneuen BMW-Modell. Was man in Manchester ein »Schlag mir die Fenster ein« nennt. So wie Henry hielt Lord Ballantrae die Busse der Ausflügler allem Anschein nach vom Haus fern. Als ich ausstieg, hatte ich bereits einen Zuschauer. Oben auf einer kurzen Treppe, die aussah wie die Aufsteighilfe eines Riesen, stand ein hochgewachsener Mann und starrte mich an, mit einer Hand schützte er seine Augen vor der Sonne. Ich ging auf ihn zu, registrierte das Tweedjackett mit jägergrünen Lederflicken, die Reithose aus Köper, eine senfgelbe Weste und ein buntgewürfeltes Hemd. Er trug sogar eine Tweedmütze, passend zu seinem Jackett. Sobald ich in Hörweite war, rief er: »Miss Brannigan?«

»Eben die. Lord Ballantrae?«

Der Mann ließ die Hand sinken und wirkte amüsiert. »Nein, Ma'am, ich bin der Gutsverwalter seiner Lordschaft. Barry Adamson. Kommen Sie nur rein, er erwartet Sie.«

Ich folgte Adamsons kräftigem Rücken in eine gemütliche Wohnküche. Mikrowelle und Küchenmaschine auf den Arbeitsflächen aus Kiefer ließen darauf schließen, daß dieser Raum nicht Teil des historischen Rundgangs durch das Schloß war. Von dort bogen wir in einen schmalen Durchgang ein, der in eine typisch schottische Schloßhalle mündete. Viel weiß ich nicht über Waffen, aber nach der Menge militärischer Hardware zu urteilen, war ich auf das geheime Waffenlager des hübschen Prinzen Charlie Stuart gestoßen. »Hier entlang«, sagte Adamson und öffnete eine schwere Eichentür. Ich folgte ihm durch den runden Türbogen in ein Büro, das fast so hightechmäßig aussah wie das von Bill.

Ein dunkelhaariger Mann von Anfang Vierzig blickte stirnrunzelnd auf einen PC-Bildschirm. Ohne aufzusehen, sagte er: »Bin in zwei Sekunden bei Ihnen.« Er drückte auf einige Tasten, und sein Gesicht hellte sich auf. Dann schob er seinen Stuhl zurück und sprang auf. »Sie müssen Kate Brannigan sein«, sagte er, kam um den Schreibtisch herum und streckte mir die Hand hin. »James Ballantrae.« Sein Handschlag war kühl und trocken, jedoch überraschend schlaff. »Nehmen Sie sich doch einen Stuhl«, sagte er und zeigte auf zwei Drehstühle an einer Schreibtischplatte, die sich an einer ganzen Wand entlangzog. »Barry, Ellen ist in der Sattelkammer. Könnten Sie kurz zu ihr gehen und sie bitten, uns Kaffee zu bringen?« fügte er hinzu, während er seinen eigenen Stuhl um den Tisch herumzog. »Wie war Ihre Fahrt?« erkundigte er sich. »Eine gemeine Strecke, was? Ich wollte, ich könnte dieses Haus Stein für Stein an einen annähernd zivilisierten Ort verfrachten, aber das würde man mir nie erlauben. Es ist als Klasse zwei eingestuft, das heißt, wir könnten nicht mal eine Satellitenschüssel anbringen lassen, ohne daß uns irgend jemand vom Denkmalschutz aufs Dach steigt.«

Was immer ich erwartet haben mochte, das jedenfalls nicht. Lord Ballantrae trug verwaschene Jeans und ein schottisches Rugbyshirt, das zu seinen funkelnden tiefblauen Augen paßte. Sein welliges Haar fiel ihm hinten bis über den Kragen, kohlschwarz, in auffallendem Kontrast zu seiner milchweißen Haut. Eine Aura unterdrückter Energie umgab ihn. Er sah eher aus wie ein Autor von Computerspielen, nicht wie ein Großgrundbesitzer. Er setzte sich hin, streckte die langen Beine vor sich aus und zündete sich eine Zigarette an. »Also, Henry Naismith sagt, Sie suchen nach seinem Monet?« fragte er.

Ich versuchte meine Überraschung zu verbergen. »Sie kennen Henry?« Zugegeben, sie sprachen dieselbe Sprache. Ihre Stimmen waren praktisch nicht zu unterscheiden. Woher in Gottes Namen weiß man bei Sloanes, wer am Apparat ist, wenn einer von ihnen anruft?

Er grinste. »Wir sind uns mal auf dem Boot eines Freundes begegnet. Als meine Frau mir gestern von Ihrem Anruf erzählte, habe ich zwei und zwei zusammengezählt. Ich hatte bereits mit einer Reporterin von der Abendzeitung in Manchester über die Kunstdiebstähle gesprochen, und als sie einen in Cheshire verschwundenen Monet erwähnte, fiel mir dazu nur die Naismith-Sammlung ein. Also habe ich Henry angerufen.«

»Die Reporterin, mit der Sie gesprochen haben, ist eine Freundin von mir«, sagte ich. »Sie hat mir Ihre Nummer gegeben.«

»Ein Frauennetzwerk. Das gefällt mir«, rief er erfreut. »Sie hat's ganz richtig gemacht. Himmel, was rede ich denn da. Meine Frau sagt immer, Arroganz liege bei uns in der Familie. Ich wollte damit nur sagen, daß ich wohl der einzige bin, der die Lage voll überblickt. Das ist der Nachteil, wenn man eine Polizei mit lokaler Befugnis hat. Die Verbrechensverfolgung wird aufgesplittert. Sussex spricht nicht mit Strathclyde, Derbyshire nicht mit Devon. Wir mußten die Polizei mit der Nase darauf stoßen, daß diese Einbrüche eine Art Serie darstellen. Überall das gleiche Muster – gewaltsames Eindringen, die Alarmanlage wird nicht lahmgelegt und nur ein einziger Gegenstand entwendet.«

»Wie haben Sie die Verbindung gezogen?« fragte ich.

»Eine Gruppe derjenigen von uns, die ihr Haus der Öffentlichkeit zugänglich gemacht haben, trifft sich in loser Folge...« Ich hörte, wie hinter mir die Tür aufging, und als ich mich umdrehte, sah ich eine etwa dreißigjährige Rothaarige mit den dazugehörigen Sommersprossen den Kopf durch die Öffnung stecken.

»Für alle Kaffee?« fragte sie.

»Meine Frau, Ellen«, sagte Ballantrae. »Ellen, Kate Brannigan, die Privatdetektivin aus Manchester.«

Die Rothaarige lächelte. »Nett, Sie kennenzulernen. Bin gleich wieder da«, sagte sie und verschwand aus dem Blickfeld, ließ die Tür jedoch angelehnt.

»Wo war ich stehengeblieben? Ach ja, wir treffen uns ein paarmal im Jahr auf eine Limonade, tauschen Ideen und Tips aus und so weiter. Unser letztes Treffen fand zwei Wochen nachdem man mir ein Raeburn-Porträt geklaut hatte statt, deshalb war dieser Vorfall damals natürlich meine Priorität. Sogleich steuerten drei andere identische Geschichten bei – ein Gainsborough, ein Canaletto und ein Ruisdael. In jedem der Fälle war es eines der zwei oder drei besten Stücke, die sie hatten«, fügte er bedauernd hinzu.

»Und da ist Ihnen aufgefallen, daß das Ganze organisiert sein mußte?« fragte ich.

»Richtig.«

»Ich staune, daß es Ihnen gelungen ist, die Diebstähle vor den Zeitungen geheimzuhalten«, sagte ich.

»Derlei Dinge behält man lieber für sich«, sagte er trocken. »Wir sind alle auf die Einnahmen angewiesen, die durch die Kulturjun kies hereinkommen. Die Polizei spielte nur zu gern mit, da man dort spektakuläre Fälle, in denen niemand gefaßt werden kann, prinzipiell nicht mag.«

»Was haben Sie dann gemacht?«

»Nun ja, ich habe mich erboten, als Koordinator zu agieren, und ich habe mit allen beteiligten Polizeikräften gesprochen. Außerdem habe ich an alle anderen Schloßeigentümer geschrieben, die ich ausfindig machen konnte, und mich erkundigt, ob sie ähnliche Erfahrungen gemacht hätten.«

»Wie viele?« fragte ich.

»Einschließlich Henry Naismiths Monet dreizehn in den letzten neun Monaten.«

Ich holte tief Luft. Wenn das so weiterging, wäre in den britischen Schlössern bald nichts mehr übrig außer den siebenhundertsechsunddreißig Betten, in denen Elizabeth I. genächtigt hatte. »Eine ganze Menge Kunstwerke«, sagte ich. »Wurde schon etwas wiedergefunden?«

»Kaffee«, verkündete Ellen Ballantrae, die gerade mit einem Tablett hereinkam. Sie trug eine ausgebeulte khakifarbene Cordhose und einen unförmigen flaschengrünen Chenillepullover. Wenn sie sich bewegte, merkte man, daß sich darunter ein schlanker Körper verbarg, aber auf den ersten Blick hätte ich sie für die Putzfrau gehalten.

Ich stürzte mich auf den Kaffeebecher wie ein darbendes Waisenkind. »Sie haben mir das Leben gerettet«, sagte ich zu ihr. »Mein Kreislauf muß sich immer noch von dem Zeug erholen, das man in Hawick als Kaffee bezeichnet.«

Beide Ballantraes grinsten. »Das können Sie laut sagen«, erwiderte Ellen. »Warme Milch, an der Oberfläche schwimmen Klümpchen, und der Geschmack von Regenwasser.«

»So gut war's auch wieder nicht«, sagte ich leidgeprüft.

»Aber laßt euch von mir nicht stören«, sagte Ellen, zerwühlte ihrem Mann liebevoll das Haar und hockte sich auf den Tisch. »Er wollte Ihnen gerade von dem Canaletto erzählen, den man gefunden hat.«

Ballantrae streckte geistesabwesend die Hand aus und legte sie auf ihren Oberschenkel. »Ganz genau. Hatte allerdings nichts mit der fleißigen Arbeit der Polizei zu tun. Etwa vierzehn Tage nachdem Gerald Brockleston-Camber seinen Canaletto verloren hatte, gab es auf einer deutschen Autobahn einen Massenauffahrunfall. Eines der Todesopfer war ein Antiquitätenhändler aus Leyden in Holland, Kees van der Rohe. Sein Auto wurde hinten und vorn eingedrückt, der Kofferraum sprang auf, und ein Koffer wurde in hohem Bogen aus dem Wrack geschleudert. Der Koffer platzte auf, und zum Vorschein kam, hinter einer falschen Leinwand, der Canaletto. Zum Glück war das Gemälde unversehrt.«

»Mr. van der Rohe hatte nicht soviel Glück«, bemerkte ich. »Welche Spuren hat man gefunden?«

»Keine einzige«, sagte Ballantrae. »Man konnte in seinen Unterlagen nichts zu dem Canaletto entdecken. Er führte sein Geschäft von zu Hause aus, und die Nachbarn sagten, manchmal wären Autos mit ausländischen Kennzeichen vorgefahren, aber niemand hatte sich die Nummern notiert.« Er zuckte die Achseln. »Warum auch? Es gab keinen Hinweis auf sein Reiseziel, abgesehen davon, daß er Lire im Wert mehrerer hundert Pfund in der Vordertasche seines Koffers hatte. Leider war van der Rohes Leiche übel verbrannt, zusammen mit seinem Terminkalender und seiner Brieftasche. Frustrierend, aber wenigstens hat Gerald sein Gemälde wieder.«

Frustrierend in der Tat. Dies verwandelte sich in einen jener Fälle, in denen ich Informationen aufsaugte wie ein wildgewordener Hoover, jedoch keinen Schritt weiterkam. Mir fiel jetzt nur noch ein, mit einem niederländischen Privatdetektiv in Kontakt aufzunehmen und ihn oder sie darum zu bitten, Kees van der Rohe zu überprüfen, ob nicht etwas in Erfahrung zu bringen war, das die Polizei übersehen hatte. »Irgendwelche Hinweise auf eine Auslandsconnection in den anderen Fällen?« fragte ich.

»Eigentlich nicht«, sagte Ballantrae. »Wir nehmen an, daß die einzelnen Stücke auf Bestellung gestohlen werden. Sollten sie für einen Privatsammler bestimmt sein, so wage ich die Vermutung, daß wir es mit einem Engländer zu tun haben. Eine ganze Reihe der gestohlenen Kunstwerke sind im allgemeinen eher uninteressant – die Hilliard-Miniaturen zum Beispiel. Und wohl auch mein Raeburn. Die internationale Kunstwelt würde darüber schwerlich in Ekstase geraten.«

»Vielleicht gehört das zum Plan«, sagte ich nachdenklich.

»Wie meinen Sie das?« Ellen Ballantrae beugte sich stirnrunzelnd vor.

»Wenn sie eine richtig große Nummer abzögen, so wie die Diebe des Munch-Gemäldes in Norwegen, dann gäbe es ein Riesengeschrei, Interpol würde sich einschalten, die üblichen Verdächtigen hochnehmen und dergleichen. Aber indem sie weniger wertvolle Stücke stehlen, erregen sie weniger Aufsehen, vielleicht ganz bewußt, vor allem wenn sie ihre Beute über die Grenze schaffen wollen«, erklärte ich.

Ballantrae nickte anerkennend. »Schließt messerscharf, diese Frau. Das hat was für sich. Die einzigen Diebstähle, die dieses Muster sprengen, sind die Bernini-Büste und Henrys Monet, aber selbst die beiden sind keine absoluten Spitzenprodukte ihrer Schöpfer.«

»Wissen Sie von irgendwelchen Sammlern, deren Spezialgebiet durch die Diebstähle abgedeckt würde?« fragte ich.

»Wissen Sie, daran habe ich noch gar nicht gedacht. Persönlich kenne ich keinen, aber ich habe ein paar Freunde in Galerien. Die könnte ich bitten, sich mal umzuhören. Ein wirklich konstruktiver Gedanke«, schwärmte Ballantrae.

Ich sonnte mich in seinem herzlichen Lob. Das war ja mal eine erfrischende Abwechslung zu Trevor Kerrs Ruppigkeit. »Wie sieht es mit der geographischen Verteilung aus?« erkundigte ich mich.

»Wir waren die nördlichsten Opfer. Da scheint es kein Muster zu geben. Sie haben sich von Süden nach Norden, Northumberland bis

Cornwall, und von Osten nach Westen, Lincolnshire bis Anglesey, vorgearbeitet. Ich kann Ihnen eine Liste ausdrucken.« Er sprang auf und ging zu seinem Computer. Auf Tastendruck erwachte der Drucker hinter mir griesgrämig zum Leben.

Ich drehte mich mit meinem Stuhl herum und nahm das Blatt aus dem Gerät. Als ich es überflog, kam mir der Anflug einer Idee. »Haben Sie eine Karte von Großbritannien da, auf die ich kurz mal einen Blick werfen könnte?« fragte ich.

Ballantrae nickte. »Ich habe eine CD-ROM mit verschiedenen Karten. Möchten Sie die sehen?«

Ich ging zu ihm und wartete, bis er die CD geladen hatte. Er rief eine Karte von Großbritannien mit den Großstädten und dem Straßennetz auf. »Können Sie die Karte importieren und in einem Grafikprogramm bearbeiten?« fragte ich.

»Klar«, sagte er. Und tat es prompt. Er wies mich rasch ein, wie ich seine Software benutzen mußte, und ich experimentierte herum. Zunächst markierte ich annähernd die Schauplätze der Einbrüche, mit ein wenig Unterstützung von Ballantrae. Ich sah mir die Anordnung an.

»Ich wünschte, wir hätten eines dieser Programme da, die Kriminologen zur Analyse von Verbrechensmustern benutzen«, murmelte ich. Vor kurzem hatte ich einen Tag lang ein Seminar des Verbandes britischer Detektive besucht, wo uns ein Wissenschaftler demonstrierte, auf welche Weise hochentwickelte Computerprogramme der Polizei dabei halfen vorauszusagen, wo Wiederholungstäter das nächste Mal zuschlagen würden. Es war beeindruckend, wenn auch nicht von großem Nutzen für meinesgleichen.

»Ich hätte nie gedacht, daß ich so was mal brauchen könnte«, sagte Ballantrae trocken.

Ellen lachte. »Der Software-König von Schottland wird spätestens nächste Woche ein entsprechendes Programm besitzen«, sagte sie.

Mit der Maus zog ich eine Linie, die die am äußeren Rand gelegenen Einbrüche miteinander verband. Es waren acht in dieser Gruppe, über das Grenzgebiet zwischen England und Wales verteilt. Dann wiederholte ich die Übung mit dem Rest. Die äußere Linie war ein grobes Oval, mit einem Knick über Cornwall. Es sah aus wie eine Comic-Sprechblase. Die innere Linie war gezackter. Ich nahm Henry Naismith und noch einen Einbruch außerhalb von Burnley heraus. Jetzt ähnelte die innere Linie eher einem Trapez, oben schmaler, unten breiter. Schließlich verband ich Henry und die Burnley-Sache durch zwei Halbkreise. »Erkennen Sie etwas?« fragte ich.

»Großmanchester«, flüsterte Ballantrae. »Faszinierend. Miss Brannigan, Sie sind ganz klar die Richtige für diesen Job.«

Ich freute mich, daß jemand so dachte. »Gab es in einem der Fälle überhaupt irgendwelche Spuren?« fragte ich.

Ballantrae ging zu einem Regal. Dort standen die Schachteln mit seiner Computersoftware und Handbücher. »Ich weiß nicht, ob man es als echte Spur bezeichnen kann. Aber in einem der Schlösser, in denen eingebrochen wurde, hatte man gerade eine Videoüberwachungsanlage installiert, und es gibt ein Band von dem Diebstahl. Was allerdings auch keine große Hilfe ist, da die Diebe klugerweise Skimasken trugen.« Er nahm eine Videokassette vom Regal. »Möchten Sie es sich ansehen?«

»Warum nicht?« Ich hatte mich die weite Strecke bis hierher gequält. Ich würde nicht eher nach Hause fahren, als bis ich den letzten Tropfen Information aus Lord Ballantrae herausgepreßt hatte.

»Dann müssen wir in den Hobbyraum gehen«, sagte er.

Als ich ihm durch die Halle folgte, sagte Ellen liebevoll: »Manchmal denke ich, er übt für *XY... ungelöst.*«

Wir gingen in Richtung Küche und betraten einen Raum, der nur doppelt so groß war wie mein Wohnzimmer. Die Aussicht war sensationell, wenn man dergleichen mag – man blickte auf eine Rasenfläche, einen Fluß und nicht sehr ferne Berge. Ich persönlich bin vollauf mit meinem Gartenzaun zufrieden. Während Ballantrae zum Videorecorder hinüberging, inspizierte ich das Zimmer. Hier sah es überhaupt nicht aus wie in einem Schloß. Die kunterbunte Sammlung aus Sofas und Sesseln war modern und wirkte bequem, wenn auch ein wenig hundehaarig und eselsohrig. Auf den Regalen längs einer Wand stand eine Auswahl von Gesellschaftsspielen, Puzzles, Computerspielen und Videokassetten. Auf einem Couchtisch lagen Comics und Zeitschriften verstreut. In einer Ecke standen ein großer Nicam-Stereofernseher und ein Videorecorder, davor lag eine Nintendo-Konsole. Das einzige Bild, das die Wände schmückte, war ein gerahmtes Foto von James und Ellen mit einem kleinen Jungen und einem kleinen Mädchen in Skimontur, rings um einen Picknicktisch sitzend. Sie alle sahen aus, als liege ihnen die Welt zu Füßen. Recht überlegt, traf das wohl auch zu.

»Entschuldigen Sie das Durcheinander«, sagte Ellen in einem lässigen Ton, der mir sagte, daß sie eigentlich auf Ordnung pfiff. »Die Kinder haben das gemacht, und ich habe keine Lust, ihnen hinterherzuräumen. Setzen Sie sich doch.«

Sie ging zu den Fenstern hinüber und zog einen der Vorhänge zu, damit wir das Video besser sehen konnten. Ich setzte mich dem Fernseher gegenüber, in dem die besten Schauspieler des Vormittagsprogramms die Rolle des glücklich verheirateten Ehepaars spielten, um uns übrigen zu erzählen, wie man der Cellulite den Garaus machen konnte. Ballantrae ließ sich neben mich fallen und drückte auf den Play-Knopf. »Das ist Morton Grange in Humberside«, sagte er. »Das Heim von Lord Andrew Cumberbatch. Ihm gehört der Ruisdael.«

Auf dem Fernsehschirm war ein leerer Raum mit Gemälden an den Wänden zu sehen. Plötzlich, aus der unteren linken Ecke, tauchten die Einbrecher auf. Die Stakkato-Bewegungen des Zeitraffers verliehen ihnen das Aussehen von Marionetten in einer Amateurvorstellung. Beide Männer trugen Skimasken mit Löchern für Mund und Augen und Overalls von der Sorte, wie man sie fast umsonst in jedem Sportgeschäft erstehen kann. Einer lief zu dem Gemälde hinüber, brachte einen Elektroschraubenzieher zum Vorschein und schraubte die Klammern ab, mit denen der Rahmen an der Wand befestigt war. Der andere, der einen Vorschlaghammer in der Hand hatte, hielt sich zurück. Dann wandte er sich der Kamera zu und trat ein paar Schritte vor.

Es traf mich wie ein Fausthieb, als ich ihn erkannte.

10. Kapitel

Eines der Rätsel des Universums ist, wie ich aus Castle Dumdivie herauskam, ohne zu gestehen, daß ich genau wußte, wer sich mit dem hübschen kleinen Ruisdael von Lord Andrew Cumberbatch aus dem Staub gemacht hatte. Ich war heilfroh, daß Lord Ballantrae neben mir gesessen hatte und deshalb mein Gesicht nicht sehen konnte.

Nach den ersten Schrecksekunden versuchte ich mir einzureden, daß ich mir nur etwas einbildete. Aber je länger ich hinsah, um so überzeugter war ich, daß ich recht hatte. Ich kannte diese Schultern, diesen leichten, schwungvollen Gang. Ich hatte diese Beinarbeit weiß Gott oft genug studiert, wenn ich abzuschätzen versuchte, woher der nächste Tritt kam. Ich zwang mich, bis zum bitteren Ende still dazusitzen. Dann sagte ich: »Ich verstehe, was Sie meinen. Sogar ihre eigenen Mütter würden sie auf dem Band nicht wiedererkennen.«

»Aber ihre Liebsten vielleicht«, sagte Ellen schlau. »Heißt es nicht, das einzige, was man nicht verstellen kann, ist der Gang?«

Sie hatte natürlich voll ins Schwarze getroffen. »Das Videoband macht ihn zu ruckartig«, sagte ich.

»Ich weiß nicht.« Ballantrae zündete sich noch eine Zigarette an und inhalierte tief. »Körpersprache und Gestik sind recht individuell. Denken Sie nur daran, wie viele Kriminelle durch die Videoaufnahmen geschnappt werden, die man in *XY... ungelöst* zeigt.«

»Was habe ich Ihnen gesagt«, rief Ellen liebevoll. »Er philosophiert leidenschaftlich gern über seine Kunstdiebstähle. Ihn hält sonst nur zurück, daß seine Kumpel alle eine Heidenangst haben, die Presseberichterstattung könnte zu einem Rückgang ihrer Einnahmen führen.«

»Ja, aber nach dieser Zeitungsstory in Manchester ist die Katze ohnehin aus dem Sack, und es hat keinen Sinn mehr, damit hinterm Berg zu halten«, sagte Ballantrae. »Vielleicht sollte ich die anderen anrufen...«

»Wäre es Ihnen möglich, mir eine Kopie des Bands zu überlassen?« fragte ich. »Ich würde es gern Henry Naismiths Angestellten zeigen, solange ihre Erinnerung noch frisch ist. Vielleicht löst ja, wie Ellen meint, irgend etwas an der Art, wie diese Männer sich bewegen, etwas aus. Die Polizei geht davon aus, daß sie ein paarmal wie reguläre Besucher durchs Haus gegangen sind, um die Lage zu peilen. Wir könnten einfach Glück haben und einer von Henrys Leuten verfügt über ein fotografisches Gedächtnis.«

Henry stand auf und holte die Kassette aus dem Gerät. »Nehmen

Sie die hier«, sagte er. »Ich kann mir leicht von Andrew eine neue Kopie ziehen lassen.«

Ich nahm die Kassette und stand auf. »Ich bin Ihnen wirklich dankbar für Ihre Hilfe in dieser Sache«, sagte ich. »Wenn Ihnen noch irgendwas einfällt, das eventuell nützlich sein könnte, rufen Sie mich bitte an.« Ich fischte eine Visitenkarte aus meiner Tasche.

»Was werden Sie jetzt tun?« erkundigte sich Ballantrae.

»Wie gesagt, ich werde das Band Henrys Angestellten zeigen. Außerdem habe ich die Hoffnung, daß die Story im *Chronicle* die Dinge ein wenig in Bewegung bringt. Es ist durchaus möglich, daß nicht nur die Diebe selbst wissen, wer sie sind. Vielleicht sollten Sie sich alle mal mit Ihrer jeweiligen Versicherung kurzschließen und eine Belohnung aussetzen. Das wäre eine gute Fortsetzungsgeschichte für die Zeitung, und es könnte auch genau das sein, was wir brauchen, um den Stein ins Rollen zu bringen.« Ich merkte, daß ich anfing, wild drauflos zu reden. Höchste Zeit für einen schnellen Abgang. Ich sah demonstrativ auf meine Uhr. »Ich mache mich dann mal lieber auf den Rückweg ins Sündenbabel der Großstadt«, sagte ich.

»Sind Sie sicher, daß Sie schon fahren müssen?« fragte Ballantrae mit dem rührenden Eifer eines kleinen Jungen, der seine legitime Ausrede, um sich vor den Hausaufgaben zu drücken, entschwinden sieht. »Ich könnte Sie durchs Haus führen. Sie könnten sich mit eigenen Augen ansehen, wo die Kerle eingestiegen sind.«

»Miss Brannigan hat bestimmt schon das eine oder andere Fenster gesehen«, sagte Ellen amüsiert. Sie wandte sich an mich. »Sie sind herzlich eingeladen, zum Mittagessen zu bleiben. Aber wenn Sie nicht bleiben können, fühlen Sie sich nicht gedrängt, sich entschuldigen zu müssen, weil sie die Führung durch Dumdivie ausschlagen.«

»Danke für das Angebot, aber ich muß wirklich los«, sagte ich. »Dies ist momentan nicht unser einziger Fall, und mein Partner ist verreist.« Jetzt fing ich regelrecht an zu stottern. Ich trat den Rückzug in Richtung Tür an. »Ich halte Sie auf dem laufenden.«

Von der Rückfahrt nach Manchester bekam ich kaum etwas mit, denn die Gedanken überschlugen sich in meinem Kopf. Irgendwann rief Shelley an, aber ich habe keinen Schimmer, worüber wir redeten. Als ich in der Stadt anlangte, fuhr ich nicht ins Büro. Ich wollte keine Zeugen bei dem Gespräch, das mir vorschwebte. Ich fuhr direkt nach Hause, ausnahmsweise froh, daß Richard unterwegs war.

Mein Magen knurrte, daher brühte ich Kaffee auf und machte mir ein Sandwich aus Ciabatta, Thunfisch, Oliven und Flaschentomaten. Erst als ich essen wollte und merkte, daß ich keinen Appetit hatte, wurde mir klar, daß eher Sorge als Hunger der Grund für das unheimliche Rumpeln war. Seufzend wickelte ich das Sandwich in Frischhaltefolie und deponierte es im Kühlschrank. Dann schnappte ich mir den Telefonhörer. Ein raffgieriger Computer knöpfte mir zehn Pence für das Privileg ab, mir mitteilen zu dürfen, daß Dennis' Mobiltelefon abgestellt war.

Als nächstes rief ich die Sporthalle an. Don, der Geschäftsführer, sagte mir, Dennis sei dagewesen, jedoch vor zwei Stunden, in feinem Anzug, wieder gegangen. »Wenn er noch mal kommt, sagen Sie ihm, daß ich auf Besuch beim Landadel war und er zu mir kommen soll, ganz dringend. Ich bin zu Hause«, sagte ich grimmig.

Damit blieb noch sein Zuhause. Beim dritten Läuten meldete sich seine Frau Debbie. Sie hat ein Herz aus Gold, könnte jedoch auch für das Klischee der leicht dämlichen Blondine Modell stehen. Ich dachte oft, sollte ein Gehirntumor zufällig in ihren Schädel geraten, dann würde er tagelang dort umherirren auf der Suche nach einem Platz, an dem er sich einnisten konnte. Allerdings hatte ich ja nicht vor, ihren Intellekt auf die Probe zu stellen. Ich fragte lediglich, ob Dennis da sei, und sie sagte, sie habe ihn seit dem Frühstück nicht gesehen. »Weißt du, wo er steckt?« fragte ich.

Sie prustete ungläubig. »Vor fünfzehn Jahren hab ich aufgegeben, ihn so was zu fragen«, sagte sie. Vielleicht war sie doch nicht so blöd, wie ich immer geglaubt hatte. »Ehrlich gesagt möchte ich meistens auch gar nicht wissen, was er treibt. Solange er mir Geld für die Kids und das Haus gibt und sich nicht einsperren läßt, stelle ich keine Fragen. Dann kann ich, wenn die Cops mal an unsere Tür klopfen, auch nichts erzählen. Er weiß, daß ich eine miserable Lügnerin bin.« Sie kicherte.

»Wann kommt er denn zurück?«

»Wenn er zurückkommt, Süße. Hast du's über sein Mobiltelefon versucht?«

»Abgestellt.«

»Er wird es bald wieder einschalten«, versicherte Debbie mir.

»Wenn er nach Hause kommt, bevor du ihn erreicht hast, soll ich ihm dann sagen, daß er kurz durchrufen soll?«

»Nein. Ich möchte, daß er bei mir vorbeikommt. Sag ihm, es sei dringend, ja?«

»Du bist doch nicht in Schwierigkeiten, oder, Kate?« fragte Debbie beunruhigt. »Wenn du auf die Schnelle Hilfe brauchst, könnte ich einen der anderen Jungs vorbeischicken.«

Wie gesagt, ein Herz aus Gold. »Keine Sorge, Debbie, mir geht's prima. Ich habe bloß etwas, das ich Dennis zeigen muß. Bitte ihn nur, so schnell wie möglich rüberzukommen.«

Wir plauderten noch ein wenig über die Kids, dann legte ich auf. Ich wußte, daß ich eigentlich zum Büro fahren und Trevor Kerrs Liste ehemaliger Angestellter abholen sollte, aber ebenso wußte ich, daß ich mich darauf nicht würde konzentrieren können. Ich schaltete den Computer ein und rief Epic Pinball auf. Ich ließ die Kugel ein paarmal um Hindernisse und über Rampen flitzen, war jedoch nicht ganz bei der Sache. Mein Punktestand wäre selbst einem arthritischen Achtzigjährigen peinlich gewesen. Ich kam zu dem Schluß, daß ich etwas Brutaleres brauchte, und fing an, Doom zu spielen, das ultimative Abschußprogramm, in maximaler Gefahrenstufe. Nachdem ich zum zehnten Mal umgebracht worden war, gab ich es auf und schaltete das Gerät ab. Ich weiß, daß es schlimmer nicht kommen kann, wenn meine Konzentration sogar bei einem Computerspiel versagt.

Aus reiner Verzweiflung machte ich Hausputz. Das Problem mit modernen Bungalows ist, daß es viel zu kurz dauert, sie gründlich sauberzumachen, wenn man ein echtes Ventil für seine Angst braucht. Als die Türklingel ging, war ich inzwischen dazu übergegangen, meinen Kleiderschrank von den Klamotten zu säubern, die ich mindestens zwei Jahre lang nicht getragen hatte, die mich jedoch zuviel gekostet hatten, als daß ich sie in normaler Gemütsverfassung entsorgt hätte. Eine katastrophale Leggings, die nach Vorhängen aus Stretchchintz aussah, wurde in letzter Minute gerettet.

Dennis stand fröhlich lächelnd auf der Türschwelle. Am liebsten hätte ich ihm eine geknallt, aber mein gesunder Menschenverstand setzte sich gegen meinen Instinkt durch. Das schien in letzter Zeit häufig so zu gehen. »Hallo. Debbie sagt, du hast was für mich«, sagte er zur Begrüßung und beugte sich vor, um mir einen Kuß auf die Wange zu geben.

Ich wich ihm aus, und er traf ins Leere. »Etwas, das ich dir zeigen muß«, präzisierte ich und marschierte in mein Wohnzimmer. Ohne zu warten, bis er sich hingesetzt hatte, rammte ich die Kassette in den Recorder, schaltete den Fernseher ein und drückte auf den Play-Knopf. Ich drehte ihm den Rücken zu, während sich erneut der Einbruch vor uns abspulte. Als die beiden Einbrecher verschwanden, schaltete ich den Fernseher aus und wandte mich ihm zu.

Dennis' Miene war undurchdringlich. Ich hätte ihm ebensogut die Mattscheibe zeigen können, nach der Reaktion, die ich bekam. »Tolle Aktion, Dennis«, sagte ich bitter. »Danke, daß du mich vorgewarnt hast.«

Er schob die Hände in die Hosentaschen seines feinen perlgrauen Zweireihers. »Was hast du denn erwartet? Daß ich die Hände hochnehme, sobald du mir sagst, wozu du ermittelst?« sagte er leise.

»Ist doch völlig egal, was ich erwartet habe«, erwiderte ich. »Es geht darum, was du getan hast. Das bringt mich furchtbar in die Bredouille.«

Dennis runzelte die Stirn. »Was soll das alles?« konterte er aufgebracht. »Du weißt doch, womit ich meinen Lebensunterhalt verdiene. Ich bin nun mal kein Normalbürger mit blütenreiner Weste. Ich bin ein Dieb, Kate, ein Scheißkrimineller. Ich stehle Sachen, ich haue Leute übers Ohr, ich beschwindele sie. Was meinst du denn, wie ich sonst meine Kids füttere und kleide? Es ist ja nicht so, als hätte ich ein großes Scheißgeheimnis daraus gemacht, oder?«

»Nein, aber...«

»Was ist dann? Du kommst ohne jede Bedenken zu mir gelaufen, wenn du Hilfe brauchst, weil ich Zutritt zu Orten habe und Leute zum Reden bringen kann, zu denen du nicht vordringen kannst. Meinst du, das wäre so, wenn ich nicht genauso zwielichtig wäre wie die Mistkerle, hinter denen du sonst her bist? Was ist, Kate? Kannst du nicht damit umgehen, daß einer deiner Freunde ein Gauner ist, jetzt, wo du's mit eigenen Augen gesehen hast?«

Ich ließ mich auf ein Sofa sinken. Er hatte natürlich recht. Rein theoretisch hatte ich immer gewußt, daß Dennis ein Krimineller war, ich hatte mich nur nie unmittelbar damit konfrontieren müssen. »Ich dachte, solche Sachen machst du nicht mehr«, erwiderte ich matt. »Du hast immer gesagt, du würdest nichts mehr tun, was dich in den Knast bringen könnte.«

Dennis warf sich auf das Sofa gegenüber. Ein verbissenes Lächeln huschte über sein Gesicht. »So war's ursprünglich auch geplant. Dann ist was dazwischengekommen, ich hab's dir ja erzählt. Kate, ich könnte fünf Jahre dafür kriegen. Meine Kids sollen nicht darunter leiden müssen, daß ich kriminell bin. Ich will verhindern, daß meine Kids nicht zur Universität gehen können, nur weil ihr Alter sitzt und kein Geld da ist. Ich will verhindern, daß meine Familie in einer miesen Notunterkunft hausen muß, weil die Hypothek nicht bezahlt ist und das Haus gepfändet wurde. Ich kenne nur ein Mittel, um das zu erreichen – sicherheitshalber Geld auf die hohe Kante zu legen. Und ich kenne nur ein Mittel, um an Geld zu kommen – Klauen.«

»Und deshalb hast du dich auf Kunstdiebstähle verlegt«, sagte ich.

»Genau. Hör zu, wenn ich gewußt hätte, daß du die Sicherheitsanlage auf Birchfield Place installiert hast, dann hätte ich einen weiten Bogen darum gemacht. Du bist meine Freundin, ich will dich nicht in Verlegenheit bringen.«

Ich schüttelte den Kopf. »Wenn ich dich erkannt habe, Dennis, dann ist es durchaus möglich, daß dich auch andere erkennen, vor allem wenn das Band im Fernsehen gezeigt wird.«

Er seufzte. »Dann tu, was du tun mußt, Kate.« Er fing meinen Blick auf, nicht herausfordernd, sondern in stillschweigendem Einverständnis.

»Du glaubst doch nicht, daß ich dich verpfeife, oder?« platzte ich empört heraus.

»Es ist dein Job«, sagte er schlicht.

Ich schüttelte den Kopf. »Nein. Mein Job ist es, das Eigentum meiner Klienten wiederzubeschaffen. Die Polizei verhaftet Kriminelle, nicht ich.«

»Du hast schon so manchen an die Bullen ausgeliefert«, konterte Dennis. »Zu seinen Prinzipien sollte man stehen. Ist schon gut, Kate, ich nehm's dir nicht übel. Berufsrisiko. Wenn man mit Asbest arbeitet, kann man Lungenkrebs kriegen. Wenn man zum Broterwerb klaut, kann man in den Knast kommen. Es ist nicht persönlich gemeint.«

»Wann kriegst du endlich in deinen Dickschädel, daß ich dich nicht denunziere«, sagte ich aggressiv. »Ich bin lediglich daran interessiert, Henry Naismiths Monet wiederzubeschaffen. Im übrigen bist du nur ein kleiner Fisch. Wenn ich es auf jemanden abgesehen habe, dann auf den Killerwal.«

Dennis preßte die Lippen zusammen. »Na schön, ich hab kapiert«, sagte er grimmig. Ich hatte auch nicht von ihm erwartet, daß er vor Dankbarkeit auf die Knie fiel. Niemand läßt sich gern die Art von Verpflichtung aufnötigen, die ich ihm gerade aufgedrückt hatte.

»Also gib ihn raus«, sagte ich.

Er räusperte sich. »So einfach ist das nicht«, erwiderte er und ließ sich Zeit damit, seine Zigaretten herauszuholen und sich eine anzustecken. »Ich hab ihn nicht mehr.«

»Das ging aber schnell«, sagte ich enttäuscht. Wie Dennis mir anläßlich seiner früheren Abenteuer in der Welt der Einbrecher erzählt hatte, braucht es oft Zeit, bis man die Früchte dieser Arbeit loswerden kann. Hehler scheuen notorisch davor zurück, die Verantwortung für Diebesgut zu übernehmen, das noch so heiß ist, daß man eine Kernschmelze riskiert.

Dennis lehnte sich zurück und knöpfte seine Jacke auf. »Ein fester Abnehmer. Das ist einer der Gründe, warum ich da überhaupt eingestiegen bin. Paß auf, es war so. Als mir klar wurde, daß diese Drogensache sich nicht einfach verlaufen würde, habe ich ausgestreut, daß ich auf der Suche nach einer kleinen, einträglichen Nebenbeschäftigung bin. Ein, zwei Wochen später kriege ich einen Anruf von diesem Typ, den ich aus Leeds kenne. Ich hab in alten Zeiten, als ich noch in der Branche aktiv war, ein paar erstklassige Antiquitäten bei ihm abgesetzt. Wie dem auch sei, er sagt, er hätte von meinem Ärger gehört, und er hätte einen Kontakt für mich. Er gibt mir die Nummer eines Mobiltelefons und sagt, ich soll diesen Typ anrufen.

Also wähle ich die Nummer und nenne den Namen meines Kontaktmanns, und dieser Typ sagt mir, daß er sich mit ernsthafter Kunst beschäftigt. Er sagt, er hätte einen Kunden für Spitzenprodukte, pauschal je zehn Riesen für Stücke, die im voraus vereinbart werden. Ich sage: ›Woher soll ich wissen, daß ich Ihnen trauen kann?‹ Und er sagt: ›Sie trennen sich erst von den Sachen, wenn ich das Geld hergezeigt habe.‹ Ich sage: ›Wie läuft das Ganze ab?‹ Und er sagt: ›Sie überlegen sich, was Sie möglicherweise beschaffen können, dann rufen Sie mich an und fragen mich, ob ich daran interessiert bin. Ich rufe am nächsten Tag zurück und sage ja oder nein.‹«

»Und das war der Start zu deiner neuen Karriere als Kunstdieb«, sagte ich. »Ganz einfach.«

»Du wärst nicht so sarkastisch, wenn du wüßtest, was für eine Plage es ist, dergleichen Zeug an den Mann bringen zu müssen«, sagte Dennis nachdrücklich.

»Woher wußtest du, was für Objekte du anpeilen solltest? Und wo du sie finden würdest?« wollte ich wissen. Ich hätte mir nie träumen lassen, daß Dennis zahlendes Mitglied des Kulturvereins war.

»Mein Kumpel Frankie ist seit 'ner Weile wieder da«, sagte er. Ich konnte mir denken, daß er damit nicht sagen wollte, Frankie hätte eine Weltreise gemacht. »Er hat acht Jahre für bewaffneten Raubüberfall gesessen, und im Knast hat er an der Fernuniversität studiert. Unter anderem hat er ein paar Seminare in Kunstgeschichte belegt, weil er dachte, das könnte draußen nützlich sein«, fügte er trocken hinzu.

»Ich glaube nicht, daß der Regierung so was vorschwebte, als die Fernuniversitäten gegründet wurden«, sagte ich.

Dennis grinste. »Nach dem Motto, bilde dich weiter, dann bringst du's im Leben zu was. Jedenfalls haben wir ein paar Monate lang diese Schlösser abgegrast, um auszukundschaften, was wo ist, was sich zu klauen lohnt und wie die Sicherheitsvorkehrungen aussehen. Meistens lausig.«

Mir kam plötzlich ein Gedanke. »Dennis, diese Diebstahlserie läuft jetzt seit neun Monaten. Du bist erst vor ein paar Wochen geschnappt worden. Du hast nicht wegen der Kids damit angefangen, sondern aus schierer schlechter Gewohnheit«, warf ich ihm vor.

Er zuckte betreten die Achseln. »Dann hab ich eben gelogen. Tut mir leid, Kate, ich kann die Gewohnheiten eines ganzen Lebens nicht ablegen. Das war einfach eine zu gute Gelegenheit, um nein zu sagen. Und wasserdicht. Die Häuser mit Wachleuten lassen wir aus, damit niemand verletzt wird oder anderweitig zu Schaden kommt. Und wir sind so schnell drin und wieder draußen, daß man uns unmöglich schnappen kann.«

»Ich hab dich geschnappt«, konterte ich.

»Ja, aber du bist ein Sonderfall«, sagte Dennis. »Außerdem gab es die Videoüberwachungsanlage noch nicht, als wir das Schloß inspiziert haben. Die müssen sie gerade erst installiert haben.«

»Und wer ist der Typ, der dir für all diese Meisterwerke Peanuts bezahlt?«

Dennis lächelte trocken. »Das sind keine Peanuts, Kate. Es ist gutes Geld, ohne großen Streß verdient.«

»Es ist ein winziger Bruchteil von dem, was sie wert sind«, sagte ich.

»Was bedeutet denn Wert? Was eine Versicherung dafür ansetzt? Was man bei einer Auktion bekommen könnte? Wert ist, was jemand zu zahlen bereit ist. Ich finde, zehn Riesen für die Arbeit einer Nacht ist kein schlechtes Geschäft.«

»Ein Riese für jedes Jahr, wenn sie dich schnappen. Da würdest du einen besseren Schnitt machen, wenn du in einem Ausbeuterbetrieb gefälschte T-Shirts herstellst. Also, wer ist der Käufer? Ein Privatsammler, oder wer?«

»Keine Ahnung«, sagte Dennis. »Ich weiß nicht mal, wer der Hehler ist.«

Ich prustete ungläubig. »Komm schon, Dennis, du hast mehr als ein Dutzend Geschäfte mit dem Typ gemacht, du mußt doch wissen, wer er ist.«

»Bis zu diesem Job hatte ich noch nie mit ihm zu tun«, sagte Dennis. »Und ich habe lediglich die Nummer seines Mobiltelefons.«

»Das soll wohl ein Witz sein«, sagte ich. »Du hast Arbeit im Wert von über hundert Riesen für einen Kerl geleistet, dessen Namen du nicht mal kennst?«

»Ganz genau«, sagte er gelassen. »In meiner Branche läuft es anders als in deiner, Kate. Ich hole keine Auskünfte über den Leumund der Leute ein, mit denen ich geschäftlich verkehre. Sondern alle paar Wochen rufe ich den Typ an und unterbreite ihm Frankies Vorschläge. Er gibt mir grünes Licht, wir ziehen los und erledigen den Job, und ich rufe ihn wieder an. Wir treffen uns an einer Autobahnraststätte, wir zeigen ihm die Ware, er zählt die Knete vor unseren Augen ab, und dann fahren wir alle als glückliche kleine Jungs nach Hause.«

»Was ist mit den Fälschungen?«

Eisiges Schweigen. Er drückte wütend seine Zigarette im Aschenbecher aus. »Wie hast du das rausgekriegt?« fragte er argwöhnisch. »In der Zeitung stand nichts darüber.«

»Was geschieht, wenn sich herausstellt, daß ihr eine Kopie geklaut habt?« fragte ich, ohne darauf einzugehen.

Dennis rutschte auf dem Sofa herum, dann beugte er sich vor, die Ellbogen auf die Knie gestützt. »Willst du mich reinlegen, oder was?« fragte er. »Willst du damit sagen, der Monet war nicht sauber?«

»Der war schon sauber«, erwiderte ich. »Aber andere nicht, oder?«

Dennis steckte sich eine Zigarette an wie ein Schauspieler in einem Pinter-Stück, der eine der Pausen mit einer komplizierten Tätigkeit zu füllen sucht. »Drei Stück waren falsche Fünfziger«, sagte er. »Ich war völlig ahnungslos, bis ungefähr eine Woche nach der Übergabe der Typ anrief und es mir sagte. Ich sagte, davon hätte ich nichts gewußt, und er sagt: ›Ich bin sicher, Sie haben in gutem Glauben gehandelt, aber das Problem ist, mein Klient ebenso. Er ist der Ansicht, Sie schulden ihm zehn Riesen. Und er hat äußerst tüchtige Geldeintreiber. Aber er ist ein fairer Mann. Er wird Ihnen die Schuld erlassen, wenn Sie ihm gratis ein anderes Gemälde liefern.‹ So ging es eine Weile hin und her, und schließlich erklärt er sich bereit, uns für das nächste saubere Gemälde, das wir ihm bringen, einen Riesen für Spesen zu bezahlen, dann wären wir quitt. Also ziehen wir los, zur nächsten Adresse, und prompt ist es wieder eine Fälschung.« Er schüttelte verwundert den Kopf.

»Wenn das kein Betrug ist«, sagte er. »Diese Mistkerle mit ihren Landschlössern sind wirklich gerissen. Jedenfalls mußten wir schließlich noch ein drittes Mal los, diesmal ganz ohne Bezahlung, bloß um unseren Kopf aus der Schlinge zu ziehen. Anscheinend ist er mit dem ganz großen Geld liiert, das sich jede Menge brutale Muskelmasse kaufen kann. Damit legt man sich nicht an.«

»Aber jetzt ist alles wieder klar, oder?«

Er nickte und stieß Rauch aus. »Klar wie Glas.«

»Großartig«, sagte ich. »Dann macht es dir doch nichts aus, mich mit ihm in Kontakt zu bringen, oder, Dennis?«

11. Kapitel

Es war einmal, da hatte ich eine kurze Affäre mit einem Ingenieur der Telecom. Wir lebten zwar nicht glücklich und zufrieden bis ans Ende unserer Tage, dafür aber brachte er mir mehr über Leitungsfunktionsstörungen bei, als ich jemals werde wissen müssen. Nebenher, bevor ich einsah, daß toller Sex auf lange Sicht kein Ausgleich für die Konversationskünste von Bonzo dem Schimpansen ist, lernte ich einige äußerst nützliche Leute kennen. Ich lernte auch einige schnarchlangweilige Leute kennen, und bedauerlicherweise war die Schnittmenge der beiden Gruppen beunruhigend groß. Noch bedauerlicher war, daß ich mit einem von ihnen würde reden müssen.

Nachdem ich Dennis endlich davon überzeugt hatte, daß ich nicht lockerlassen würde und daß der Preis für seine Freiheit darin bestand, mich mit seinem Hehler in Kontakt zu bringen, hatte es nicht mehr lange gedauert, ihm die Telefonnummer des Verbindungsmanns zu entlocken. Als er ging, grummelte er vor sich hin, daß ich mir große Probleme einhandelte und nicht zu ihm gerannt kommen sollte, wenn alles über mir zusammenstürzte. Natürlich wußten wir beide, daß ihn im Falle solch einer architektonischen Katastrophe nicht einmal die vereinten Bemühungen der Notdienste von sechs Grafschaften davon abhalten würden, mir zu Hilfe zu eilen.

Ich sah zu, wie er wegfuhr, nicht ganz sicher, ob ich das Richtige tat. Ich wußte nur, daß ich Dennis nicht den Cops ausliefern konnte. Es ging nicht bloß um Freundschaft, wenngleich das zweifellos der Hauptfaktor für meine Entscheidung war. Aber ich hatte nicht gelogen, als ich sagte, daß ich an die Drahtzieher herankommen wollte. Ohne sie würde die Serie der Diebstähle nicht abreißen. Sie würden sich einfach einen anderen Dennis suchen, der ihre Drecksarbeit erledigte und den Kopf für sie hinhielt. Außerdem wollte ich Henrys Monet wiederhaben, und Dennis hatte ihn nicht mehr.

Nachdem Dennis gegangen war, lebte mein Appetit wieder auf, und ich schlang das Sandwich aus dem Kühlschrank hinunter, bevor ich mich an die undankbare Aufgabe machte, Gizmo anzurufen. Gizmo arbeitet als Analytiker bei der Telecom, der ideale Beruf für ihn, da er der ultimative Computerfreak ist. Als ich ihm das erste

Mal begegnete, trug er sogar einen Anorak. In einem Nachtklub. Später fand ich heraus, daß man Gizmo nur höchst selten, alle Jubeljahre einmal, in der Stadt antrifft. Normalerweise ist das einzige, was ihn von seinem Computer wegzulocken vermag, die Verheißung eines geheimen Paßworts, das es ihm erlaubt, in das Innerste eines bis dahin unberührten Netzwerks irgendeiner Firma vorzustoßen. Er ist überhaupt nur glücklich, wenn er per Modem durch die Schwarzen Bretter der ganzen Welt surft. Gizmo spaziert viel lieber durchs Internet als über die Straßen von Manchester. Ich hatte gedacht, daß Bill und ich uns in der unkörperlichen Welt der Computerkommunikation recht geschickt bewegten, bis ich Gizmo kennenlernte. Da wurde mir klar, daß unsere vereinten Hackerkünste ungefähr dem Aufsatz eines Zehnjährigen zum Thema »Was ich in den Ferien gemacht habe« entsprachen, verglichen mit Texten von Jan Morris zu fast jedem beliebigen Thema.

Ich schlug Gizmo in meinem Filofax nach. Dort waren mehrere Kontaktmöglichkeiten aufgeführt. Ich probierte es mit seinem Telefon, es war jedoch besetzt. Welch eine Überraschung. Ich startete meinen Computer, rief mein Datenübertragungsprogramm auf und loggte in das E-mail-Netz ein, das Mortensen & Brannigan nutzen. Ich tippte eine Nachricht ein, daß Gizmo mich unbedingt anrufen solle, und schickte sie an seine Mailbox.

Fünf Minuten später läutete das Telefon. Ich hatte ihn ausdrücklich darum gebeten, mich persönlich anzurufen. Auf keinen Fall wollte ich über das Netz mit ihm kommunizieren. Man weiß nie, wer mitliest, wie sicher man sich auch fühlen mag. Das war eines der Prinzipien, die Gizmo mich gelehrt hatte. »Kate?« fragte er mißtrauisch. Gizmo redet nicht gern; er zieht es vor, wenn die Leute nur seine konstruierte Computerpersönlichkeit kennen.

»Hallo, Gizmo. Lebst du noch?« Dumme Frage, wirklich. Gizmo und das Leben kennen einander nur flüchtig.

»Hab mir gerade 'n supermodernes Gerät beschafft«, sagte er. »Sie ist so schnell, es ist toll. Und wie sieht's bei dir aus?«

»Viel Arbeit. Du kennst mich ja. Gizmo, ich brauche deine Hilfe. Zu den üblichen Bedingungen.« Fünfzig Pfund in gebrauchten Scheinen in einem Umschlag, durch seinen Briefschlitz gesteckt. Er ist so billig, weil er es liebt, in anderer Leute Computer herumzustochern, so wie manche Männer Blondinen mit langen Beinen mögen.

»Leg los, es ist deine Knete«, sagte er. Ich faßte das als Einwilligung auf.

»Ich habe hier eine Nummer für ein Mobiltelefon, und dazu brauche ich Name und Adresse.«

»Das ist alles?« Er klang enttäuscht. Ich gab ihm die Nummer. »Na gut«, sagte er. »Ich melde mich heute noch bei dir.«

»Du bist ein Genie, Giz. Falls ich nicht hier sein sollte, hinterlaß mir eine Nachricht. Auf dem Anrufbeantworter, ja?«

»Ja.«

Der nächste Anruf ging an Lord Ballantrae. »Ich glaube, ich habe eine Spur«, sagte ich zu ihm. »Zu dem Hehler, nicht dem Auftraggeber der Diebstähle. Aber ich brauche Hilfe.«

»Das ging schnell«, sagte er. »Schießen Sie los. Wenn ich kann, helfe ich gern.«

»Ich brauche etwas, das ich ihm verkaufen kann. Kein Gemälde, etwas eher Kleines, aber sehr Wertvolles. Nicht so klein wie eine Brosche, vielleicht eine Figur, einen goldenen Pokal oder dergleichen. Ich weiß, daß ein paar von Ihren Kollegen sich darauf verlegt haben, Kopien anstelle der Originale auszustellen. Eine dieser Attrappen wäre ideal, vorausgesetzt, sie hält genauerer Überprüfung stand. Meinen Sie, daß Sie so etwas auftreiben könnten?« fragte ich.

»Hm«, machte er nachdenklich. »Überlassen Sie das mir. Ich melde mich wieder bei Ihnen.«

Noch ein Anruf. Ich wählte eine Nummer aus dem Gedächtnis und sagte: »Mr. Abercrombie, bitte. Hier ist Kate Brannigan.« Das elektronische Zirpen des Kuckuckwalzers malträtierte mein Trommelfell, als ich mich ans Warten machte. Man konnte vorher nie absehen, wieviel Zeit Clive Abercrombie für erforderlich halten würde, um mich unmißverständlich in meine Schranken zu weisen. Clive ist Teilhaber eines der angesehensten Juweliergeschäfte in der City. Er würde sagen, des angesehensten Juweliergeschäfts überhaupt. Solch ein Großkotz ist er. Wir hatten vor ein paar Jahren anläßlich eines großen Fälschungsskandals seine Eier aus dem Feuer geholt, und ich weiß, daß er uns im Herzen auf ewig dankbar ist, wenngleich er eher sterben würde, als es einer unbedeutenden kleinen Geschäftsfrau wie mir zu zeigen. Seine Dankbarkeit hatte sich jedoch als zweischneidiges Schwert erwiesen. Denn ausgerechnet auf Clives Empfehlung hin hatten wir den Fall an Land gezogen, in dessen Verlauf Richard hinter Gittern landete und ich um ein Haar in die ewigen Jagdgründe eingegangen wäre. In meinen Augen bedeutete das, daß er immer noch in meiner Schuld stand.

Wir waren beim dritten Refrain angelangt, als er sich zu melden geruhte. »Kate«, sagte er vorsichtig. Offenbar war ich nicht wichtig genug für höfliche Fragen zu meinem Befinden. Kein Dummkopf, unser Clive. Er war allem Anschein nach dahintergekommen, daß Richard und ich nicht zu den Kandidaten für einen Solitärdiamanten gehörten.

»Guten Tag, Clive«, sagte ich demonstrativ freundlich. »Ich brauche zufällig einen guten Juwelier, und mir fällt niemand ein, auf den diese Beschreibung besser paßt als auf Sie.«

»Sie schmeicheln mir«, sagte er gebauchpinselt.

»Ich bin wie Sie, Clive. Wenn ich einen Auftrag zu vergeben habe, gehe ich gleich zu den Experten.«

»Einen Auftrag?« wiederholte er.

»Eine kleine Bastelarbeit«, sagte ich beschwichtigend. »Vermutlich für morgen. Ob einer Ihrer Meistergoldschmiede dann wohl ein wenig Zeit für mich erübrigen könnte?«

»Das hängt davon ab, worum es geht«, sagte er mißtrauisch. »Ich hoffe, Sie haben nichts Illegales vor, Kate.«

»Ich?« sagte ich und tat empört.

»Halte ich durchaus für möglich«, sagte er trocken. »An was genau hatten Sie gedacht?«

»Nähere Einzelheiten weiß ich noch nicht, aber unter anderem müßte... eine Kleinigkeit an einem bereits vorhandenen Stück angebracht werden.«

Er seufzte. »Kommen Sie morgen früh nach elf vorbei. Dann sprechen wir weiter darüber.«

»Danke, Clive«, sagte ich in die tote Leitung.

Ich schaute auf meine Uhr. Halb fünf. Gerade noch Zeit, kurz beim Büro vorbeizufahren und Trevor Kerrs Liste ehemaliger Angestellter abzuholen. Ich vertauschte die schicken Klamotten mit Leggings und Sweatshirt und nahm mein Rad. Um diese Tageszeit ging es so schneller als mit dem Wagen, und außerdem brauchte ich die Bewegung. Ich traf Shelley mitten in den Geburtswehen zur vierteljährlichen Umsatzsteuervoranmeldung an. »Kate«, sagte sie grimmig. »Genau mit dir wollte ich sprechen.« Sie schwenkte ein kleines

Bündel zerknitterter Kassenzettel. »Ich weiß, ich verlange viel zuviel von dir, aber könntest du mich bitte mal aufklären, wofür diese Quittungen stehen? Nach meiner Rechnung ist nämlich irgendwann in den nächsten sechs Monaten eine Steuerprüfung bei uns fällig, und ich glaube nicht, daß das Finanzamt über deine Methoden der Buchführung in Begeisterungsstürme ausbrechen wird. ›Verschiedenes‹ reicht nicht.«

Ich stöhnte auf. »Kannst du nicht einfach was erfinden?« Ich griff nach dem obersten Kassenzettel. »Das ist vom Elektronikgroßhandel; schreib einfach Batterien, Glühlampen oder Kassetten auf. Laß deine Phantasie spielen. Dazu hast du hier ja nicht oft Gelegenheit«, fügte ich schmeichlerisch lächelnd hinzu.

Shelley verzog den Mund. »Über so was wie Phantasie verfüge ich nicht. Hielt ich immer für überflüssig. Du gehst erst von hier weg, wenn du mir gesagt hast, was was ist. Erfinde dir selbst was, dann kann ich es wenigstens auf dich abwälzen, wenn der Steuerprüfer mir nicht glaubt.«

Ich brauchte nicht so lange dafür, wie ich befürchtet hatte. An Phantasie hat es mir noch nie gefehlt. Was mir nicht mehr einfiel, erfand ich. Kein Steuerprüfer in diesem Land würde anzuzweifeln wagen, daß ich fünfunddreißig Meter Lautsprecherkabel brauchte. Nachdem ich den wahren Boß von Mortensen & Brannigan auf diese Weise besänftigt hatte, schnappte ich mir mein Fax und ging zur Tür hinaus, bevor sie sich noch andere Aufgaben einfallen lassen konnte, die mich von der Arbeit abhielten.

Während meiner kurzen Abwesenheit hatten sich sowohl Gizmo als auch Ballantrae bei mir gemeldet. Name und Adresse zu der Telefonnummer erfüllten mich nicht unbedingt mit Zuversicht. Cradaco International, 679A Otley Road, Leeds. Spontan griff ich zum Hörer und rief in Joshs Büro an. Er selbst war in einer Besprechung, aber Julia, seine persönliche Assistentin, war frei. Ich überredete sie, sogleich das Datenbankprogramm aufzurufen und herauszufinden, welche Angaben Cradaco International dem Firmenregister gemacht hatte. Ich blieb dran, während sie nachsah. Seit alles online ist, sind Informationen, die aus staubigen Akten auszugraben früher Tage dauerte, auf einen Tastendruck verfügbar.

Sie ließ mich nicht lange warten. »Kate? Es ist eine kleine Briefkastenfirma, wie du dachtest. Ein Pfund Gründungskapital. Geschäftsführer James Connery. Syndikus Sean Bond. Oje. Kommt dir da nicht auch was faul vor, Kate?«

Ich stöhnte. »Noch irgendwelche anderen leitenden Angestellten?«

»Möchtest du raten?«

»Miss Moneypenny? M?« fragte ich resigniert.

»Beinahe. Miss Penny Cash.«

Ich seufzte. »Gib mir trotzdem die Adressen, für alle Fälle.« Ich notierte mir drei Adressen in Leeds. Zumindest alle in derselben Stadt. Zur Überprüfung von Managern und Firma reichte ein einziger Ausflug. »Du bist ein Schatz, Julia«, sagte ich.

»Gern geschehen. Zum Dank könntest du mir auch einen kleinen Gefallen tun.«

»Raus damit.«

»Würdest du Richard fragen, ob er mir eventuell einen Mitschnitt des Wembley-Konzerts von Streisand beschaffen kann?« fragte sie.

Ich hätte die vornehme Obere-Mittelklasse-Julia niemals als Streisand-Fan eingeschätzt, aber der äußere Anschein kann täuschen. »Schlägt nicht ganz in sein Fach, aber ich werde sehen, was sich machen läßt«, versprach ich.

Zeit, mich bei Ballantrae zu melden. Er nahm beim ersten Läuten ab. »Ich glaube, ich habe genau das Richtige für Sie«, sagte er. »Eine altangelsächsische Gürtelschnalle, wie klingt das für Sie?«

»Nützlich, wenn man einen altangelsächsischen Gürtel hat«, sagte ich.

Er lachte. »Es handelt sich um eine zeremonielle Schnalle, die von Häuptlingen getragen und mit ihnen beerdigt wurde. Mißt etwa zwölf mal fünf Zentimeter. Das Original ist aus massivem Gold, mit keltischen Motiven ziseliert und mit Halbedelsteinen besetzt. Bekanntlich existieren nur zwei Exemplare. Eines befindet sich im Britischen Museum, das andere in einer Privatsammlung in High Hammerton Hall in der Nähe von Whitby.«

»Perfekt«, sagte ich. »Haben Sie mit dem Eigentümer gesprochen?«

»Ja. Er stellt seit fünf Monaten eine Reproduktion aus, und ich konnte ihn überreden, sie Ihnen zu leihen. Wir waren zusammen auf dem College«, fügte er zur Erklärung hinzu.

»Woraus ist sie gemacht?« fragte ich.

»Die Reproduktion besteht aus Blei und Plastik, mit einem dünnen Mantel aus Blattgold. Er sagt, jemanden, der kein Experte ist, kann man damit täuschen, selbst aus nächster Nähe. Er sagt, wenn man die beiden nebeneinanderlegt, ist es nahezu unmöglich, sie zu unterscheiden.«

»Perfekt«, wiederholte ich. »Wann kann ich sie abholen?«

»Er schickt sie Ihnen per Overnight-Kurier. Morgen früh um zehn ist sie bei Ihnen im Büro.«

»Lord Ballantrae, Sie sind ein Genie«, sagte ich und meinte es auch so. Soviel zum angeborenen Schwachsinn des Adels. Dieser Junge war mehr auf Zack als fünfundneunzig Prozent der Leute, mit denen ich es sonst zu tun habe.

»Keine Ursache. Ich will diesen Leuten ebenso das Handwerk legen wie Sie. Vielleicht liegt es mir sogar noch mehr am Herzen. Dann können wir nämlich alle endlich wieder das tun, was wir am besten können.«

Apropos, ich kam endlich dazu, mich Trevor Kerrs Fall zu widmen. Ich hatte Gewissensbisse, weil ich mich nicht um das Material gekümmert hatte, das er mir hatte schicken lassen, aber der Kunstdiebstahl war weit spannender. Ich hatte den Eindruck, daß ich ihn auf eigene Faust lösen könnte, anders als den Kerrchem-Fall. Inzwischen neigte ich dazu, Jackson zuzustimmen. Dies war ein Fall für die Cops, wenn auch nur, weil sie über die personellen Mittel verfügten, um sämtliche Details auszuloten, die abzuhaken mich Wochen kosten würde. Doch dann meldete sich die Stimme in meinem Kopf mit dem wahren Grund zu Wort: »Du kannst Trevor Kerr nicht ausstehen, deshalb willst du dir für ihn kein Bein ausreißen. Und du willst unbedingt diesen Michael Haroun beeindrucken.«

»Völliger Blödsinn«, sagte ich laut und griff mit neuer Energie nach den gefaxten Blättern. Jemand – die unbeugsame Sheila, so vermutete ich – hatte günstigerweise ebenso die ehemalige Position wie auch die Namen und Adressen der Entlassungsopfer aufgelistet. Ich ging davon aus, daß ich die Leute, die in der Fabrik selbst oder im Lager gearbeitet hatten, ausschließen konnte. Sie verfügten weder über das chemische Know-how noch über die Informationen zu Verkauf und Vertrieb, die es ihnen erlauben würden, einen solch komplexen Sabotageplan in die Tat umzusetzen. Damit blieben siebenunddreißig Personen übrig, aus Büro, Management und Wissenschaft, die man alle mit, wie es aussah, eher blechernen Handschellen von ihren Jobs bei Kerrchem verabschiedet hatte.

Um neun kam ich mir vor, als wäre der Telefonhörer an meinem Ohr festgeschweißt. Ich benutzte die Arbeitsmarktforschungsmasche, die recht gut funktionierte. Ich behauptete, daß ich für den Regionalfonds der EU arbeitete und zu dem Thema recherchierte, welche Fähigkeiten derzeit auf dem Stellenmarkt nicht gefragt waren. Ich erzählte meinen Opfern, daß ich bei Leuten anrief, die im Laufe des vergangenen Jahres entlassen worden waren, um zu erfahren, ob sie einen Ersatzarbeitsplatz gefunden hatten. Unter diese Kategorie fiel ein deprimierend geringer Anteil des ausgemusterten Kerrchem-Personals, überwiegend untergeordnete Bürokräfte. Kein einziger der zehn Leute aus dem mittleren Management hatte eine neue Anstellung gefunden, und alle waren furchtbar verbittert deswegen. Zwei von drei entlassenen Chemikern arbeiteten jetzt in weniger qualifizierten, jedoch besser bezahlten Jobs. Die vier Ehemaligen aus dem Forschungslabor durften laut Vertrag und Sozialplanklauseln nicht für die unmittelbare Konkurrenz arbeiten. Einer hatte einen Job als Chemiker auf einer Bohrinsel in der Nordsee angenommen, zwei der drei anderen drehten Däumchen und haßten es, und einer wohnte nicht mehr unter der Adresse, die der Firma vorlag. Es sah aus, als hätte ich Verdächtige in Hülle und Fülle.

Ich stand auf und reckte mich. Richard war noch nicht nach Hause gekommen, daher gab es nichts, was mich von der Arbeit ablenken konnte. In der Kerrchem-Sache konnte ich heute abend nichts mehr tun, in der anderen Ermittlung waren mir die Hände nicht derart gebunden. Mein vernünftiges Ich wußte, daß ich ins Bett gehen und den gestern nacht versäumten Schlaf aufholen sollte, aber ich hatte für eine Woche genug davon, vernünftig zu sein. Ich ging in die Küche, schnitt die andere Hälfte des Ciabatta-Weißbrots auf und belegte es mit Mozzarella, Taramasalata und sonnengetrockneten Tomaten. Das alles wickelte ich in Frischhaltefolie ein und holte eine kleine Flasche Mineralwasser aus dem Kühlschrank. Eine Viertelstunde später fuhr ich zügig über die M 62 und sang fröhlich zu der neuen Greatest-Hits-Sammlung von Dusty Springfield mit, die ich in Richards Hälfte des Wintergartens gefunden hatte. Vergiß die dicke Wimperntusche, hör nur auf die Stimme.

Vor zehn war ich in Leeds und fuhr nervös durch die unterirdischen Tunnel des inneren Rings, um schließlich irgendwo in der Nähe des weißen Monoliths der Universität wieder herauszukommen. Die Straßen von Headingley waren ruhig, hin und wieder jedoch spaltete von hoch oben ein Lichtstrahl die Nacht. Ein Polizeihubschrauber drehte am Himmel seine Runden, um die Heime der wohlhabenderen Einwohner vor Einbrechern zu schützen. Die Zahl der Einbrüche hat in Leeds in letzter Zeit epidemische Ausmaße angenommen; ich kenne Leute, in deren Haus siebenmal in sechs Monaten eingebrochen wurde. Jedesmal, wenn sie mit einer neuen Stereoanlage nach Hause kamen, kamen auch die Diebe wieder. Jetzt ist ihr Haus sicherer als das Armley-Gefängnis, und ihre Versicherungsprämien sind fast ebenso hoch wie die Hypothek.

Ich drosselte mein Tempo, als ich mich dem Weetwood- Kreisverkehr näherte, und hielt Ausschau nach den Hausnummern. Es sah aus, als sei 679A einer von mehreren Läden einer Einkaufspassage, daher parkte ich und streckte die Beine. Ich kann nicht behaupten, daß ich überrascht war, als ich dann doch feststellte, daß es 679A nicht gab. Dafür gab es 679, ein kleiner Zeitungsladen, der zwischen eine Bäckerei und einen Friseur eingezwängt war. Ich ging hinten um die Läden herum und sah nach, ob die Wohnungen darüber Hintereingänge hatten. Auf zwei traf das zu, doch nicht auf 679. Nachdenklich ging ich zum Wagen zurück. Wer Dennis' Hehler auch sein mochte, er war fest entschlossen, seine Spuren zu verwischen. Eine Briefkastenadresse für die Telefonrechnungen zu benutzen war so vorsichtig, wie man eben sein konnte, ohne sich als Paranoiker zu erkennen zu geben.

Da ich schon mal in der Stadt war, beschloß ich, die Adressen der Manager zu überprüfen, hatte allerdings wenig Hoffnung, einen von ihnen zu Hause anzutreffen. James Connerys vermeintliche Residenz war am nächsten, drüben in Headingley. Nummer neununddreißig einer Straße mit zehn Häusern. Weiter nach Chapel Allerton, wo Sean Bond anscheinend in einem Heim für Sehbehinderte lebte. Penny Cash war noch schlimmer dran. Laut Firmenregister hauste sie auf einer Müllkippe in Burmantofts. Ich fuhr auf demselben Weg durchs Stadtzentrum zurück, vorbei an dem neuen Gebäude des Gesundheitsministeriums oben auf Quarry Hill, das angestrahlt war wie eine Kulisse aus Fritz Langs *Metropolis*. Wie man hört, verfügt es über Swimmingpool, Jacuzzi und Mehrzwecksporthalle. Gut zu wissen, daß unsere sauer verdienten Steuergelder zum leiblichen Wohl der Nation ausgegeben werden, oder?

Es war fast Mitternacht, als ich nach Hause kam. Richards Wagen stand draußen, obwohl ich, sobald ich an der Haustür stand, diesen Hinweis nicht brauchte, um zu wissen, daß er zu Hause war. Die Tür vibrierte im Rhythmus der Bässe, die von nebenan durch die Ziegelwand drangen. Als ich den Schlüssel ins Schloß steckte, spürte ich, wie die Erschöpfung mich einholte und sich ein schmerzhafter Knoten in meinem Nacken bildete.

Ich ging durchs Haus zum Wintergarten. Richards Verandatüren waren geöffnet, dahinter sah ich fünf, sechs menschliche Körper in verschiedenen Stadien der Bewußtlosigkeit über die Möbel drapiert. Technomusik bohrte sich in meinen Schädel wie eine Kolonne Termiten, die gerade eine Holzhütte entdeckt haben. Die Hauptperson des Ganzen ließ sich nicht blicken. Ich schlängelte mich zur Küche durch, wo ich ihn tatsächlich fand. Er holte gerade ein Blech Frühlingsrollen aus dem Backofen. »Hallo«, sagte er. An seinen Augen erkannte ich, daß er völlig zugedröhnt war.

»Wäre es dir eventuell möglich, die Lautstärke runterzudrehen? Ich brauche Schlaf«, sagte ich.

»Ist ja cool«, sagte er, und ein träges Lächeln breitete sich über sein Gesicht. »Brauchst du Gesellschaft?«

»Die hast du doch schon.«

»Die können in zehn Minuten hier raus sein«, sagte er. »Dann stehe ich ganz zu deiner Verfügung.«

Er hielt Wort. Elf Minuten später kroch ich in meinem paradiesisch stillen Schlafzimmer ins Bett. Leider stehe ich nicht auf nekrophilen Sex.

12. Kapitel

Die Gürtelschnalle kam vor mir im Büro an, was Shelley eine harte Nuß zu knacken gab. Als ich eintraf, benutzte sie die Schnalle gerade als Briefbeschwerer. »Na schön«, sagte sie. »Ich kapituliere.«

Es kommt nicht oft vor, daß ich Shelley um einen Schritt voraus bin, daher beschloß ich, den Spaß ein wenig in die Länge zu ziehen. »Wenn du es errätst, spendiere ich dir ein Mittagessen«, sagte ich.

»Wie kommst du auf die Idee, daß du Zeit für ein Mittagessen haben wirst?« fragte sie honigsüß. »Außerdem habe ich dir schon gestern gesagt, Phantasie ist bei mir nicht zu holen. Wenn du willst, daß ich mich da einarbeite, werdet ihr mir bedeutend mehr bezahlen müssen.«

Ich hätte es besser wissen müssen. Diese Frau ist die Mutter von zwei Teenagern. Was habe ich da für eine Chance? »Es ist die Nachbildung einer altangelsächsischen rituellen Gürtelschnalle«, sagte ich. »Auch unter dem Namen Köder bekannt.« Ich kratzte zusammen, was von meiner Würde übrig war, raffte die Schnalle an mich und marschierte in mein Büro.

Diesmal war Dennis' Mobiltelefon eingeschaltet. »Ich möchte, daß du ein Treffen mit deinem Kontaktmann für mich arrangierst«, erklärte ich. »Sag ihm, daß du dich für mich verbürgst und daß ich etwas ganz Besonderes für ihn habe.«

»Ich weiß nicht, ob er sich darauf einlassen wird«, wandte Dennis ein. »Wie gesagt, wir müssen auf ein Ja oder Nein warten, ehe wir etwas für ihn besorgen. Er ist sehr wählerisch, und er hat gern alles unter Kontrolle.«

»Sag ihm, es gibt weltweit nur zwei Exemplare davon. Ich hab das eine, und das Britische Museum hat das andere. Sag ihm, es stammt aus der Sammlung von High Hammerton Hall. Und es ist aus Gold. Er sollte in der Lage sein, sich den Rest selbst zusammenzureimen. Glaub mir, Dennis, er wird das Ding haben wollen.«

»Na gut«, sagte er widerstrebend. »Aber ich komme mit zu dem Treffen.«

»Nein, das tust du nicht«, entgegnete ich bestimmt. »Du sitzt schon tief genug in der Tinte. Es wird keinen Ärger geben, Dennis. Mit einem Mann auf einem Parkplatz werde ich schon noch fertig. Das solltest du wissen, du trainierst mich schließlich.«

»Ich glaube trotzdem, daß du verrückt bist, weil du diese Sache aufklären willst«, sagte er. »Dein Klient ist besser bedient, wenn er die Mäuse der Versicherung auf dem Bankkonto hat als mit einem blatternarbigen Bild an der Wand.«

»Betrachte es als eine Frage der Berufsehre.«

»Ich betrachte es eher als einen Fall reiner Sturheit«, sagte er. »Ich melde mich wieder bei dir.«

Ich ging hinüber in Bills Büro und öffnete den Wandschrank, in dem wir unseren Vorrat an technologischem Zauberinventar aufbewahren. In einem Pappkarton hinten auf dem obersten Regal fand ich, was ich suchte. Wir benutzen so etwas nicht sehr oft, da es meilenweit nach *Solo für O.N.C.E.L.* riecht, aber angesichts der Tatsache, daß Dennis' Hehler ein Fan von James Bond zu sein schien, war es angebracht, einen Richtsender mitzunehmen. Sollte dieses Wort das Bild klobiger Metallkästen heraufbeschwören, die unten an Autos gepappt werden, dann kann man das schleunigst wieder vergessen. Dank der modernen Technik haben unsere Wanzen etwa die Größe einer Magentablette. Die Hochleistungsbatterien, die es der Wanze ermöglichen, Signale an eine Basiseinheit zu senden, halten ungefähr eine Woche. Die Reichweite beträgt etwa fünfzehn Kilometer, vorausgesetzt, es sind keine hohen Berge im Weg. Von dem Schirm kann man Richtung und Entfernung ablesen. Das ideale Mittel, um der Gürtelschnalle zum Auftraggeber zu folgen, falls der Hehler sie unmittelbar loswerden wollte.

Nächster Halt bei Clive Abercrombie, nach einem kurzen Umweg über die Reihenhaussiedlung von Whalley Range, wo ich Gizmos gebrauchte Zehner in seinen Briefkasten stopfte. Als ich den Laden betrat, flatterte Clive hinter einem der Verkaufstresen herum und überließ es demonstrativ den geringeren Sterblichen, die er beschäftigte, höflich zu den Reichen zu sein. Als er mich sah, preschte er vor und beförderte mich so schnell durch die Tür in den rückwärtigen Teil des Ladens, daß meine Füße nicht mal Abdrücke auf dem dicken Teppichboden hinterließen. Offenbar will er vermeiden, daß Prolos wie ich sich im Laden herumtreiben und diesen in ein Discountgeschäft verwandeln. »Haben Sie's eilig, Clive?« fragte ich unschuldsvoll.

»Nein, ich dachte, Sie wären unter Zeitdruck. Das sind Sie doch immer«, erwiderte er säuerlich. »Also, was wollten Sie noch mal?«

Ich holte die Gürtelschnalle aus meiner Handtasche. Clive holte scharf Luft. »Wo haben Sie denn das her?« wollte er wissen und zeigte theatralisch mit dem Finger auf den funkelnden Goldklumpen.

»Keine Angst, meine Beziehungen zur kriminellen Szene beschränken sich darauf, Verbrechen aufzuklären, ich begehe keine«, beschwichtigte ich ihn. »Es ist nicht echt. Es ist eine Kopie.«

Wenn überhaupt, wirkte er noch beunruhigter. »Warum tragen Sie es in Ihrer Handtasche mit sich herum?« hakte er nach, ganz der Hobbydetektiv.

Da ich Clives Schwäche für alles kannte, was nach Snobismus roch, sagte ich: »Ich erledige einen Auftrag für die Nottingham Group.«

»Muß man den Namen kennen?« fragte er pampig.

»Vermutlich nicht, Clive. Es ist ein Konsortium aus Angehörigen des Landadels, der Vorsitzende ist Lord Ballantrae von Dumdivie. Kunstdiebstähle. Alles streng vertraulich. Ich bin ganz dicht an Mr. Big dran, und das hier ist eine List, um ihn auszuräuchern.« Ich holte den Sender aus meiner Tasche. »Was ich brauche, ist folgendes: Einer Ihrer Goldschmiede soll das hier in das Stück einbauen. Wenn möglich außen. Ich hatte mir gedacht, unter einem der Steine.« Ich überreichte Clive, der bereits seine Lupe gezückt hatte, Sender und Gürtelschnalle.

Er ließ sich Zeit damit, die Gürtelschnalle zu untersuchen, die schwer genug war, um eine brauchbare Waffe abzugeben, vor allem wenn sie an einem Gürtel befestigt war. »Gute Arbeit«, bemerkte er. »Hätten Sie mir nicht gesagt, daß es eine Fälschung ist, wäre es mir schwergefallen, es zu sehen.« Ein dickes Lob, zumal von Clive. Er löste die Lupe von seinem Auge und sagte: »Es wird ein paar Stunden dauern. Und es wird etwas kosten.«

»Na, das ist aber eine Überraschung«, sagte ich. »Schicken Sie uns einfach die Rechnung. Und rufen Sie kurz durch, wenn es fertig ist.« Ich drehte mich um und wollte durch den Laden hinausgehen, doch Clive packte mich am Ellbogen und beförderte mich tiefer in die dunklen Gefilde des Gebäudes.

»Es ist einfacher, wenn Sie hinten rausgehen«, sagte er. Eine halbe Minute später stand ich draußen auf der Straße. Ich überlegte, daß ich mir einen Cappuccino verdient hatte, den mir jemand anders zubereitete, und beschloß, über die Touristenroute zum Büro zurückzufahren. Flüchtig spielte ich mit dem Gedanken, Michael Haroun anzurufen und ihm vorzuschlagen, eine halbe Stunde zu schwänzen, doch dann sagte ich mir streng, daß es bei der Suche nach den Kunstdieben in diesem Stadium alles andere als hilfreich sein würde, die Versicherung einzubeziehen. Dort würde man mich nur ermahnen, mich streng an die Regeln zu halten und die Polizei einzuweihen. Ich legte meinen Hormonen Zügel an und fuhr über Deansgate zum Atlas Café, wo man von sich selbst behauptet, man mache den besten Kaffee außerhalb Italiens. Da wollte ich nicht widersprechen. Das Auto stellte ich auf einer gelben Linie unten am Kanalbecken ab, dann ging ich zu Fuß zurück zu dem Café mit dem schicken Glas- und Holzinterieur. Ich setzte mich ans Fenster, trank Cappuccino von der Sorte, der wie eine intravenöse Koffeinspritze wirkt, und holte die Kerrchem-Unterlagen aus meiner Tasche. Aktenstudium war angesagt.

Ich wußte nicht genau, wonach ich suchte. Ich wußte nur, daß ich etwas finden wollte, irgend etwas, das es mir erlauben würde, die öde Prozedur zu umgehen, den Hintergrund sämtlicher entlassenen Angestellten zu überprüfen, die ich per Telefon nicht hatte eliminieren können. Beim zweiten Durchgang fand ich, was ich suchte.

Joey Mortons Vorrat an KerrSter stammte aus der hiesigen Filiale einer landesweit vertretenen Großhandelskette der Branche, Filbert Brown. Seine Frau konnte sich nicht mehr erinnern, wer von ihnen zum Großmarkt gefahren war, als der verhängnisvolle Behälter KerrSter erstanden wurde, doch es gab keinen Zweifel daran, daß Filbert Brown die Bezugsquelle des gepanschten Reinigungsmittels war.

Das war zwar nicht viel, zumindest jedoch ein Ansatzpunkt. Eines von zig normalerweise nutzlosen Informationsbruchstücken, die mein Mülltonnengehirn bevölkern, war die Tatsache, daß sich die Zentrale von Filbert Brown in Manchester befand. Das wußte ich, weil ich jedesmal, wenn ich von meinem Haus aus nach Nordmanchester fuhr, an der Zentrale und dem Flaggschiff der Großmarktkette vorbeikam. Mit neuer Energie aufgeladen, ließ ich die hedonistische Atmosphäre des Atlas hinter mir und trabte die Stufen zu meinem Auto hinunter.

Es dauerte nicht lange, das Stadtzentrum zu umfahren. Länger dauerte es, auf den Kundenparkplatz von Filbert Brown zu gelangen. Der Großmarkt befand sich in einem alten Fabrikgebäude an der Ancoats Street. Die Gegend steckte mitten in der chaotischen Umwälzung, die unter dem Begriff Stadterneuerung bekannt ist. Angeblich wurde der Osten von Manchester richtig vornehm; die

Heimat des neuen Commonwealth-Games-Stadiums, piekfeiner neuer Wohnsiedlungen und Sportstätten. Ach, und natürlich Straßen. Neue Straßen in rauhen Mengen. Ein Tummelplatz der Pylone und provisorischen Ampelanlagen, die auf den Straßen des Nordwestens zu einer Epidemie geworden sind. Meine politisch gesonnenen Freunde nehmen an, daß dies die Rache der Regierung ist, weil die meisten von uns hier oben nicht für sie gestimmt haben.

In Anbetracht der Tatsache, daß es Vormittag war, eine Zeit, zu der wir kleinen Geschäftsleute eigentlich knietief in der Arbeit stekken sollten, herrschte in der Filbert-Brown-Filiale erstaunlich viel Betrieb. Ich spazierte ungehindert hinein und fand mich in einem besseren Lagerhaus wieder. Es erinnerte mich an die billig-freudlosen Primitivsupermärkte, die wir in jüngster Zeit aus Resteuropa importiert haben. Jeder, der sonst bei Netto oder Aldi einkaufte, hätte sich bei Filbert Brown sogleich heimisch gefühlt. Für mich persönlich ist es besonders preisgünstig, in derlei Geschäften einzukaufen – sie führen keinen einzigen Artikel, den ich erstehen möchte. Das gleiche galt für Filbert Brown. Richard ist ja der Meinung, ich sei eine zwanghafte Sauberkeitsfanatikerin, aber selbst mich törnten die Kisten mit Pulver für Geschirrspüler, die Behälter mit Bakterienkillern für Arbeitsflächen und die Kartons mit Papiertüchern nicht an. Allem Anschein nach war ich in der Minderheit, nach der Anzahl von Leuten zu urteilen, die glücklich ihre Einkaufswagen auffüllten.

Ein paar Minuten lang schlenderte ich durch die Gänge und machte mich mit der Örtlichkeit vertraut. Neben anderen Dingen fiel mir der, verglichen mit anderen Reinigungsmitteln, exponierte Standort von KerrSter auf. Das Produkt belegte ein ganzes Regal in Augenhöhe mit Beschlag, der erste Platz in der Randordnung der Ware. Im Gegensatz zu den anderen Kerrchem-Artikeln, die anscheinend eher mäßig gingen, war KerrSter optisch das Topprodukt.

Jetzt brauchte ich nur noch eine gute Tarnung. Ich ging zum Wagen zurück. Im Kofferraum bewahre ich stets ein zusammenklappbares Klemmbrett auf, für den Fall, daß ich mich als Marktforscherin ausgeben muß. Es ist erstaunlich, was die Leute einem alles erzählen, wenn man ein Klemmbrett in der Hand hält. Ich inspizierte kurz meinen Aufzug. Ich trug hellbraune Leggings im Reithosenstil, ein cremefarbenes kragenloses Leinenshirt und eine schokoladenbraune Jacke mit Mandarinkragen. Die Jacke war für die Nummer zu schick, daher faltete ich sie und legte sie in den Kofferraum. In Shirt und Leggings würde ich ungefähr durchgehen. Frieren vielleicht, aber durchgehen.

Energisch ging ich wieder hinein und steuerte auf den Schalter des Kundendienstes zu. Ich sage Schalter, aber im Grunde war es bloß ein Loch in der Wand. Hier sollten die Kunden offensichtlich nicht zu Reklamationen ermuntert werden. Die Frau hinter dem Schalter sah aus, als habe man sie wegen ihrer Ähnlichkeit mit einer Bulldogge engagiert. »Ja?« sagte sie schroff mit zuschnappenden Zähnen.

»Entschuldigen Sie die Störung«, sagte ich munter. »Ich studiere an der Manchester Business School und habe ein paar Fragen zu Verkauf und Marketing. Könnte ich vielleicht kurz mit Ihrem Lagerverwalter sprechen?«

»Sie haben einen Termin?«

»Leider nicht.«

Sie sah mich triumphierend an. »Dafür brauchen Sie aber einen Termin.«

Ich machte ein enttäuschtes Gesicht. »Es ist ein Notfall. Ursprünglich hatte ich ein Gespräch mit einer Frau in einem der großen Baumärkte vereinbart, aber die hat sich eine Erkältung eingefangen und mußte absagen. Und ich muß die Basisrecherche unbedingt in dieser Woche abschließen. Es wird nicht länger als eine halbe Stunde dauern. Können Sie nicht eben durchrufen und fragen, ob es möglich wäre, daß jemand mit mir spricht?«

»Wir haben gerade ziemlich viel zu tun«, sagte sie. »Wir« stimmte nicht; »die anderen« hätte es besser getroffen, nach den Schlangen an den Kassen.

»Bitte.« Ich probierte es mit dem Den-Tränen-nahe-Blick.

Sie wandte ihre Augen himmelwärts. »Das ist reine Zeitverschwendung, wissen Sie.«

»Wenn alle beschäftigt sind, könnte ich wenigstens einen Termin für später ausmachen«, sagte ich bestimmt.

Tief seufzend griff sie zum Telefon, konsultierte eine Liste, die neben ihrem Stand an der Wand klebte, und wählte eine Nummer. »Sandra? Maureen vom Kundendienst. Hier ist eine Studentin, die sagt, Sie würde gern mit Ihnen sprechen... Irgendein Projekt...« Sie musterte mich abschätzig von oben bis unten. Dann schnellten ihre Augenbrauen in die Höhe. »Sie machen es?« fragte sie ungläubig. »Na schön, ich sag's ihr.« Sie ließ den Hörer fallen, als hätte er sie gebissen, und sagte: »Miss Bates kommt gleich.«

Ich lehnte mich gegen die Wand und wartete. Es vergingen einige Minuten, dann kam eine Frau durch die Kassenzeile. Ihre Aufmachung hatte dieselben Farben wie die des übrigen Personals, doch während die anderen Overalls in Rot und Cremefarben trugen, hatte sie einen roten Rock und eine Bluse aus dem roten und cremefarbenen Stoff an. Sie lächelte, als sie näher kam, was die Erklärung dafür war, warum sie niemals den Job im Kundendienst bekommen würde. »Mein Name ist Sandra Bates«, sagte sie zur Begrüßung. »Wie kann ich Ihnen behilflich sein?«

Ich präsentierte ihr die gleiche Story. »Ich bitte Sie also um ein paar Minuten Ihrer Zeit und einen Überblick über Ihre Praxis der Regalzuteilung«, schloß ich.

Sie nickte. »Kein Problem. Kommen Sie mit in mein Büro; ich schildere Ihnen dann alles.«

Ich paßte mich ihrem Tempo an. »Ich bin Ihnen wirklich sehr dankbar«, sagte ich. »Sie müssen ungeheuer beschäftigt sein.«

»Das können Sie laut sagen«, erwiderte sie. »Aber in diesem Geschäft brauchen wir mehr Frauen, die den Jungs Dampf machen. Als ich an der TH studierte, war es fast unmöglich, einen von ihnen dazu zu bewegen, mir etwas von ihrer kostbaren Zeit zu opfern«, erklärte sie grimmig. Gelobt sei die schwesterliche Solidarität.

Sie führte mich in ein Büro, das nur geringfügig größer war als der Raum neben meinem Büro – unsere Dunkelkammer und gleichzeitig das Damenklo. Den meisten Platz nahm hier ein Schreibtisch ein, auf dem ein PC thronte. Auf dem Schreibtisch und dem Fußboden türmten sich Aktenordner und Papiere. Sandra Bates schlängelte sich durch die Stapel und setzte sich auf ihren Stuhl. »Einen Augenblick noch«, sagte sie und starrte auf den Monitor.

Ich nutzte die Zeit, um sie in Augenschein zu nehmen. Sie sah aus wie Ende Zwanzig, etwa in meiner Größe, das kinnlange hellbraune Haar war gekonnt mit blonden Strähnchen aufgehellt. Sie war attraktiv nach Art einer Porzellanpuppe – rosarot-weißer Teint, blaue Augen und eine leichte Stupsnase. Ihr entschlossener Mund war das einzige davon abweichende Merkmal, er wies auf eine innere Kraft hin, die den Jungs vielleicht wirklich Paroli bot.

»Gut.« Sie blickte auf und lächelte mir zu. »Was wollen Sie wissen?«

»Wie Sie entscheiden, was auf welches Regal kommt«, sagte ich. Keine Ahnung, warum ich das wissen wollte, aber es schien mir ein guter Ansatzpunkt zu sein, wenn ich das Gespräch auf KerrSter bringen wollte.

»Im großen und ganzen ist die Anordnung der Produkte auf den Regalen von oben vorgegeben, basierend auf Marktforschung und psychologischen Untersuchungen, ob Sie's glauben oder nicht«, sagte sie. »Nach dem gleichen Muster, wie die Supermärkte entscheiden, daß Sie zuerst an Obst und Gemüse herankommen und an den Alkohol zuletzt. Ich meine, diejenigen von uns, die letztlich den täglichen Einkauf besorgen, wissen, daß die Weintrauben von den Sechserpacks Bier zerquetscht werden, aber ich nehme an, sie gehen nach dem Prinzip vor, daß man, bis man sämtliche Gänge abgeklappert hat, nach etwas Hochprozentigem geradezu lechzt.«

Mein Stichwort, um zu grinsen. »Und welche Entscheidungen treffen dann Sie noch vor Ort?«

»Wir entscheiden, was innerhalb einer Abteilung wohin geht. Die bisherige Erfahrung zeigt, daß sich Artikel, die in Augenhöhe stehen, besser verkaufen als jene, für die man nach oben greifen oder sich bücken muß. Sämtliche Kassen sind computerisiert, und auf diesem Terminal kann ich die Umsätze abrufen. Auf diese Weise kann ich sehen, welche Bestände schnell abgesetzt werden, und sicherstellen, daß wir rechtzeitig nachbestellen, damit wir weder unterversorgt sind noch riesige Vorräte horten. Wenn ein bestimmter Artikel die Konkurrenzprodukte überflügelt, geht er automatisch an den besten Platz im Regal, damit die Absatzzahlen gehalten oder noch erhöht werden können. Bis hierher alles klar?«

Ich nickte. Das klang alles furchtbar logisch. »Gibt es da irgendwelche Ausnahmen?«

Sandra nickte zustimmend. »O ja. Haufenweise. Wenn eine Firma zum Beispiel ein neues Produkt herausbringt, wird uns nach vorheriger Absprache häufig ein Bonus gezahlt, wenn es den günstigsten Platz im Regal erhält. Oder wenn das Produkt einer Firma etwa durch einen Konkurrenten von seiner Spitzenposition verdrängt wurde, bietet man uns für einen begrenzten Zeitraum einen Reklamepreis an, im Austausch dafür, daß wir dem Artikel den alten Standort auf den Regalen wieder einräumen – so kann die Firma versuchen, ihre alte Vormachtstellung wiederzuerlangen.«

»Hat Kerrchem das mit KerrSter auch so gemacht?« fragte ich.

Sandra blinzelte. »Pardon?« Ihre Stimme klang erschrocken.

»Ich habe mich kurz umgesehen, bevor ich um das Gespräch mit Ihnen bat, und mir ist einfach die exponierte Plazierung von KerrSter aufgefallen. Dabei dachte ich, nachdem dieser Mann an dem Zeug gestorben ist, müßten die Verkaufszahlen in den Keller gegangen sein«, sagte ich, als könnte ich kein Wässerchen trüben.

»Nun ja, es war bei den Käufern immer sehr beliebt – KerrSter, meine ich«, haspelte Sandra. »Ich nehme an, unsere Kunden haben die Zeitungsartikel nicht gelesen.«

»Ich war davon ausgegangen, daß Kerrchem das Produkt zurückziehen würde«, fuhr ich fort. Aus irgendeinem Grund machte die Erwähnung von KerrSter Sandra Bates nervös. Regel Nummer eins bei Vernehmungen: Hast du sie in die Enge getrieben, mach weiter Druck.

»Sie haben eine bestimmte Serie vom Markt genommen«, sagte sie, nachdem sie sich wieder gefangen hatte.

»Trotzdem würde ich persönlich es nicht kaufen«, sagte ich. »Ich staune, daß keines der Konkurrenzunternehmen versucht hat, sich die Situation zunutze zu machen. Ja, ich staune sowieso, daß eine so kleine Firma wie Kerrchem die Konkurrenz derart aus dem Feld schlägt.«

»Nun ja, die Vorliebe der Kunden geht eben seltsame Wege. Also, wenn Sie jetzt keine Fragen mehr zur Ordnung in den Regalen haben – ich habe viel zu tun«, sagte Sandra, stand auf und deutete vage auf den Papierkram auf ihrem Schreibtisch.

Binnen einer Minute war ich wieder draußen. Zweimal an ein und demselben Morgen hinausgeworfen zu werden war schlecht fürs Ego. Clive Abercrombie konnte ich ja noch verstehen. Doch die bloße Erwähnung von KerrSter hatte Sandra Bates von einer kooperativen Schwester in eine Beinahe-Feindin verwandelt. Da ging etwas vor, das ich nicht durchschaute. Und wenn es eines gibt, das ich verabscheue, dann Dinge, die ich nicht durchschaue.

13. Kapitel

Ich bin kein Cyberpunk, aber ich hatte zumindest soviel Ahnung von der Kunst des Hackens, um einzusehen, daß ich in das Computernetzwerk von Filbert Brown nicht ohne fremde Hilfe würde eindringen können. Unter Garantie hatten sie einen Zentralrechner für alle Einzelfilialen. Darüber könnte ich sicher an Sandra Bates' Dateien gelangen. Früher, in grauer Vorzeit – sagen wir, um 1991 herum – wäre ich vermutlich bis zur ersten Ebene vorgedrungen. Bill verfügt über ein Programm, das fortlaufende Telefonnummern anwählt, bis sein Modem Kontakt mit einem anderen Computer aufnimmt. Dieses Programm hätte ich benutzen können, um sämtliche Nummern durchzugehen, die die gleichen Anfangsziffern hatten wie die Zentrale von Filbert Brown. Vermutlich hätte ich die ganze Nacht gebraucht, aber letztlich wäre ich ans Ziel gelangt.

Die da oben haben jedoch entschieden, daß gegen nächtliche Hacker wie uns hartes Durchgreifen geboten ist, daher hat man sich jetzt eigene raffinierte Vorrichtungen ausgedacht, die derlei Serienwählen registrieren und zurückverfolgen können. Wenn du Pech hast, kommen die Cops dann und klopfen auf sehr benutzerunfreundliche Art und Weise an deine Tür. Außerdem war das Aufspüren der Nummer des Computers erst der Anfang. Ich würde ein Login-Skript und ein Paßwort brauchen, um weiterzukommen. Idealerweise benötigte ich das Paßwort des Sysman – des Systemmanagers. Die meisten autorisierten Benutzer eines Netzwerks verfügen über Login-Skripts, die ihnen nur begrenzten Zugang zu den Daten des Systems gewähren, die sie zu ihrer Arbeit brauchen. Der Sysman ist, was in der Computersprache als SuperUser bezeichnet wird, das heißt, er oder sie kann ungehindert durch das ganze System spazieren und jede noch so kleine Ecke und Nische durchstöbern. Mit Bills Hilfe hätte ich es vielleicht noch geschafft, mir den Status eines Sysman im Netzwerk von Filbert Brown anzueignen, doch Bill befand sich auf der anderen Erdhalbkugel.

Damit blieb nur noch Gizmo übrig. Ich probierte es unter seiner Telefonnummer und hatte Glück. »Wer is' da?« ächzte eine Stimme.

»Gizmo?«

»Ja?«

»Kate. Hab ich dich geweckt?«

Er räusperte sich geräuschvoll. »Ja. War die ganze Nacht auf. Was is' denn?«

Ich sagte es ihm. Er pfiff. »Für das Übliche kann ich das nich' machen«, sagte er.

»Aber im Prinzip schon?«

»Klar«, sagte er selbstsicher. »Reinzukommen dürfte kein Problem sein. Aber wenn du den Sysman-Status haben willst, wird dich das was kosten.«

»Wieviel?« fragte ich seufzend.

»Eineinhalb.«

Trevor Kerr konnte weitere hundertfünfzig Pfund verschmerzen, entschied ich. »Abgemacht«, sagte ich zu Gizmo. »Wann?«

Er schniefte. Vermutlich wegen der Line, die er geschnupft hatte, um sich die ganze Nacht um die Ohren zu schlagen. »In 'n paar Stunden«, sagte er.

»Je schneller, desto besser.«

Im Büro wartete Routinearbeit auf mich. Am Morgen waren mit der Post Hintergrundinformationen gekommen, die ich brauchte, um einen Bericht für einen Klienten abschließen zu können. Es ging um drei Kandidaten, die die Firma für den Chefsessel der internationalen Marketingabteilung in die engere Wahl gezogen hatte. Kandidat Nummer eins, so schien es, hatte eine erfolgreiche Karriere als Romanschriftsteller vor sich. Sein Studium in Oxford entpuppte sich als zweijährige Berufsfachausbildung am ehemaligen Polytechnikum. Um seine Kreditwürdigkeit war es schlechter bestellt als um die des durchschnittlichen Dritte-Welt-Landes. Und einer seiner früheren Arbeitgeber dachte offenbar, daß seine Talente in finanzieller Hinsicht eher seinem eigenen Bankkonto zugute gekommen waren als der Firma. All das würde dem Auswahlgremium die Arbeit spürbar erleichtern.

Es war kurz nach vier, als Clive Abercrombie anrief, um mir mitzuteilen, daß die Gürtelschnalle fertig bereitlag. Ich arbeitete noch eine Stunde, dann holte ich sie auf dem Heimweg ab. Clives Juwelier hatte glänzende Arbeit geleistet. Ich suchte nach der Wanze, konnte sie jedoch nicht finden. Es war ausgeschlossen, daß der Hehler sie auf dem Parkplatz einer Autobahnraststätte entdeckte. Im Auto überprüfte ich, ob der Empfänger die Signale wiedergab. Klar und deutlich.

Zu Hause wartete eine Nachricht von Gizmo auf meinem Anrufbeantworter. »Hallo. Ich habe deine Bestellung ausgeführt. Ich denke, du solltest sie persönlich abholen. Ich warte auf dich.« Seufzend klemmte ich mich wieder hinters Steuer. Wenn jemand paranoid ist, heißt das noch lange nicht, daß sie nicht hinter ihm her sind. In Gizmos Fall hielt ich es für ein kleines Wunder, daß die Hacker-Jäger ihm nicht schon die Tür eingerannt hatten. Ich an seiner Stelle würde dem Telefon auch nicht trauen.

Auf dem Weg plünderte ich den Geldautomaten; ich hob mein tägliches Limit ab. Ich parkte in einer Seitenstraße, für den Fall, daß Giz tatsächlich überwacht wurde, und wünschte im nachhinein, ich hätte auch bei meinem vorangegangenen Kurzbesuch an diese Vorsichtsmaßnahme gedacht. Ich läutete und wartete. Fast eine Minute verstrich, bevor die Tür einen Spaltbreit aufging, mit vorgelegter Kette. »Ich bin's, Giz«, sagte ich geduldig. »Allein.«

Er reichte mir einen Zettel heraus. Ich reichte ihm das Bargeld hinein. »Bis dann«, sagte er und schloß die Tür wieder.

Im Auto faltete ich den Zettel auseinander. Darauf standen eine Telefonnummer, FB7792JS (das Login), und CONAN (das Paßwort des Sysman). Jede Wette, daß dem Sysman Conan, der Barbar vorschwebte, nicht der Schöpfer des ersten Privatschnüfflers der Welt. Schon wieder so ein mickriger Computerfreak, der unter Größenwahn litt. Ich fuhr über Rusholme nach Hause und holte mir dort Samosas, Zwiebelbhajis, Hähnchen Pakora und Aloo saag bhajis. Ich hatte im Gefühl, daß es ein langer Abend werden würde, und ich wußte nicht, ob ich mich darauf verlassen konnte, daß Richard etwas vom Chinesen mit nach Hause brachte.

Ich verfrachtete die Kaffeemaschine in mein Arbeitszimmer und setzte mich mit den indischen Leckerbissen und Kaffee in Reichweite an den Computer. Ich startete und rief mein Kommunikationsprogramm auf. Nachdem ich die Nummer auf dem Zettel gewählt hatte, trat eine kurze Pause ein, dann sagte der Monitor: »Willkommen bei FB. Login« Ich tippte die Zeichen ein, die Gizmo mir gegeben hatte. »Paßwort?« fragte der Monitor. »Conan«, tippte ich. »So wie in Conan Doyle«, sagte ich bestimmt.

Das Programm bot mir mehrere Optionen an. Aber zunächst mal mußte ich mich mit dem System vertraut machen. Ich mußte wissen, wie die verschiedenen Ebenen einander zugeordnet, wie die Verzeichnisse angelegt waren und wie ich zu entfernten Terminals gelangen konnte. Ich hatte noch viel vor mir, ehe ich in die Federn kam.

Gegen neun hatte ich das Grundmuster im Kopf. Im Kopf und auf einem Wust von Blättern mit hingekritzelten Karten und Diagrammen. Jetzt brauchte ich nur noch Sandra Bates' Terminal ausfindig zu machen und ihre Dateien durchzusehen. Klingt unkompliziert, oder? Man stelle sich vor, man suche eine bestimmte Straße in Manchester und hätte nur eine Autobahnkarte als Hilfsmittel. Ich legte eine kurze Bildschirmpause unter der Dusche ein, brühte noch eine Kanne Kaffee auf und stürzte mich dann aufs neue in den Zweikampf gegen Filbert Browns Computer.

Als das Telefon läutete, schnellte ich zwei Zentimeter vom Stuhl hoch. Ich schnappte mir den Hörer und fauchte: »Hallo?«

»Ich bin's«, verkündete Dennis. »Alles arrangiert.« Dennis ist noch so einer, der sich nicht gern dem Telefon anvertraut.

»Großartig. Wann?«

»Morgen. Halb vier, Richtung Osten, Autobahnraststätte Hartshead Services.«

»Wie erkenne ich ihn?«

»Er fährt einen metallicgrünen Mercedes. Ist um die Vierzig, einsfünfundsiebzig groß, oben kahl. Ich hab ihm gesagt, er soll nach einer aufgetakelten kleinen Blondine Ausschau halten.« Dennis konnte den triumphierenden Ton nicht unterdrücken.

»Du hast was?«

»Ich dachte, du würdest nicht so aufkreuzen wollen, wie du immer aussiehst«, verteidigte er sich. »Kate, das sind Leute, die lieber kein klares Bild von dir im Kopf haben sollten, wenn Sie nach dir suchen. Setz dir 'ne blonde Perücke auf, wirf dich in High Heels und Minirock. Und fahr nicht in diesem Zuhältercoupé hin. Das fällt auf wie ein Schwanz im Nonnenkloster.«

»Herzlichen Dank, Dennis.«

Er war unempfindlich gegen meinen Sarkasmus. »Keine Ursache«, sagte er. »Sei vorsichtig da draußen, hörst du? Laß mich wissen, wie's weitergeht.«

»In Ordnung.«

»Viel Glück.«

Wenn das so einfach wäre. Aufstöhnend wandte ich mich wieder dem Computer zu. Um kurz nach elf hatte ich mir Zugang zu Sandra Bates' Daten verschafft. Interessanterweise sah es so aus, als sei Sandra für die Kontrolle etwa der Hälfte der Filbert-Brown-Lager im Nordwesten zuständig, neben ihrer tagtäglichen Verantwortung für den Ancoats-Verbrauchermarkt. Während unseres kurzen Gesprächs hatte sie das nicht erwähnt. Ich beschloß, mich vorläufig auf Manchester zu konzentrieren. Als erstes befaßte ich mich mit den Bestellungen bei Kerrchem. Als ich zu den betreffenden Dateien gelangt war, druckte ich sie vollzählig aus. Die Analyse konnte bis zu einem späteren Zeitpunkt warten, wenn ich nicht mehr durch das System anderer Leute spazierte wie ein illegaler Einwanderer. Nach kurzer Suche fand ich die Kassendateien, nach einzelnen Produkten sortiert. Ich ließ sie über den Bildschirm laufen, bis ich Kerr-Ster fand, und druckte diese Angaben ebenfalls aus. Schließlich richtete ich mich in der Abteilung Faktura ein. Hier fand ich den ersten Hinweis darauf, daß etwas im Gange war. Selbstverständlich hatte ich die ganze Zeit auch Ausschau nach versteckten Dateien gehalten. Als ich die Anzahl der Zeichen der einzelnen Dateien im Unterverzeichnis Faktura addierte, kam weniger heraus als der Umfang, den das Unterverzeichnis laut Terminal hatte. Die Differenz entsprach etwa einer längeren Datei.

Was Sandra Bates gemacht hatte, war schlau. Sie hätte die Datei zu einer Paßwort-Datei machen können, doch jeder, der versucht hätte, von der Zentrale aus hineinzugelangen, wäre sogleich mißtrauisch geworden. Im Falle einer versteckten Datei konnte man von ihrer Existenz nichts ahnen, es sei denn, man hielt gezielt danach Ausschau, und es gab nichts, was bei einer Routineüberprüfung Verdacht erregt hätte. Ich kopierte die versteckte Datei auf meine Festplatte, da ich mich nicht an Ort und Stelle damit beschäftigen wollte, und ebenso die sichtbare Kerrchem-Fakturadatei. Mir fiel momentan nichts mehr ein, was ich sonst noch brauchen könnte, daher verließ ich das System. Wenn das, was ich bereits hatte, die Ermittlung in neue Bahnen lenkte, konnte ich ja jederzeit wiederkommen. Ich glaubte nicht, daß ich Spuren hinterlassen hatte, durch die sich der Sysman zu Panikreaktionen genötigt sah,wie zum Beispiel sein Paßwort zu ändern. Meine letzte Tat dieses Tages war, die versteckte Datei zu öffnen und ihren Inhalt und den der anderen Fakturadatei auszudrucken. Dann nahm ich meinen Papierstapel an mich und wankte ins Bett. Richard war nicht aufgetaucht, was bedeutete, daß er vermutlich noch mit einer Gruppe von Musikern auf der Piste war. Wenn er nach Hause kam, würde er wohl in sein eigenes Bett fallen, anstatt mich aufzuwecken. Einer von vielen Vorteilen unseres Doppelhaus-Lebensstils.

Um kurz vor acht wachte ich auf, das Licht brannte noch, die Papiere waren auf Bettdecke und Fußboden verstreut. Ich war nicht über die erste Seite hinausgekommen, bevor der Schlaf mich überwältigte. Ich hob die Unterlagen auf und schob sie zusammen. Dann duschte ich, schnitt eine Banane in eine Schale Müsli und nahm Frühstück und Kaffee mit in den Wintergarten. Während ich aß, fing ich an zu lesen. Die Bestellungen von KerrSter verzeichneten vor etwa zwei Monaten eine drastische Zunahme, über Nacht hatten sie sich nahezu verdreifacht. Interessanterweise waren es keine Großbestellungen. Laut Ausdruck hatte Sandra die Anzahl der KerrSter-Behälter pro Order nicht erhöht. Statt dessen war die Anzahl der Bestellungen selbst in die Höhe geschnellt. Ich hielt das für eine ziemlich unrationelle Form der Geschäftsführung.

Ich überprüfte die Kassenbelege, um zu sehen, wann es zu einem plötzlichen Verkaufsplus von KerrSter gekommen war. Wenig später wußte ich, daß ich eine Spur hatte. Wenn das, was Sandra Bates mir erzählt hatte, der Wahrheit entsprach, hätte sich die größere Anzahl von Bestellungen auf eine Absatzsteigerung zurückführen lassen müssen. Doch was ich hier vor mir sah, lief auf etwas ganz anderes hinaus. Die Absatzzahlen zu KerrSter zogen erst einige Tage nach der dramatischen Zunahme der Bestellungen an. Es sah aus, als ob man dem Produkt seine Vorrangstellung eingeräumt hatte, ehe dies durch den Absatz gerechtfertigt war. Ich war überzeugt, daß Trevor Kerr kein Aufgeld gezahlt hatte, um das Image seines Produkts zu polieren; ich konnte mir nicht vorstellen, daß er sich für derlei Abmachungen von dem Geld seiner Firma trennte. Mir kam Trevor wie ein Mann vor, der an seinem Profit hing und niemals aus freien Stücken auch nur einen Teil davon anderen überlassen würde.

Inzwischen hatte mich das Jagdfieber gepackt. Also weiter zu den Fakturen. Zuerst nahm ich mir die offen aufgeführte KerrSter-Fakturadatei vor. Prompt schrillten sämtliche Alarmglocken in meinem Kopf. Die Anzahl der Warenbestellungen mochte sich verdreifacht haben, die Anzahl der Rechnungen nicht. Ich prüfte es noch einmal nach, aber es war kein Irrtum möglich. Filbert Brown bezahlte Kerrchem für ein und dieselbe Menge Reinigungsmittel, wie vor der Zunahme der Bestellungen.

Damit blieb nur noch der Inhalt der versteckten Datei übrig. Sie enthielt die Rechnungen für die restlichen zwei Drittel KerrSter. Mit einem außerordentlich wichtigen Unterschied. Das Bankkonto, an das per elektronischer Zahlungsanweisung das Geld für das zusätzliche KerrSter ging, stimmte nicht mit dem Bankkonto der anderen, offengelegten Rechnungen überein. Wen immer Sandra Bates für das KerrSter bezahlte, es war nicht Kerrchem.

Das eröffnete zwei Möglichkeiten. Entweder schöpfte jemand bei Kerrchem durch die Hintertür einen dicken illegalen Profit für sich privat ab. Oder Sandra Bates machte Geschäfte mit den Chemiepanschern, die mit solch verheerenden Folgen gefälschtes KerrSter lancierten. Ich wußte, welche der beiden Altervativen ich für wahrscheinlicher hielt.

Ich schaute auf die Uhr. Zehn vor neun. Möglicherweise fing die Unternehmensleitung von Filbert Brown nicht vor neun mit der Arbeit an. Wenn ich mich beeilte, konnte ich ihrem Computer noch einen kurzen Besuch abstatten, bevor der Sysman einloggte und merkte, daß da jemand in seine Rolle geschlüpft war. Um ganz sicher zu gehen, hätte ich bis zum Abend warten müssen, aber ich war zu spät gekommen, als Gott die Tugend der Geduld verteilte.

Zwei Minuten später tummelte ich mich wieder im System. Diesmal hatte ich es nicht auf Sandra Bates' Terminal abgesehen. Ich wollte ihre Personalakte. Um drei vor neun war ich in der Personalabteilung. Eine weitere Minute, und ich war in den Dateien des Personalbüros. Ich übertrug die Datei zu Sandra Bates auf meine Festplatte. Um eine Minute nach neun hatte ich Filbert Brown wieder verlassen, und wenig später lag der Lebenslauf von Sandra Bates vor mir.

Sie war in Ashton-under-Lyne zur Schule gegangen, einer vormals eigenständigen Kommune, die jetzt durch eine Reihe heruntergekommener Vororte mit Ostmanchester verbunden war. Am ehemaligen Polytechnikum von Manchester – der heutigen Manchester Metropolitan University – hatte sie Wirtschaft studiert. Eigentlich sollte man meinen, daß an der MMU nach Erhalt des Universitätsstatus irgend jemandem aufgefallen wäre, wie leicht sich das neue Kürzel mit Mickey Mouse Universität übersetzen läßt und daß dies der Hochnäsigkeit jener Vorschub leistet, die eine »richtige« Universität besucht haben. Wie dem auch sei, nach dem Studium hatte Sandra bei einer der großen Baumarkt-Ketten angefangen, der Zuflucht aller Vorortbewohner an Sonn- und Feiertagen. Dort hatte sie zwei Jahre ausgeharrt, bis sie vor drei Jahren zu Filbert Brown gekommen war. Seitdem war sie einmal befördert worden und brachte es jetzt auf über zwanzig Riesen im Jahr. Die Angabe, die mich am meisten interessierte, war ihre Adresse: 37 Alder Way, Burnage. Irgendwann im Laufe des Tages, wenn sie sich noch an ihrem Arbeitsplatz aufhielt, würde ich mir ihr Haus ansehen. Ich würde sie vermutlich überwachen müssen oder eine kleine illegale Abhöraktion starten, um herauszufinden, wer sie mit gefälschtem KerrSter belieferte, und um das tun zu können, mußte ich mir zuvor ein Bild von dem Lageplan in Alder Way machen.

Ehe ich all das anleiern konnte, mußte ich mich allerdings erst einmal anziehen und zum Büro fahren. Ich hatte noch jede Menge Zeit bis zu dem Treffen mit Dennis' Hehler, deshalb konnte ich wenigstens die Flittchenverkleidung auf später verschieben. Ich schnappte mir eine saubere Jeans, meine Reeboks und meinen Baumwollpullover in Jeansoptik. Wenn ich schon durch den Nachmittag auf High Heels stöckeln mußte, konnte ich zumindest am Morgen Bequemlichkeit walten lassen.

Shelley brachte gerade die Ablage auf den neuesten Stand, als ich hereinkam, ein deutliches Zeichen, daß sie sich langweilte. »Wir arbeiten jetzt wohl nur noch halbtags, wie?« fragte sie ätzend.

»Ich habe zu Hause am Computer gearbeitet«, verteidigte ich mich. Shelley beherrscht die unfehlbare Kunst, mich dazu zu bringen, daß ich mir vorkomme wie fünfzehn und mich obendrein schuldig fühle.

»Ein Bericht hin und wieder wäre nicht schlecht«, sagte sie. »Ich weiß ja, ich bin bloß die Büromanagerin, aber es wäre nicht schlecht, wenn ich über den Stand der Dinge Bescheid wüßte, wenn Klienten anrufen.«

»Entschuldige«, sagte ich zerknirscht. »Die letzten paar Tage habe ich ohnehin fast nur Dinge getan, von denen die Klienten nichts wissen dürfen. Heute abend spreche ich etwas für dich auf Band, das schwöre ich.« Ich lächelte gewinnend. »Möchtest du einen Cappuccino?«

»Was wird mich das kosten?« fragte Shelley argwöhnisch. Abe Lincoln hätte nicht behauptet, daß man jeden Menschen irgendwann hinters Licht führen kann, wenn er Shelley gekannt hätte.

»Kann ich heute nachmittag dich und deinen Wagen ausleihen?« fragte ich. »Ich habe ein Treffen mit dem Hehler, der die gestohlenen Kunstwerke in Umlauf bringt, und hinterher muß ich ihn beschatten. Auf das Coupé wird er garantiert gleich aufmerksam, und es ist sowieso zu auffällig, um ihm darin zu folgen. Ich möchte, daß du mit mir zusammen hinfährst, und nach dem Treffen können wir dann die Autos tauschen. Ich fahre in deinem weiter, du fährst in dem Coupé zurück.«

»Willst du damit sagen, daß mein Rover gewöhnlich ist?« fragte Shelley.

»Nur in rein numerischem Sinne. Bitte, ja?«

»Woher soll ich wissen, daß du ihn heil zurückbringst?«

Begreifliche Frage. Im Laufe der vergangenen achtzehn Monate hatte ich einen Wagen zu Schrott gefahren und den Little Rascal – den Transporter, den wir zum idealen Überwachungsfahrzeug ausgebaut haben – schwer beschädigt. An beiden Unfällen trug nicht ich die Schuld, und dennoch machte mich das zur Zielscheibe sämtlicher Bürowitze über mehr oder weniger geniale Fahrkünste. »Ich bringe ihn bestimmt heil zurück«, beteuerte ich mit zusammengebissenen Zähnen.

»Was ist mit dem Little Rascal?« wollte Shelley wissen. »Darin könntest du ihn doch auch beschatten. Du brauchst nur darauf zu achten, daß er dich nicht aussteigen sieht. Sei zeitig da, steig aus und warte auf ihn.«

Ich verzog das Gesicht. »Der Typ fährt einen Mercedes. Auf der Autobahn würde ich ihn mit Sicherheit verlieren. Außerdem ist er kein Dummkopf. Er wird warten, bis ich wegfahre, bevor er sich selbst aus dem Staub macht.«

»Und wie sollen wir dann die Wagen tauschen?«

»Laß mich nur machen. Ich zeig's dir, wenn wir dort sind.«

»Und ich kann das Coupé bis morgen früh behalten?« handelte sie.

»Aber natürlich. Ich kann auch jetzt schon deinen Wagen nehmen, da ich in Burnage ohnehin nicht auffallen darf.«

Wir tauschten die Schlüssel, und ich zockelte in ihrem vier Jahre alten Rover gen Burnage. Mein erster Halt war die örtliche Zweigstelle der Bibliothek, wo ich in der Wählerliste nachsah. Sandra Bates war die einzige unter Nummer 37 aufgeführte Bewohnerin. Alder Way war eine ruhige Straße mit Doppelhäusern aus den dreißiger Jahren, jedes mit einem kleinen Vorgarten versehen. Ich ging dreist den Weg zur Haustür von Nummer 37 hoch und klopfte. Niemand antwortete. Seitlich am Haus befand sich ein leerer Einstellplatz, ich überquerte ihn vorsichtig und öffnete das schmiedeeiserne Tor zum Garten. Allem Anschein nach war Sandra zu Hause ebenso tüchtig wie an ihrem Arbeitsplatz. Im Garten war eine Wäscheleine aufgespannt, an der im blassen Sonnenlicht Kleidungsstücke trockneten. Wählerliste hin oder her, allein lebte Sandra nicht. Neben ihrer Unterwäsche hingen einträchtig Boxershorts und Socken. Und wie Gespenster flatterten zwischen den Shirts und Blusen zwei Overalls in der Brise. Vielleicht war der geheimnisvolle Chemiker gar nicht so weit weg, wie ich gedacht hatte.

14. Kapitel

Ich läutete an der Tür, Alder Way 35. Ich wollte schon aufgeben, da machte doch noch jemand auf, und ich verstand, warum es so lange gedauert hatte. An den Hosenbeinen der gestreßten jungen Frau in Jeans, die auf der Schwelle stand, hing je ein Kleinkind. Zwillinge. Als Hindernis-Parcours übertraf das alles, was ein Reitklub ersinnen konnte. Die Zwillinge starrten zu mir hoch und unterhielten sich in einer Sprache miteinander, die nach Osteuropa klang – lauter Zischlaute und Diphthonge. »Ja?« sagte die Frau. Wenigstens sie sprach Manchester-Englisch.

»Entschuldigen Sie die Störung. Ich suche einen Richard Barclay. Er soll nebenan wohnen, Nummer 37. Aber es scheint niemand da zu sein.«

Sie schüttelte den Kopf. »Nebenan wohnt niemand, der so heißt«, sagte sie bestimmt und hob schon die Hand, um die Tür zu schließen.

»Sind Sie sicher?« Ich tat verwirrt und blickte auf das Stück Papier in meiner Hand, auf das ich den Namen meines Liebsten und Sandra Bates' Adresse geschrieben hatte. »Ich sollte mich hier mit ihm treffen. Wegen eines Jobs.«

Sie nahm den Zettel und runzelte die Stirn. »Das muß eine Verwechslung sein. Der Typ nebenan heißt Simon. Simon Morley.«

Ich seufzte. »Und er stellt keine Leute ein? Vielleicht habe ich ja die richtige Adresse und nur den falschen Namen?«

Einer der Zwillinge ließ ihre Jeans los und kam zu mir gewackelt. Ohne hinzusehen, streckte sie das Bein aus, um ihn aufzuhalten. »Leider nicht«, sagte sie. »Simon ist vor etwa einem halben Jahr entlassen worden. Er arbeitet selbst erst seit ein, zwei Monaten wieder, und so wie er aussieht, kann er sich bestimmt kein Personal leisten.«

Ich spielte die Enttäuschte, aber an diese überreizte Frau waren meine Schauspielkünste verschwendet. Die Lautstärke des Zwiegesprächs der Zwillinge hatte einen Grad erreicht, den sie nicht mehr überhören konnte. »Tut mir leid«, sagte sie und machte mir entschieden die Tür vor der Nase zu.

»Es braucht Ihnen nicht leid zu tun«, sagte ich leise, während ich zu dem Rover zurückging. »Lady, ich könnte Ihnen um den Hals fallen.« Simon Morleys Name hatte derart viele Alarmglocken schrillen lassen, daß mir mein Kopf vorkam wie die Glockenstube der Kathedrale.

Um drei Uhr war alles soweit. Shelley und ich waren auf der M62 über die Pennines gefahren bis zur Ausfahrt Bradford, der ersten nach Hartshead Services. Auf der Straße nach Halifax, wo sich, wie ich mich erinnerte, gleich hinter dem Autobahn-Kreisverkehr ein Rastplatz befand, waren wir abgebogen. Dort ließ ich Shelley in ihrem Rover zurück, während ich über die Autobahn zurückbrauste und die Richtung wechselte, so daß ich auf der richtigen Seite der großen Raststätte landete. Ich parkte in einiger Entfernung zum

Gros der Wagen und wankte in den weißen High Heels, die ich für spezielle Gelegenheiten ganz unten in meinem Kleiderschrank aufbewahre, über den Parkplatz.

Ich ging aufs Damenklo, um zu überprüfen, ob ich auch wirklich noch wie ein blondes Flittchen aussah. Ich greife nicht oft zu Verkleidungen, zu denen eine Perücke gehört, doch vor ein paar Jahren hatte ich schon einmal einen radikalen Outfitwechsel gebraucht und einen dicken Batzen der Portokasse von Mortensen & Brannigan in eine richtig gute Perücke investiert. Sie war rötlichblond und biß sich daher nicht allzusehr mit meiner Haut, dem typisch gelblichen Sommersprossengesicht von Menschen mit rotbraunen Haaren. Ergänzt durch dicke Schminke, vor der ich einen Horror habe, war das Spiegelbild, das mir entgegenblickte, glaubwürdig, wenn auch ein wenig zweifelhaft. Meine Klamotten sollten diesen Eindruck unterstreichen – ein schwarzer Lycra-Minirock und ein cremefarbenes Hemd mit U-Ausschnitt unter meinem abgetragenen braunen Lederblouson. Meine eigene Mutter hätte mich achtkantig hinausgeworfen.

Ich zog mit dem scharlachroten Stift die Lippen nach und zeigte mir die Zähne. »Showtime, Brannigan«, murmelte ich, dann ging ich über den Parkplatz zurück und lehnte mich gegen die Tür meines Coupés.

Er war pünktlich. Auf die Minute genau um 15.30 Uhr erschien ein metallicgrüner Mercedes am Eingang des Parkplatzes. Er drehte langsam eine Runde, bevor er brummend neben meinem Wagen hielt. Der Fahrer war tatsächlich um die Vierzig und auf dem allerbesten Weg zum Billardkugel-Look. Ich öffnete die Beifahrertür und ließ mich auf den Ledersitz fallen. »Freut mich, Sie kennenzulernen.«

»Dennis sagt, Sie hätten etwas, das mich vielleicht interessiert«, sagte er ohne Einleitung. Seine Stimme klang nasal, die Sorte, die mir nach etwa fünf Minuten auf die Nerven geht. »Normalerweise gebe ich mich nicht mit Leuten ab, die auf eigene Faust arbeiten«, fügte er hinzu und sah mich zum erstenmal an.

»Ich weiß. Dennis hat mir erklärt, wie Sie vorzugsweise arbeiten. Aber ich dachte, wenn ich Ihnen zeige, was ich kann, kommen wir vielleicht auf Dauer ins Geschäft.« Ich versuchte es mit der abgebrühten Tour.

»Dann lassen Sie mal sehen.« Er wandte sich mir zu. Seine Augen waren grau und kalt, leicht zusammengekniffen. Wenn er sprach, bewegte sich sein Mund asymmetrisch, als steckte eine unsichtbare Zigarette zwischen seinen Lippen.

»Wie wär's vorher mit einem Blick auf das Geld?« fragte ich herausfordernd.

Er beugte sich vor. Einen verrückten Augenblick lang dachte ich, seine Hand greife nach meinem Bein, doch er griff zum Handschuhfach. Als er es öffnete, wurden Geldscheinbündel sichtbar. Ich sah, daß es Fünfziger waren, zu Tausenderpacken verschnürt. Zehn an der Zahl. Er nahm eines und wedelte damit dicht vor meinem Gesicht herum, um mir zu zeigen, daß es keine Attrappen waren. Dann stieß er das Handschuhfach wieder zu. »Zufrieden?«

»So wie Sie es gleich sein werden«, sagte ich und griff in meine Tasche. Ich holte die in ein gewöhnliches gelbes Staubtuch eingewickelte Gürtelschnalle heraus und schlug das Tuch auf. »Altangelsächsisch«, sagte ich. »Aus High Hammerton Hall.«

»Ich weiß, woher sie ist«, sagte er schroff, holte eine Lupe aus seiner Tasche und nahm die Schnalle. Ich hoffte, daß er das Rauschen in meinen Ohren nicht hören konnte, als er sie untersuchte. Unter der Grundierungscreme bildeten sich Schweißtröpfchen über meiner Oberlippe. »Ist es das Original oder eine Fälschung?« fragte er.

Ich zeigte auf den Wagen im Wert von zwanzig Riesen neben uns. »Ist das ein echtes Leo-Gemini-Turbosupercoupé oder eine Fälschung? Machen Sie keine Scherze. Hier geht's ums Geschäft«, sagte ich aggressiv.

»In der Zeitung stand nichts darüber.«

»Dafür kann ich ja nichts, oder? Was erwarten Sie von mir, daß ich eine Pressemitteilung herausgebe?«

Die Andeutung eines Lächelns zuckte um seine Mundwinkel. »Haben Sie schon viel in dieser Richtung gemacht?« fragte er.

»Was wollen Sie, einen Scheißlebenslauf? Hören Sie, alles, was Sie wissen müssen, ist folgendes: Ich kann die Ware liefern, und ich bin nicht vorbestraft, das heißt, ich bin ein viel besserer Partner als Dennis oder Frankie. Wollen Sie das Ding nun haben oder nicht?« Ich streckte die Hand nach der Schnalle aus.

»Oh, meinen Kunden wird es mit Sicherheit sehr gefallen«, sagte er und steckte die Schnalle zusammen mit der Lupe in die Tasche. »Bedienen Sie sich.« Er wies auf das Handschuhfach, gleichzeitig holte er eine Karte aus der Innentasche seiner Jacke. Ich nahm das Geld und stopfte es in meine Tasche.

»Danke sehr«, sagte ich.

Er reichte mir die Karte. Es war eine von der Sorte, die man sich an jedem Instantdrucker in Bahnhöfen und Autobahnraststätten selbst ziehen kann. Noch vor wenigen Minuten war ich an einem vorbeigekommen. Auf der Karte stand nur die Nummer seines Mobiltelefons. »Rufen Sie mich das nächste Mal an, bevor Sie eine Tour machen, dann sage ich Ihnen, ob wir interessiert sind oder nicht.«

»Kein Problem«, sagte ich und öffnete die Tür. »Ich mag Männer, die wissen, was sie wollen.« Ich ließ die Tür leise zuschnappen und setzte mich ans Steuer des Coupés. Der Hehler machte keinerlei Anstalten, sich in Bewegung zu setzen, daher ließ ich als erste den Motor an und fuhr los. Als ich auf die Autobahn bog, entdeckte ich ihn einige Autos hinter mir. Ich blieb auf der Innenspur, und er versuchte nicht, mich einzuholen, geschweige denn zu überholen. An der nächsten Abzweigung verließ ich die Autobahn und fuhr zweimal um den Kreisverkehr, um sicherzugehen, daß er mir nicht folgte, dann bog ich in die Straße nach Halifax ein. Shelley stieg aus dem Rover, als ich hinter ihr hielt. Ich sprang aus dem Coupé, rannte zum Rover und zog mir im Laufen die Jacke aus. Shelley hatte den Motor auf meine Bitte angelassen.

»Wir sprechen uns später«, rief ich, während ich den Gang einlegte, wendete bei erstbester Gelegenheit vorschriftswidrig und bretterte zur Autobahn zurück. Der Empfänger piepste beruhigend. Er war bereits fünf Kilometer vor mir, mit steigender Tendenz. Ich trat das Gaspedal voll durch, als ich wieder auf der M62 war. Nach dem Coupé wirkte der Wagen lahm wie eine Schnecke, aber es dauerte nicht lange, ihn auf hundertvierzig Kilometer hochzuziehen. Ich zog mir die Perücke vom Kopf und fuhr mir mit der Hand durchs Haar. Auf dem Beifahrersitz des Rover hatte ich eine Schachtel feuchter Tücher deponiert; ich benutzte eine Handvoll davon, um mir das Make-up vom Gesicht abzureiben.

Laut Suchbildschirm hatte sich die Fahrtrichtung des Hehlers leicht geändert. Wie ich erwartet hatte, war er auf die M621 nach

Leeds abgebogen. Ich folgte ihm und stellte fest, daß sich die Entfernung zwischen uns verringert hatte. Er war jetzt nur noch 2,7 km vor mir. Ich mußte unbedingt noch näher herankommen, ehe er abfuhr und mich im Labyrinth der städtischen Straßen abhängte. Zum Glück geht die M621 bergab, und er hielt eine Geschwindigkeit, die ihm garantierte, daß er nicht geblitzt wurde. Als die Ausfahrt Wetherby und Harrogate näher rückte, war ich dicht genug hinter ihm, um noch zu sehen, wie sein blaßgrünes Dach von der Autobahn verschwand. Glücklicherweise herrschte ziemlich dichter Verkehr, so daß ich ein paar Autos hinter ihm bleiben konnte. In der Schlange am Armley-Kreisverkehr zog ich mein Jeanshemd über und machte so meine Verwandlung von der Taille aufwärts komplett.

Ich geriet kurz in Panik, als er in die Tunnel des innerstädtischen Rings abtauchte und das Signal vom Empfänger verschwand. Aber sobald wir wieder ans Tageslicht kamen, meldete der Piepser sich zurück. Ich blieb in Sichtweite, als wir uns dem unübersichtlichen Knotenpunkt bei Sheepscar näherten, und war dann, als er rechts in die Roundhay Road abbog, nur noch ein Auto hinter ihm. Von der Beschattung ahnte er offenbar nichts, da er nichts von dem tat, was man tut, wenn man sich verfolgt glaubt; er fuhr nicht bei Rot über die Ampel, bog nicht urplötzlich von der Hauptstraße ab, wechselte nicht überraschend die Spur.

Er blieb auf der Roundhay Road, bog dann dicht vor dem Park links ab und fuhr die Prince's Avenue hoch, zwischen den gepflegten Rasenflächen der Spielfelder hindurch: Gras, so weit das Auge blickte, so viel, daß dort sämtliche Hunde von Leeds gleichzeitig Gassi gehen konnten. An der Stelle, wo die Avenue in die Street Lane überging, bog er rechts in eine Einfahrt. Ich fuhr langsam vorbei und sah aus den Augenwinkeln, wie der Mercedes in eine Doppelgarage einfuhr. Ich suchte einen Parkplatz gleich um die Ecke, streifte die High Heels ab, zog die Leggings an, die ich im Wagen bereitgelegt hatte, und schälte mich aus dem Lycra-Minirock. Dann stieg ich aus, zog meine Reeboks an und schlenderte über die Prince's Avenue zurück. Allem Anschein nach war es weit lukrativer, Hehler zu sein als Privatdetektivin. Das Haus des Kahlkopfs lag ein wenig abseits der Straße, ein großes Einzelhaus aus Stein, von eineinhalb Jahrhunderten Berieselung mit Industrieabgasen geschwärzt. Knapp eine Viertelmillion wert, schätzte ich. Vermutlich war er auch einer der beliebtesten Bewohner der Siedlung; gute Hehler müssen schließlich zuallererst gute Beziehungen knüpfen können. Ich ging weiter die Straße hinunter und kaufte mir an einem Wagen am Tor zum Park ein Eis. Dann setzte ich mich dort auf eine Mauer und schleckte, derweil ich das Haus im Auge behielt.

Nach fünf Minuten bog ein Audi-Kabrio in die Einfahrt. Eine blonde Frau stieg aus, gefolgt von zwei Mädchen in piekfeinen Schuluniformen von der Sorte, zu der im Sommer Strohhüte gehören. Aus der Entfernung schätzte ich die Mädchen auf etwa zehn Jahre. Die Frau ließ das Auto in der Einfahrt stehen und folgte ihnen ins Haus. Ich aß mein Eis auf und ging zum Wagen zurück. Ein paar Minuten lang fuhr ich nur herum, auf der Suche nach einem geeigneten Parkplatz für die Überwachung. Schließlich hielt ich auf dem Vorplatz einer Reihe von Läden. Von dort aus hatte ich zumindest die Tür und die Einfahrt im Blick. Indem ich nicht vor einem Wohnhaus parkte, hoffte ich den neugierigen Nachbarn zu entgehen. Falls ich morgen wiederkommen mußte, würde ich vorher beim örtlichen Polizeirevier anrufen und Bescheid sagen, daß ich in der Gegend eine Überwachung durchführte, die nichts mit einer Strafsache zu tun hatte. Was ist schon eine kleine Notlüge unter Freunden?

Ich holte mein Telefon heraus, rief bei der örtlichen Zweigstelle der Bibliothek an und bat die Angestellte, die Adresse im Wählerverzeichnis nachzusehen. Ich erfuhr, daß die dort aufgeführten Bewohner Nicholas und Michelle Turner hießen. Endlich hatte ich einen Namen, der nicht der Phantasie von Ian Fleming entsprungen war.

Um kurz nach sechs kam die Frau wieder mit den Mädchen heraus, jede hatte einen Sportbeutel dabei. Sie fuhren an mir vorbei, ohne mich eines Blickes zu würdigen. Nach acht kamen sie zurück, alle mit feuchtem Haar. Ich folgerte, daß sie sich auf die eine oder andere Weise sportlich betätigt hatten. Eben deshalb bin ich ja Detektivin. Um halb neun rief ich das Flying Pizza ein paar hundert Meter die Straße hoch an und bestellte mir eine Pizza zum Mitnehmen. Zehn Minuten darauf ging ich sie abholen und benutzte bei der Gelegenheit ihr Klo. Ich aß die Pizza im Wagen und achtete sorgfältig darauf, meine Oliven nicht auf Shelleys makellosen Fußbodenbelag und die Polster fallen zu lassen. Um neun läutete mein Telefon. »Kate? Hier ist Michael Haroun«, verkündete die Stimme in der Leitung.

Ich setzte mich kerzengerade hin, fuhr mir mit der Hand durch die Haare und lächelte. Als ob er mich sehen könnte. Erbärmlich, wirklich. »Hallo, Michael«, sagte ich. »Was kann ich für Sie tun?«

»Ich wollte Sie fragen, ob Sie heute abend vielleicht Zeit haben, mit mir ein Glas Wein zu trinken. Sie könnten mir berichten, wie weit Sie inzwischen gekommen sind.«

»Auf Frage eins nein, und auf Frage zwei ebenfalls nein. Ich arbeite noch, und Sie sind nicht mein Klient. Das heißt nicht, daß wir nicht in aller Freundschaft einen zusammen trinken können«, fügte ich hastig hinzu, damit er sich nicht zurückgewiesen fühlte.

»Einen Versuch war's zumindest wert«, sagte er. »Mir liegt nämlich viel daran.«

»An dem Fall oder an mir?« fragte ich scharf.

»Sowohl als auch natürlich. Wann hören Sie auf zu arbeiten?«

»Spät, und außerdem bin ich in Leeds.« Ich hoffte, das Bedauern, das ich empfand, war über den Äther zu spüren.

»In Leeds? Was machen Sie denn da?«

»Ich gehe einem anonymen Tip nach.«

»Also machen Sie Fortschritte? Großartig!«

»Ich habe nicht gesagt, daß ich an Henrys Fall arbeite«, erwiderte ich. »Wir haben mehr als einen Klienten, müssen Sie wissen.«

»Schon gut, schon gut, ich hab kapiert: Halten Sie sich raus, Haroun. Schade, daß Sie es heute abend nicht schaffen können. Vielleicht könnten wir uns trotzdem irgendwann mal treffen.«

»Wie wär's, wenn Sie mich morgen kurz anrufen? Dann weiß ich Genaueres über meine anstehenden Verpflichtungen.«

»Einverstanden. Ich fand's schön, mit Ihnen zu reden, Kate.«

»Ich auch.« Nach diesem kleinen Zwischenspiel kam mir die Überwachung noch nervtötender vor. Als der Radiosprecher mir empfahl, mich mit einem guten Buch ins Bett zu kuscheln, beschloß ich, Feierabend zu machen. Es sah nicht so aus, als würden Nicholas Turner oder auch meine Gürtelschnalle heute abend noch irgendwo hinfahren.

Zu Hause nahm ich mir die Kerrchem-Akte vor, die ich aus dem Büro mitgebracht hatte, als ich mich umziehen mußte. Ich überflog die Liste ehemaliger Angestellter, und der Name sprang mir sogleich ins Auge. Ich hatte mich wegen Simon Morley nicht getäuscht. Er war Labortechniker bei Kerrchem gewesen und vor einem halben Jahr mit einem Goldenen Handschlag entlassen worden. Er war derjenige, den ich nicht hatte ausfindig machen können, weil er verzogen war. Wenigstens wußte ich jetzt, wo er wohnte. Und ich hatte das Gefühl, genau zu wissen, was er trieb, wenn er in seinem Overall aus dem Haus ging.

15. Kapitel

Um fünf vor sieben parkte ich in Bills Saab-Turbokabrio auf dem Vorplatz der Ladenzeile in der Street Lane. Getreu der Grundregel der Überwachungsarbeit, die da lautet: Wechsle öfter mal das Fahrzeug. Zum Glück hatte Bill mir vor seiner Abreise nach Australien die Schlüssel zu seinem Haus und dem Wagen gegeben. Shelleys Rover hatte ich in Bills Garage abgestellt, und auf dem Anrufbeantworter im Büro hatte ich die Nachricht hinterlassen, sie solle vorläufig das Coupé behalten. Ich ging davon aus, daß sie mit dieser Unannehmlichkeit würde leben können, vorausgesetzt, sie zog nicht den voreiligen Schluß, daß ihr heißgeliebter Schrotthaufen erst in einer Reparaturwerkstatt wieder zu altem Glanz hergerichtet werden mußte.

Die große Frage war gewesen, vor wessen Haus ich heute morgen Posten beziehen sollte. Wenn ich Nicholas Turner nicht im Auge behielt, wäre es reine Zeitverschwendung, daß ich die Gürtelschnalle mit einem Sender hatte versehen lassen. Andererseits hatten Simon Morleys kleine Ausflüge in die Welt der Gebäudereinigung bereits einen Menschen das Leben gekostet. Ich hatte wach gelegen und mich im Bett herumgewälzt, bis Richard, der normalerweise schläft wie ein Mensch im Dauerkoma, sich aufsetzte und wissen wollte, was los war. Er überredete mich, mein Dilemma mit ihm zu besprechen, etwas, das ich früher eigentlich immer getan hatte, jedoch vermied, seit seine Verwicklung in den Autobetrugsfall uns beiden das Leben schwergemacht hatte.

»Du mußt an dem Hehler dranbleiben«, sagte er schließlich.

»Wieso?«

»Weil du, wenn du ihn jetzt vom Haken läßt, keine zweite Chance kriegen wirst. Früher oder später wird jemand merken, daß deine Gürtelschnalle nicht bloß eine Fälschung, sondern obendrein verwanzt ist, und dann stehst du ganz oben auf irgendeiner Abschußliste. Und falls dieser Simon Morley den Typ wirklich nur aus Versehen umgebracht hat, wird er in Zukunft ein ganzes Stück vorsichtiger sein, wenn er seinen chemischen Cocktail mixt. Ja, es würde mich überraschen, wenn er überhaupt noch weitermacht. Vielleicht sollte ich ihn mal anrufen, wenn er ein derart gewiefter Chemiker ist; ich kenne ein paar Leute, die würden ihn liebend gern auf ihre Gehaltsliste setzen.«

Ich gab ihm einen festen Klaps auf die Schulter. »Ich hab dir ja schon mal gesagt, was ich von den Leuten halte, mit denen du dich so rumtreibst.«

Er grinste. »War bloß 'n Witz. Du weißt doch, ich bin gegen alles, was stärker ist als Hasch, allergisch. Wie dem auch sei, Brannigan, du solltest den Hehler aufs Korn nehmen.«

»Bist du sicher?« Ich war immer noch skeptisch.

»Ganz sicher.«

»Und was ist mit den zehn Riesen?«

Richard zuckte die Achseln. »Die behalte erst mal. Ein bißchen Bares kann man immer gebrauchen.«

»Das ist aber ganz schön viel Bares. Sollte ich es nicht der Versicherung geben oder so?«

»Da sie nicht wissen, daß du's hast, werden sie's auch nicht vermissen. Vielleicht solltest du es einfach als eine vorgezogene Weihnachtsgratifikation für Mortensen & Brannigan betrachten.«

»Ich weiß nicht...«

»Hör ruhig auf mich. Auch wenn ich nicht der Onkel Doktor bin«, sagte er, schlang die Arme um mich und küßte meinen Nakken. Sofort bekam ich Gänsehaut. Gegen seine Keimdrüsen kommt man nicht an. Nicht, daß ich es ernsthaft versucht hätte. Michael wer?

Gegen halb acht erwachte der Turner-Haushalt zum Leben. Die Vorhänge im Elternschlafzimmer wurden aufgezogen, und ich sah flüchtig Nicholas im Morgenmantel. Diesmal war ich mit voller

Ausrüstung zur Überwachung angetreten. In dem Hohlraum unter dem Beifahrersitz hatte ich eine Videokamera verstaut, listigerweise in einer Tasche aus Einwegstoff versteckt, so daß die Kamera hinaussehen, aber niemand hineinsehen konnte. In meiner Tasche hatte ich ein Powerfernglas, und auf dem Beifahrersitz lag meine Nikon mit Teleobjektiv. In der Innentasche meiner Jacke steckten fünfhundert Pfund in bar. Die übrigen neuneinhalbtausend hatte ich bei Richard gelassen, mit der strikten Anweisung, sie auf ein Bausparkonto einzuzahlen, das ich unter falschem Namen für eventuelle Gelder eröffnet hatte, die eine Weile verschwinden zu lassen geraten erschien.

Um Viertel nach acht kamen Mrs. Turner und ihre beiden Töchter heraus, die Mädchen wieder in den schicken Schuluniformen. Der Audi fuhr weg. Zwei Stunden später kam er wieder. Mrs. Turner wankte mit so vielen Tesco-Einkaufstüten ins Haus, daß man einen Tante-Emma-Laden damit hätte ausstatten können. Dann tat sich zwei Stunden gar nichts. Um Viertel vor eins kam Mrs. T. heraus, stieg in den Audi und fuhr weg. Um zehn nach zwei, als ich meine Flying Pizza Spezial halb aufgegessen hatte, kam sie zurück. Wenn nicht bald etwas passierte, würde ich entweder an Langeweile sterben oder nach Hause fahren. Unglückseligerweise hat Radio Four täglich zwischen drei und vier Uhr nachmittags einen schlimmen Durchhänger. Ich glaubte nicht, daß ich es durchstehen konnte, mir eine geschlagene Stunde lang die abartigen Sprüche von Leuten zu Gemüte zu führen, die unumstößlich davon überzeugt sind, daß Mitmenschlichkeit nichts bringt.

Eine halbe Stunde später ging die Haustür auf und Nicholas Turner kam heraus. Er hatte einen Aktenkoffer und einen Kleidersack bei sich. Er öffnete die Garagentür, deponierte den Kleidersack im Kofferraum und setzte im Rückwärtsgang auf die Straße. »Heureka«, murmelte ich und ließ den Motor an. Nach wenigen Sekunden ließ der Schirm mich wissen, daß er die Gürtelschnalle bei sich im Wagen hatte. Ich ordnete mich in den Verkehr ein und folgte ihm wieder durch den Park.

Der Verkehr war ziemlich zähflüssig, als wir den Hügel zum Stadtzentrum hinunterfuhren, darum war es nicht schwer, dem Mercedes auf den Fersen zu bleiben. Ich hielt mich immer in einigen Autos Entfernung, und ein paarmal blieb ich an einer roten Ampel hängen, aber die Straße war zu verstopft, als daß er schneller vorankommen konnte. Sehr bald merkte ich, daß er zur Autobahn fuhr, was den Druck auf mich verringerte. Kurz bevor er die Kreuzung erreichte, an der er zwischen der M621 nach Manchester und der M1 nach Süden oder Osten wählen mußte, holte ich ihn ein. Die erste Auffahrt ließ er passieren und brauste auf die M1. In dem Saab war es leicht, sein Tempo zu halten, was ein weiterer guter Grund war, warum ich ihn gegen den Rover eingetauscht hatte. Anfangs blieb ich etwa einen Kilometer hinter ihm, da ich ihn an der Abzweigung zur M62 nicht verlieren wollte. Wie erwartet bog er ab und fuhr nach Osten gen Hull.

Wir bretterten über die Autobahn, die Tachonadel stand fast unverändert auf hundertvierzig Kilometer. Anscheinend hatte er dasselbe Gerücht gehört wie ich, nämlich daß die Blitzgeräte diese Geschwindigkeit gerade noch tolerierten. Als wir Hull erreichten, fuhr er der Beschilderung nach zum Fährhafen. Ich folgte ihm verzagt. Am Hafen parkte er und ging ins Fahrkartenhäuschen. Ich stellte mich gerade noch rechtzeitig in die Schlange, um zu hören, wie er für sich und seinen Wagen einen Platz auf der Nachtfähre reservierte. Mir blieb nichts anderes übrig, als das gleiche zu tun.

Als ich herauskam, war er verschwunden. Ich rannte zum Wagen und sah, daß die Gürtelschnalle sich vom Fährhafen entfernte. Entweder wollte er sie jetzt gleich loswerden, oder sie ging mit ihm an Bord des Schiffs. So oder so mußte ich ihm folgen. Ich fuhr in die Richtung, die der Empfänger anzeigte, griff im Fahren nach meinem Mobiltelefon und tippte Richards Nummer ein. Die Uhr am Armaturenbrett sagte mir, daß es schon fünf nach vier war. Ich sandte ein Stoßgebet zum Himmel. Er meldete sich beim dritten Läuten. »Yo, Richard Barclay«, sagte er.

»Ich muß dich um einen Megagefallen bitten«, sagte ich.

»Ich find's auch schön, deine Stimme zu hören, Brannigan«, sagte er.

»Es ist ein Notfall. Ich bin in Hull.«

»Klingt tatsächlich nach einem Notfall.«

»Ich muß die Fähre um halb sieben nach Holland nehmen. Mein Paß ist in der obersten Schublade in meinem Schreibtisch. Kannst du ihn holen und schnell hierher bringen?«

»In meinem Wagen? Du willst mich wohl verkohlen.«

Ich hätte heulen können. Er hatte natürlich recht. Auch wenn er frisiert ist, könnte sein Volkswagen solch eine Strecke niemals in dieser Zeitspanne zurücklegen. Dann fiel mir das Coupé ein. »Shelley hat den Gemini«, sagte ich zu ihm. »Ich überrede sie, in fünf Minuten damit vor dem Büro auf dich zu warten. Kannst du das schaffen?«

»Ich werde da sein«, versprach er.

Ich rief im Büro an und behielt gleichzeitig den Schirm und die Straße im Auge. An diesem Tag war ich wohl der größte Unsicherheitsfaktor auf den Straßen von Hull. Wir schienen nach Osten zu fahren, zur Mündung des Humber. Shelley meldete sich fröhlich.

»Stell keine Fragen, es ist ein Notfall«, sagte ich.

»Man hat dich verhaftet«, erwiderte sie resigniert.

»Man hat mich nicht verhaftet. Ich bin einem Team internationaler Kunstdiebe dicht auf den Fersen. Manch einer wäre stolz, mit mir zusammenzuarbeiten.«

»Na schön, es ist also ein Notfall. Was hat das mit mir zu tun?«

»Bleib dran, ich glaube, ich verliere ihn...« Wir hatten die Vororte von Hull hinter uns gelassen, und der Empfänger registrierte einen scharfen Richtungswechsel. Tatsächlich kam etwa einen Kilometer weiter rechts eine Abzweigung. Vorsichtig fuhr ich in die schmale Straße ein, dann hielt ich. Die Distanz zwischen uns blieb konstant. Er hatte ebenfalls angehalten.

Und das Telefon schnarrte an meinem Ohr. »Entschuldige, Shelley. Also, ich möchte, daß du dich in fünf Minuten unten mit Richard triffst und ihm den Gemini überläßt. Er wird dir seinen Wagen dalassen, damit du nicht ohne fahrbaren Untersatz dastehst«, fügte ich matt hinzu.

»Du erwartest von mir, daß ich in dem unmöglichen Ding fahre?«

»Das wird Wunder für deine Fahrpraxis wirken«, sagte ich und beendete das Gespräch. Ich war nicht in der Stimmung für Frotzeleien oder Diskussionen. Ich legte den Gang ein, rollte langsam die Fahrbahn entlang und hielt Ausschau nach Turners Wagen. Die Straße endete ein paar hundert Meter weiter auf dem Parkplatz eines Pubs, von dem man auf die breite Flußmündung sah. Außer Turners Mercedes standen dort nur zwei Autos. Auf gar keinen Fall würde ich hineingehen, selbst wenn er die Gürtelschnalle dem

Meistbietenden andiente. Bei so wenigen Gästen würde ich sofort auffallen. Ich konnte also nur zur Hauptstraße zurückfahren und beten, daß Turner die Gürtelschnalle später noch bei sich hatte.

Ich wartete nervös eine Stunde, dann tat sich wieder etwas auf dem Schirm. Die Gürtelschnalle bewegte sich auf mich zu. Wenig später tauchte Turners Wagen aus der Seitenstraße auf und fuhr in Richtung Hull zurück. »Es gibt einen Gott«, sagte ich und setzte ihm nach. Um halb sechs waren wir erneut am Fährhafen. Turner reihte sich in die Autoschlange ein, die auf die Einschiffung wartete, ich blieb jedoch am Fahrkartenhäuschen stehen. Ich wollte um jeden Preis vermeiden, daß er mich und den Saab in diesem Stadium sah.

Richard kam um fünf vor sechs schleudernd neben mir zum Stehen. Er streckte den Daumen hoch, als er ausstieg. Dann nahm er meine Notreisetasche vom Beifahrersitz und kam zu mir. Er warf die Tasche auf den Rücksitz und richtete sich auf dem Beifahrersitz ein. »Gut gemacht«, sagte ich und beugte mich zu ihm, um ihm einen schallenden Kuß auf die Wange zu geben.

»Du mußt aber den Kopf für eventuelle Strafzettel hinhalten, die ich mir eingehandelt habe«, sagte er. »Dieses Coupé ist die reinste Höllenmaschine.«

»Hast du den Paß mitgebracht?«

Richard holte zwei Reisepässe aus seiner Innentasche. Meinen und seinen. »Ich hab mir überlegt, daß ich mitkomme«, sagte er. »Die nächsten paar Tage habe ich nichts Dringendes zu tun, und es ist höchste Zeit, daß wir mal richtig einen draufmachen.«

Ich schüttelte den Kopf. »Kommt nicht in Frage. Hier geht's nicht darum, einen draufzumachen, sondern um Arbeit. Ich hab schon genug am Hals, ohne mir auch noch den Kopf zerbrechen zu müssen, ob du dich auch gut amüsierst. Ich bin dir wirklich dankbar für deine Hilfe, aber du kommst nicht mit.«

Richard machte ein finsteres Gesicht. »Du weißt nicht, wohin der Typ fährt?«

»Ich hab keinen Schimmer. Aber wo er auch hinfährt, ich folge ihm.«

»Vielleicht wirst du Deckung brauchen«, wandte er ein. »Ich hab dich selbst sagen hören, daß es manchmal Situationen gibt, in denen eine Frau allein mehr auffällt als ein Paar. Ich finde, daß ich mitkommen sollte. Ich könnte dich am Steuer ablösen.«

»Nein. Und nein. Und nochmals nein. Du erwartest nicht von mir, daß ich pickelig-pubertäre Möchtegern-Rockstars interviewe, und ich erwarte von dir nicht, daß du Detektiv spielst. Fahr nach Hause, Richard. Bitte, ja?«

Er seufzte und setzte eine rebellische Miene auf. »Na schön«, sagte er dann und klang genauso wie sein neun Jahre alter Sohn Davy, wenn ich ihn vom Computer wegzerre und ihm sage, daß es keineswegs unzumutbar ist, um zehn Uhr ins Bett zu gehen. Er stieß die Tür auf, stieg aus und wandte sich dann noch einmal um. »Aber rechne nicht damit, daß ich die Katze füttere.«

»Ich habe keine Katze«, sagte ich und grinste über sein Friedensangebot.

»Bis du wieder da bist, vielleicht doch. Paß auf dich auf, Brannigan.«

Ich winkte, als ich losfuhr, und behielt ihn im Rückspiegel im Auge. Als ich mich in die langsam vorrückende Schlange einreihte, sah ich, wie er in den Wagen stieg und wegfuhr. Eine halbe Stunde später stand ich am Heck des Schiffes und beobachtete, wie die Kaimauer sich Zentimeter um Zentimeter entfernte, als wir langsam vom Pier auf die aufgewühlte, stahlgraue Nordsee hinausfuhren.

Fast die ganze Fahrt über saß ich in meiner Kabine eingeschlossen mit einem Spionagethriller, den ich in der Türablage von Bills Auto gefunden hatte. Nur einmal ging ich hinaus, und zwar zum Abendessen, das im Fahrpreis enthalten war. Damit wartete ich bis zum allerletzten Moment, in der Hoffnung, daß Turner bereits gegessen und sich zurückgezogen hätte. Ich hatte richtig kalkuliert; im Restaurant war er nirgends zu sehen, daher konnte ich mir mein Essen schmecken lassen, ohne mir Sorgen machen zu müssen, daß er mich entdeckte. Ich war ziemlich sicher, daß er in mir nicht die Blonde mit der Gürtelschnalle erkennen würde, doch wenn diese Überwachung sich länger hinzog, bestand die Gefahr, daß er mich später noch irgendwo sah. Und ich wollte nicht, daß er mich schon mit der Überfahrt auf der Fähre in Verbindung brachte.

Auf dem Rückweg zur Kabine wechselte ich Geld; jeweils fünfzig Pfund in Gulden, belgische Francs und DM, französische Francs, Schweizer Franken und Lire. Lieber ging ich auf Nummer sicher. Die See war ziemlich ruhig, so daß ich in der Nacht anständig schlafen konnte, und als wir in Rotterdam anlegten, war ich ausgeruht genug, um nötigenfalls den ganzen Tag am Steuer zu sitzen. Von meinem Standort auf dem Autodeck aus konnte ich Turner nicht sehen, und der Schiffskörper aus Stahl wirkte sich nicht sehr günstig auf den Empfang des Suchschirms aus.

Kaum hatte ich das Schiff verlassen, kam jedoch wieder ein kräftiges, klares Signal. Ausnahmsweise wirkte sich Bills gemischteuropäische Herkunft zu meinem Vorteil aus. Er reist sehr oft zum Kontinent, um Familienangehörige zu besuchen, und bewahrt zu diesem Zweck einen gutsortierten Stapel von Straßenkarten und Stadtplänen für fast ganz Nord- und Mitteleuropa in einer Kiste im Kofferraum auf. Ich hatte die Kiste auf den Rücksitz deponiert und breitete jetzt eine Karte von Holland und Belgien auf dem Beifahrersitz aus. Ich verglich die Karte mit dem Schirm und schloß, daß Turner auf dem Weg nach Eindhoven war. Sobald ich die Autobahn erreichte, gab ich Gas und beschleunigte auf hundertsechzig Sachen, um den Abstand zwischen uns zu verringern.

Binnen einer halben Stunde hatte ich Turner wieder im Fadenkreuz. Er raste mit knapp hundertvierzig über die Autobahn, und es herrschte genug Verkehr, daß ich mich einigermaßen dicht hinter ihm halten konnte, ohne gleich an seiner Stoßstange zu kleben. Er blieb bis hinter Eindhoven auf der Autobahn. Der nächste mögliche Haltepunkt war Antwerpen. Aus meiner Sicht gab es kein besseres Ziel. Bills Mutter ist in Antwerpen aufgewachsen, und er hat dort immer noch einen ganzen Schwung Verwandte. Ein paarmal hatte ich ihn übers Wochenende begleitet und mich gleich auf den ersten Blick in die Stadt verliebt. Inzwischen fühlte ich mich ihr so vertraut wie einem Liebhaber.

Es war mein Glückstag. An der Abfahrt nach Antwerpen verließ er die E34 und fuhr geradewegs ins Stadtzentrum. Er schien den Weg zu kennen, was es um ein Vielfaches einfacher machte, ihm zu folgen, als wenn er immer wieder angehalten hätte, um einen Stadtplan zu Rate zu ziehen oder Passanten zu fragen. Ich meinesteils genoß es in vollen Zügen, mal wieder in Antwerpen zu sein. Ich weiß nicht, wie die Stadt es schafft, aber sie hat nach wie vor Charme, obwohl sie das wirtschaftliche Herz Belgiens ist. Im Normalfall assoziiert man Kultur nicht mit riesigen Hafenanlagen, einem hektischen Finanzzentrum und petrochemischer Industrie. Nicht zu vergessen Pelicaanstraat, die auf der Liste der reichsten

Straßen der Welt gleich hinter der Wall Street rangiert. Ja, wenn man recht überlegte, welch besseren Grund konnte es für einen Hehler geben, nach Antwerpen zu kommen, als Geschäfte auf der Pelicaanstraat zu tätigen, deren Diamanten die am leichtesten zu transportierende harte Währung der Welt sind?

Allmählich sah es wirklich so aus, als sei eben diese Turners Ziel. Schließlich fuhren wir die Pelicanstraat selbst hinunter, auf der einen Seite von Diamantenhändlern, auf der anderen von Bahngleisen flankiert. Doch er fuhr weiter bis zur Ecke am Zentralbahnhof und bog links in die Keyserlei ein. Gleich hinter De Keyser, dem teuersten Hotel des Stadtzentrums, zwängte er sich in eine Parklücke. Er nahm seinen Aktenkoffer und den Kleidersack und ging ins Hotel. Fluchend drehte ich eine Runde um den Block und fand ein paar hundert Meter weiter ein Parkhaus. Dann wählte ich eines von den vielen Bar-Restaurants dem Hotel gegenüber aus und setzte mich mit einem Kaffee und einer belgischen Waffel an einen Tisch am Fenster, gerade noch rechtzeitig, um zu sehen, wie ein livrierter Hotelpage Turners Wagen wegfuhr, vermutlich in die Hotelgarage.

Ich war bei meinem dritten Kaffee angelangt, als Turner wiederauftauchte. Ich ließ die Tasse stehen, warf das Geld auf den Tisch und heftete mich an seine Fersen. Er ging über die Straße zum Bahnhofsvorplatz und weiter zu den Straßenbahnhaltestellen in der Carnotstraat. Dort schloß er sich den Wartenden an. Ich tauchte in einem nahegelegenen Tabakladen ab und kaufte mir ein Fahrscheinheft, dabei betete ich, daß er noch da sein würde, wenn ich wieder herauskam.

Er war da, jedoch im Begriff, in eine Bahn einzusteigen. Ich rannte über die Straße und sprang in den zweiten der beiden Wagen, kurz bevor die Türen sich zischend schlossen. Turner saß ziemlich weit vorn, mit dem Rücken zu mir. Er stieg Nähe Melkmarkt aus, und ich folgte ihm ohne Probleme an der Kathedrale vorbei zu den verschlungenen mittelalterlichen Straßen der Altstadt. Er ging nicht schnell, sondern schlenderte eher, und es sah so aus, als hätte er nicht die leiseste Ahnung, daß er beschattet wurde. Das war mehr, als ich von mir behaupten konnte. Mein Nacken prickelte die ganze Zeit über, als spürte ich irgendwelche Blicke. Ich sah immer wieder hinter mich, konnte jedoch nichts Besorgniserregendes entdecken.

Schließlich landeten wir auf dem Vrijdag Markt. Da es für die zweimal wöchentlich stattfindende Secondhand-Auktion zu spät war, konnte ich nur vermuten, daß Turner zum Plantin-Moretus-Museum wollte. Ich war ihm durch halb Antwerpen gefolgt, nur um in ein Druckereimuseum zu gehen? Ich blieb zurück, während er eine Eintrittskarte kaufte, dann folgte ich ihm hinein. Obgleich es kein Unglück für mich war, einem meiner Lieblingsmuseen einen neuerlichen Besuch abzustatten, wußte ich nicht zu sagen, wie mich das zu dem Kopf des Kunstdiebstahls führen sollte.

Das Plantin-Moretus-Haus samt Einrichtung sieht noch genauso aus wie im sechzehnten Jahrhundert, als Christopher Plantin der angesehenste Drucker Europas war. Doch Nicholas Turner hatte anscheinend kein großes Interesse daran, die Gemälde, Gobelins, Manuskripte und antiken Möbel auf sich wirken zu lassen. Er ging zügig durch die Räume. Dann merkte ich, daß er zielstrebig auf den Garten im Innenhof des rechteckigen Hauses zusteuerte. Anstatt ihm nach draußen ins Freie zu folgen, blieb ich im ersten Stock, von wo aus ich sehen konnte, was weiter geschah.

Turner setzte sich auf eine Bank und schien einfach die frische Luft zu genießen. Nach etwa fünf Minuten stieß ein anderer Mann zu ihm. Sie sagten nichts, doch als der Unbekannte ein paar Minuten später weiterging, ließ er seine Zeitung neben Turners Aktenkoffer liegen. Weitere Minuten vergingen, dann nahm Turner die Zeitung, steckte sie in seinen Aktenkoffer und begab sich zum Ausgang. Der Mann hatte sich definitiv zu viele James-Bond-Filme angesehen.

Ich hastete zurück durch die Räume, durch die ich gekommen war, und als ich draußen auf der Straße anlangte, sah ich gerade noch, wie Turner einem Taxi winkte. Ich lief ihm nach über den Platz, ein anderes Taxi ließ sich jedoch nirgends blicken. Ich mußte bis zum Grote Markt laufen, bevor ich ein Taxi anhalten konnte.

Das Glück war mir immer noch hold. Als wir in die Keyserlei einbogen, ging Turner gerade in sein Hotel. Ich bezahlte das Taxi und suchte mir eine andere Bar als Beobachtungsposten. Ich hatte einen ganzen Eimer Miesmuscheln verspeist und drei weitere Kaffee getrunken, bevor sich wieder etwas tat. Diesmal bog er um die Ecke in die Pelicanstraat. Nach zweihundert Metern betrat er das Geschäft eines Diamantenhändlers. Es behagte mir nicht besonders, das Geschäft zu beobachten; in derlei Gegenden schöpfen die Leute begreiflicherweise schnell Verdacht, wenn man dort untätig herumlungert. Auf dem Weg war mir ein leicht schäbiges Hotel in der Straße aufgefallen, daher machte ich kehrt und betrat die Lobby. Hier konnte ich ebensogut übernachten wie anderswo, also nahm ich mir ein Zimmer. Dann setzte ich mich auf ein Sofa in der Nähe der Tür und wartete.

Ich dachte schon, Turner sei in die andere Richtung weggegangen, als er schließlich um kurz vor sechs am Fenster vorbeimarschierte. Diesmal folgte ich ihm ins Hotel, wo er zur Rezeption ging, um seinen Schlüssel zu holen. Ich griff nach einer Broschüre über Tagesausflüge nach Brügge und schaffte es, nahe genug heranzugehen, um zu hören, wie er für sieben Uhr einen Tisch für eine Person im Restaurant und einen Weckruf um sechs Uhr morgens bestellte. Es klang nicht so, als habe er etwas Aufregenderes vor, als früh ins Bett zu gehen. Ich hielt das für eine gute Idee.

Ich selbst mußte mich noch um ein, zwei Dinge kümmern, bevor ich mich aufs Ohr legen konnte, aber um halb acht war ich soweit. Ich hatte das Hoteltelefon benutzt, um mich bei Shelley zu melden, da mein Mobiltelefon nicht auf das kontinentale Netz abgestimmt war. Erstaunlicherweise war sie nicht sehr beeindruckt davon, wo ich steckte und was ich machte. Ganz zu schweigen von Richards Käfer. Noch weniger beeindruckt war sie, als ich ihr gestand, daß ihr Auto fast drei Kilometer von ihrem Haus entfernt sicher verschlossen in Bills Garage stand, zumal die Schlüssel zur Garage irgendwo am Grund meiner Reisetasche schlummerten.

Dank der Errungenschaft des modernen Autoverleihs war ich besser dran als sie. In der Tiefgarage um die Ecke stand ein Mercedes nur für mich. Der Saab war sicher hinter einem hohen Zaun vor der Hertz-Niederlassung untergebracht, und zum Abendessen hatte ich ein riesiges Steak und einen Berg knuspriger Pommes frites mit dicker Mayonnaise verspeist. Seit Jahren hatte ich nicht mehr so gut gegessen, wenn ich beruflich unterwegs war.

Um neun sah ich mir in meinem Hotelzimmer CNN an, neben mir auf dem Nachtschrank stand ein eisgekühltes, beschlagenes Glas mit Grapefruitsaft. Ich wollte gerade aufstehen und mir ein Bad einlassen, als ich ein unverkennbares Geräusch hörte – jemand steckte einen Schlüssel in das Schloß meiner Tür.

16. Kapitel

In Sekundenschnelle war ich vom Bett hinunter und durch die offene Tür im Bad. Auf dem Weg schlug ich auf die Lichtschalter, um das Zimmer in Dunkelheit zu tauchen. Die Person draußen vor der Tür würde notgedrungen an mir vorbeikommen, und das flakkernde Licht des Fernsehers war ihre einzige Orientierung. Die Geräusche verstummten, die Tür ging auf und ein bogenförmiger Lichtschein ergoß sich vom Korridor auf den Teppich. Ein Schatten fiel auf das Licht, dann wurde der Bogen schmaler und verschwand, als die Tür sich schloß. Ich hielt mich bereit, mit einem Satz ins Zimmer zu springen und zuzutreten.

Eine Hand tastete sich an der Wand gegenüber entlang, dann erschien eine Schulter. Ich sprang, drehte mich auf einem Fuß und legte meine ganze Kraft in einen geraden Tritt in Bauchhöhe, dabei brüllte ich aus Leibeskräften, um den Überraschungseffekt zu steigern. Mein Fuß landete einen Volltreffer, die Person fiel laut krachend gegen die Tür und brach ächzend auf dem Fußboden zusammen. Ich trat zurück, tänzelte auf den Fußballen und schaltete das Licht ein.

Richard krümmte sich auf dem Teppich zusammen, die Arme schützend vor dem Bauch verschränkt. Ausnahmsweise fehlten mir die Worte. Ich lockerte meine Haltung und starrte ihn nur an.

»Verdammter Mist«, keuchte er. »War das die traditionelle belgische Begrüßung?«

»Das ist die traditionelle Begrüßung einer Privatdetektivin für ungebetene Gäste«, zischte ich. »Was zum Teufel machst du hier?«

Richard rappelte sich mühsam auf und hielt sich nach wie vor den Bauch. »Das Vergnügen ist ganz meinerseits, Brannigan.« Er schob sich an mir vorbei, wankte zum Bett und legte sich mit angezogenen Beinen hin. »Scheiße, ich glaube, mein Magen ist irgendwo in der Gegend meiner linken Schulter gelandet.«

»Hast du nicht anders verdient«, sagte ich mitleidlos. »Ich hab mir vor Angst ins Hemd gemacht.«

»Ach, warst du deshalb im Bad?« fragte er scheinheilig.

»Was hast du gegen das Telefon einzuwenden? Überfordert es dich schon, mit einem ausländischen Fernsprechsystem umzugehen? Wie bist du im übrigen hierhergekommen? Wie hast du mich gefunden? Hat Shelley dir gesagt, wo ich bin?«

Richard hörte auf, sich den Bauch zu massieren, und setzte sich vorsichtig auf. »Ich dachte, ich überrasche dich. Also wirklich, und du nennst dich Detektivin! Ich beschatte dich, seit du von der Fähre runtergefahren bist, und du hast nichts gemerkt«, sagte er stolz.

Ich ging zu dem einzigen vorhandenen Stuhl hinüber und setzte mich schwerfällig hin. »Du hast mich beschattet?«

»Ein Kinderspiel«, sagte er.

Jetzt machte ich mir ernsthafte Sorgen. Wenn es mich derart in Anspruch nahm, Nicholas Turner zu beobachten, daß ich einen so auffälligen Wagen wie ein in Großbritannien zugelassenes Sportcoupé nicht bemerkte, dann sollte ich den Detektivinnenjob schnellstens an den Nagel hängen und Sozialarbeiterin werden, ein Beruf, in dem Beobachtungsgabe nur hinderlich ist. »Das glaube ich dir nicht«, konterte ich. »Shelley hat dir gesagt, wo ich bin, und du hast den nächsten Flieger genommen.«

Er lächelte. Ausnahmsweise animierte mich das dazu, ihm eine zu knallen, anstatt ihn zu küssen. »Sorry, Brannigan. Ich hab's ganz ohne fremde Hilfe geschafft.«

»Unmöglich. Das Coupé wäre mir auf der Fähre garantiert aufgefallen«, sagte ich bestimmt. Der Saab war eines der letzten Autos gewesen, die sich einschifften. Er konnte das Coupé einfach nicht ohne mein Wissen auf die Fähre geschafft haben.

»Das habe ich mir auch gedacht«, sagte er selbstzufrieden. »Deshalb habe ich es ja in Hull stehenlassen. Ich bin als Fußgänger gereist, und das heißt, ich bin vor dir von Bord der Fähre gegangen. Am Fährhafen habe ich mir einen Mercedes gemietet, und als du kamst, hab ich mich an deine Rücklichter gehängt. Dann bin ich dir hierher gefolgt. Als du in die Straßenbahn eingestiegen bist, dachte ich schon, ich hätte dich verloren, aber ich konnte mir ein Taxi besorgen, und es ist der Bahn nachgefahren. Genau wie im Film, wirklich. Während du in dem Museum warst, hab ich draußen gewartet, und als du dir das Zimmer genommen hast, stand ich im Eingang zum Bahnhof.«

Ich schüttelte völlig perplex den Kopf. »Und wie bist du an den Zimmerschlüssel gekommen?«

Sein Grinsen machte mich allmählich rasend. »Ich habe ein paar Worte mit dem Portier gewechselt. Ich sagte ihm, meine Freundin sei geschäftlich hier, und ich wolle sie überraschen. Das hat mich zweitausend Francs gekostet. Soviel habe ich übrigens noch nie für einen guten Tritt bezahlt.«

Vierzig Pfund. Ich war beeindruckt. »Und jetzt bist du wohl pleite?« fragte ich streng.

Er machte ein verlegenes Gesicht. »An sich nicht. Ich hab vergessen, mit den neuneinhalb Riesen zur Bausparkasse zu gehen, deshalb hab ich sie mitgebracht.«

Ich wußte nicht, ob ich wütend oder beeindruckt sein sollte. Das Geld konnte ich gut gebrauchen bei dem Tempo, in dem ich es ausgab, aber ich wollte nicht, daß Richard sich mir anschloß. Ich hatte genug damit am Hals, Turners Schritte zu verfolgen, ohne mich unablässig damit befassen zu müssen, was Richard im Schilde führte. »Danke«, sagte ich. »Ich hatte mich schon gefragt, was ich machen soll, wenn mir das Geld ausgeht. Du kannst es hierlassen, wenn du morgen nach Hause fährst.«

Er sah zutiefst geknickt aus. »Ich dachte, du freust dich, mich zu sehen«, sagte er.

Ich stand auf und setzte mich neben ihn aufs Bett. »Natürlich freue ich mich. Ich möchte mir bloß keine Sorgen um dich machen müssen, während ich meine Arbeit zu tun versuche.«

»Warum solltest du dir Sorgen machen?« wollte er wissen. »Ich bin kein Kleinkind, Kate. Schau mal, das sind schwere Jungs, hinter denen du da her bist, das sieht doch ein Blinder. Du könntest zwei zusätzliche scharfe Augen gebrauchen. Ganz zu schweigen von einem zweiten fahrbaren Untersatz. Wenn er eine ausgedehnte Tour macht, kannst du nicht die ganze Zeit ein und denselben Wagen benutzen, und wenn du mittendrin bei einem Autoverleih den Wagen tauschst, könntest du ihn verlieren. Wenn ich bleibe, könnten wir uns zwei Mobiltelefone mieten, und dann kann immer einer von uns an ihm dranbleiben, während der andere zum Beispiel tanken oder pinkeln gehen muß.«

Am meisten ärgerte mich, daß er recht hatte. Genau darüber hatte ich mir auch schon den Kopf zerbrochen. »Ich weiß nicht«, sagte ich. Eigentlich wollte ich sagen: Das hier ist mein Revier, meine Spezialität, du bist nichts weiter als ein blutiger Amateur. Aber wenn ich ihm das erst ins Gesicht geschleudert hatte, konnte ich nicht mehr zurück. Was mich am meisten beunruhigte, war die Tatsache, daß Richard nach dem Debakel anläßlich seiner letzten Hilfsaktion das Gefühl hatte, er müsse mir etwas beweisen. Und nichts ist gefährlicher bei einem Auftrag, zu dem man Geduld braucht, als ein Helfer, der etwas beweisen will.

Um Viertel nach sechs am nächsten Morgen saß ich im Dunkeln in meinem Miet-Mercedes in der Pelicanstraat. Richard stand in der Keyserlei, ein paar hundert Meter vom Hotel entfernt. In welche Richtung Turner auch fuhr, einer von uns beiden würde seine Spur aufnehmen. Ich überprüfte noch einmal die Ausrüstung auf dem Beifahrersitz. Richard war am vergangenen Abend nicht hundertprozentig ehrlich mir gegenüber gewesen. Kaum hatte ich widerstrebend erlaubt, daß er mich begleitete, gestand er, bereits zwei Mobiltelefone gemietet zu haben. So überzeugt war er davon gewesen, daß ich, wie er es nannte, ein Einsehen haben würde.

Wir hatten uns bereits auf einen Modus operandi geeinigt. Ich würde die Suchausrüstung benutzen, um Turner im Auge zu behalten. Richard würde dicht hinter mir bleiben. Wenn ich anhalten wollte, um den Wagen zu tauschen, zu tanken oder aufs Klo zu gehen, würde ich ihn anrufen, und er würde mich überholen. Wenn er Turner im Visier hatte, würde er mich anrufen, und ich würde tun, was immer ich für richtig hielt. Sobald ich wieder aufgeholt hatte, sollte Richard hinter mir zurückbleiben. Soweit die Theorie. Ich ging jede Wette ein, daß es ungefähr so gut funktionieren würde wie ein aufziehbares Spielzeug mit zerbrochener Feder.

Ich trank von dem Kaffeebecher, den ich mir an dem Automaten im Bahnhof gezogen hatte, und beobachtete den Schirm. Die Gürtelschnalle rührte sich noch nicht. Ich aß eine der Waffeln, die ich mir am Abend zuvor gekauft hatte. Ich spürte, wie mein Blutzuckerspiegel mit jedem Bissen weiter in die Höhe ging. Durch die Kombination aus Zucker und Koffein fühlte ich mich beinahe wieder wie ein Mensch, als um fünf vor sieben das Telefon läutete. »Ja?« sagte ich.

»Z-Victor eins an BD«, sagte Richard. »Zielobjekt setzt sich in Bewegung. Bin gerade vor ihm losgefahren, Richtung Ampelanlage. Er hält sich auf der linken Spur. Roger and out.«

Wenn er den ganzen Tag so weitermachte, würde ich ihm zur Abendessenszeit die Kehle umdrehen, entschied ich. Ich gab Gas und bog schwungvoll um die Ecke. Gerade noch rechtzeitig, um die beiden Autos an der Ampel links abbiegen zu sehen. Es war ausgeschlossen, daß ich sie jetzt noch einholte, daher begnügte ich mich damit, den Schirm im Auge zu behalten. Etwa eineinhalb Kilometer vor der Autobahn holte ich sie dann endlich ein. Es sah aus, als führen wir in Richtung Südosten, nach Deutschland.

Sobald wir auf der Autobahn waren, rief ich Richard an und sagte ihm, er solle hinter mir zurückbleiben. Ich hielt mich zwei Kilometer hinter Turner, weit genug bei einer Geschwindigkeit von hundertvierzig Kilometern pro Stunde, und fünf Minuten später erschien Richard vor mir, dann fuhr er noch langsamer, um sich mit fröhlichem Winken in meinen Windschatten abzusetzen. Um neun waren wir an Maastricht und Aachen vorbeigebraust, die Wanze hatte uns sicher durch das Labyrinth der Autobahnen rings um Köln geleitet, und als wir auf die Westseite des Rheins fuhren, näherte sich linker Hand rasch Bonn. Das öde Flachland Belgiens war nur noch eine Erinnerung; jetzt trug die Autobahn uns unaufhaltsam durch Hügel und Waldland. Die Autobahnen in Resteuropa sind landschaftlich viel reizvoller gelegen als unsere. Vielleicht erzeugt ja nur der undefinierbar fremdartige Charakter der Landschaft diesen Eindruck, aber ich vermute eher, es hat damit zu tun, daß besonders die Deutschen die grüne Politik schon einige Jahre länger ernst nehmen als wir.

Um kurz vor elf überquerten wir den Rhein nördlich von Karlsruhe, und nichts deutete darauf hin, daß die Reise sich ihrem Ende näherte. Ich rief Richard an und sagte ihm, er solle mich überholen und sich wieder an Turners Stoßstange hängen. Gleich südlich der Stadt gabelte sich die Autobahn, die A5 verlief weiter nach Süden und die A8 zweigte nach Osten ab. Anders als bei Köln konnte man hier nicht schnell kehrtmachen, wenn man die falsche Richtung eingeschlagen hatte. Einige Minuten später rief er zurück, um mir zu sagen, ich solle auf der A5 bleiben. Wir fuhren weiter durch das Flußtal, aus den bewaldeten Hügeln zur Linken wurden allmählich Berge, und hin und wieder blitzte flüchtig ein Felsgipfel auf.

Wenige Kilometer vor der Schweizer Grenze bewegte sich der Leuchtpunkt auf dem Schirm auf mich zu. Es sah aus, als hätte Turner angehalten. Nach meinem Benzinstand zu urteilen, tankte er vermutlich auf. Ich rief Richard an und sagte ihm, er solle an der nächsten Raststätte abfahren, während ich weiter über die Grenze fuhr. Nachdem ich am Schweizer Zoll meinen Paß geschwenkt hatte, hielt ich bei der ersten sich bietenden Gelegenheit an und füllte Benzin in meinen Tank, bis kein einziger Tropfen mehr hineinging. Ich kaufte mir zwei Sandwiches, köstliche echt Schweizer Schokoladenriegel und mehrere Dosen Mineralwasser, dann hetzte ich zum Auto zurück. Die Gürtelschnalle war noch hinter mir, kam jedoch rasch näher. Ich rief Richard an.

»Wir haben beide vollgetankt«, berichtete er. »Ich hab gewartet, bis er den Shop verlassen hat, bevor ich reinging, um zu bezahlen, dann bin ich hinter ihm über die Grenze gefahren. Wo steckst du?«

»An der Raststätte, die du gleich passieren wirst«, sagte ich. »Du kannst Turner jetzt einen Vorsprung lassen. Wenn du in die Raststätte einfährst, kannst du wieder hinter mir bleiben.« Ich konnte nicht fassen, wie gut alles lief. Die ganze Zeit wartete ich auf den Haken.

Wir fuhren weiter an Basel vorbei Richtung Zürich. Inzwischen waren wir mitten in den Alpen, an allen Seiten ragten Berge über uns auf. Hätte ich mich nicht derart darauf konzentrieren müssen, Turner und der Gürtelschnalle auf den Fersen zu bleiben, dann hätte ich die Fahrt genossen. Statt dessen war ich so gestreßt, als hätte ich die fünfeinhalb Stunden, die wir bis hierher gebraucht hatten, im städtischen Stoßverkehr festgesteckt.

Wir umgingen die Außenbezirke der Stadt und fuhren am Zürichsee entlang. Etwa auf halber Höhe des Sees schwenkte der Leuchtpunkt auf dem Schirm plötzlich nach rechts ab. »Scheiße«, murmelte ich. Ich gab Gas und sah im Rückspiegel nach, ob Richard noch da war. Die Autobahnausfahrt war nur wenige hundert Meter entfernt, und ich fuhr auf eine Straße ab, die in die Berge führte. Ich griff nach dem Telefon, drückte auf die Wahlwiederholungstaste, die mich mit Richard verband, und sagte: »Warte hier. Dreh um und bleib in Richtung Autobahn stehen, damit du ihn erwischst, falls er zurückkommen sollte.«

»Roger, wird gemacht«, sagte Richard. »Ruf mich an, wenn du Verstärkung brauchst.«

Ich fuhr weiter, verglich den Standort des Leuchtpunkts auf dem Schirm mit der Straßenkarte. Im stillen verwünschte ich mich, weil ich keine genauere Karte der Schweiz hatte, und lenkte den Wagen halsbrecherisch um die Kurven der Straße, die sich rasch als Gebirgspaß entpuppte. Nach einigen Kilometern mußte ich feststellen, daß es die falsche Entscheidung gewesen war, auf der Hauptstraße zu bleiben, da die Gürtelschnalle sich in schrägem Winkel von mir entfernte. Ich stieß einen Schwall von Beschimpfungen aus, der meine Mutter dazu veranlaßt hätte, mich zu verstoßen, verursachte um ein Haar eine Karambolage, als ich mitten auf der Straße wendete – wobei ich das Reifenprofil von etwa zweitausend Kilometern verbrauchte –, und bretterte in Gegenrichtung zu einer schmalen, gewundenen Seitenstraße, in die ich einbog. Etwa einen Kilometer von der Gabelung entfernt war der Schirm plötzlich tot.

Ich geriet in Panik. Mein erster Gedanke war, daß Turner sich mit jemandem getroffen oder ihn abgeholt hatte, der nach einem Blick auf die Gürtelschnalle die Wanze entdeckt und unbrauchbar gemacht hatte. Dann stellte sich mein logisches Denkvermögen wieder ein, und ich sagte mir, daß dies in solch kurzer Zeit unmöglich war. Als ich erneut um eine Kurve fuhr – auf der einen Seite erhob sich eine steile Felswand, auf der anderen fiel das Gelände schwindelerregend ab – schaltete ich endlich. Die Berge waren so hoch und standen so dicht, daß das Funksignal blockiert war.

Ich raste so schnell um die Kurven, wie ich eben konnte, mit quietschenden Reifen, und trotz Servolenkung spürte ich allmählich die Kraftanstrengung in den Handgelenken. Ich konzentrierte mich darauf zu vermeiden, daß ich meine Tage in einem Schrotthaufen eingekeilt am Grunde des Tals beschloß, so daß ich Turner um ein Haar übersah. So plötzlich, wie am Ende eines Tunnels das Tageslicht erscheint, mündete die Straße auf eine breite Hochebene etwa auf halber Höhe des Berges. Mitten auf einer Alpenwiese, komplett mit Kühen, deren Glocken bimmelten wie ein Baßklangspiel, stand ein Gasthaus, hübsch wie eine Ansichtspostkarte und schweizerisch wie ein Internatsroman. Am Rand des überfüllten Parkplatzes stand Turners blaßgrüner Mercedes. Und der Schirm leuchtete wieder auf.

Ich seufzte erleichtert auf, fuhr zum anderen Ende des Parkplatzes und versuchte Richard anzurufen, um ihn wissen zu lassen, daß alles in Ordnung war. Es klappte nicht. Vermutlich waren die Berge wieder im Weg. Ich stieg aus, holte ein schwarzes Barett und eine Omabrille mit Fensterglas aus meiner Tasche mit den Verkleidungsrequisiten für Überwachungen und ging ins Gasthaus. Von innen sah es aus wie das traditionelle Schweizer Chalet, überall Holz, die Wände waren mit riesigen Postern alpiner Landschaften gespickt, und in einem Steinkamin in der Mitte prasselte ein Feuer. Der Raum war mit Tischen vollgestellt, von denen die meisten bereits besetzt waren. Ein kurzer Blick in die Runde offenbarte, daß Turner allein an einem Tisch für zwei Personen saß und die Speisekarte studierte. Eine Kellnerin in traditioneller Tracht kam geschäftig zu mir geeilt und sagte etwas auf deutsch. Ich zuckte die Achseln und probierte es mit meinem Schulfranzösisch, ich sagte, ich wolle etwas essen, einen Tisch für eine Person, und ob sie ein Telefon hätten?

Lächelnd führte sie mich zu einem Tisch in der Nähe des Feuers, dann zeigte sie mir das Telefon. Ich besorgte mir Kleingeld an der Kasse und rief Richard an. Aus unerfindlichem Grund war er alles andere als begeistert davon, daß ich mir irgendeine Tiroler Spezialität genehmigen wollte, während er am Straßenrand festsaß, mit Aussicht auf die Autobahn und ein Feld mit den allgegenwärtigen Kühen. »Hol dir ein paar Sandwiches oder so«, wies ich ihn an. »Ich sage dir Bescheid, wenn wir wieder losfahren.«

Ich ging zu meinem Tisch zurück. Aus den Augenwinkeln sah ich, wie Turner sich über eine dampfende Suppenterrine hermachte, neben sich einen Maßkrug. Daraus schloß ich, daß ich ebenfalls Zeit haben würde, etwas zu essen. Ich bestellte Tiroler Gröstl, ein Gemisch aus Kartoffeln, Zwiebeln und Schinken mit einem Spiegelei darüber, den Artikel auf der Speisekarte, der Fastfood wohl am nächsten kam. Ich hatte recht. In knapp fünf Minuten stand mein Essen vor mir. Ich hatte halb aufgegessen, bevor Turners Hauptgang kam. Nach dem Berg von Pommes frites auf seinem Teller zu urteilen, dem einzigen, was ich identifizieren konnte, aß er für zwei. Offen gesagt verstand ich, warum er den Umweg gemacht hatte. Das Essen war ausgezeichnet, zumindest das Gericht, auf das meine Wahl gefallen war. Definitiv ein Muß, wenn wir das nächste Mal an Zürich vorbeikamen.

Als ich aufgegessen hatte und gemächlich eine Tasse Kaffee trank, hatte Turner obendrein ein riesiges Stück Zitronenbaisertorte vertilgt. Hätte ich mittags schon soviel in mich hineingestopft, wäre ich nach fünfzehn Kilometern Fahrt selig am Lenkrad entschlummert. Hoffentlich hatte er einen lebhafteren Stoffwechsel.

Als er nach der Rechnung verlangte, brachte ich meine zur Kassiererin, rief Richard an, um ihn vorzuwarnen, daß wir kamen, und ging nach draußen zum Auto. Minuten später fuhr Turner zur Autobahn zurück, ich immer ein paar Kurven hinter ihm.

Auf der Autobahn erlitt ich einen zweiten Panikanfall. Wo ich mit Richard in seinem Mercedes gerechnet hatte, stand ein schwarzer BMW. Im Vorbeifahren warf ich einen Blick hinein und sah das vertraute Lächeln und seinen hochgestreckten Daumen. Kurz darauf, als er sich hinter mir einfädelte, läutete das Telefon. »Sierra 49 an Sierra Oscar«, sagte er. »Überraschung, Überraschung. Ich bin kurz nach Zürich reingefahren und habe das Auto getauscht. Dachte, es wird langsam Zeit für einen Wechsel.«

»Gut gemacht«, lobte ich. Vielleicht war er doch nicht die reine Belastung, für die ich ihn gehalten hatte. Und ich hatte gedacht, er sei ungefähr so unaufdringlich wie Jean Paul Gaultier! Nicht unbedingt der passendste Zeitpunkt, um das Potential des Mannes in meinem Leben neu einzuschätzen; ich speicherte diesen Gedankengang zu späterer Prüfung ab.

Ich vermutete, daß wir in Richtung Liechtenstein fuhren, dem Paradies der Steuerhinterzieher, Schwindler und Briefmarkensammler. Falsch geraten. Wir fuhren weiter nach Süden, tief in die Alpen hinein. Richard war wieder vor mir und behielt Turner im Auge. Die Wanze setzte immer wieder aus, wegen der Berge, und ich war wild entschlossen, ihn nicht zu verlieren, nachdem wir es bisher geschafft hatten. Da Richard jetzt ja einen neuen Wagen hatte, konnte er ziemlich dicht hinter ihm bleiben. Ich war's zufrieden.

Nach einigen Kilometern Fahrt geriet meine Entschlossenheit ins Wanken. Es gab kein Entkommen. Wir fuhren auf den San-Bernadino-Tunnel zu. Zehn Kilometer durch diese dunkle Röhre, Millionen Tonnen Felsgestein dicht über meinem Kopf, die darauf warteten, mich plattdrücken zu können wie eine Briefmarke. Allein die Vorstellung entrang meinen Lippen ein Stöhnen. Ich habe Todesangst vor Tunneln. Das wissen nicht viele Leute. Es verträgt sich schlecht mit dem Image der furchtlos-frechen Privatschnüfflerin. Es ist jedenfalls kein Geheimnis, daß ich oft einen Umweg von fünfzig Kilometern in Kauf nehme, nur um die Fahrt durch die Tunnel unter dem Mersey zu vermeiden.

Mit jeder Minute kam dieses gähnende Loch im Hang näher, und mein Herz klopfte schneller. Verzweifelt warf ich die Handvoll Kassetten durcheinander, die ich hastig an mich gerafft hatte, als ich Bills Wagen abgeholt hatte. Nichts Nervenstärkendes dabei. Keine Enya, keine Mary Coughlan, nicht mal Everything But The Girl. Reichlich Pet Shop Boys, Eurythmics und REM. Ich entschied mich für Crowded House, laut aufgedreht, um das gespenstische Brausen des Tunnelverkehrs in Schach zu halten, und versuchte, mich auf die Melodie zu konzentrieren.

Zwei Minuten im Tunnel, und mein Rücken war feucht. Drei Minuten, und mir standen Schweißperlen auf der Oberlippe. Vier Minuten, und meine Stirn war klatschnaß. Sechs Minuten, und meine Hände umkrampften das Lenkrad. Es sah aus, als ob die Wände immer näher rückten. Ich sagte mir, daß es schiere Einbildung war, und zudem versprach Crowded House, meine Qualen zu lindern. Eine dicke Lüge. Zehn Minuten, und ich spürte, wie ein Schrei in meiner Kehle aufbrodelte. Ich war den Tränen nahe, als vorn ein Lichtkringel auftauchte.

Sobald ich die Dunkelheit durchbrochen hatte und wieder ins Tageslicht vorgestoßen war, fing mein Telefon an zu läuten. »Ja?« keuchte ich.

»Alles in Ordnung?« fragte Richard. Er weiß Bescheid über mich und Tunnel.

»Ich lebe noch.« Ich schluckte mühsam. »Danke für die Nachfrage.«

»Du bist eine Heldin, Brannigan«, sagte er.

»Laß den Quatsch«, sagte ich schroff. »Bist du noch an Turner dran?«

»So eng wie Jaggers Jeans an seinem Hintern. Er hat Gas gegeben. Sieht so aus, als führen wir nach *la bella Italia*.«

Wenigstens ein Land, dessen Sprache ich beherrsche, dachte ich erleichtert. Auf der Fahrt durch Deutschland und die Schweiz hatte ich mir die ganze Zeit Sorgen gemacht, daß Turner sich letzten Endes irgendwo mit irgendwem traf, um eine Unterhaltung zu führen, von der ich kein Wort verstand. Aber mein Italienisch war fließend, ein Überbleibsel des Sommers vor Beginn meines Studiums, als ich in der Küche der erlesensten Trattoria Oxfords gejobbt hatte. Dort gab es zwei Alternativen: Entweder man lernte die Sprache, oder man legte ein Schweigegelübde ab. Um zu verhindern, daß mein

Italienisch einrostete, machte ich, wann immer es ging, in Italien Ferien.

In bester Stimmung fuhr ich den Berg hinunter, froh, wieder im Freien zu sein, erleichtert, weil wir das Gebirge allmählich hinter uns ließen. Um kurz nach fünf waren wir an Mailand vorbeigekrochen – Richard war wieder hinter mir –, und gegen sieben hielten wir auf Genua zu. Langsam aber sicher entwickelte sich das hier zu einem Höllentrip. Meine Schultern taten weh, mein Hintern war taub, meine Hüfte steif, obwohl ich regelmäßig hin und her ruckelte. Sollte man Privatdetektive jemals dazu verdonnern, mit Fahrtenschreibern zu arbeiten, werde ich meinen Klienten ebenso nützlich sein wie eine Fritteuse aus Pappmaché. Mir graute bei dem Gedanken, was diese Überstunden aus Henrys Rechnung machen würden. Seine Gratisstunden waren schon seit einer ganzen Weile aufgebraucht.

Bei Genua wandten wir uns wieder gen Osten, auf der A12, noch eine jener Autostradas, die man in den Berghang geschnitten hatte. Ich sagte mir, daß die Durchfahrt durch die kleinen Tunnel auch nicht schlimmer war als das Passieren einer großen Brücke, aber viel half das nicht, besonders da der Empfänger immer wieder aussetzte und mir jedesmal prompt eine Panikattacke bescherte.

Eine Dreiviertelstunde hinter Genua zeigte der Schirm an, daß Turner seitlich ausscherte. Zuerst fuhr er nach rechts, dann nach links. Ich konzentrierte mich so angestrengt auf den Schirm, daß ich beinahe die Abfahrt verpaßte, aber es gelang mir dann doch, gefolgt von Richard, die Autobahn zu verlassen. Wir befanden uns am Rand einer Stadt namens Sestri Levante; meinem Schirm zufolge entfernte Turner sich von ihr. Ich hoffte inständig, daß ich richtig fuhr, als ich links abbog und mich in einem Flußtal wiederfand; die Straße war von Läden und Wohnhäusern gesäumt. Sestri Levante ging in Casarza Ligure über, dann kam wieder offenes Land, zu beiden Seiten des Tals erhoben sich bewaldete Hügel. Als die Richtung auf dem Schirm sich änderte, gelangten wir gerade zu einem kleinen Dorf namens Bargonasco. Ein paar Kilometer weiter kam linker Hand eine Abzweigung. Es war eine schmale, asphaltierte Straße, mit einem Schild versehen, auf dem »Villa San Pietro« stand. Der Leuchtpunkt auf dem Schirm blieb stehen. Einen Kilometer entfernt, direkt in der Einfahrt zur Villa San Pietro.

Ende der Reise.

17. Kapitel

»Und was nun, Sam Spade?« fragte Richard, als wir beide Stretching machten und vergeblich versuchten, unsere Körper wieder in einen annähernd normalen Zustand zu bringen.

»Du fährst ins Dorf und suchst uns eine Bleibe, dann bleibst du wieder auf Posten in deinem Wagen, für den Fall, daß Turner ins Tal zurückfährt«, sagte ich zu ihm.

»Und was machst du, während ich den Zimmerbeschaffer spiele?« fragte Richard.

»Ich werfe einen Blick auf die Villa San Pietro«, sagte ich.

Er sah mich an, als wäre ich wahnsinnig geworden. »Du kannst da nicht einfach vorfahren wie der Milchmann«, sagte er.

»Stimmt genau. Ich werde zu Fuß hingehen, wie eine gewöhnliche Touristin. Und du nimmst den Empfänger mit, falls die Gürtelschnalle auf Reisen geht. Ohne Turner.«

»Da gehst du nicht allein hin«, sagte Richard bestimmt.

»Natürlich tue ich das«, erklärte ich noch bestimmter. »Du wartest hier mit dem Wagen, deinem Telefon und dem Empfänger. Überleg doch mal. Wenn wir beide weggehen und Turner kommt mit der Gürtelschnalle zurück, und wir sind zum Beispiel zehn Minuten von den Autos entfernt, dann kann er außerhalb der Reichweite des Senders sein, noch bevor wir wieder motorisiert sind. Ich bin nicht durch ganz Europa getingelt, um den Typ jetzt zu verlieren, nur weil du den Macho spielen willst.«

Richard schüttelte verärgert den Kopf. »Ich kann es nicht leiden, wenn du dir eine logische Erklärung für etwas erfindest, das du ohnehin wider alle Vernunft zu tun gedenkst«, murmelte er und klemmte sich wieder hinter das Steuer des BMW. »Bis später dann.«

Ich winkte ihm, dann fuhr ich ein paar hundert Meter weiter, stieg aus, staubte mit dem einen Fuß jeweils den anderen ein und setzte eine Sonnenbrille auf, obgleich es schon dämmerte. Dann hängte ich mir die Kamera um den Hals und marschierte die Einfahrt entlang.

Zu einer Seite des gewundenen Fahrwegs befand sich ein metertiefer Graben, der aussah wie aus dem wilden Gestrüpp und den verkümmerten Bäumen am Hang geschlagen. Nach zehn Minuten bergauf stand ich am Rand einer Lichtung. Ich zog mich in den Schutz einiger knorriger Olivenbäume zurück und sah mich um. Etwa hundert Meter weit vor mir erstreckte sich freies Gelände bis zu einer Mauer. Die rötlichbraune Mauer war ungefähr zwei Meter hoch und von einem schmiedeeisernen Tor aus in beiden Richtungen etwa dreißig Meter lang. Über der Mauer konnte ich ein großflächiges Dach mit traditionellen Terrakottapfannen erkennen. Und durch das Tor sah ich einen Teil der Villa selbst, ein zweistöckiges weißes Gebäude aus Stuck mit Läden vor den Fenstern des oberen Stockwerks. Es roch richtig nach dickem Geld.

Es reizte mich stark, mich innen umzusehen, nur leider war eine Videokamera am Tor befestigt, die mit Schwenkbewegungen von hundertachtzig Grad Straße und Lichtung absuchte. Nicht bloß richtig Geld, auch noch eine richtige Paranoia.

Im Schutz der Bäume und Sträucher ging ich um die Villa herum. Bis ich wieder auf die Einfahrt gelangte, hatte ich mir mehr Kratzer zugezogen als Richards Plattensammlung, und ich hatte die Gewißheit, daß Nicholas Turner mit ganz schweren Jungs unter einer Decke steckte. An jeder Ecke der Einfassung waren Videokameras montiert, die man auf regelmäßige Schwenks in verschiedenen Intervallen programmiert hatte. Mit viel Zeit und einem Computer hätte ich vermutlich austüfteln können, wo und wann es einen blinden Fleck gab. Aber jemand, der es mit seinen Sicherheitsvorkehrungen derart genau nimmt, läßt bestimmt nicht seine Hintertür offenstehen. Zu diesem Einbruch hatte ich nicht das Format.

Richard saß auf der Motorhaube seines Wagens vor einem Gebäude mit dem Charme eines Wohnturms aus den Sechzigern. Eine grüne Neoninschrift an der Front des dreistöckigen Rechtecks verriet seinen Namen: Casa Nico. Rotes Neon darunter klärte uns darüber auf, daß dies eine Bar-Restaurant-Pension war. Die einzigen anderen Fahrzeuge auf dem Parkplatz waren zwei verbeulte Kleinlieferwagen und eine Handvoll ältlicher Motorroller. Soviel zum Kapitel italienische Eleganz.

»Hier?« fragte ich ganz verzagt.

»Hier«, bestätigte Richard düster. »Freu dich schon mal auf das Zimmer.«

Ich nahm meine Reisetasche, die Tasche mit der Videokamera

und meine Fotoausrüstung und folgte Richard hinein. Um zu den Zimmern zu gelangen, mußten wir durch die Bar gehen. Trotz der deckenhohen Fenster an einer Wand brachte der Raum das Kunststück zuwege, dunkel und bedrückend zu wirken. Als wir durch den Perlenvorhang traten, der die Bar vom Vorplatz trennte, brach das Gemurmel männlicher Stimmen drinnen ab. Nur die schmalzige italienische Berieselungsmusik aus dem Musikautomaten war zu hören, als wir den Raum durchquerten. Ich lächelte wie eine Irre in die Runde der etwa zehn bis fünfzehn männlichen Gäste, die sich an zwei Tischen breitgemacht hatten. Der Empfang fiel etwa so freundlich aus wie der eines Trotzkisten auf einer Tory-Veranstaltung. Nicht einmal der menschliche Bär, der sich hinter der Bar an der Gaggia-Kaffeemaschine zu schaffen machte, nahm unsere Anwesenheit zur Kenntnis. Kaum waren wir durch eine Tür im hinteren Teil des Raums hinausgegangen, setzte das Gespräch wieder ein. Soviel zur berühmten Gastfreundschaft der Italiener. Irgendwie gelang es mir nicht, mir vorzustellen, daß ich den Herrn Wirt in ein freundschaftliches Schwätzchen über die Villa San Pietro verwikkeln konnte.

Das Zimmer im dritten Stock war groß, und es bot einen atemberaubenden Blick auf das bewaldete Flußtal. Das war aber auch alles, was man zu seiner Verteidigung sagen konnte. Es war in einem Gelbton gestrichen, den ich seit meiner letzten Lebensmittelvergiftung nicht mehr gesehen hatte, und mit ausladenden, schweren Holzmöbeln eingerichtet, die nur hier an Ort und Stelle gezimmert worden sein konnten, es sei denn, man hatte sie hergeschafft, bevor die Hauswände hochgezogen wurden. Über dem Doppelbett hing ein Kruzifix, und vom Bett blickte man auf einen wuchtigen sentimentalen Druck, auf dem Jesus mit der Hingabe eines Schlachters das Heilige Herz herzeigte.

»Törnt ziemlich ab, hm?« sagte Richard.

»Jeffrey Dahmer würde es vermutlich gefallen.« Ich setzte mich aufs Bett und probierte die Matratze aus. Ein weiterer Fehler. Ich dachte schon, ich würde in ihren Untiefen verlorengehen. »Und wieviel kostet uns dieser Spaß?« fragte ich.

»Etwa das gleiche wie eine Nacht im Gritti Palace. Allerdings ist das Abendessen inbegriffen. Was nicht heißt, daß es genießbar sein muß«, fügte er pessimistisch hinzu.

Nachdem wir schnell geduscht hatten, stellte ich den Empfänger auf Auto-Alarm; so würde er eine Reihe vernehmlicher Piepser von sich geben, sobald die Gürtelschnalle sich mehr als einen halben Kilometer von ihrer derzeitigen relativen Position entfernte. Dann begaben wir uns auf Futtersuche. Richard sollte auch in diesem Punkt recht behalten. Wir waren die beiden einzigen Gäste in dem freudlosen Speiseraum, der aussah wie ein Schulrefektorium mit Tischdecken. Die einzige Kellnerin, vermutlich die Ehefrau von Grizzly Adams an der Bar, sah aus, als hätte sie irgendwann um 1974 das letzte Mal gelacht und an diesem Erlebnis zu wenig Gefallen gefunden, um es wiederholen zu wollen. Wir begannen mit einer bunten Fleischplatte, deren Bestandteile überwiegend aussahen und schmeckten, als seien sie dem hiesigen Schuster entlaufen. Die folgende Pasta war derart al dente, daß sie eine Gefahr für die Modellierarbeiten unseres Zahnarztes darstellte. Mit der Sauce wiederum hatte man so arg geknausert, daß wir sie nur anhand der Farbe als Pesto identifizieren konnten.

Richard und ich aßen praktisch schweigend. Irgendwann fragte ich dann: »Wie sagtest du noch gleich – daß wir endlich mal wieder so richtig einen draufmachen sollten?«

Er schob eines der verkochten Lammkoteletts hin und her, das der Größe nach eher von einem Kaninchen stammte, und machte ein böses Gesicht. »Das nächste Mal werd ich nicht so verdammt hilfsbereit sein«, murmelte er. »Das ist ja die Hölle. Seit zwei Tagen hab ich nichts Anständiges gegessen, und für einen Joint würde ich Morde begehen.«

»In Italien gibt's nicht viele China-Restaurants«, bemerkte ich. »Das liegt daran, daß hier eine der besten Küchen der Welt erfunden wurde.« Richard warf einen Blick auf meine unbewegte Miene, und wir prusteten beide los. »Eines Tages«, stieß ich hervor, »werden wir das alles witzig finden.«

»Sei dir da lieber nicht so sicher«, sagte er unheilverkündend.

Auf den Nachtisch verzichteten wir. Wir hatten beide zu großen Respekt vor unseren Verdauungsorganen. Wenigstens war der Kaffee gut. So gut, daß wir eine zweite Tasse bestellten und sie mit nach oben nahmen. Das einzig Gute an dem Bett war die Kuhle in der Mitte, derentwegen wir einander zwangsläufig in den Armen hielten. Nach dem Tag, der hinter uns lag, war es auch allerhöchste

Zeit, uns gegenseitig daran zu erinnern, daß die Welt nicht nur ein Jammertal ist.

Zehn Stunden später schlug ich mühsam die Augen auf. Das blutende Herz an der Wand war kein toller Anblick zum Aufwachen, deshalb drehte ich mich um und sah nach dem Empfänger auf dem Nachttisch. Nichts rührte sich. Um neun waren wir beide geduscht, angezogen und saßen wieder im Speiseraum. Das Frühstück war eine angenehme Überraschung. Frischgebackenes Foccaccia-Weißbrot, drei verschiedene Käsesorten und eine Auswahl von Marmelade. »Wie sieht der heutige Spielplan aus?« fragte Richard, den Mund voll Gorgonzola und Brot.

»Wir halten uns an die Gürtelschnalle«, sagte ich. »Wenn sie sich rührt, folgen wir ihr. Wenn sie an Ort und Stelle bleibt und Turner sich rührt, bleiben wir hier und befolgen Plan B.«

»Was ist Plan B?«

»Weiß ich noch nicht.«

Nach dem Frühstück fuhr Richard in seinem BMW los. Ich hatte ihm gesagt, er solle an der Straße parken und jedem folgen, der aus der Einfahrt zur Villa kam, wenn ich nicht anrief und ihm anderslautende Instruktionen gab. Ich setzte mich derweil auf eine Bank auf dem Vorplatz der Casa Nico und las in Bills Thriller, der Empfänger steckte neben mir in meiner offenen Tasche. Ich hoffte, daß Passanten mich für eine Touristin hielten, die die blasse Herbstsonne nach Kräften zu nutzen versuchte. Ich hatte nur noch dreißig Seiten zu lesen, als der Empfänger piepste, so laut, daß ich fast von der Bank fiel.

Ich nahm ihn heraus und starrte auf den Schirm. Die Gürtelschnalle bewegte sich gleichmäßig auf mich zu. Ich sprang auf und flitzte zum Auto, brachte schnell den Motor auf Touren. Die Gürtelschnalle kam näher. Plötzlich änderte sich die Richtung, vermutlich von der Einfahrt zur Hauptstraße. Ich fuhr an, bereit, auf die Tube zu drücken, sobald das Zielfahrzeug vorbeikam, gleichzeitig behielt ich den Schirm im Auge. Sekunden später rollte eine längliche Mercedes-Limousine an mir vorüber, kurz darauf gefolgt von Richard in dem BMW.

Ich ordnete mich hinter ihm ein, und unsere kleine Kavalkade zog durchs Tal nach Sestri Levante. Der Stadtrand war typisch Norditalien – staubig, leicht schäbig, altmodisch. Das Zentrum war weit schicker, ein gepflegter Ferienort ganz aus Stuck in verschiedenen Pastelltönen, mit grünen Läden vor den Fenstern der großen Hotels und kleinen *pensioni*, teuren Läden, Rasenflächen und Palmen. Wir fuhren an dem breiten halbmondförmigen Hauptstrand entlang und steuerten über die Landenge auf den Hafen zu. Als die Limousine auf einen Kai einbog, stellte ich den Wagen vorschriftswidrig ab und sah, wie Richard meinem Beispiel folgte. Ich lief zu ihm, hakte ihn unter, und zusammen schlenderten wir auf den Kai, die Gesichter dem Meer und den schwimmenden Restaurants zugewandt, die an den Pontons vertäut waren. Das Tolle an großen Sonnenbrillen ist, daß du in die eine Richtung gucken kannst, während dein Kopf in die andere zeigt.

Aus den Augenwinkeln sah ich, wie die Limousine am Fuß eines Landungsstegs langsam ausrollte. Das Boot am anderen Ende war größer als mein Haus und vermutlich ebenso wertvoll wie Henrys Monet. Die Fahrertür ging auf, und ein Gorilla in Uniform stieg aus. Selbst aus dieser Entfernung konnte ich seine Muskelberge sehen, die den Eindruck erweckten, als habe er runde Schultern. Er trug eine Sonnenbrille, hatte einen buschigen Schnäuzer und sah sich mit der beiläufigen Wachsamkeit um, die einen guten Bodyguard auszeichnet. Martin Scorsese wäre in Ohnmacht gefallen.

Nachdem er sich davon überzeugt hatte, daß sich niemand Gefährlicheres auf dem Kai aufhielt als ein gaffendes Touristenpärchen, öffnete er die hintere Tür. Inzwischen waren wir nahe genug herangekommen, um den mutmaßlichen Eigentümer der Villa San Pietro in Augenschein zu nehmen. Er war nicht viel größer als ich, also als einssiebenundfünfzig, wirkte jedoch völlig abgebrüht. Er war durchaus attraktiv, so wie Raubvögel attraktiv sind, ganz Hakennase und schwere Lider. Sein vollendet frisiertes Haar war an den Schläfen silbern. Er trug eine tadellos gebügelte cremefarbene Seglerhose, ein weitgeschnittenes, kanariengelbes Hemd und hatte sich einen dunkelblauen Fischerpullover um die Schultern gelegt. In der Hand hatte er eine schmale Aktenmappe. Er blieb kurz auf dem Kai stehen, schüttelte seine Bügelfalten gerade, dann ging er den Landungssteg hoch, ohne auf Turner zu warten, der hinter ihm aus dem Wagen kletterte.

Vorsichtshalber zog ich Richard fest an mich, als Turner und der

Bodyguard an Bord gingen. Als sie unten im Boot verschwanden, schlenderten wir an der *Petronella Azura III* entlang. Ich kann nicht behaupten, daß ich überrascht war, als ich feststellte, daß das kostspielige Motorboot in Palermo registriert war.

»Heilige Scheiße«, murmelte Richard, als wir das Boot passiert hatten. »Die Mafia. Brannigan, wir sollten schleunigst von hier verschwinden«, sagte er und sah sich nervös um.

»Sie wissen nicht, daß wir hier sind«, erklärte ich. »Belassen wir es dabei, ja?« Am Ende des Kais angelangt, blickten wir eine Zeitlang aufs Meer hinaus.

»Wir steigen doch jetzt wohl aus, oder?« wollte Richard wissen. »Ich meine, es ist allerhöchste Zeit, Verstärkung zu holen.«

»An wen hattest du denn da gedacht?« fragte ich spitz. »Wir sind hier nicht in Manchester. Ich kann die bösen Cops nicht von den guten Cops unterscheiden. Nach allem, was ich über die Korruption in Italien gehört habe, könnte ich ins nächstbeste Polizeirevier gehen und feststellen müssen, daß ich mit dem Hauspolypen dieser Bande spreche. Fällt dir eine schnellere Abkürzung zu einem Badeanzug aus Beton ein?«

Richard sah gekränkt aus. »Ich wollte dir bloß helfen«, sagte er.

»Laß es lieber. Wenn ich Hilfe brauche, sage ich dir Bescheid.« Ich kann nicht dagegen an. Je mehr Angst ich habe, um so schlimmer falle ich über den nächstbesten Freund her. Aber ich war wohl kaum verpflichtet, mich schuldig zu fühlen. Was mich betraf, hatte Richard freiwillig den kürzeren Strohhalm gezogen.

Ich stand auf und ging über den Kai zurück. Richard folgte mir wenig später. Wir kamen gerade rechtzeitig, um zu sehen, wie der Chauffeur und ein junger Typ in Shorts und gestreiftem T-Shirt den Landungssteg entlanggingen und Gepäck aus dem Kofferaum der Limousine luden. Sie brachten die Koffer an Bord, ohne uns zu beachten. Wir gingen zu meinem Wagen zurück, stiegen ein und starrten nur verdrossen auf den Empfänger. Keiner von uns hatte Lust, etwas zu sagen.

Nach etwa einer halben Stunde kamen Turner und der Bodyguard von der Yacht hinunter und stiegen ins Auto. »Willst du ihnen nachfahren?« fragte ich Richard. »Ich bleibe hier und beobachte das Boot.«

»Keine Heldentaten«, handelte er.

»Keine Heldentaten«, versprach ich.

Er kam gerade noch über die Ampel am Ende der Straße, an der die Limousine rechts abgebogen war. Anscheinend brachte der Chauffeur Turner zur Villa zurück. Und nach dem Schirm zu urteilen, befand die Gürtelschnalle sich jetzt an Bord der Yacht. Es gab zwei Möglichkeiten. Entweder würde die Yacht ablegen, samt Gürtelschnalle, oder eine dritte Person würde an Bord gehen und sich die Gürtelschnalle holen. Ich setzte auf Möglichkeit Nummer eins, fühlte mich jedoch verpflichtet abzuwarten. Nach etwa zwanzig Minuten läutete das Telefon. »Sie sind wieder in der Villa«, berichtete Richard. »Soll ich hier warten und sehen, ob Turner wegfährt?«

»Ja, bitte«, sagte ich. »Danke, Richard. Tut mir leid, daß ich dir vorhin den Kopf abgerissen habe.«

»Das sollte es auch. Dein Glück, daß ich hier bin.« Er beendete das Gespräch, bevor mir eine ätzende Antwort einfiel.

Plötzlich erlosch der Schirm. Ich setzte mich ruckartig auf, zog das Verbindungskabel aus der Fassung des Anzünders, an dem ich die Batterien aufgeladen hatte, und nahm den Deckel des Netzteils ab. Als ich die alten Batterien entfernte und die Ersatzbatterien einsteckte, brach ich mir in der Eile einen Fingernagel ab. Aber als ich wieder einschaltete, war der Schirm immer noch tot. Die Yacht hatte sich nicht aus der Reichweite des Empfängers entfernt. Wenn es nicht an den Batterien lag, blieb nur noch eine Erklärung, warum mein Schirm tot war. Jemand hatte die Wanze entdeckt und unbrauchbar gemacht. Ich holte tief Luft und dankte meinem Schutzengel, daß ich nicht Nicholas Turner hieß.

Zehn Minuten später erschien der Typ in Shorts wieder auf dem Kai und löste die Vertäuung. Binnen zwanzig Minuten war die *Petronella Azura III* hinter der Landspitze verschwunden. Ich dachte über mein weiteres Vorgehen nach, fuhr wieder ins Tal und sah Richard in seinem BMW ein paar hundert Meter hinter der Einfahrt zur Villa am Straßenrand stehen. Ich stellte meinen Mercedes an der Casa Nico ab und ging zu Fuß zu ihm zurück. Es dauerte nicht lange, ihn über die neuesten Entwicklungen ins Bild zu setzen.

»Also fahren wir jetzt nach Hause?« fragte er leidend.

»Sieht ganz so aus«, sagte ich widerstrebend. »Aber vorher möchte ich mich noch in der Villa umsehen.«

»Du hast doch selbst gesagt, daß sie uneinnehmbar ist«, wandte er ein.

»Ich weiß, aber solch einer Herausforderung konnte ich noch nie widerstehen.«

Richard holte tief Luft. »Brannigan, du weißt, ich versuche, mich nie zwischen dich und deinen Job zu stellen. Aber diesmal mußt du aufgeben. Fahr nach Hause, sag der Polizei, was du bis jetzt weißt. Sie können Turner festnehmen, mit den hiesigen guten Cops reden und die Villa und das Boot von ihnen überprüfen lassen. Du kannst hier nichts mehr tun. Außerdem hast du noch eine andere Ermittlung, mit der du dich befassen solltest, falls du das vergessen hast.«

Ein Teil von mir wußte, daß er recht hatte. Aber es gibt da noch einen anderen Teil in mir, dessen Reaktion, wenn man ihm sagt, was er tun oder lassen soll, darin besteht, genau das Gegenteil zu tun. Er setzt meinen gesunden Menschenverstand schachmatt, und das ist einer der Gründe, warum ich lieber allein arbeite. Außerdem hatten wir lediglich eine Adresse und den Namen eines Boots. Das würde den Behörden nicht unbedingt etwas nützen. Ich brauchte mehr. Doch das wollte ich im Moment nicht ausdiskutieren. »Bleiben wir noch eine Nacht in der Casa Nico«, sagte ich. »Wir können dann morgen ganz früh aufbrechen und in einem Rutsch nach Antwerpen zurückdüsen. Wir brauchen nicht in der Casa zu essen«, fügte ich schnell hinzu. »Sah ganz so aus, als gäbe es in Sestri Levante ein paar anständige Restaurants.«

Richard machte ein finsteres Gesicht. »Warum gehen wir dann nicht aufs Ganze und mieten uns auch gleich in einem anständigen Hotel ein?«

»Ich möchte hier oben bleiben und das Haus im Auge behalten, ob noch jemand kommt oder geht«, erklärte ich ihm. »Du kannst ja nach Sestri fahren und die Läden durchstöbern, wenn du möchtest.«

Seine Miene wurde noch finsterer. »Ich bin kein oberflächlicher Schwachkopf«, beschwerte er sich. »Wenn du hier wartest, leiste ich dir Gesellschaft.«

Es wurde ein langer Nachmittag. Ich las den Thriller zu Ende, und Richard las ihn an. Wir spielten »Je länger, je lieber«. Wir spielten »Telegramm aufgeben«. Wir spielten sogar »Reim dich – oder ich fress dich«. Die einzige Abwechslung war, als ich kurz zur Casa

Nico fuhr und das Zimmer für eine weitere Nacht buchte. Ich wollte gerade schon Richards Drängen nachgeben und Feierabend machen, als sich etwas rührte. Ein Alfa-Romeo-Sportwagen schoß aus der Einfahrt und fuhr weiter ins Tal. Trotz des Tempos, das er vorlegte, erkannte ich den Bodyguard am Steuer. »Fahr los«, sagte ich zu Richard. Er wendete den BMW halsbrecherisch und brauste dem Alfa nach.

Wir brauchten nicht weit zu fahren. Ein paar Kilometer die Straße hoch befand sich eine Bar, von dessen Besitzer Nico noch ein, zwei Dinge hätte lernen können. Schon im Vorbeifahren konnte man sehen, daß das Nico's im Vergleich zur Bar Bargonasco wirkte wie eine Leichenhalle. Die Musik war laut und fröhlich, der Parkplatz sah nicht wie ein angehender Schrottplatz aus, und drinnen tummelten sich auch mehr als sechs Gäste. »Halte hinter der Ecke an«, sagte ich.

Sobald der Wagen stand, stieß ich die Tür auf. »Wohin gehst du?« sagte Richard, Panik im Blick.

»Ich komme in diese Villa, so oder so. Wenn nicht im Dennis-O'Brien-Stil, dann eben im Kate-Brannigan-Stil. Ich werde mich an den Leibwächter heranmachen.« Ich schlug die Tür zu und zog das T-Shirt aus, das ich zu Jeans und Unterhemd trug. Als ich das Shirt in meine Handtasche stopfte, sprang Richard aus dem Auto.

»Du bist völlig wahnsinnig geworden«, brüllte er mich an. »Hast du gesehen, was für ein Schrank der Typ ist?«

»Das ist es ja eben. Man hat ihn allem Anschein nach seiner Muskelmasse wegen angeheuert, nicht seiner Gehirnmasse wegen. Vermutlich bewahrt er es in seiner Hose auf, und das verschafft mir einen Vorteil.«

»Du wirst ihm nie seine Schlüssel abnehmen können«, explodierte Richard. »Verdammt noch mal, Kate. Das ist doch hirnverbrannt.«

»Ich habe nicht vor, ihm seine Schlüssel abzunehmen. Ich habe vor, ihn dazu zu bringen, mich mit nach Hause zu nehmen«, sagte ich und setzte mich in Bewegung Richtung Bar.

Nach zwei Schritten war Richard neben mir und packte mich am Arm. »Das tust du nicht«, brüllte er.

Ein schwerer Fehler. Mit einer einzigen blitzschnellen Bewegung befreite ich mich, und Richard hielt sich, kalkweiß im Gesicht, das

Handgelenk. »Faß mich nie, nie wieder so an«, sagte ich leise. »Ich bin nicht dein Eigentum, Richard, und du hast mir nichts zu befehlen.«

Eine Zeitlang standen wir so da und versuchten uns gegenseitig niederzustarren. »Ich liebe dich, du blöde Kuh«, sagte Richard schließlich. »Wenn du dich umbringen lassen willst, mußt du mich zuerst k.o. schlagen.«

»Das werde ich notfalls auch tun. Das solltest du mir glauben. Es geht hier um meinen Job, Richard. Ich weiß, was ich tue.«

»Du würdest mit diesem Gorilla vögeln, nur weil du glaubst, es könnte dir helfen, irgend so einen Mafioso festzunageln?«

Ich prustete verächtlich. »Ach, darum geht es also. Eifersucht. Wofür hältst du mich eigentlich, Richard? Für ein Flittchen? Ich hab nie gesagt, daß ich mit dem Typ vögeln will. Wenn er glaubt, daß das auf dem Programm steht, wird das sein erster dicker Fehler sein.«

»Meinst du wirklich, du kannst ein Monster wie den da mit ein bißchen Thai-Boxen außer Gefecht setzen? Brannigan, du bist nicht bei Trost!« Richard war inzwischen knallrot angelaufen, die Hände hatte er zu Fäusten geballt.

Ich war dicht davor, vollends auszuflippen, jedoch noch gescheit genug, ihn nicht niederzuschlagen. Das würde unsere Beziehung ganz bestimmt nicht überleben. »Glaub mir, Richard«, sagte ich leise. »Ich weiß, was ich tue.«

Er lachte bitter auf. »Na schön«, stieß er hervor. »Behandle mich ruhig wie einen Schwachkopf. Ich bin es schließlich nicht anders gewöhnt. Dafür haltet ihr mich doch alle sowieso nur, oder? Richard, der Feigling, Richard, der Trottel, Richard, der Fußabtreter, Richard, der Wichser, Richard, der Kate das Denken überläßt, Richard, der Schlappschwanz, dem man nicht die simpelste Aufgabe übertragen kann, ohne daß er im Knast landet«, wütete er.

»Niemand hält dich für einen Feigling. Ich halte dich nicht für einen Wichser oder was du sonst noch gesagt hast«, schrie ich zurück. »Was dir mit dem Wagen passiert ist, hätte ebensogut mir passieren können.«

»O nein, das stimmt nicht«, brüllte er. »Miss Superschlau Brannigan hätte gleich die Polizei angerufen, als sie das Auto fand. Miss Superschlau Brannigan hätte den Wagen durchsucht. Miss Superschlau und die Mädels hätten sich nie im Leben übers Ohr hauen lassen. Weil die Mädels nämlich clever sind, und ich bin bloß ein blödes Scheißarschloch von *Mann*, mit dem man sich bloß abgibt, weil es noch ein wenig mehr Spaß macht als mit dem Vibrator.« Er brach plötzlich ab, hatte keinen Dampf mehr.

»Ich liebe dich, Richard«, sagte ich leise. Das zu sagen ist gewöhnlich nicht meine Art, aber in Extremsituationen muß man zu extremen Mitteln greifen.

»Schwachsinn«, rief er. »Ich bin bloß verdammt praktisch für dich. Du weißt nicht, was Liebe ist. Dazu läßt du keinen nah genug an dich ran. Für dich ist das alles bloß ein Scheißspiel, Brannigan. So wie dein Scheißjob. Es ist alles ein Spiel. Bis dahin dringt bei dir nie was vor«, fügte er hinzu und schlug sich an die Brust wie ein Tenor in der Komischen Oper.

Er sah so lächerlich aus, ich konnte es nicht verhindern, daß meine Mundwinkel zuckten. »Das ist der falsche Zeitpunkt für Aussprachen«, sagte ich und versuchte meine Belustigung aussehen zu lassen wie Willen zur Versöhnung. »Ich hatte keine Ahnung, daß du dich so mies fühlst, und es ist auch wichtig, daß wir die Sache klären. Aber wir sind beide müde, wir stehen beide unter enormem Druck. Verschieben wir das, bis wir wieder zu Hause sind, ja? Und jetzt laß mich tun, was ich tun muß. Wir sehen uns später in der Casa Nico, ja?«

Richard schüttelte den Kopf. »Du bist ein harter Brocken, Brannigan. Du meinst also, daß du das alles einfach so beiseite fegen kannst, ja? Irrtum. Du kannst meinetwegen zu der verdammten Casa Nico zurückfahren, wenn du willst. Ich werde nicht mehr dort sein.«

Er machte auf dem Absatz kehrt und stürmte zum Auto zurück. Als er die Tür öffnete, fragte er: »Kommst du?«

Ich schüttelte den Kopf. Er knallte die Tür hinter sich zu, drehte und fuhr Richtung Tal. Ich sah ihm nach, mein Magen zog sich zusammen, und plötzlich hatte ich Tränen in den Augen. Ungeduldig blinzelte ich dagegen an. Ich versuchte mir einzureden, daß Richard sich schon wieder in der Casa Nico einfinden würde, wenn er sich erst beruhigt hatte.

In der Zwischenzeit hatte ich zu arbeiten. Außerdem brauchte ich jetzt auch noch eine Mitfahrgelegenheit ins Tal.

18. Kapitel

Bei ihrem Zahnarzt spielt keine Frau die Heldin. Zu meiner Tunnelphobie kommt noch eine lähmende Angst vor Spritzen und Bohrern hinzu. Folglich wußte ich, daß ich mich nicht auf rein physische Mittel verlassen würde, um den Bodyguard auszutricksen. Hätte Richard mich nicht derart angemacht, dann hätte ich es ihm erklärt. Aber Watsons, die ihren Holmes anbrüllen, werden nicht in die Geheimnisse der Methoden eingeweiht.

Den Bodyguard aufzureißen war ein Klacks. Jeder Mann, der soviel Zeit darauf verwandte, seinen Körper in Topform zu bringen, wie er es offenbar tat, mußte eitel sein. Er ging allem Anschein nach auch fest davon aus, daß jede attraktive Ausländerin, die in eine Bar kam, in der er gerade etwas trank, sich zwangsläufig just zu ihm hingezogen fühlte. Und in einem Land, in dem die einheimischen Frauen per Religion stark sexuell eingeengt werden, ist ebenso zwangsläufig jede Ausländerin, die allein in eine Bar geht – dazu noch mit nackten Schultern – eine Hure. Meine Zielperson dachte, es sei sein Glückstag, als ich mich auf den Barhocker neben ihm setzte und lächelte, während ich einen Peroni bestellte.

Auf dem kurzen Weg zur Bar hatte ich mir die Geschichte zurechtgelegt, daß ich von Beruf Fotografin war und mich in Italien aufhielt, um Fotos für einen Bildband über italienische Glockentürme zu machen. Gianni, der Bodyguard, und seine Kumpel schluckten sie bedenkenlos, begleitet von vielen verschwörerischen Knüffen und Püffen und Anspielungen über Frauen, die auf Großformate stehen. Sie dachten wohl, mein Italienisch reiche nicht aus, um Zweideutigkeiten zu verstehen. Als ich mein erstes Bier ausgetrunken hatte, stritten sie bereits darüber, wer mir das nächste ausgeben durfte. Nach meinem zweiten Bier lag sein schwerer, muskelbepackter Arm auf meinen nackten Schultern und sein gleichermaßen schweres Eau de Cologne stieg mir in die Nase. Das Schwierigste an der ganzen Inszenierung war die Aufgabe, mir meinen Widerwillen nicht anmerken zu lassen. Wenn ich eines nicht ausstehen kann, dann sind das behaarte Männer, und dieser Typ sah aus wie ein Flokati. Schon bei dem Gedanken an seine Schultern wurde mir übel.

Ich war bei meinem vierten Bier angelangt, als ich wie nebenbei fallenließ, daß ich in der Casa Nico wohnte, meinen Wagen dort stehengelassen hatte und zu Fuß hergekommen war. Sofort erbot Gianni sich, mich zurückzufahren. Dann fiel ihm natürlich plötzlich ein, wie furchtbar das Essen in der Casa Nico war. Das Stichwort für zustimmendes Nicken seitens seiner Kumpel, weitere Knüffe und Püffe und Augenzwinkern als Zeichen der Anerkennung für Giannis cleveren Schachzug. Wie wäre es, fragte er unschuldsvoll, wenn ich mit ihm zur Villa führe, um echt italienische Hausmannskost kennenzulernen? Sein Boß sei nicht da, und er habe ein Händchen für Spaghetti-Sauce. Wir könnten auf der Terrasse speisen, so wie die reichen Leute, und dann, später, könne er mich zur *pensione* zurückbringen.

Ich sah bewundernd zu ihm auf und sagte, wie schön es sei, solch gastfreundliche Menschen kennenzulernen. Wenige Minuten später brachen wir auf, unter Geschrei und Gegrunze seiner Kumpane. Im Auto legte er, wenn er nicht gerade schaltete, besitzergreifend die Pranke auf mein Knie. Ich kämpfte gegen den Impuls, ihn so fest in die Eier zu kneifen, daß seine Augen aus den Höhlen platzten. Schließlich saß er am Steuer, und ich wollte mein Leben nicht am Grunde des Flusses beschließen und selbst so aussehen wie die verheißene Spaghetti-Sauce.

Als wir uns der Villa näherten, holte er eine kleine schwarze elektronische Schalttafel aus seinen engen Jeans und drückte auf einen Knopf. Die Tore gingen auf, der Alfa schoß hindurch, und zum erstenmal lag die Villa San Pietro frontal vor mir. Sie war imposant. Eine moderne Villa im Stil der traditionellen Häuser, die das Aushängeschild eines jeden schicken Ferienorts Italiens sind. Makelloser rosaroter Stuck, grüne Jalousiefensterläden. Und eine Satellitenschüssel so groß wie ein Planschbecken. »*Molto elegante*«, sagte ich leise.

»Nicht schlecht, hm?« sagte Gianni stolz, als gehöre das alles ihm. Die Einfahrt führte seitlich ums Haus, an einem Tennisplatz und einem Swimmingpool vorbei zu einem separaten einstöckigen Gebäude. Dort drückte Gianni wieder auf den Knopf an der Schalttafel, und vor uns hob sich eine Garagentür. In der Garage standen die längliche Limousine, Turners Mercedes und ein kleiner grüner Fiattransporter. Beim Anblick von Turners Wagen wurde mir flau. Gianni hatte gesagt, wir hätten das Haus für uns. Aber Turner war am Nachmittag mit ihm hierher zurückgekommen, und sein Auto stand noch hier als augenfälliger Beweis dafür, daß er nicht abgereist war. Vielleicht war er ja in einem Taxi zu einem abendlichen Ausflug nach Sestri aufgebrochen. Irgendwie überzeugte mich dieser Gedanke nicht. Zum erstenmal seit Beginn dieser irrwitzigen Expedition ließ ich eine Spur von Angst in mir zu. Vielleicht hätte ich doch auf Richard hören sollen.

Wir stiegen aus, und Gianni zog mich ungestüm an sich, seine Zunge drängte sich in meinen Mund. Es fühlte sich an, als sollten meine Mandeln vergewaltigt werden. »Was ist mit dem Abendessen?« fragte ich, sobald mein Mund wieder frei war. »Ich weiß nicht, wie's dir geht, aber ich kann mich nicht richtig entspannen, wenn ich hungrig bin.«

Gianni lachte. »Schon gut, schon gut. Erst das Essen, dann das Vergnügen.« Er grinste anzüglich und wies mit dem Daumen auf eine Tür in der Seitenwand der Garage. »Die führt zu meiner Wohnung. Aber zum Essen gehen wir ins Haus. Mein Boß hat besseres Essen und eine größere Auswahl an Getränken als ich.«

Wir gingen zum Haus hinüber, und sein Arm lastete schwer auf meinen Schultern. Wir überquerten eine Marmorterrasse mit eingebautem Grill und Pizzaofen, und betraten durch große Verandatüren die Küche. Sie sah aus wie ein Tempel der kulinarischen Künste. In der Mitte erhob sich eine freistehende Fleischertheke mit einem kompletten Satz Sabatier-Messer. Darüber hing eine *batterie de cuisine*. Auf den Arbeitsflächen aus hellem Holz tummelte sich jedes erdenkliche Küchengerät, von der Eismaschine bis zu einem Original-Gaggia-Espressoautomaten. An den Wänden hingen Sträuße getrockneter Kräuter, und auf einer breiten Fensterbank reihten sich Töpfchen mit frischem Basilikum, Koriander und Petersilie aneinander. »Er kocht gern«, sagte Gianni. »Und er läßt mich auch kochen, wenn wir Gäste haben.«

»Nett«, erwiderte ich. »Wo sind die Getränke?«

Er deutete mit dem Kopf auf eine Tür. »Da hinein. Im Speisezimmer ist eine Bar mit allem, was das Herz begehrt. Im Kühlschrank steht Weißwein, und in dem Schrank hier Roter. Warum bedienst du dich nicht einfach?« Er kam wieder auf mich zu und preßte mich an sich, seine riesigen Hände umfaßten meine Hinterbacken. »Hm, hinreißend«, grunzte er.

Ich streckte die Hand aus und ließ die Finger über seinen Rücken wandern. So verhinderte ich, daß ich ihm die Daumen in die Augen drückte. »Ich sag dir was«, flüsterte ich. »Ich mixe uns zwei schöne Cocktails. In der Küche tauge ich vielleicht nicht viel, aber mit dem Cocktail-Shaker bin ich ein Genie.«

Er ließ mich los und grinste wieder anzüglich. »Ich kann's kaum erwarten, in den Genuß deiner geschickten Handgelenke zu kommen.«

Ich kicherte. »Ich verspreche dir, ich werde dich nicht enttäuschen.«

Als ich hinausging, inspizierte er bereits den Inhalt eines großen Vorratkühlschranks. Hinsichtlich der Bar hatte er nicht zuviel versprochen. Es war wirklich alles vertreten, was das Herz begehrte. Zunächst grub ich das Röhrchen Valium aus meiner Tasche aus. Im allgemeinen bin ich Pharmazeutika eher feindlich gesonnen, aber ohne das Valium würde ich bald nur noch schwarze Stümpfe haben, wo jetzt meine Zähne prangten. Ich schüttete die Tabletten auf meine Hand. Es waren sechs Stück. Ich hoffte, das würde reichen, um Gianni auf leeren Magen kampfunfähig zu machen, ehe ich auf die Probe gestellt wurde, ob ich tatsächlich über die Kraft verfügte, einen Mann im Zweikampf zu besiegen. Neben einem Korb mit Zitronen und Apfelsinen entdeckte ich ein scharfes Messer und zerkleinerte die Tabletten rasch mit der Klinge. Dann inspizierte ich schnell den Inhalt der Bar. Ich brauchte einen Cocktail, der stark war und bittersüß.

Meßbecher und Shaker fand ich auf einem Regal hinter mir. Ein kleiner Kühlschrank enthielt eine Auswahl von Fruchtsäften und zwei Eisbeutel. Ich entschied mich für einen Florida. In den Cocktailshaker gab ich drei Maß Gin, sechs Maß Grapefruitsaft, drei Maß Galliano und eineinhalb Maß Campari. Dann warf ich noch ein paar Eiswürfel hinein, verschloß den Shaker und tanzte eine kurze Salsa rings um die Bar, und der Shaker lieferte den Takt dazu. »Klingt gut«, rief Gianni aus der Küche.

»Gegen den Geschmack ist das noch gar nichts«, rief ich zurück. Ich nahm zwei Longdrinkgläser und gab in eines das Valiumpulver. Darüber goß ich etwa zwei Drittel der Cocktailmixtur und rührte kräftig mit einem Glasstäbchen um. Den Rest gab ich in das andere Glas und füllte es der farblichen Harmonie wegen mit Grapefruitsaft und einem Schuß Grenadinesirup auf. Ich holte tief Luft, nahm beide Gläser und ging wieder in die Küche. Gianni hackte gerade mit einem breiten Küchenmesser rote Zwiebeln klein. »Ein sehr italienischer Cocktail«, verkündete ich und reichte ihm das mit dem Betäubungsmittel versetzte Glas.

Er nahm es und trank einen großen Schluck. Ließ ihn sich auf der Zunge zergehen, bevor er schluckte. »Du hast recht. Bittersüß. Wie die Liebe, hm?« Das anzügliche Grinsen war wieder da.

»Nicht zu bitter hoffentlich.« Kichernd trat ich hinter ihn und umschlang ihn von hinten.

»Nicht mit mir, Kleines. Mit mir ist sie süßer als Zucker«, prahlte er.

»Ich kann's kaum erwarten«, murmelte ich. Das war nicht unbedingt eine Lüge. Ich entfernte mich von ihm und setzte mich auf einen hohen Hocker, um ihm beim Kochen zuzusehen. Die Zwiebeln kamen in eine tiefe Pfanne, zusammen mit Olivenöl und Knoblauch. Dann schnitt er eine Fenchelknolle in dünne Scheiben und gab sie zu den schmorenden Zwiebeln. Er holte ein Körbchen mit wilden Pilzen aus dem Kühlschrank, wusch sie unter fließendem Wasser, tupfte sie liebevoll mit Papiertüchern trocken und hackte sie klein. Sie landeten ebenfalls in der Pfanne, zusammen mit einer Handvoll zerpflückter Korianderblätter.

»Duftet wunderbar«, sagte ich.

»Gegen den Geschmack ist das noch gar nichts«, sagte er. »Es gibt nur eines, was besser schmeckt.« Der Vorwand zu einem weiteren anzüglichen Grinsen. Die Temperatur stieg in mehr als einer Hinsicht. Das einzig Gute daran war das Tempo, in dem er seinen Cocktail trank.

»Konkurrenzlos«, sagte ich und sah zu, wie er den Reis für das Risotto abmaß. Er kippte die Reiskörner in die Pfanne, rührte sie unter die Mischung, dann holte er eine Schachtel aus der Gefriertruhe.

»Hähnchen«, sagte er und warf den gefrorenen Klumpen in die Pfanne, wo er laut zischend Dampfwolken erzeugte. Er rührte weiter, bis das Hähnchen aufgetaut war und der Inhalt der Pfanne wieder sanft köchelte. Dann setzte er den Deckel auf, stellte die Schaltuhr auf zwölf Minuten ein und trank sein Glas leer.

»Wie wär's mit einem Salat als Beilage?« fragte ich hastig, als er auf mich zukam. »Und ich mixe dir noch einen Drink, ja?«

Einen Moment lang schien er nicht klar sehen zu können, er schüttelte den Kopf wie ein Stier, der von Fliegen umschwirrt wird. Dann rieb er sich mit den Händen übers Gesicht und murmelte: »Einverstanden.« Ich hatte etwa zwanzig Minuten angesetzt, bis das Mittel wirkte, aber vielleicht hatte die große Menge Alkohol, die er auf nüchternen Magen getrunken hatte, ja die Wirkung beschleunigt.

Ich hatte kaum den Korken von der Ginflasche abgeschraubt, als aus der Küche ein Geräusch wie von einem umstürzenden Baum zu hören war. Ich schlich zur Tür und sah Gianni ausgestreckt auf dem Marmorfußboden liegen. Einen Augenblick lang befürchtete ich schon, ich hätte ihn getötet. Dann fing er an zu schnarchen wie ein Sägewerk bei Hochbetrieb. Ich lief zur Fleischertheke hinüber und schnappte mir das Messer. Es nahm nur wenige Sekunden in Anspruch, die Elektrokabel einiger Küchengeräte zu kappen. Ihn zu fesseln dauerte ein bißchen länger, doch nicht einmal die Tonlage seines Schnarchens veränderte sich, während ich das tat. Ich nahm die schwarze Schalttafel aus seiner Hosentasche und steckte sie ein.

Ich fand die Kellertür beim zweiten Anlauf. Ein breite Treppe führte tief hinunter. Marmorböden haben einen Vorteil, sie erleichtern es einem sehr, schwere Lasten fortzubewegen. Ich ging hinter Gianni in die Knie und schob mit aller Macht. Meter für Meter arbeiteten wir uns über die glänzenden Bodenplatten zur Tür vor. Ein letzter Schubser ließ ihn mit den Füßen voran über die erste Stufe rutschen. Wie ein Sack Kartoffeln purzelte er die Treppe hinunter, nach wie vor schnarchend. Ich rappelte mich auf. Zum erstenmal war ich froh, daß Giannis Boß großen Wert auf Sicherheit legte. Die Kellertür hatte sowohl oben als auch unten Riegel und ein Schloß. Ich schob die Riegel fest vor und lehnte mich an die Tür, um wieder zu Atem zu kommen.

Als die Schaltuhr klingelte, fuhr ich heftig zusammen. Automatisch drehte ich die Gasflamme unter der Pfanne ab. Jetzt, da mein Blutdruck allmählich wieder absackte, merkte ich, daß ich einen gewaltigen Hunger hatte. Ich zuckte die Achseln. Das Essen stand bereit, da konnte ich mich ebensogut bedienen. Ich ging nicht davon aus, daß Gianni so bald an die Tür klopfen und seinen Anteil einfordern würde.

Er mochte ja der Welt schlimmster Lustmolch sein, aber er war auch ein fabelhafter Koch. Ich schlang das Risotto hinunter und genoß jeden einzelnen köstlichen Bissen. Jetzt brauchte ich noch Kaffee. Es würde eine lange Nacht werden. Im nachhinein ärgerte ich mich, weil ich die Schnur des Gaggia zersäbelt hatte. Eine Durchsuchung der Schränke förderte schließlich ein Glas Instantkaffee sowie eine Thermoskanne zutage. Ich brühte den Kaffee auf und begab mich mit Kanne, Becher und Schultertasche bewaffnet auf Erkundungstour.

Wer Giannis Boß auch sein mochte, an dem nötigen Kleingeld fehlte es ihm nicht. Alle Räume im Erdgeschoß waren mit Marmorfußböden ausgestattet, und überall lagen teure Orientteppiche. Das Mobiliar bestand aus spiegelblank polierten Stilmöbeln. Weder im Speisezimmer noch im Wohnzimmer, im Frühstückszimmer und im Fernsehraum gab es einen Hinweis darauf, daß dies etwas anderes war als das Heim eines normalen erfolgreichen Geschäftsmannes. Sogar die Videokassetten in der Vitrine neben dem überdimensionalen Fernseher waren völlig harmlos.

Vorsichtig ging ich die Treppe hinauf. Es war durchaus möglich, daß Turner irgendwo in der Villa gefangengehalten wurde und nicht bloß in meinen blutigsten Phantasien das Opfer war. Sechs Türen gingen auf den langen Korridor hinaus. Die ersten beiden führten in verschwenderisch ausgestattete Gästezimmer, jeweils mit eigenem Bad. Sollte Giannis Boß jemals mit der Casa Nico in Konkurrenz treten wollen, dann würde die *pensione* unten im Tal binnen weniger Stunden ihre Pforten schließen müssen. Die dritte Tür öffnete sich auf ein Zimmer, das augenscheinlich von dem Herrn des Hauses bewohnt wurde. Die Kleiderschränke bogen sich unter Designeranzügen und Designerhemden, in den Schubladen stapelte sich Seidenunterwäsche und Freizeitbekleidung der Spielart, an der exklusive Etiketten prangen. Keine Spur von einer weiblichen Bewohnerin. Und auch keine Spur von irgendwelchen inkriminierenden Papieren.

Hinter der vierten Tür verbarg sich die Bibliothek. Es war eindeutig die Büchersammlung eines aktiven Lesers, nicht eine, für die man Bücher meterweise erstanden hatte. Moderne Hardcover standen auf den Regalen. Ebenso war eine stattliche Zahl von Krimis vertreten, aber die meisten Bücher stammten aus der Feder von Autoren, von denen ich noch nie gehört hatte. Hinzu kam eine ganze Kollektion juristischer Lehrbücher, überwiegend zu Handels- und internationalem Recht. Aber wieder keine Papiere, es sei denn, einige von den Büchern waren Attrappen. Falls es so war, würden sie ihr Geheimnis bewahren. Ich hatte keine Zeit, die Regale Buch für Buch durchzusehen.

Die fünfte Tür war verschlossen. Ich ließ erst einmal von ihr ab und probierte es mit Nummer sechs. Noch ein Gästezimmer. Das sagte mir, daß entweder Turner hinter der verschlossenen Tür war oder etwas anderes Wichtiges. Leider hatte ich meinen Satz Dietriche nicht dabei. Als ich mich an Turners Fersen heftete, hatte ich nicht damit gerechnet, irgendwo einbrechen zu müssen. Natürlich konnte ich das Schloß einfach mit einer von den Marmorstatuetten zerschmettern, die überall im Haus in Nischen standen. Doch der Eigentümer der Villa sollte nicht wissen, inwieweit ich über ihn im Bilde war, wenn ich es irgend vermeiden konnte.

Ich schaute zum Türsturz hoch. Giannis Boß war nicht viel größer als ich, daher lag der Schlüssel vermutlich nicht dort oben. Ich ging in sein Schlafzimmer und machte mich an eine gründliche Durchsuchung. Im Badezimmer wurde ich fündig. Ich hatte den Inhalt des Spiegelschranks Stück für Stück ausgeräumt, nur um sicherzugehen, daß sich nichts dahinter verbarg. Darunter waren zwei Sprühdosen Polo-Rasierschaum, eine viel leichter als die andere. Die schwerere von beiden nahm ich genauer unter die Lupe. Ich hielt sie fest und drehte am Boden der Dose. Er ließ sich mühelos abschrauben, und ein mit Schaumstoff ausgelegtes Fach wurde sichtbar. Darin lag etwas, das aussah wie ein Taschentuch. Ich holte es heraus, und ein Schlüsselbund fiel auf den Fußboden. »Da hab ich dich!« rief ich leise.

Der längste Schlüssel paßte zu der zugesperrten Tür. Dahinter befand sich ein streng zweckmäßiges Büro, ein scharfer Kontrast zu der luxuriösen Ausstattung der restlichen Villa. Ich machte Licht, schloß die Läden und sah mich prüfend um. An einer Wand stand ein schlichter Schreibtisch mit einem Computer, einem Modem und einem Faxgerät. Seitlich daneben standen ein Fotokopierer und ein Laserdrucker. Ich schaltete sie mechanisch ein. Als ich mich hinsetzte und auf den Betriebsschalter des Computers drückte, bemerkte ich noch einen Reißwolf unter dem Tisch. Das Gerät sprang an, und ich rief die Verzeichnisse auf. Zehn Minuten später wich mein Triumph tiefer Depression. Jede einzelne Datei, die ich aufzurufen versuchte, war durch ein Paßwort geschützt. Ich konnte nicht hineingelangen und sie lesen, lediglich eine Liste sämtlicher Dateien ausdrucken, was ich auch pflichtschuldigst tat.

Ich stieß düstere Verwünschungen aus und kehrte ins Hauptverzeichnis zurück. Zeit für ein kreatives Brainstorming. Seit wir Mortensen & Brannigan gegründet hatten und ich die wunderbare Welt der elektronischen Post entdeckt hatte, war das Internet von einem Tummelfeld der Akademiker und einer Handvoll Computerfreaks wie mir zum Schwarzen Brett der ganzen Welt geworden. Das auf diesem Gerät installierte Kommunikationsprogramm war Teil eines Standardpakets, das ich schon unzählige Male benutzt hatte. Auch wenn die Dateien durch ein Paßwort geschützt waren, würde das Kommunikationsprogramm sie intakt an einen beliebigen Ort versenden können, an dem ich sie später abfragen und an jemanden weitergeben konnte, der die Paßworte zu knacken vermochte. Ich brauchte nur eine hiesige Internet-Nummer. Wenn ich Glück hatte, war bereits eine im Programm gespeichert. Ich startete es und rief das Telefonverzeichnis auf.

Es war mein Glückstag. Ganz oben auf der Liste stand die Nummer des lokalen Knotenpunkts – die E-mail-Entsprechung des Postamts. Die Funktionsweise des Netzes, das über die Telefonleitungen verbunden ist, ist simpel. Es ist eher so, als ob man einen Brief verschickt, nicht wie ein Anruf. Das geht so: Man wählt die lokale Nummer und schickt die Daten an sie. Der dortige Computer liest die Adresse und befördert deine Daten durchs Netz, Abschnitt für Abschnitt, bis sie an ihr Ziel gelangen. Aber anders als bei einem Brief, der, wenn du Glück hast, Tage braucht, nimmt dies weniger Zeit in Anspruch als die Beschreibung des ganzen Vorgangs.

Ich benutzte den Edit-Befehl, um Login und Paßwort von Giannis Boß herauszukriegen, dann wies ich den Computer an, mich mit dem Internet zu verbinden. Eine knappe Minute später war es soweit. Ich tippte den E-mail-Anschluß des Büros ein, dann sendete ich die Dateien. Eine Stunde und einen Kaffeebecher später hatte ich eine Kopie jeder einzelnen Datei des Computers nach Manchester geschickt.

Ich seufzte erleichtert auf und schaltete das Gerät aus. Als nächstes war der Schreibtisch an der Reihe. Ich schloß die Schubladen mit den übrigen Schlüsseln an dem Bund auf. Die erste Schublade enthielt Briefpapier. Die zweite enthielt Gemischtes – Gummibänder, ungebrauchte Disketten, Computerkabel, einen halben Schokoriegel und eine Schachtel mit Post-It-Zetteln. Die unterste Schublade mit ihren Hängeakten sah vielversprechend aus. Leider Fehlanzeige. In den Akten war lediglich der Papierkram zum Haus abgelegt: Stromrechnungen, Quittungen über Möbelkäufe, Reparaturen, Gartenarbeiten, die Instandhaltung des Pools. Das einzig Interessante war, daß alles auf den Namen einer Firma lautete – Gruppo Leopardi. Es gab keinen Hinweis darauf, wer hinter der Gruppo Leopardi steckte. Und ich hatte keine Zeit für eine gründlichere Durchsuchung, die dies zutage fördern konnte. Ich war schon viel zu lange hier, und ich wurde allmählich zu müde, um mich richtig zu konzentrieren. Es war höchste Zeit, sich aus dem Staub zu machen.

Ich ging wieder zum Fenster hinüber, um die Läden zu öffnen. Ich wollte alles genauso zurücklassen, wie ich es vorgefunden hatte. Als ich mich umdrehte, ungeschickt vor lauter Erschöpfung, stieß ich mit dem Ellbogen gegen die Thermoskanne. Sie flog vom Schreibtisch und prallte gegen die holzgetäfelte Wand unter dem Fenster. Offenbar unbeschädigt landete sie auf dem Fußboden. Anders die Wand. Wo die Kanne sie getroffen hatte, schwang die Holztäfelung langsam auf und gab einen Safe frei. Da konnte Enid Blyton nur noch vor Neid erblassen. Wenn den Fünf Freunden absurde Zufälle weiterhalfen, dann konnten sie auch mir weiterhelfen.

19. Kapitel

Wären die Brannigans vornehm genug für einen eigenen Familienwahlspruch, dann würde er lauten: »Wie meinst du das, ich kann nicht?« Daß ich nie gelernt hatte, wie man einen Safe knackt, hieß noch lange nicht, daß ich die Holztäfelung einfach wieder zuklappte und verschwand. Ich setzte mich vor dem Safe auf den Fußboden und studierte ihn. Über einem Tastenfeld mit den Buchstaben des Alphabets und den Ziffern 0 bis 9 befand sich ein sechsstelliges elektronisches Display. Neben den Tasten waren Knöpfe, die ich mit

»Eingabe Öffnungscode«, »Öffnen«, »Schließen« und »Reset« übersetzte. Das brachte mich allerdings auch nicht viel weiter.

Ich sah auf meine Uhr. Punkt zehn. Noch nicht zu spät für einen Anruf. Ich holte mein Mobiltelefon aus meiner Tasche und rief bei Dennis an. Billiger wäre es gewesen, das Faxtelefon zu benutzen, doch ich hatte bereits gesehen, daß die Gruppo Leopardi detaillierte Telefonrechnungen bekam, und ich wollte keine direkte Spur zu Dennis hinterlassen, zumal er bereits über Turner in Verbindung mit diesen Leuten stand. Dennis meldete sich nach dem zweiten Läuten. »Hallo, Dennis«, sagte ich. »Ich gucke hier von außen auf einen Safe, und ich will ihn mir auch von innen angucken. Irgendwelche Vorschläge?«

»Kate, du hast mehr kriminelle Energie als ich. Du weißt doch, ich rühre keinen Safe mehr an, seit Billy der Idiot 1983 einen auf meinen Fuß fallen ließ.«

»Das ist jetzt nicht der passende Zeitpunkt für Reminiszenzen. Dieser Anruf kostet mich ein ganzes Wochengehalt.«

Er lachte leise. »Dann muß wohl jemand anders dafür bezahlen. Wie sieht dieser Safe aus?«

Ich beschrieb ihn. »Du verschwendest deine Zeit, Kate. Bei diesen Biestern hast du keine Chance, wenn du nicht die Kombination kennst«, sagte er bedauernd.

»Bist du sicher?«

»Ganz sicher. Aber vielleicht ist der Typ, den du da beklauen willst, ja schlampig. Vielleicht hat er etwas ganz Blödes genommen, wie zum Beispiel die letzten sechs Ziffern der Telefonnummer. Oder die ersten sechs. Oder sein Geburtsdatum. Oder den Namen seiner Freundin. Oder eine Kombination aus Buchstaben und Zahlen, die er jeden Tag in seinem Büro sieht.«

Ich stöhnte auf. »Schon gut, das reicht. Bist du sicher, daß es keinen anderen Weg gibt?«

»Deshalb heißen die Dinger ja Safes«, belehrte mich Dennis. »Wo bist du denn eigentlich?«

»Das würde dir nichts sagen. Ich melde mich wieder. Danke für deine Hilfe.«

Ich nahm mir wieder die Akten zum Haus vor und probierte verschiedene Kombinationen aus der Telefonnummer und anderen Nummern, die ich fand, aus, inklusive die Autokennzeichen. Ohne

Erfolg. Ich setzte mich auf den Stuhl des Bosses und sah in die Runde. Was sah er von hier aus, das seinem Gedächtnis immer wieder auf die Sprünge helfen würde? Ich stand auf und probierte es mit der Typnummer des Faxgeräts, des Modems und des Fotokopierers. Nichts. Das Geburtsdatum des Bosses kannte ich nicht, aber ich hatte im Gefühl, daß ein Mann mit seinem ausgeprägten Sicherheitsbedürfnis ohnehin nichts derart Auffälliges wählen würde.

Ich griff zum letzten Mittel. Was würde ich selbst tun, um einen Code zu finden, der willkürlich genug war, daß ihn niemand erriet, aber mir jederzeit zugänglich, wenn ich ihn vergaß? Rein instinktiv drückte ich wieder auf den Betriebsschalter des Computers und hielt Ausschau nach irgendeiner sechsstelligen Kombination, die während der Warmlaufphase erschien. Ich fand zwei, MB 4D33, ein Identifikationsmerkmal des Betriebssystems, und die Typnummer des CD-ROM-Laufwerks, CR-563-X. Bei der ersten Zeichenfolge tat sich nichts. Doch als ich den zweiten Zeichensatz eingab, änderte sich die Farbe des Displays von rot zu grün. Ich konnte es nicht fassen.

Mit angehaltenem Atem drückte ich auf den »Öffnen«-Knopf. Ein leises Klicken war zu hören, und die Türverriegelung löste sich. »Es gibt einen Gott, und sie mag mich«, sagte ich leise. Ich öffnete den Safe und starrte auf den Inhalt. Ein Stapel Papiere, etwa einen Zentimeter dick. Obenauf lag ein Loseblatthefter, etwas größer als ein Filofax. Ich nahm alles heraus und ging wieder zum Schreibtisch. Mit dem Hefter fing ich an. Zuerst kam eine Namensliste, mit Daten und Zahlen daneben. Darauf folgte ein halbes Dutzend Blätter mit einer Liste numerierter Orte. Einige waren mit Häkchen versehen, einige durchgestrichen. Castle Dumdivie stand auf der Liste, mit einem Häkchen daneben. Wie auch einige andere Namen, die ich wiedererkannte. Als nächstes kam eine Liste mit Daten und Orten, gefolgt von einem Code aus Zahlen und Buchstaben – 20C, 34H, 50.000E und so weiter. Die vierte Spalte bestand je aus einer Zahl. Nach kurzem Vergleich stellte ich fest, daß die Zahlen den abgehakten Orten auf der Liste entsprachen und daß die Daten – zumindest in den Fällen, die ich kannte – zwei bis vier Wochen nach den Einbrüchen lagen. Schließlich kamen noch mehrere Seiten mit Namen, Adressen und Telefonnummern. Auf der Mitte der dritten Seite entdeckte ich Turner. Ich war mir nicht ganz sicher, was das alles bedeutete, hatte jedoch eine Ahnung.

Ich öffnete die Verschlüsse des Hefters und gab die Seiten in den Kopierer. Während sie durchliefen, sah ich die übrigen Papiere durch. Bei einigen handelte es sich um Notarverträge, aus denen ich leider überhaupt nicht schlau wurde. Andere waren handgeschriebene Notizen, die sich auf Besprechungen zu beziehen schienen, aber obgleich ich rein sprachlich das meiste verstand, konnte ich mir keinen Reim darauf machen. Ferner waren da Geschäftsbriefe, überwiegend des Typs »vielen Dank für Ihr Schreiben vom 15., wir können das Eintreffen Ihrer Warenlieferung bestätigen«. Das letzte Bündel bestand aus Kontoauszügen der Gruppo Leopardi. Ich kopierte alles.

Als ich damit fertig war, legte ich alles wieder in den Safe, so wie ich es vorgefunden hatte. Die Papiere hatte ich zwar, aber ich wollte mich rückversichern, nur für den Fall, daß auf der Heimreise etwas passierte, das mich meiner Fotokopien beraubte. Das Faxgerät war das beste Mittel für solch eine Rückversicherung, ich wollte das Zeug jedoch nicht an meine Büronummer schicken, aus dem gleichen Grund, aus dem ich das Mobiltelefon benutzt hatte, um Dennis anzurufen. Es mußte an einen sicheren Ort gehen, an dem sich andererseits so viele Leute bewegten, daß man nicht auf den ersten Blick feststellen konnte, wer genau der Adressat war. Idealerweise mußte es ebenso ein Ort sein, den selbst die Mafia nicht ohne weiteres mit einer ganzen Armee stürmen würde.

Mir fielen nur ein passender Ort und eine passende Person ein. Chief Inspector Della Prentice, die Leiterin der Betrugssondereinheit im Dezernat für Regionale Verbrechensbekämpfung. Diese Sache fiel zwar nicht in ihren Zuständigkeitsbereich, aber Della ist immer noch der einzige Cop, dem ich jederzeit Dinge anvertrauen würde, die mich in Gefahr bringen können. Ich hatte schon ein paarmal mit Della zusammengearbeitet, seit Josh Gilbert uns miteinander bekannt gemacht hatte. Sie waren zusammen in Cambridge gewesen, und obgleich ihre Faszination für Hoch- und Kleinfinanz sie in ganz verschiedene Richtungen geführt hatte, standen sie weiter in Kontakt, und Josh hatte erkannt, daß Della und ich verwandte Seelen waren. Wir hatten uns rasch angefreundet. Wenn ich diesen Stoß unverständlicher Papiere an Della schickte, konnte ich sicher sein, daß sie ihn in ihrer Schublade unter Verschluß hielt, bis ich auftauchte und ihr erklärte, was es damit auf sich hatte.

Ich nahm ein Blatt aus der Schublade mit dem Briefpapier und kritzelte schnell ein Begleitschreiben. »Zu Händen DCI Prentice, Regionale Verbrechensbekämpfung, dringend und vertraulich. Liebe Della, wichtige Beweismittel. Bitte, halte sie unter Verschluß, bis ich Dir die Zusammenhänge erläutern kann. Ich rufe Dich an, sobald ich zurück bin. Danke. K. B.« Das müßte reichen, dachte ich und wählte das Faxgerät ihrer Abteilung an. Nur der Himmel wußte, was der diensthabende CID aus einem hundertseitigen Fax mitten in der Nacht aus Italien machen würde.

Bis ich damit fertig war, zeigte die Uhr zwei. Ich raffte meine Kopien zusammen, stopfte sie in einen Umschlag und steckte das Ganze in meine volle Tasche. Höchste Zeit, aufs schnellste von hier zu verschwinden, so weit weg wie möglich. Ich hatte das entsetzliche Gefühl zu wissen, was aus Nicholas Turner geworden war, vermutlich wegen meiner Wanze, und ich wollte nicht genauso enden. Nirgends war eine Spur von ihm zu sehen, womit jegliche tröstliche Vorstellung von einem Ausflug des Typs nach Sestri mit dem Taxi geplatzt war.

Ich schaltete alle Geräte aus und schloß die Schubladen wieder ab. Nachdem ich mich davon überzeugt hatte, daß alles genauso aussah wie vor meinem Eindringen in das Büro, ging ich hinaus und schloß hinter mir die Tür ab. Die Schlüssel legte ich wieder in die Dosenattrappe und hoffte, daß meine Erinnerung bezüglich der Anordnung der Gegenstände im Spiegelschrank mich nicht trog. Langsam ging ich die Treppe hinunter zurück in die Küche. Ich horchte an der Kellertür. Stille. Flüchtig schlug mein Gewissen, ich fragte mich, was der riesige Kerl wohl machen würde, wenn er wieder zu sich kam und feststellte, daß er auf unbestimmte Zeit gefesselt im Dunkeln lag. Dann fiel mir ein, daß er vermutlich direkt dafür verantwortlich war, was mit Turner geschehen war – was immer das sein mochte –, und meine Gewissensbisse versiegten. Außerdem vermutete ich aufgrund des tadellosen Zustands der Villa, daß täglich eine Haushälterin kam, um die Fußböden, die Möbel und die Küchengeräte auf Hochglanz zu bringen. Wenn sie zu ihrer gewohnten Zeit auftauchte, würde Gianni wahrscheinlich brüllen wie ein Stier.

Ich ging durch die Verandatüren hinaus und blieb auf der Terrasse stehen, wo ich überlegte, was ich als nächstes tun sollte. Ich hatte zwar die schwarze Schalttafel, die die Tore für mich öffnen würde, wußte jedoch nicht, wer die Sicherheitsanlage überwachte, und die Kameras drehten sich schließlich weiter. Ich war nicht sonderlich erpicht darauf, zur Hauptdarstellerin der Mafia-Version von *XY... ungelöst* zu werden, daher beschloß ich, eines der Autos zu nehmen, um mich vor den allsehenden Augen am Tor zu schützen. Auch die neueste technische Ausrüstung kann nicht alles, und ich verließ mich darauf, daß man mich, wenn ich im Auto saß, wegen der Dunkelheit nicht würde identifizieren können.

Ein rascher Abstecher in die Garage offenbarte, daß die Schlüssel zu allen Fahrzeugen an dem Brett hingen, an das Gianni vor Stunden auch sein Bund gehängt hatte. Ich entschied mich für den Transporter, und zwar aus dem Grund, weil er von den dreien am unauffälligsten war. Ich öffnete die Tür, warf meine Tasche auf den Beifahrersitz und kletterte hinters Steuer. Gerade wollte ich den Schlüssel ins Zündschloß stecken, als mich etwas innehalten ließ.

Ich glaube nicht an den sechsten Sinn, das Zweite Gesicht oder siebte Söhne von siebten Söhnen. Aber irgend etwas ließ meine Nackenhaare zu Berge stehen, und es war nicht Liebe auf den ersten Blick. Ich holte tief Luft und blickte über meine Schulter in den rückwärtigen Teil des Wagens.

Sogleich wünschte ich, ich hätte es nicht getan. In einem eins achtzig langen, dicken schwarzen Plastiksack mit Reißverschluß an der Vorderseite kann nur eines stecken. Man brauchte keine besonders gewiefte Detektivin zu sein, um zu erkennen, daß ich soeben wohl das Geheimnis um das Verschwinden von Nicholas Turner gelüftet hatte.

Im Nu war ich wieder draußen. Ich stand in der Garage, an die Wand gelehnt, um mich zu stützen, mein Atem ging schnell und flach, und Schweißtropfen sammelten sich in meinen Achselhöhlen. Vor Schock und Erschöpfung zitterte ich. Ich weiß nicht, wie lange ich so dastand, starr vor Schreck, unfähig, mich zu rühren, von entschlossenem Handeln ganz zu schweigen. Es ist eine Sache, nur anzunehmen, daß jemand tot ist. Etwas ganz anderes ist es, wenn du merkst, daß du mit seinen sterblichen Überresten zusammen in einem Transporter sitzt. Besonders wenn du es bist, die die Verantwortung für seinen gegenwärtigen Zustand trägt.

Nur die Angst befreite mich aus meiner Handlungsunfähigkeit. Mich weiter in der Villa San Pietro aufzuhalten war ungefähr so klug wie der Spaziergang einer Maus durch einen Katzenzwinger. Mein erster Impuls war, in den Alfa zu springen und schnellstmöglich den größtmöglichen Abstand zwischen mich und die Villa zu legen. Ich hatte die Garage schon halb durchquert, als mir aufging, daß ich mit dieser Lösung nicht leben konnte. Es waren meine Wanze und meine Fälschung, die zu Nicholas Turners Ermordung geführt hatten. Ich konnte nicht einfach verschwinden und zulassen, daß die Leute, die ihn getötet hatten, sich der Leiche und damit aller Beweise entledigten. Und wenn ich ihn hier zurückließ, würde genau das geschehen. Ich konnte auch nicht einfach zur nächsten Polizeidienststelle fahren und dort erzählen, was ich wußte. Zunächst mal konnten die Polizisten auf der Gehaltsliste der Villa stehen. Und selbst wenn nicht, selbst wenn ich sie dazu bringen konnte, mir zu glauben, fiel mir keine Geschichte ein, die letztlich nicht dazu führte, daß man mich der Freiheitsberaubung, Körperverletzung, des Betrugs, Einbruchs und vermutlich auch noch des Mordes an Aldo Moro beschuldigte.

Ich dachte daran, Della anzurufen und sie ins Bild zu setzen, damit alles über den Dienstweg geregelt werden konnte, doch bis die Mühlen der Justiz sich in Bewegung gesetzt hatten, würde es in der Villa keinerlei Indizien mehr für den Mord geben, die Leiche wäre meilenweit weg, und selbst wenn sie schließlich doch wiederauftauchte, würde es keinen Anhaltspunkt mehr geben, der sie mit Gianni und seinem Boß in Verbindung brachte.

Ich holte tief Luft und öffnete die Hecktür des Transporters. Bevor ich weitere Schritte unternahm, mußte ich erst sicher sein, daß in dem Sack tatsächlich Turner steckte. Vorsichtig griff ich nach dem Reißverschluß und wollte ihn aufziehen. Er gab nicht nach. Mir drehte sich der Magen um, als ich mit einer Hand den glitschigen gummierten Sack festhielt und mit der anderen an dem Reißverschluß zerrte. Ein paar Zentimeter, mehr war nicht nötig. Nicholas Turners Augen starrten mich an, aus einem in dem grellen Neonlicht der Garage aschfahlen Gesicht. Ich würgte und konnte mich gerade noch rechtzeitig umdrehen, damit sich der Inhalt meines

Magens nicht über den Transporter, sondern auf den Fußboden ergoß. Mit den Händen an den Knien abgestützt, stand ich vorgebeugt da und erbrach mich, bis mein Magen und meine Kehle wund waren. Dann konnte ich zitternd und schwitzend den Reißverschluß wieder zuziehen, obgleich meine Finger immer wieder von dem Leichensack abglitten. An Turners Gesicht war nicht zu erkennen, auf welche Weise er sein Ende gefunden hatte, aber ich ging jede Wette ein, daß nicht ein Gehirntumor die Todesursache war.

Ich weiß nicht mehr, wie ich es schaffte, aber irgendwie landete ich wieder hinter dem Steuer und fuhr aus der Garage. Mein einziger Gedanke war, von hier zu verschwinden und einen möglichst großen Abstand zwischen mich und die Villa San Pietro zu legen. Ich brauste die Einfahrt entlang und hämmerte frustriert auf das Lenkrad ein, als die Tore sich aufreizend langsam öffneten. Dann raste ich so schnell den Fahrweg hinunter, daß ich in einer der Kurven um ein Haar die Kontrolle über den Wagen verlor. Der Schreck darüber ernüchterte mich etwas, so daß ich von da an in einigermaßen vernünftigem Tempo fuhr. Als ich die Hauptstraße erreichte, fiel mir ein, daß ich erst noch den Mercedes von der Casa Nico wegschaffen mußte, da Gianni ja wußte, daß ich dort abgestiegen war, und ich konnte nicht garantieren, daß ich hierher zurückkam, bevor er aus seinem Gefängnis befreit wurde.

Ich ließ den Transporter auf dem Seitenstreifen an der Abzweigung zur Villa stehen und legte die zwei Kilometer zur *pensione* zu Fuß im Laufschritt zurück. Keine Spur von dem BMW. So viel zu meiner Überzeugung, daß Richard Vernunft annehmen würde. Ich fuhr mit dem Mercedes ins Tal, an dem Transporter vorbei und hielt Ausschau nach einem Platz, an dem ich ihn verschwinden lassen konnte. Etwa einen Kilometer weiter kamen einige Häuser und ein Minimarkt. Ich ließ den Wagen ganz in der Nähe der Hauptstraße stehen, lief und wankte halb zum Transporter zurück. Die ganze Zeit, eine volle Stunde, kam kein einziges anderes Auto vorbei.

Ich wendete den Transporter und fuhr zurück nach Sestri Levante. Ich mußte den Transporter irgendwo abstellen, wo er niemandem auffiel, auch wenn er tagelang dort stand. Erst dachte ich daran, mir einen abgelegenen Waldweg in den Bergen zu suchen, entschied mich jedoch dagegen. Es würde schwierig werden, im Dunkeln eine passende Stelle ausfindig zu machen, später wäre es nahezu unmöglich, seinen genauen Standort zu rekonstruieren, und wie sollte ich außerdem zu dem Mercedes zurückkommen? Einfach so an der Straße wollte ich ihn nicht parken, weil ich nicht wußte, wie lange es dauern würde, bis jemand geneigt war, sich meine Geschichte anzuhören, und nach ein, zwei Tagen in italienischer Sonne würde der Transporter keinen allzu appetitlichen Geruch ausströmen. Idealerweise brauchte ich ein Parkhaus, wo niemand ihm Beachtung schenkte.

Entweder brauchte ich also eine Großstadt oder einen piekfeinen Ferienort, wo die Leute ihre Autos tagelang in der Hotelgarage stehenließen. Die Lösung fiel mir schlagartig ein, als die Abfahrt zur Autostrada in Sicht kam. Das Ansichtskarten-Dorf Portofino, Star von tausend Puzzlespielen, dessen Hafen von pittoresken, in jeder Farbe des Eiscremespektrums gestrichenen Häusern gesäumt war. Vor ein paar Jahren war ich mit Richard dort gewesen, und ich erinnerte mich noch an das große, halb unterirdisch gelegene Parkhaus, in dem die Touristen ihre Autos abstellten, um das Zentrum des ehemaligen Fischerdorfs nicht vollends zu verstopfen.

Um kurz nach fünf Uhr morgens fuhr ich in Portofino ein. Das ist vermutlich die einzige Tageszeit, zu der keine Autoschlange darauf wartet, ins Dorf zu gelangen. Ich fuhr auf direktem Wege zum Parkhaus und zog an der vollautomatischen Schranke einen Parkschein. Den Transporter ließ ich auf der untersten Ebene stehen und ging dann die Stufen zur Straße hoch. Allmählich erhellte schon das blasse Licht der Morgendämmerung den Himmel im Osten, als ich zum Hafen schlenderte. Dort waren bereits einige Bootverleiher an der Arbeit, ich wollte jedoch kein Aufsehen erregen, indem ich einen von ihnen fragte, wie schnell ich von hier verschwinden konnte. Ich versuchte mir das Aussehen einer schlaflosen Touristin zu geben, die die frühmorgendliche Stille genoß, und ging langsam über den Kai zu der Stelle, wo die Ausflugsschiffe abfuhren. Ich hatte Glück. Um neun Uhr fuhr ein Schiff nach Sestri Levante und von dort weiter nach Cinque Terre.

Ich ging weiter an den Hafenanlagen entlang und stieß auf eine Bank mit Blick über die Bucht. Ich benutzte meine Tasche als Kissen, legte mich hin und nickte tatsächlich ein. Seltsame Träume, in denen Giannis Küchenmesser und Leichen vorkamen, die aus Säken stiegen und sich auf den Beifahrersitz setzten, verhinderten, daß es ein erholsames Nickerchen wurde, aber ich war so erschöpft, daß selbst die Alpträume mich nicht wecken konnten. Um kurz nach acht riß mich dann die Sirene eines Ausflugsdampfers aus dem Schlaf, und ich wankte ins Dorf, erstand in einem Café ein paar Sandwiches und einen Cappuccino und ging zum Hafen zurück.

An die Überfahrt erinnere ich mich kaum noch. Ich war zu nervös vor Übermüdung und von den Schrecken der Nacht. Immer wieder nickte ich ein und wachte ruckartig auf, meine Nerven waren zum Zerreißen gespannt, und ich blickte immerzu argwöhnisch um mich. Immer wieder mußte ich an Turners Frau und seine beiden Töchter denken. Sie hatten nicht nur ihren Mann beziehungsweise Vater verloren, sondern würden obendrein durch einen Besuch der Polizei und die Medien davon erfahren.

Trotz der Tatsache, daß meine Ankunft auf trockenem Boden mich dem Feind näher brachte, war ich froh, das Boot verlassen zu können. Ich hatte das Gefühl, wieder initiativ zu werden. In Sestri ging ich zum Tourismusbüro und erfuhr, wo ich einen Bus ins Tal nehmen konnte. Der nächste fuhr in zwanzig Minuten, und ich war der erste Fahrgast. Mit einem nagelneuen Sonnenhut ausgerüstet, setzte ich mich ganz hinten auf die Bank und duckte mich. Als die Casa Nico auftauchte, setzte ich meine Sonnenbrille auf und zog mir den Hut tief ins Gesicht. Der Bus lag hoch über der Straße, so daß ich auf die Casa Nico hinunterblickte. Als er hinter der *pensione* um die Ecke bog, drehte ich mich um. Hinter dem Gebäude, wo ich ihn vom Auto aus nicht hätte sehen können, stand Giannis Alfa.

An der nächsten Haltestelle stieg ich aus und ging vorsichtig an der Seitenstraße vorbei, in der ich den Mercedes abgestellt hatte. Er stand noch dort, und niemand schien ihn zu beobachten. Ich ging hinter den Häusern entlang und betrat die Seitenstraße vom anderen Ende her, schlich zum Wagen und zog erst die Tür zu, als der Motor schon lief. Dann brauste ich auf die Hauptstraße und ließ das Tal, die Casa Nico und die Villa San Pietro hinter mir, den Fuß auf dem Gaspedal und den Rückspiegel fest im Visier. Als ich zur Autostrada gelangte, fragte ich mich, wie lange Gianni wohl die *pensione* überwachen würde. Es war mir den Verlust meiner Reisetasche wert, ihn nicht auf dem Hals zu haben.

Nigel Mansell hätte nicht schneller zum Mailänder Flughafen gelangen können als ich an diesem Tag. Ich brachte den Wagen zur Hertz-Vertretung und steuerte auf das Terminal zu. Ich hatte knapp einen Flug nach Brüssel verpaßt, aber in einer Stunde ging eine Maschine nach Amsterdam. Wenn es mir gelang wach zu bleiben, konnte ich in Antwerpen Bills Saab abholen, die Nachtfähre in Zeebrugge nehmen und irgendwann morgen früh zu Hause sein. Offen gestanden konnte ich es kaum erwarten, wieder britischen Boden unter den Füßen zu spüren.

Ich mußte noch eine halbe Stunde im Warteraum der internationalen Abflughalle totschlagen. Ich überlegte, daß ich lieber Shelley anrufen sollte, ehe sie zu dem Schluß gelangte, daß nur Interpol mich noch aufspüren konnte. Sie meldete sich nach dem ersten Läuten, und ich hörte die Erleichterung in ihrer Stimme. Da wußte ich, daß etwas ganz Übles passiert sein mußte, denn Shelley läßt es sich sonst nie anmerken, wenn sie sich überfordert fühlt.

»Gott sei Dank bist du es«, sagte sie. »Wo steckst du? Du mußt sofort zurückkommen. Es hat einen zweiten Todesfall gegeben.«

20. Kapitel

Ich ließ fast den Hörer fallen. Mein erster Gedanke war: Wie zum Teufel hat Shelley von Nicholas Turner erfahren? Ihre Stimme drang durch meinen Paniknebel. »Kate? Bist du noch da? Ich sagte, es hat einen zweiten Todesfall gegeben, in Zusammenhang mit KerrSter.« Diesmal hörte ich den ganzen Satz.

»O Scheiße«, stöhnte ich.

»Wo steckst du bloß? Trevor Kerr liest mir alle zehn Minuten die Leviten. Bisher konnte ich ihn noch hinhalten, aber wenn du nicht bald mit ihm sprichst, will er uns feuern und der Presse sagen, der Grund für den zweiten Todesfall sei deine sträfliche Nachlässigkeit«, fuhr Shelley fort, und ihre Stimme verriet eine innere Erregung, die ich an ihr noch nie erlebt hatte.

»Ich bin am Mailänder Flughafen und wollte nach Amsterdam, anschließend nach Antwerpen. Ich werde Bills Wagen in Belgien lassen müssen und einen Flieger direkt nach Großbritannien nehmen. Wann ist es passiert?«

»Heute morgen. Eine Büroreinigungsfrau. Man hat sie tot neben einem neuen Behälter KerrSter aufgefunden. Laut Alexis sieht es nach einem zweiten Fall von Vergiftung durch Zyanid aus. Übrigens will Alexis ebenfalls mit dir sprechen.«

Ich blickte zum Flugsteig hinüber. Die anderen Passagiere gingen noch nicht an Bord. »Ist Kerr noch in seinem Büro?«

»Vor fünf Minuten war er noch dort«, sagte Shelley. »Heute nachmittag hatte er die Polizei von Merseyside in der Fabrik.«

»Ich rufe ihn an und beschwichtige ihn«, sagte ich. »Tut mir leid, daß du den ganzen Mist allein am Hals hattest. Falls es dich tröstet, diese Reise war ein Alptraum. Ich bin heute schon einmal mit dem Tod in Berührung gekommen. Ich weiß nicht, ob ich das ein zweites Mal durchstehe.«

»Geht's dir gut?« erkundigte Shelley sich besorgt.

»Das wäre zuviel gesagt. Ich lebe noch, was man von Turner nicht gerade behaupten kann.«

»O mein Gott«, sagte sie erschüttert.

»Ist schon gut. Laß mich jetzt mit Kerr reden. Ich rufe dich von Amsterdam aus wieder an. Von dort geht heute abend ein Flug direkt nach Manchester, Ankunftszeit etwa halb sieben. Sieh zu, daß du einen Platz in der Maschine für mich kriegst. Mir ist egal, ob Business-Klasse, Touristenklasse, oder ob ich in der Toilettenkabine stehen muß, besorge mir nur einen Platz.«

»Mach ich. Ich halte hier die Stellung, bis du dich meldest«, versprach sie. »Und sei um Himmels willen vorsichtig.«

Für diese Warnung war es ein wenig zu spät. Ich holte tief Luft, stellte mich innerlich auf Kampf ein und rief bei Trevor Kerr an. Sein Wutausbruch war schlimmer als in meinen wildesten Phantasien. Zwei volle Minuten schrie er auf mich ein, stieß einen Schwall von Obszönitäten aus, die ihm auf den Rängen eines Fußballstadions Bewunderung eingebracht hätten, mir jedoch nicht sonderlich imponierten. Ich nahm mir vor, den Unhöflichkeitszuschlag auf zehn Prozent zu erhöhen. Als er eine Pause einlegte, um sich für die zweite Angriffswelle zu sammeln, unterbrach ich ihn entschlossen. »Tut mir leid, daß Sie einen schlimmen Tag hinter sich haben, aber da sind Sie nicht der einzige«, sagte ich grimmig. »Ich habe meine

Ermittlungen zu Ihrem Problem so schnell vorangetrieben, wie ich konnte. Ich habe große Fortschritte gemacht, brauche jedoch noch eine entscheidende Information, die ich bislang nicht bekommen konnte. In einer Stunde treffe ich mich mit jemandem, der mir sagen kann, was ich noch wissen muß«, fuhr ich fort und hob die Stimme, um seine wüsten Anwürfe zu übertönen.

»Bockmist!« brüllte er wie ein Bär, der mit einem Bein in der Falle steckt. »Sie haben verdammt gar nichts gemacht! Nennen Sie mir einen verdammten Grund, warum ich Sie nicht auf der Stelle feuern sollte!«

»Wenn Sie das tun, wird irgendein anderer Privatdetektiv, der nur halb so kompetent ist wie ich, wieder bei Punkt Null anfangen müssen. Denn Sie werden einen Prozeß gegen mich anstrengen müssen, um auch nur einen Bruchteil der Informationen aus mir herauszuholen, die ich bisher gesammelt habe.«

Das brachte ihn ganze zehn Sekunden zum Schweigen. »Ich sage der Polizei, daß Sie Beweismittel zurückhalten«, tobte er.

»Tun Sie das. Inspector Jackson kennt mich gut genug, um zu wissen, daß es nicht das geringste nützt, mich in eine Zelle zu sperren. Dadurch kann man mich nicht zum Reden bringen.«

»So können Sie mit mir nicht umspringen«, fauchte er, der ultimative Rüpel.

»Wenn Sie wie ein vernünftiger erwachsener Mensch über diese Sache reden wollen, können Sie sich heute abend um acht Uhr in der Bar des Hilton am Flughafen mit mir treffen«, sagte ich. »Andernfalls steige ich aus, Mr. Kerr.« Aus den Augenwinkeln sah ich, wie meine Mitreisenden sich in Bewegung setzten. »Es liegt bei Ihnen«, sagte ich und legte den Hörer auf.

Der Flug nach Amsterdam kam mir endlos vor. Bedrückt starrte ich aus dem Fenster und hatte mehr Gewissensbisse als eine Katholikin, die mit einem verheirateten Mann schläft. Meine Einmischung hatte Nicholas Turner das Leben gekostet. Und obendrein hätte ich eigentlich den Verdachtsmomenten im Fall der KerrSter-Produktfälschung nachgehen sollen. Hätte ich meinen Job anständig erledigt, würden die Schuldigen jetzt Inspector Jackson Rede und Antwort stehen und die Frau, die gestorben war, wäre vielleicht noch am Leben. Ich hätte Trevor Kerrs Fall niemals annehmen dürfen, solange ich noch mitten in einer anderen anstrengenden Ermittlung steckte. Aber ich mußte ja unbedingt superschlau tun, aller Welt beweisen, daß ich mindestens zweimal so gut war wie der durchschnittlich kompetente Privatdetektiv. Ich hatte Bill zeigen wollen, daß ich mehr als in der Lage war, die Agentur im Alleingang zu schmeißen. Und das hatte nun zum Tode zweier Menschen geführt.

Und auch meine Beziehung mit Richard hatte ich beschädigt, diesmal vielleicht irreparabel. Und alles nur, weil ich entschlossen war, die ganz große Nummer zu spielen, um jeden Preis meinen Willen durchzusetzen. Ich fragte mich allmählich, warum ich überhaupt zurückflog. In meiner jetzigen Form nützte ich nur einer Kategorie von Leuten, nämlich den Leichenbestattern. Ich hatte fast neun Riesen in der Tasche, in Antwerpen wartete ein Wagen auf mich. Noch nie hatte ich so große Lust gehabt, einfach alles hinzuschmeißen und zu verschwinden.

Aber letztlich brachte ich es doch nicht fertig. Sei es aus Pflichtbewußtsein, Beharrlichkeit oder reiner Sturheit. Was es auch war, es beförderte mich aus dem Flugzeug und zum Abfertigungsschalter für die Maschine nach Manchester. Shelley hatte sich selbst übertroffen. Ich hatte einen Platz in der Business-Klasse. Mir blieben noch zehn Minuten, um sie kurz anzurufen und ihr zu sagen, daß ich Kerr im Flughafenhotel treffen würde. Ein wenig beruhigt, schärfte sie mir noch einmal ein, vorsichtig zu sein. Da warnte sie die Falsche.

Im Flugzeug lag die Abendausgabe des *Chronicle* aus. Die Schlagzeile MYSTERIÖSER TOD EINER PUTZFRAU traf mich wie ein Schlag in die Magengrube. Obgleich Mary Halloran in Liverpool gestorben war, gelangte sie auf die Titelseite in Manchester, einmal wegen der Verbindung zu KerrSter, und einmal weil die Zeitung so die Gelegenheit hatte, die Joey-Morton-Story neu aufzurollen. Ich empfand jedes einzelne Wort als Vorwurf gegen mich, zumal der Artikel mit dem Kürzel von Alexis Lee versehen war, las jedoch weiter. Mrs. Halloran, dreiundvierzig Jahre, Mutter von zwei Kindern (o Gott, wieder zwei Kids, die ich eines Elternteils beraubt hatte...), hatte eine private Reinigungsfirma aufgezogen, nachdem die Stadt sie entlassen hatte. Der Betrieb hatte sich als wahre Goldgrube erwiesen, trotzdem legte Mrs. Halloran in den Büroräumen noch gern selbst Hand an, vermutlich, weil sie ihre Wurzeln nicht verleugnen wollte. Sie putzte regelmäßig dreimal die Woche in einer örtlichen Rechtsanwaltskanzlei, wo sie um halb sechs anfing. Normalerweise arbeitete sie mit einer anderen Frau zusammen, aber ihre Partnerin hatte sich krank gemeldet. Mrs. Hallorans Leiche wurde von einem der Anwälte vor dem Schrank mit den Putzmitteln im ersten Stock gefunden, um kurz nach sieben, als er kam, um Überstunden zu machen. Sie lag zusammengesackt neben einem geöffneten, aber noch vollen Behälter KerrSter auf dem Fußboden. Wie seitens der Polizei verlautete, ergab die Obduktion, daß Mrs. Hallorans Tod auf das Einatmen von Wasserstoffzyanidgas zurückzuführen war.

Der Pathologe mußte blitzschnell geschaltet haben, überlegte ich. Ganz zu schweigen davon, daß er eine arg mißtrauische Natur sein mußte. Nach Joey Mortons Tod hatte ich in meiner Privatbibliothek recherchiert und die Bestätigung für etwas erhalten, das ich bereits vermutet hatte – Tod durch Zyanid läßt sich wahnsinnig schwer diagnostizieren. Er tritt fast sofort ein, und auf dem Tisch des Pathologen ist wenig davon zu sehen. Vielleicht eine Spur Schaum am Mund, möglicherweise ein paar ungewöhnliche rosarote Flecken auf der Haut, wie man es bei Leuten sieht, die zu lange am Auspuff ihres Autos geschnüffelt haben. Wenn man die Leiche schnell öffnet, läßt sich eventuell ein schwacher Bittermandelgeruch in Mund, Brust und Bauchhöhle feststellen. Aber wenn man die Proben nicht umgehend entnehmen kann, ist man angeschmiert, weil das Zyanid sich in Sulfozyanide umwandelt, die man dort ohnehin zu finden erwartet. In Joeys Fall hatte man lediglich so schnell geschaltet, weil der Barmann, der seine Leiche entdeckt hatte, den Geruch wahrnahm und zufällig ein passionierter Krimileser war.

Bei der Polizei von Merseyside äußerte man sich sehr zurückhaltend, außerdem brachte die Zeitung ein ausweichendes Zitat von Jackson, aber wenn man zwischen den Zeilen las, merkte man, daß sie bereits kooperierten. Auch Trevor Kerr wurde zitiert, er sagte, er sei überzeugt, daß seine Produkte bei Verlassen der Fabrik einwandfrei seien und Kerrchem durch die Ermittlungen voll und ganz rehabilitiert werden würde. Da Alexis keine Gelegenheit ausließ, um Spekulationen anzustellen, ließ sie den einen Versuchsballon – Industriesabotage – steigen, hatte jedoch keine Belege, die derlei Behauptungen stützten. Kein Wunder, daß sie mit mir sprechen wollte. Ich fragte mich, ob Trevor Kerr ihr wohl gesagt hatte, daß ich für ihn arbeitete, als Teil seiner Bemühungen, seinen guten Ruf wiederherzustellen.

Als das Flugzeug endlich landete, hätte ich ein paar Lines Speed gebrauchen können. Ich hatte stressige Tage mit sehr wenig Schlaf hinter mir, und der Kaffee, den man mir in der Luft serviert hatte, machte mich hypernervös, anstatt mich einfach nur wach zu halten. Ich war genau in der richtigen Stimmung für Trevor Kerr.

Um zehn vor acht holte ich mein Gepäck ab und schob es wie eine Schlafwandlerin auf einem Kuli durch den Zoll. Auf halbem Wege durch die Abfertigung spürte ich, wie sich eine Hand auf meine Schulter legte, und eine Stimme sagte: »Hierher bitte, Madam.« Verschlafen blickte ich zu dem Zollbeamten hoch und brach fast in Tränen aus. Das hatte mir gerade noch gefehlt, daß ich jetzt meine bizarre Sammlung von Besitztümern erklären sollte, angefangen von einer Kiste mit Straßenkarten bis zu einem dicken Bündel Geldscheine und einem Funkempfänger.

»Was gibt's denn?« fragte ich.

»Folgen Sie mir bitte«, sagte er, und mir blieb nichts anderes übrig, als es zu tun. Wir gingen durch die Halle zu einer Tür an der Seite gegenüber. Ich spürte die neugierigen Blicke mehrerer meiner Mitreisenden. Der Zollbeamte führte mich in ein kleines Büro und schloß die Tür hinter mir. An die Wand gelehnt stand Detective Chief Inspector Della Prentice, Rauch ausstoßend und mit einem trockenen Lächeln auf den Lippen. Ihr kastanienbraunes Haar hing lose herunter, umrahmte wie ein glänzender Wasserfall ihr Gesicht. Ihre grünen Augen waren klar, ihre Haut schimmerte. Sie hatte in den letzten sechsunddreißig Stunden offenbar mehr als zwei Stunden geschlafen. Ich haßte sie.

»Du siehst aus, als hättest du einen rauhen Flug hinter dir«, sagte sie.

»Der Flug war in Ordnung«, erwiderte ich und ließ mich auf einen der Plastikschalenstühle fallen. »Die beiden Tage davor waren bloß die Hölle.«

»Hatte das irgendwas mit den gesammelten Werken zu tun, die heute morgen auf meinem Schreibtisch gewartet haben?« fragte sie.

Ich stöhnte auf. »Nicht nur irgendwas. Mir ist klar, daß du wahrscheinlich kein einziges Wort verstanden hast, aber ich mußte es an einen sicheren Ort schicken.«

»Komm mit«, sagte Della und stieß sich von der Wand ab. »Ich fahre dich nach Hause, und wir reden.«

»Ich muß mich im Hilton mit einem Klienten treffen«, sagte ich und warf einen Blick auf meine Uhr. »In zwei Minuten. In einer ganz anderen Angelegenheit«, fügte ich hinzu.

Della sah besorgt aus. »Bist du sicher, daß du die Kraft dazu hast?«

Ich lachte liebevoll. »Der Cop in dir macht wohl nie richtig Feierabend, wie? Ich bin stark genug, um von dir in die Zange genommen zu werden, aber mich in die Nähe eines Klienten lassen? O nein, dazu bin ich zu kaputt.«

Della knuffte mich scherzhaft gegen die Schulter. »Ich kann mir nicht vorstellen, daß dein Klient dir ein heißes Bad einlassen will, mit anregenden ätherischen Ölen angereichert, oder Essen für dich kocht, während du dich mit einem steifen Wodka mit Grapefruitsaft in der Wanne aalst. Und falls doch, sollte ich vielleicht besser Richard anrufen und ihn wissen lassen, daß die Konkurrenz nicht schläft.«

Ich stützte den Kopf in die Hände. »Keine besonders glückliche Idee, Della«, sagte ich und seufzte.

»O Gott, du hast doch nicht etwa die Leistungsfähigkeit der Fortissimus-Versicherung an ihrem Mitarbeiter ausgetestet, oder?« Sie kicherte.

»Vielen Dank, Alexis«, sagte ich und stand müde auf. »Und vielen Dank für dein Vertrauen, Della. Also, dann komm. Du kannst mich zum Hilton fahren, damit ich mit meinem Klienten reden kann. Anschließend darfst du mich nach Hause bringen, da erzähle ich dir dann alles.«

Am Flughafen von einem Cop empfangen zu werden hat einen Vorteil: Er oder sie darf direkt vor der Tür parken, ohne daß die Politessen die Windschutzscheibe in einen Zettelkasten verwandeln. In wohltuendem Schweigen fuhren wir zum Hilton hinüber, wo ich Della an der Rezeption zurückließ mit der strikten Anweisung, mir in spätestens zehn Minuten zu Hilfe zu eilen.

Trevor Kerr hatte sich mit einem Brandyglas auf einen Sessel in der Ecke gepflanzt. Ich nahm ihm gegenüber Platz. Er bot mir nichts zu trinken an. »Also, was haben Sie zu Ihrer Verteidigung zu sagen?« wollte er gleich zur Begrüßung wissen. »Dank Ihrer Inkompetenz war der heutige Tag die reinste Hölle für mich. Die Polizei hat meine verdammte Fabrik völlig auf den Kopf gestellt und alle Welt vernommen. Weiß der Himmel, wie die heutigen Produktionszahlen aussehen.«

»Gewisse Leute stellen gefälschtes KerrSter her. Sie schleusen es durch eine kleine Manipulation in einer der führenden Großhandelsketten auf den Markt. Ich weiß, wie die Manipulation vor sich geht, und ich weiß, wer sie durchführt. Ich weiß nur noch nicht, wo sie das Zeug herstellen«, sagte ich mit vor Erschöpfung monotoner Stimme. Ich hatte einfach nicht die Energie, mich von Trevor Kerr in Rage bringen zu lassen.

Sein rotes Gesicht wurde nahezu violett. »Wer ist es? Wer tut mir das an?« rief er, beugte sich vor und schlug mit der Faust auf den Tisch. Mehrere entfernt sitzende Gäste drehten sich neugierig nach uns um. In der Bar des Hilton ist man so früh am Abend nicht an laute Stimmen gewöhnt.

»Ein ehemaliger Angestellter, der offensichtlich nicht allzu beeindruckt von dem goldenen Handschlag war, mit dem Sie ihn entlassen haben«, sagte ich.

»Ich will einen Namen«, sagte er aggressiv, mit leiserer Stimme, jedoch keineswegs weniger drohend. »Und eine Adresse. Ich werde dem Scheißkerl jeden einzelnen Knochen brechen, wenn ich ihn in die Finger kriege.«

Ich schüttelte den Kopf, seiner inkontinenten Wut überdrüssig. »Kommt nicht in Frage.«

»Was glauben Sie, verdammt noch mal, wofür ich Sie bezahle, Mädchen? Geben Sie mir den Namen und die Adresse!«

»Mr. Kerr, halten Sie den Mund, und hören Sie mir zu.« Ich war mit meiner Geduld am Ende, und vermutlich merkte man mir das an. Kerr ließ sich in seinen Sessel zurückfallen, als ob ich ihm eine Ohrfeige gegeben hätte. »Ein Klient engagiert mich für einen bestimmten Auftrag, und ich erledige diesen Auftrag. Manchmal stoße ich dabei auf Dinge, die in manchem den Wunsch wecken, Selbstjustiz zu üben. Zu meiner Arbeit gehört es, die Leute davon abzuhalten. Wenn ich Ihnen Name und Adresse gebe und Sie hingehen und dem Typ eine Abreibung verpassen, werden Sie es mir morgen, wenn Sie in einer Arrestzelle sitzen, nicht danken. Denn derweil liegt er im Krankenhaus, frei wie ein Vogel und ohne etwas befürchten zu müssen, weil es keinen einzigen handfesten Beweis gibt, der ihn mit dem gefälschten KerrSter oder den Todesfällen in Verbindung bringt. Sicher, er wird ein paar unangenehme Stunden auf dem Revier verbringen, aber wenn wir nicht herauskriegen, wo das Zeug hergestellt wird, und einen direkten Zusammenhang nachweisen können, dann bleiben lediglich Indizien übrig.« Kerr öffnete den Mund, wollte etwas sagen, aber ich hob den Finger und fuhr fort. »Und ich muß Ihnen außerdem sagen, daß wir diese Indizien aufgrund der Art und Weise, wie ich einen Teil davon zusammengetragen habe, nicht einmal der Polizei präsentieren können. Wir können der Polizei sagen, wo sie ansetzen soll, aber wir können nicht alles vorlegen, was wir haben. Wir brauchen unbedingt die Fabrik. Ich enthalte Ihnen den Namen nicht aus reiner Sturheit vor. Ich erledige die Arbeit, für die Sie mich bezahlen, und ich habe vor, den Auftrag abzuschließen, bevor noch jemand sterben muß. Haben Sie in irgendeiner Hinsicht Probleme damit?« fragte ich herausfordernd.

»Ihr Ruf wird in dieser Stadt keinen Pfifferling mehr wert sein«, sagte er aufgeblasen.

»Weshalb? Weil ich verhindere, daß mein Klient in den Knast wandert? Mr. Kerr, wenn ich jemals den leisesten Verdacht habe, daß Sie mich vor irgend jemandem schlechtmachen, werden unsere Anwälte Ihnen so schnell eine einstweilige Verfügung präsentieren, daß Ihnen die Augen tränen. Wenn Sie wollen, daß dieser Fall aufgeklärt und Ihr guter Ruf wiederhergestellt wird, lassen Sie mir Zeit bis morgen abend, um das letzte Glied der Beweiskette zu finden, das wir brauchen, um den ganzen Schlamassel in die Hände der Polizei geben zu können.«

Ehe er antworten konnte, erschien der Barkeeper neben ihm. »Entschuldigen Sie. Miss Brannigan?«

»Das bin ich«, sagte ich erschöpft.

»Ein Anruf für Sie. Sie können ihn an der Bar entgegennehmen.«

Danke, Della. Ohne ein Wort zu Kerr stand ich auf und ging zum Telefon. »Es ist soweit«, sagte Della.

»Ich bin gleich bei dir.« Ich legte auf und kehrte zum Tisch zurück. »Ich muß jetzt gehen«, sagte ich. »Ehrlich gesagt, Mr. Kerr, habe ich eine Menge dringenderer Dinge zu tun, als mit Ihnen zu reden. Ich melde mich.«

Della hielt Wort. Während ich es mir in einem mit belebenden ätherischen Ölen versetzten Bad gutgehen ließ, einen eiskalten Drink neben mir, zauberte sie aus dem Inhalt des Kühlschranks ein Hähnchen-Spinat-Curry. Ich wickelte mich in meinen flauschigen Frotteebademantel, kuschelte mich in die Ecke eines der Sofas und griff zu. Im Flugzeug hatte ich nichts essen können, doch sobald ich den ersten Bissen im Mund hatte, merkte ich, wie heißhungrig ich war. Während wir aßen, schilderte ich Della den Fall. »Und daher habe ich das Zeug aus dem Safe an dich geschickt«, schloß ich.

Della nickte. »Ich hab's durchgesehen, so gut es mit einem Italienisch-Wörterbuch eben ging. Zu welchem Schluß bist du gekommen?«

»Drogen«, sagte ich. »Sie tauschen Kunstwerke gegen Drogen. Diese Kombinationen aus Zahlen und Buchstaben – 20C, 34H, 50.000E. Ich deute das als zwanzig Kilo Crack, vierunddreißig Kilo Heroin, fünfzigtausend Tabletten Ecstasy. Wenn man ein Gemälde aus seinem Rahmen nimmt, kann man es viel besser transportieren als Bargeld, und schmuggeln läßt es sich auch viel leichter. Es kostet die Bande fast nichts, die gestohlenen Kunstwerke in ihren Besitz zu bringen, und die Werke haben einen beträchtlichen Schwarzmarktwert, daher kann man sie gegen einen weit höheren Gegenwert in Drogen tauschen, als anfänglich investiert wurde, um sie stehlen zu lassen.«

Della nickte. »Ich glaube, du hast recht. Kate, du weißt doch, daß ich das Beweismaterial an andere Abteilungen weitergeben muß, oder? Es fällt nicht in meinen Zuständigkeitsbereich.«

Ich seufzte. »Ja, ich weiß. Und es muß sich auch jemand mit den Italienern kurzschließen, damit die Leiche von Nicholas Turner abgeholt wird. Aber heute abend schaffe ich es nicht mehr, das Ganze noch mal mit einem skeptischen Fremden durchzugehen.«

»Natürlich nicht. Und bevor du mit irgendwelchen anderen Cops sprichst, mußt du Ruth verständigen. Sie werden dich unter starken Druck setzen, die Quelle preiszugeben, die dich auf Turner gebracht hat. Ich kann mir vorstellen, wer das gewesen sein mag, aber ich halte es nicht für nötig, meinen Verdacht weiterzugeben.«

Ich lächelte ihr dankbar zu. Sie hatte recht mit Ruth. Im Laufe der vergangenen Tage hatte ich gegen zu viele Gesetze verstoßen, um ohne Rechtsbeistand mit der Polizei sprechen zu können. Und meine Freundin Ruth Hunter ist die beste Strafverteidigerin von ganz Manchester. »Danke, Della«, sagte ich. »Kannst du den Stein morgen ins Rollen bringen? Ich warne dich schon mal vor, daß ich vor übermorgen für Vernehmungen nicht zur Verfügung stehe. Ich muß noch einer anderen Sache nachgehen, die keinen Aufschub mehr duldet.«

Della sah mich skeptisch an. »Ich weiß nicht, ob sie so lange warten werden.«

»Das müssen sie schon. Hör genau auf meine Worte. Ich werde nicht erreichbar sein. Ich werde nicht im Büro sein, ich werde nicht hier sein, ich werde nicht an mein Mobiltelefon gehen.«

Della grinste. »Ich hab verstanden. Ich spreche dir was aufs Band.« Sie inspizierte mich wie der typische Cop. »Du brauchst Schlaf, Kate. Melde dich morgen bei mir, ja?«

Als Della weg war, ging ich nach nebenan. Keine Spur von dem Coupé, was nicht verwunderlich war, wenn Richard sich dafür entschieden hatte, mit dem Auto zurückzufahren. Vielleicht hatte er ja die Nachtfähre von Rotterdam genommen. Ich war immer noch stinksauer auf ihn, wollte es aber andererseits nicht an diesem Punkt enden lassen. Ich kletterte in sein Bett und atmete an den Kissen seinen Duft ein.

Sentimental? Vielleicht. Andererseits mag es nicht gerade die vernünftigste Entscheidung sein, im eigenen Bett zu schlafen, wenn du der Polizei gerade einen Stapel Informationen übergeben hast, die ein direkter Hinweis auf Drogenschmuggel der Mafia sind.

21. Kapitel

An manchen Tagen wacht man mit dem Gefühl auf, es mit der ganzen Welt aufnehmen zu können, du kommst dir unbesiegbar vor, unsterblich und potentiell allwissend. Dies war nicht einer dieser Tage. Ich hatte Richards Star-Trek-Wecker auf sieben Uhr gestellt, was bedeutete, daß ich acht Stunden durchschlafen konnte, bevor Captain James T. Kirk deklamierte: »Landetrupp an *Enterprise*, beam uns rauf, Scotty.« Trotzdem war ich nicht in der Stimmung, frisch ans Werk zu gehen. Ich fühlte mich zwar ausgeruht, doch ein

Kater wegen Schuldgefühlen ist unendlich viel schlimmer als vom Alkohol.

Ich schlurfte nach nebenan, bestellte ein Taxi und verzog mich kurz unter die Dusche. Dann schlüpfte ich in meine letzte saubere Jeans, ein dunkelblaues Shirt und den neuen marineblauen Blazer und kriegte sogar noch einen halben Becher Instantkaffee runter, bevor das Taxi draußen vor dem Haus hielt. Ich holte Shelleys Rover aus Bills Garage und prägte mir ein, daß ich noch bei Hertz in Antwerpen anrufen mußte, um Bescheid zu sagen, sie sollten Bills Auto dort stehenlassen, bis ich wieder rüberfahren und es abholen konnte. Gegen acht parkte ich am Ende vom Alder Way.

Ausnahmsweise brauchte ich nicht lange zu warten. Um zehn nach acht verließ Sandra Bates zusammen mit einem hochgewachsenen, mageren Typ im Overall das Haus. Ohne mich eines Blickes zu würdigen, fuhr sie in ihrem kleinen Vauxhall Corsa vorbei. Anscheinend ging ihr Feminismus nicht so weit, daß sie Produkte boykottierte, die in unverhohlen sexistischer Manier beworben wurden. Der Mann, den ich für Simon Morley hielt, folgte in einem zwei Jahre alten Escort. Ich fädelte mich ein paar Autos hinter ihm in den Verkehr ein.

Am Kingsway wandte er sich nach links, weg vom Stadtzentrum. Es fiel mir nicht schwer, ihm auf den Fersen zu bleiben, als wir über die Schnellstraße fuhren. Es ging weiter durch Cheadle, an Heald Green vorbei und nach Handforth. Im Ortszentrum bog er links ab und fuhr am Bahnhof vorüber stadtauswärts. Wir kamen durch eine Sozialsiedlung, und als wir aus der Stadt heraus waren, wandte er sich nach rechts. Ein paar hundert Meter weiter kam auf der rechten Seite eine Abzweigung, die in einen kleinen Industriepark führte. Ich hielt und sah zu, wie er draußen vor einem Gebäude parkte, das nicht viel größer war als eine Doppelgarage.

Als er in dem Gebäude verschwand, fuhr ich auf das Gelände und parkte ein Stück entfernt vor einer Firma, die Gartenschuppen herstellte. Um kurz nach neun hielt ein verbeulter Transit-Lieferwagen hinter Morleys Auto. Die beiden Typen in Overalls, die ausstiegen, sahen aus, als sollten sie eigentlich noch die Schulbank drücken. Man weiß, daß man alt wird, wenn einem selbst die Ganoven blutjung vorkommen. Ich gab ihnen zehn Minuten Vorsprung, dann schnappte ich mir mein Klemmbrett und die Tasche, in der die

Videokamera steckte, und ging auf das Lagerhaus zu, an dem kein Name stand.

Ich klopfte an die Tür und marschierte hinein. An einem Ende des Raums standen hohe Bottiche mit Hähnen an der Unterseite. Von einem Podest dahinter leerte einer der Typen den Inhalt einer weißen Zwanzig-Liter-Tonne aus Plastik in einen der Bottiche. Der andere Typ schob in der Mitte des Raums einen Karren mit Fünf-Liter-Behältern, die mit denen identisch waren, die Kerrchem für KerrSter benutzte. Simon Morley stand mit dem Rücken zu mir und machte irgend etwas an einer Werkbank an der Wand gegenüber. Verglichen mit der High-Tech-Welt von Kerrchem war dies die Zelle eines mittelalterlichen Alchemisten.

Der Typ mit dem Karren sah zu mir herüber und rief: »Kann ich Ihnen irgendwie helfen?«

Beim Klang seiner Stimme fuhr Simon Morley mit bestürzter Miene herum. »Wer sind Sie?« wollte er wissen und kam durch den Raum auf mich zu.

»Ist das hier Qualcraft?« fragte ich und beschrieb wie zufällig mit meiner Tasche in der Luft einen Halbkreis, in der Hoffnung, daß die Kamera das Innere des Gebäudes einfing. »Es steht nämlich kein Name an der Tür. Ich habe eine Bestellung für Qualcraft und kann die Firma nicht finden.«

Inzwischen war Simon Morley nur noch wenige Meter von mir entfernt. Er sah aus wie der Klassenstreber zwanzig Jahre später, schlaksig, Aknenarben und eine Brille, die ihm unablässig an der spitzen Nase hinunterrutschte. »Hier sind Sie falsch«, sagte er nervös. »Wir sind nicht Qualcraft.«

Wäre ich nicht zurückgewichen, dann hätte er auf meine Turnschuhe getreten. »Entschuldigung«, sagte ich. »Sie wissen also nicht, wo Qualcraft ist?«

»Nein«, sagte er.

Ich lächelte. »Dann entschuldigen Sie die Störung.« Ich ging weiter rückwärts durch die Tür. Morley schloß sie fest hinter mir, und ich hörte, wie sich ein Schlüssel im Schloß drehte.

Ich preßte das Ohr an die Tür und hörte ihn sagen: »Wie oft hab ich euch schon gesagt, ihr sollt die Tür abschließen?« Er fügte noch etwas hinzu, aber anscheinend ging er zu seiner Werkbank zurück, denn ich konnte ihn nicht mehr verstehen.

Im Wagen überprüfte ich die Videoaufnahme. Das Bild war leicht verschwommen, doch die Bottiche und Behälter konnte man gut erkennen, außerdem war da eine schöne klare Aufnahme von Morleys Gesicht. Ich stellte die Videokamera aufs Armaturenbrett und wartete. Zwischendurch rief ich Shelley an, setzte sie darüber ins Bild, was ich in Italien erlebt hatte, und sagte ihr, sie solle mich anrufen, sobald sie von Richard hörte. »Mach dir keine Gedanken, wenn du zum Auftragsdienst durchgestellt wirst«, fügte ich hinzu. »Ich versuche den Cops aus dem Weg zu gehen, deshalb gehe ich nicht ans Telefon.« Eine wunderbare Sache, diese neue Technik. Wenn ich an meinem Mobiltelefon keine Anrufe entgegennehmen will, kann ich sie an einen Anrufbeantworter durchstellen lassen. Und wenn ich die Nachrichten abhören will, wähle ich einfach eine Nummer, und sie werden zu mir überspielt.

Bis elf waren Nachrichten von Della, von Mellor vom Kunstraubdezernat, einem Superintendent vom Drogendezernat, Alexis und Michael Haroun eingegangen. Ich hatte keine Lust, auch nur mit einem von ihnen zu sprechen, überwand mich jedoch und rief Michael zurück. Schließlich hatte ich immer noch einen Klienten, was ich während meiner Verfolgungsjagd quer durch Europa fast aus den Augen verloren hatte. Und Henry brauchte seine Versicherung. Wenn ich Michael Haroun davon überzeugen konnte, daß die Aktionen der Kunstdiebe vorläufig beendet waren, würde er sich hinsichtlich Henrys Prämie vielleicht ein wenig flexibler zeigen.

Michael war in einer Besprechung, aber ich vereinbarte mit seiner Sekretärin einen Termin für drei Uhr. Ich schätzte, daß ich hier bis dahin fertig sein würde. Als nächstes holte ich meinen Minikassettenrecorder heraus und diktierte einen ausführlichen Bericht über den KerrSter-Betrug. Auf dem Weg zu dem Termin mit Michael würde ich ihn bei Shelley abgeben, damit ich Kerr heute abend eine Abschrift überreichen konnte. Außerdem würde ich Inspector Jackson vorsichtshalber eine Kopie einreichen, damit Clever Trevor das Gesetz nicht in die eigenen Hände nahm.

Um kurz nach zwölf kam Bewegung in das Lagerhaus. Ich drückte auf den Aufnahmeknopf der Videokamera und zeichnete auf, wie Simon Morley und die beiden jungen Typen den Lieferwagen mit Paletten gefälschten KerrSters beluden. Simon ging mit einem der Jungs wieder hinein, und der Lieferwagen fuhr los. Ich folgte in diskretem Abstand. Die Mühe hätte ich mir sparen können. Ich hätte gleich zur Zentrale von Filbert Brown in Manchester fahren können, um ihre Ankunft zu filmen.

Ihre Dreistigkeit verblüffte mich. Durch ihre Pfuscherei waren zwei Menschen ums Leben gekommen, und doch holten sie immer noch aus der Gaunerei heraus, was sie konnten. Je länger ich darüber nachdachte, um so unruhiger wurde ich. Simon Morley mochte ja durchaus verrückt genug sein, in seiner Vendetta gegen Kerrchem weitere Menschenleben aufs Spiel zu setzen. Aber Sandra Bates hatte auf mich nicht den Eindruck einer Frau gemacht, die sich mit fahrlässigem Mord abfand. Ich weiß, daß Menschen für die Liebe die lächerlichsten Dinge tun, doch es gelang mir nicht, dieses Szenarium in eine glaubwürdige Form zu bringen.

Aber wenn Sandra Bates und Simon Morley die Menschen nicht umgebracht hatten, wer dann? Eine zweite Bande erpresserischer Saboteure? Nein, völlig unwahrscheinlich. Ich weiß, solche Zufälle gibt's, aber das überstieg denn doch meine Fassungskraft. Ich schloß die Augen und stöhnte auf. All diese Zeit und Mühe, und ich hatte das scheußliche Gefühl, daß ich dem Killer nicht einen Schritt näher gekommen war.

Michael schien erfreut, mich zu sehen, und gab mir zur Begrüßung einen unprofessionellen Kuß auf den Mund. Der Kribbelfaktor war nach wie vor wirksam, stellte ich fest, als ich mich von ihm losmachte und mich sittsam ihm gegenüber an den Tisch setzte. »Du hast dich sehr rar gemacht«, beschwerte er sich im Scherz. »Ich versuche seit Tagen, dich zu erreichen. Deine Sekretärin sagt mir immer wieder, du seist unabkömmlich. Ich hab schon gedacht, du magst mich nicht mehr.«

»Das waren keine Ausreden«, sagte ich. »Ich war wirklich unabkömmlich. Ich war außer Landes. Die gute Nachricht ist, du hast von den Kunstdieben nichts mehr zu befürchten.«

Er beugte sich vor, sein Blick war überrascht und interessiert. »Wirklich? Sie sind verhaftet worden?«

»Sagen wir mal so, der Markt ist zusammengebrochen«, erwiderte ich. »Du kannst mir vertrauen, es ist aus und vorbei. Also kannst du Henry Naismith beruhigt weiterversichern. Sie werden nicht wiederkommen.«

Michael fuhr sich mit der Hand durch sein dunkles Haar und schüttelte den Kopf. »Unglaublich. Was um alles in der Welt hast du getrieben? Das klingt alles sehr unkonventionell.«

»Ein wahres Wort«, sagte ich.

»Du wirst mir schon mehr erzählen müssen«, sagte Michael mit gleichermaßen entschlossener Miene und Stimme. »Nicht, weil ich dir nicht glaube. Aber ich muß mich meinen Vorgesetzten gegenüber verantworten, und die werden nicht sehr beeindruckt sein, wenn ich ihnen sage, daß ich mich auf die Behauptungen einer Privatdetektivin stütze, die nicht einmal von uns beschäftigt wird.«

Meine Geschichte langweilte mich schon jetzt, und ich würde sie trotzdem öfter wiederholen müssen als die einzige Überlebende eines Flugzeugabsturzes. »Paß auf, ich erzähl's dir in groben Zügen. Ich muß noch jede Menge Gespräche mit der Polizei führen, und es wird Verhaftungen geben. Vor kurzem habe ich aus guter Quelle einen Tip erhalten, wer mit dem Diebesgut hehlt. Der Hehler hat mich zu einem internationalen kriminellen Konsortium geführt, das Kunstwerke als Zahlungsmittel für Drogen benutzt. Der Hehler ist endgültig kaltgestellt, und um den Rest des Syndikats wird sich die Polizei noch kümmern. Ohne Abnahmegarantie werden die Diebe keine Raubzüge mehr starten. Ich versichere dir, Michael, es ist ausgestanden.«

Er blickte von dem Block hoch, auf dem er sich Notizen gemacht hatte. »Ganz sicher? Du glaubst nicht, daß der Hehler wieder von vorn anfängt, wenn sich der Staub erst gelegt hat?«

Ich schloß kurz die Augen. »Nein, es sei denn, du glaubst an Wiedergeburt.«

Michael stand der Mund offen, als er mich mit neuen Augen ansah. »Er ist tot?« Seine Stimme klang ungläubig.

»Man kann es nicht anders nennen.«

»Du hast ihn doch nicht...? Es war kein...?« Eine Spur von Angst schien in seinen Augen auf.

Ich lachte sarkastisch auf. »Bitte«, sagte ich. »Ich habe ihn nicht umgebracht, Michael, ich habe ihm nur eine Falle gestellt. Und die Quittung dafür war, daß ich die Leiche entdecken durfte.«

Er sah aus, als sei ihm übel. Das konnte ich ihm durchaus nachfühlen. »Besteht eine Chance, irgendeines der gestohlenen Gemälde zurückzubekommen?« fragte er.

Ich zuckte die Achseln. »Ich glaube nicht. Ich fürchte, du wirst die bittere Pille schlucken und mit dem Geld rüberkommen müssen. Aber wie gesagt, dieses spezielle Team wird euch nicht mehr behelligen.«

»Was soll man dazu sagen?« Er breitete die Hände aus. »Ich bin schwer beeindruckt. Paß auf, momentan kann ich noch nichts versprechen, aber in Zukunft würde ich gern mit dir zusammenarbeiten. Auf ganz offizieller Basis.«

»Einverstanden. Wenn ihr zu irgend etwas Aufschluß braucht, ruf bei uns an, dann sprechen wir darüber.« Normalerweise hätte ich einen Luftsprung gemacht vor Freude, weil ich einen so dicken Klienten wie Fortissimus an Land gezogen hatte. Heute jedoch brachte ich nur flüchtige Genugtuung auf. Fortissimus als Klient war zu teuer erkauft.

Ich stand auf. »Und in privater Hinsicht«, fügte Michael lächelnd hinzu, und um seine Augen bildeten sich Fältchen, »wann kann ich dich wiedersehen?«

»Morgen abend?« schlug ich vor. »In der Bar des Cornerhouse um halb acht?«

»Schön. Bis dann.«

Ich deutete ein Winken an und begab mich zur Tür. Er sprang auf und holte mich an der Türschwelle ein. Er wollte mich umarmen, doch ich wich ihm aus. »Nicht jetzt«, sagte ich abwehrend. »Wenn wir zusammenarbeiten wollen, müssen wir gewisse Grundregeln befolgen. Regel Nummer eins, kein Herumgemache in der Arbeitszeit.«

Er verzog bedauernd den Mund. »Entschuldige. Du hast völlig recht. Bis morgen dann. Viel Glück.«

Ich fuhr kurz beim Cigar Store Café vorbei, um etwas zu essen und einen Cappuccino zu trinken, dann fuhr ich weiter ins Büro, um die Kerrchem-Berichte bei Shelley abzuholen. »Gute Arbeit«, bemerkte sie, als sie mir zwei ordentlich abgeheftete Abschriften reichte.

»Ja«, sagte ich. Mein Mangel an Begeisterung war mir deutlich anzumerken.

»Was gibt's für Probleme?«

Ich schilderte ihr meine Vorbehalte bezüglich Sandra Bates und ihren Freund. Als ich am Ende meiner Geschichte angelangt war, nickte Shelley mitfühlend. »Ich verstehe, was du meinst«, sagte sie. »Willst du sie zur Rede stellen und sehen, was sie dazu zu sagen haben?«

»Das hatte ich eigentlich nicht vor«, erwiderte ich. »Eigentlich wollte ich Trevor Kerr und den Cops nur noch die Berichte bringen und alles weitere ihnen überlassen. Ich kann ja nicht so tun, als ob Mord nicht Sache der Polizei wäre, oder?«

»Nein, aber wenn sie nicht die Killer sind, solltest du vielleicht doch lieber mit ihnen reden. Mag sein, daß sie dir ein paar Tips geben können, die dich darauf bringen, wer in Wahrheit für die Todesfälle verantwortlich ist.«

Sie hatte natürlich recht. Bevor ich ihnen das Leben schwermachte, sollte ich zumindest mit Sandra Bates und Simon Morley reden. »Und wenn sie danach abhauen?« wandte ich matt ein.

»Wenn du die Berichte bei Kerr und Jackson abgibst und dann gleich zu ihnen fährst, werden sie wohl kaum Zeit haben abzuhauen, oder? Jackson wird auf dieser Spur nicht bis morgen früh sitzenbleiben.«

Eine halbe Stunde später ging ich den Weg zu Alder Way 37 hoch. Kerrs Abschrift des Berichts hatte ich per Motorradkurier geschickt und die Abschrift für Jackson bei seinem Sergeant abgegeben. Ich schätzte, daß mir maximal noch eine halbe Stunde blieb, bevor die Polizei anrückte.

Sandra Bates machte die Tür auf. Ihre erste Reaktion war Erstaunen und Verblüffung; als ihr einfiel, woher sie mich kannte, wollte sie die Tür wieder schließen. Ich trat vor und schob die Schulter zwischen Tür und Rahmen. »Was soll das?« fragte sie aggressiv.

»Zu langsam, Sandra«, sagte ich. »Eine Frau, die sich nichts vorzuwerfen hat, hätte eher etwas gesagt. Wir müssen uns unterhalten.«

»Sie sind keine Studentin«, sagte sie anklagend, mit schmalen Augen.

»Völlig richtig.« Ich reichte ihr meine Visitenkarte. »Ich heiße Kate Brannigan. Ich arbeite für Kerrchem, und wir müssen uns unterhalten.«

»Ich habe Ihnen nichts zu sagen«, erwiderte sie, in die Enge getrieben. Ihre Stimme klang schrill.

Aus dem Inneren des Hauses war Simon Morleys Stimme zu hören. »Was ist denn los, Sandra?«

»Gehen Sie weg«, sagte sie und drückte fester gegen die Tür.

»Sandra, möchten Sie lieber mit mir über Industriesabotage reden oder mit der Polizei über Mord?« konterte ich und stemmte mich gegen die Tür. »Sie haben zehn Sekunden, um sich zu entscheiden. Ich weiß alles über den Betrug. Sie können sich nirgends verstecken.«

Simons hochgewachsene Gestalt ragte hinter Sandra in der Diele auf. »Was ist...? Einen Moment mal, Sie waren doch heute morgen in der Fabrik.« Er sah zu Sandra hinunter. »Was zum Teufel geht hier vor?«

»Sie ist Privatdetektivin«, stieß Sandra hervor.

»Simon, wir müssen uns unterhalten«, sagte ich, bemüht, die seriöse Fassade beizubehalten, während meine Schulter schmerzhaft in dem Türspalt klemmte. »Ich weiß von dem gefälschten KerrSter, ich habe eine Videoaufnahme von Ihrer Fabrik und der Lieferung von heute morgen, ich weiß genau, wie Sandra die Schiebung bewerkstelligt. Sie werden bereits der Produktfälschung und versuchten Erpressung verdächtigt. Wollen Sie wirklich, daß auch noch zwei Morde zu der Liste hinzukommen?«

»Laß sie rein«, sagte Simon dumpf. Sandra blickte ihn bittend an, doch er nickte nur. »Mach schon, Schatz«, sagte er.

Ich folgte ihnen ins Wohnzimmer – Laura Ashley pur, ohne die geringste störende Spur von Geschmack. Dort wählte ich einen mit kitschig geblümtem Chintz bezogenen Lehnsessel, und sie setzten sich gemeinsam auf ein passendes Sofa. Sandras Hand schob sich zu Simon und umklammerte seine. »Der Anklage wegen Betrugs können Sie sich nicht entziehen«, sagte ich brutal. »Aber ich glaube nicht, daß Sie Mord geplant hatten.«

»Ich habe niemanden umgebracht«, sagte Simon herausfordernd und schob seine Brille hoch.

»So sieht es aber nicht aus«, hielt ich dagegen.

»Hören Sie, ich gebe offen zu, daß ich mich an Kerrchem rächen wollte.«

»Der goldene Handschlag?« fragte ich.

Er nickte. »Das war schon schlimm genug, aber dann erfuhr ich auch noch, daß man mir kein anständiges Zeugnis geben wollte.«

Ich runzelte die Stirn. Niemand bei Kerrchem hatte erwähnt, daß es Konflikte gegeben hatte. »Wieso?« fragte ich.

»Es lag an meinem Abteilungsleiter, Keith Murray. Er hatte ein Forschungsprojekt verbockt, an dem ich mit ihm zusammen arbeitete, und das kostete die Firma alles in allem etwa zwanzig Riesen an Zeit- und Materialverschwendung. Das war kurz bevor die Namen der Entlassenen bekanntgegeben werden sollten, alle hatten Angst um ihren Arbeitsplatz, und er schob mir die Schuld an dem Debakel in die Schuhe. Deswegen weigert sich die Personalabteilung, mir ein gutes Zeugnis zu geben. Ich stehe jetzt völlig auf dem Schlauch. Ich werde nicht nur sechs Monate, sondern sechs Jahre warten müssen, bis mir wieder jemand einen verantwortungsvollen Posten in der Forschung gibt. Ich gehöre praktisch Kerrchem.« Er stieß die Worte wütend und überhastet hervor – ein normalerweise zurückhaltender Mensch, der endgültig zuviel hat.

»Also haben Sie beschlossen, sich durch Erpressung schadlos zu halten?«

»Warum nicht?« fragte er trotzig.

»Abgesehen davon, daß es gegen das Gesetz verstößt, wüßte ich auch keinen Grund«, sagte ich scharf. »Und die beiden Menschen, die ums Leben gekommen sind?«

»Das hat nichts mit uns zu tun«, mischte sich Sandra ein. »Sie müssen uns glauben!« Sie sah aus, als würde sie gleich in Tränen ausbrechen.

»Sie hat recht.« Simon streichelte mit der freien Hand Sandras Knie. »In den Zeitungen stand, sie wären an Zyanidvergiftung gestorben – das stimmt doch, oder?« Ich nickte. »Na also«, sagte er. »Ich habe ausschließlich freiverkäufliche Chemikalien benutzt, überwiegend welche, die Sandra über ihre Arbeitsstelle beziehen konnte. An Zyanid komme ich nicht heran. Ich habe weder im Lager noch hier welches. Sie können suchen, solange Sie wollen, mit dem Zyanid können Sie uns nicht in Verbindung bringen. Hören Sie, wir wollten nur Geld aus Trevor Kerr herausholen. Warum sollten wir Menschen umbringen, wenn es uns nur darum ging? Das wäre doch hinrissig. Wenn du jemanden bezahlst, der dir dein Geschäft kaputtmachen will, tust du das in aller Stille, damit die Konkurrenz nichts davon erfährt. Du gehst nicht zur Polizei. Aber du bezahlst keine Mörder. Mord kann man nicht verstecken.«

»Was ist mit dem Brief? Der nach dem ersten Todesfall kam? Darin wurde angedeutet, es gäbe weitere Tote, falls Kerrchem nicht bezahlen wolle«, sagte ich.

Diesmal brach Sandra wirklich in Tränen aus. »Ich habe gesagt, wir sollen ihn nicht schicken«, schluchzte sie, entzog Simon ihre Hand und schlug matt auf ihn ein.

Simon nahm sanft ihre Handgelenke, dann zog er sie fest an sich. »Du hattest recht, es tut mir leid«, sagte er. Dann wandte er sich wieder mir zu. »Ich dachte, wenn wir skrupelloser tun, als wir sind, rückt Kerr mit dem Geld raus. Das war dumm, das sehe ich jetzt ein. Aber es hat mich so wütend gemacht, als er den ersten Brief einfach ignorierte und niemand Notiz davon zu nehmen schien, was wir taten. Ich mußte ihn dazu zwingen, uns ernst zu nehmen.«

»Wenn Sie die Todesfälle nicht zu verantworten haben, wer dann?« hakte ich nach und kam endlich auf die Kernfrage zu sprechen, derentwegen ich mir diese qualvolle Unterredung aufgebürdet hatte.

Zu spät. Ehe Simon antworten konnte, läutete es an der Tür, dann folgte ein Klopfkonzert. »Polizei, machen Sie auf«, hörte ich jemanden vor der Tür rufen. Ich dachte daran, durch die Hintertür zu verduften, aber bei dem Glück, das ich in letzter Zeit hatte, würde mich vermutlich ein Polizeihund zerfleischen.

Das Pärchen auf dem Sofa machte große, erschrockene Augen wie zwei Kaninchen, die, von Autoscheinwerfern hypnotisiert, mitten auf der Fahrbahn erstarren. Bis sie sich zusammenrissen und die Cops hereinließen, wäre ihre Haustür mit Sicherheit Kleinholz. Seufzend stand ich auf und stellte mich auf den nächsten gemütlichen Plausch mit Detective Inspector Cliff Jackson ein.

22. Kapitel

Meine Begegnung mit Jackson erinnerte mich an die alte radikale Parole: Hilf der Polizei, schlag dich selbst zusammen. Nach der üblichen Tirade von wegen Behinderung von Ermittlungen, Zurückhalten von Beweismitteln und Zeugenbeeinflussung brauchte ich unbedingt einen Drink. Da ich nur wenige Kilometer vom Cob and Pen entfernt war, dem Pub, in dem Joey Morton sein Leben gelassen hatte, stand mein Ziel fest.

Wenn man um den Wirt getrauert hatte, war es eine kurze Trauer gewesen. Es war Quiznacht, und das Lokal war gerammelt voll. Durch die Lücken in der dichtgedrängt stehenden Menge sah ich eine Bar in der Brauereiversion des traditionellen englischen Landhauses: dunkle Tapete im William-Morris-Stil, Jagddrucke und Bücherregale mit den Bestsellern aus den dreißiger Jahren, die seit 1941 keiner mehr liest, nicht einmal in den Wartezimmern der Krankenhausambulanzen. Klauen würde diese Titel keiner, das stand fest.

Ich bestellte einen Wodka mit Grapefruitsaft und zog mich damit in die am weitesten vom Epizentrum des Quiz entfernte Ecke zurück. Dort hockte ich mich ans Ende einer Bank, unbeachtet von den anderen vier Gästen, die am Tisch saßen. Sie waren viel zu sehr damit beschäftigt, über den Namen des ersten walisischen Fußballers zu diskutieren, der in der italienischen Liga spielen sollte. Keine Chance, jemanden vom Barpersonal in ein Gespräch zu verwickeln, nicht einmal mit einem Zehner als Lockmittel. Die Bedienung hatte alle Hände voll zu tun, füllte Biergläser und entkorkte Budweiser-Flaschen. Ich trank von meinem Wodka und wartete auf eine Unterbrechung des nicht abreißenden Stroms von Rätselfragen. Endlich wurde eine viertelstündige Pause angekündigt.

Das Quartett an meinem Tisch lehnte sich zurück. »John Charles«, sagte ich. Alle sahen mich verständnislos an. »Der erste Waliser, der in Italien spielen soll. John Charles.« Erstaunlich, wieviel Gerümpel sich in deinen Gehirnzellen einnistet, wenn du mit einem Fußballfan zusammenlebst.

»Tatsache?« fragte der Typ mit dem Stift und dem Antwortbogen.

»Hundertprozentig.«

Der Mann, der sich gegen die anderen drei für Charles starkgemacht hatte, grinste und schlug mir auf den Rücken. »Hab ich doch gesagt. Darf ich Ihnen was zu trinken bestellen?«

Ich schüttelte den Kopf. »Ich muß gleich wieder los. Aber trotzdem danke. Ich staune, daß Sie nicht alle die Antwort wußten.

Eigentlich müßte doch jeder Stammgast von Joey Mortons Pub Fragen zu Fußball aus dem Effeff beantworten können.«

Sie wirkten alle flüchtig verlegen, als hätten sie mich dabei ertappt, wie ich vor ihren Müttern mit Kraftausdrücken um mich warf. »Sie haben Joey gekannt?« fragte der Schreiber.

»Wir sind uns ein paarmal begegnet. Mein Freund ist Journalist. Schlimme Sache.«

»Das kann man wohl sagen«, erwiderte ein anderer der Männer aus tiefstem Herzen. »Wenn es geheißen hätte, Mrs. M. wäre mit dem Brotmesser auf ihn losgegangen, dann hätte es mich nicht halb so geschockt. Aber auf diese Art zu sterben, als unbeteiligter Zuschauer eines fremden Krieges, das ist wirklich übel.«

»Sie dachten, seine Frau hätte es getan?« fragte ich und versuchte einen leichten, frotzeligen Ton anzuschlagen.

Sie prusteten alle los. »Gail? Soweit kommt's noch«, sagte der Schreiber verächtlich. »Wie Tez sagt, wäre es mit dem Küchenmesser passiert, dann hätte sich niemand gewundert. Wie die beiden sich immer hinter der Bar stritten – das war fast schon satirereif. Aber einen Behälter Reinigungszeug mit Zyanid versetzen? Nein, dazu ist Gail zu blöd.«

»Wenn Gail das Tagesgericht an die Tafel schreibt, macht sie mehr Rechtschreibfehler, als der Speisezettel lang ist«, steuerte ein anderer bei. »Zyanid hält sie vermutlich für ein Parfüm von Elizabeth Taylor.«

»Demnach muß es ein furchtbarer Schock für sie gewesen sein«, sagte ich.

Der Mann, dem ich Schützenhilfe geleistet hatte, zeigte mit dem Daumen zur Bar. »Sieht wohl so aus, wie?«

Ich blickte hinüber. »Wer von ihnen ist denn Gail? Ich habe sie nie gesehen, nur Joey.«

»Die künstliche Blonde mit dem Dekolleté«, sagte der Schreiber.

Nach weiteren Merkmalen brauchte ich nicht zu fragen. Gail Mortons zerzauste blonde Mähne sah so natürlich aus wie Zuckerwatte, und der BH unter ihrem engen T-Shirt mit V-Ausschnitt hob nicht an und schob zusammen, sondern spitzte zu und zielte. Sie bediente gerade einen Gast und stieß ein Lachen aus, das ihre vollendeten Zähne und ihre gesunden Mandeln sehen ließ. »Eine ziemlich lustige Witwe«, bemerkte ich.

»Trauerkleidung bis zum Begräbnis, danach alles wieder wie gehabt.«

Ich begann mich zu fragen, ob meine eifrigen Nachforschungen in Richtung Industriesabotage Jackson von der richtigen Fährte abgelenkt hatten. Immerhin ist es eine klassische Binsenweisheit, daß bei dem gewaltsamen Tod einer Ehefrau oder eines Ehemannes der Hauptverdächtige stets der jeweilige Ehepartner ist. Ich würde vor Jackson noch mehr als sonst zu Kreuze kriechen müssen, wenn Gail Morton sich letztlich als Joeys Mörderin entpuppte. Aber das erklärte nicht, warum Mary Halloran gestorben war. Höchste Zeit, mal wieder den Rat von Freunden einzuholen.

Ich verabschiedete mich und ging. Ich fuhr ostwärts aus Stockport heraus, und bald befand ich mich am Rand des Pennine-Hochlands. Etwa eineinhalb Kilometer vor dem Dorf Charlesworth bog ich rechts in eine schmale Straße ein, deren Asphaltdecke noch so neu war, daß sie im Licht meiner Scheinwerfer glänzte. Die Straße kletterte seitlich an einem Hang hoch und mündete in einen ehemaligen Steinbruch. In dem großen Hufeisen, das man in den Hang geschlagen hatte, standen zehn wunderschöne Steinhäuser, jedes individuell von Chris entworfen.

Seit ich sie kannte, hatten Chris und Alexis davon geträumt, sich ein Haus zu bauen, nach ihren eigenen Vorstellungen von Chris entworfen. Vor ein paar Jahren waren sie dann einer Eigenbauinitiative beigetreten, und der Traum war nach einigen Anfangsschwierigkeiten endlich in Erfüllung gegangen. Chris hatte ihre Fähigkeiten als Architektin gegen Klempner-, Maurer-, Tischler- und Elektroarbeiten eingetauscht, während Alexis für alle als Hilfsarbeiterin schuftete. Das Gelände war ideal, jedenfalls für Menschen, die auf schöne Aussicht stehen, da man von dort durch eine Lücke in den Pennines auf die Ebene von Cheshire blickte. Im Umkreis von fünf Kilometern gibt es keinen einzigen Pub, das nächste anständige Restaurant ist fünfzehn Kilometer weit weg, und wenn einem abends um halb zehn die Milch ausgeht, trinkt man seinen Kaffee schwarz. Ich persönlich würde lieber in einem Gepäckfach in Piccadilly Station leben.

Das Haus war noch nicht bewohnbar. Es fehlte nur noch eine winzige Kleinigkeit: der Anschluß an Gas-, Strom-, Telefon- und Abwasserleitungen. Daher kampierten Alexis und Chris vorläufig in einem häßlichen Caravan, der in ihrer Einfahrt stand. Es war ungefähr so, als ginge man mit zugeklebtem Mund zum Abendessen in das beste Restaurant der Stadt.

In ihrem Caravan brannte Licht, also klopfte ich. Chris öffnete im Morgenmantel, das blonde Haar stand ihr feucht und zerzaust vom Kopf ab. Als sie mich sah, strahlte sie. »Kate!« rief sie, dann lehnte sie sich demonstrativ nach draußen und sah sich um. »Und du hast es ohne eingeborene Träger und Führer geschafft!«

»Sarkasmus steht dir nicht«, murmelte ich, während ich ihr in den Alptraum jedes Klaustrophoben folgte. Der Caravan war ein Modell mit vier Kojen und hätte für eine ganze Familie gereicht. Momentan platzte er jedoch aus allen Nähten von den weltlichen Besitztümern, ohne die Chris und Alexis einfach nicht auskommen konnten. Nachdem sie ihre Arbeitsgarderobe, ihre Freizeitklamotten, mehrere Regale mit Büchern, einen tragbaren CD-Player mit der dazugehörigen Musikbibliothek, zwei Weingestelle, ein Zeichenbrett für Chris und die Akten, die Alexis für zu sensibel hielt, um sie ihren Büroschubladen anzuvertrauen, hineingepfercht hatten, war nicht mehr viel Platz für menschliche Besucher übrig.

Alexis hatte sich auf dem Doppelbett ausgestreckt und sah sich im Fernsehen die Nachrichten an. Sie steckte in einer gips- und farbverschmierten Jogginghose und einem zerrissenen T-Shirt, ihr wildes Haar war mit einem Gummiband zu einem Pferdeschwanz zusammengebunden. Sie winkte mir zur Begrüßung matt zu. »Der Kessel hat gerade gekocht. Bedien dich.«

Ich machte mir eine Tasse Instantkaffee und setzte mich zu den beiden aufs Bett; einen anderen Sitzplatz gab es nicht. »Also, was führt dich mitten in der Nacht hierher?« fragte Alexis und beugte sich über mich, um den Fernseher auszuschalten. »Hast du dich endlich entschlossen, mir zu erzählen, warum du im Stil von Captain Cook durch die EU gesegelt bist?«

»Ich soll euch von der Zivilisation grüßen«, erwiderte ich. »Cliff Jackson hat gerade zwei Verdächtige im Kerrchem-Produktfälschungsskandal festgenommen.«

Jetzt war sie ganz Ohr. Alexis richtete sich auf. »Wirklich? Will er sie wegen Mordes vor Gericht bringen?«

»Keine Ahnung. Falls ja, macht er einen Fehler«, sagte ich.

»Na, raus damit«, drängte Alexis.

Ich erzählte ihr die Geschichte, da ich wußte, daß sie wegen der Nachrichtensperre, die verhängt wird, sobald ein Delikt einem bestimmten Verdächtigen zur Last gelegt wird, in der morgigen Ausgabe der Zeitung nicht viel darüber würde bringen können. Die Einzelheiten würden jedoch in ihrem phänomenalen Gedächtnis gespeichert bleiben, um bei Bedarf abgerufen zu werden, wenn der Fall vor Gericht kam. Und sie würde auch nicht vergessen, von wem die Informationen stammten.

»Und du glaubst ihnen, wenn sie sagen, sie hätten nichts mit den beiden Todesfällen zu tun?« warf Chris ein.

»Ja«, sagte ich. »Es bricht mir das Herz, das sagen zu müssen, aber ich glaube nicht, daß der Fall schon abgeschlossen ist, was immer Cliff Jackson ihnen zur Last zu legen gedenkt.«

Alexis zündete sich eine Zigarette an. Chris schob ostentativ das Fenster einen Spalt auf und zog sich aus der Flugbahn des Qualms zurück. »Ich weiß, ich weiß.« Alexis seufzte. »Aber wie soll ich ohne Kippe im Mundwinkel und eine zusammengerollte Ausgabe der *Sun* in der Hosentasche den Bauarbeiter spielen? Wie dem auch sei, KB, ich vermute, du bist hier, um die wandelnde Alexis-Lee-Präsenzbibliothek anzuzapfen?«

»Man merkt, daß sie Enthüllungsjournalistin ist«, sagte ich cool zu Chris.

»Also, was willst du wissen?« fragte Alexis.

»Erzähl mir von Joey Morton«, sagte ich. Regel Nummer eins in Mordermittlungen, sämtlichen Krimis zufolge, die ich gelesen hatte: mach dich schlau über das Opfer. Peinlich, daß ich so lange damit gewartet hatte.

»Geboren und aufgewachsen in Belfast. Kam unter großem Trara hierher. Man sagte, er werde der nächste George Best. Leider nur war die einzige Gemeinsamkeit zwischen Georgie und Joey ihr Talent, sich alle Chancen zu verbauen. United nahm ihn in die Nachwuchsmannschaft auf, wollte ihn aber nicht behalten, und er ist nie über die Dritte Liga hinausgekommen. Gail glaubte der Reklame, als sie ihn heiratete. Sie träumte von einer Zukunft, in der es rote Rosen regnete, und verzieh ihm nie, daß er es nicht bis ganz nach oben schaffte. Also hat sie sich mit einer Zukunft voller Dornen gerächt. Sie waren wie Hund und Katze. Früher, als wir noch nicht hier wohnten, gingen wir hin und wieder auf ein Bier ins Cob and

Pen und frönten dem Sport, Zuschauer zu sein, wie Joey und Gail sich gegenseitig zerfleischten.«

»Und warum hat sie ihn nicht verlassen?« fragte ich.

Alexis zuckte die Achseln.

»Manche Menschen werden süchtig nach Streit«, sagte Chris. »Du siehst ihnen zu und denkst, wie sehr es dich belasten würde, solch ein Leben zu führen, aber dann merkst du, wie sehr sie es im Grunde genießen. Wenn sie sich jemals einig wären, würde die Beziehung sofort eingehen.«

»Wo sollte sie sonst hingehen? Und es ist kein schlechtes Leben, die *grande dame* eines gutgehenden Pubs wie des Cob zu spielen«, fügte Alexis hinzu. »Außerdem war Joey überzeugter Katholik. Er hätte nie im Leben in eine Scheidung eingewilligt.«

»Jetzt ist sie mit einem Schlag alle Sorgen los«, sagte ich. »Sie hat ihre Freiheit, und vermutlich wird die Brauerei sie nicht aus dem Pub rauswerfen, solange er weiterhin Geld abwirft.«

»Plus die Versicherung«, sagte Alexis. »Man sagt, Joey sei tot viel mehr wert als damals auf dem Transfermarkt.«

»Was alles zusammengenommen ein ziemlich starkes Motiv für Mrs. Morton ergibt«, sagte ich. »Aber wenn sie hinter dem Mord an Joey steckt, wie paßt dann der Tod von Mary Halloran ins Bild?«

»Ein Nachahmer?« regte Alexis an.

»Schon möglich, aber Zyanid ist keine gewöhnliche Haushaltschemikalie. Ich wüßte nicht, wie ich es in die Hände kriegen sollte. Ihr?«

Alexis zuckte die Achseln. »Ich wollte sie noch nie so unbedingt umbringen«, sagte sie scherzhaft, packte Chris und drückte sie. Überraschend wallte Neid in mir auf. Ich konnte mich schmerzlicherweise nur zu gut daran erinnern, als Richard und ich noch so locker und warm miteinander umgegangen waren. Es kam mir vor, als sei das schon ewig her. Ich wollte diese Gefühle wiederhaben. Ich wußte nur nicht mehr, ob ich es mit Richard schaffen konnte oder ob ich wieder ganz von vorn anfangen mußte mit der Liebe und all der damit verbundenen Unsicherheit.

Das mußte sich auf meinem Gesicht gezeigt haben, denn Chris sah mich stirnrunzelnd und besorgt an. »Geht's dir gut, Kate?« fragte sie.

»Nicht so besonders«, sagte ich. »Richard und ich hatten einen dicken Streit. Vor ein paar Tagen haben wir uns in Italien getrennt, und seitdem habe ich nichts mehr von ihm gehört. Ich weiß nicht, ob wir es diesmal noch kitten können.«

Die Liebe und Sorge, die sich auf ihren Gesichtern malte, war fast zuviel für mich. Chris machte sich von Alexis los und umarmte mich. »Er wird schon wiederkommen«, sagte sie mit mehr Zuversicht, als ich empfand.

»Ja, aber bringt er vielleicht auch einen Maurer mit, um eine Trennwand im Wintergarten hochziehen zu lassen?« fragte ich bitter.

»Sollte Richard einen Maurer brauchen, müßte er dich fragen, wo er einen finden kann«, sagte Alexis. »So leicht wirst du ihn nicht los.«

»Er ist anscheinend nicht besonders glücklich«, erklärte ich. »Er sagt, es kotzt ihn an, daß alle ihn wie einen Schwachkopf behandeln.«

»Vielleicht sollte er dann aufhören, sich wie einer zu benehmen«, sagte Alexis. »Seit er damals im Kittchen gelandet ist, läuft er herum wie ein Hund, der auf den nächsten Tritt wartet. Wart's nur ab, wenn er zurückkommt, lade ich ihn zu einem Glas Bier ein und setze ihm den Kopf zurecht.«

Ich mußte lächeln. Um dieses Treffen filmen zu können würde ich ein Vermögen bezahlen. »Aber eigentlich wollte ich nicht über meine privaten Probleme sprechen«, sagte ich energisch. »Ich habe viel zuviel damit zu tun, die Schnitzer auszubügeln, die ich mir in dieser Woche geleistet habe, um mich wegen Richard zu grämen. Hatte er igendwelche zwielichtigen Kontakte, dieser Joey Morton?«

»Nicht, daß ich wüßte. Er trieb sich mit ein, zwei verrückten Typen rum, aber das wohl eher wegen des angeblichen Glamour-Faktors. Und er hat ab und zu gern gezockt, aber ein Spieler war er nicht.«

Demnach war ich nicht auf der Suche nach einem Gangster, den Joey in einem Geschäft mit gestohlenem Scotch über den Tisch gezogen hatte. »Wie steht's mit dieser Mary Halloran?« fragte ich.

»Ich war nicht selbst drüben, aber ich hab immer noch 'n paar gute Kontakte in Liverpool«, sagte sie und klang mit jeder Silbe mehr nach ihrer Heimatstadt. »Diese Mary Halloran war ein richtiges Arbeitstier. Das einzig Ungewöhnliche an ihr war, daß ihre Angestellten sie mochten. Sie sagen, sie sei eine tolle Chefin gewesen, habe sie gut bezahlt, sich immer fair verhalten. Ihnen zufolge lebte sie für ihre Kids und ihren Alten, Desmond. Unser Desmond ist ganz offensichtlich am Boden zerstört. Meine Freundin Mo war dort, um ein Interview für die *Post* anzuleiern, aber der Typ war zu fertig. Sie sagt, er sei prompt in Tränen ausgebrochen, dann spielte einer der Verwandten den Rottweiler und verjagte sie.«

»Dieser Desmond – hat er Arbeit?«

»Er hat ein eigenes Geschäft. Nicht so erfolgreich wie das von Mary, wie man hört, aber er kommt über die Runden. Er ist Fotograf. Macht überwiegend Porträts. Hochkünstlerisch, laut Mo. Spezialisiert auf ungewöhnliche Drucktechniken und Spezialeffekte. Nicht die üblichen Hochzeits- und Babybilder. Kassiert offenbar um die fünfhundert pro Bild. Weiß der Himmel, woher er seine Kunden nimmt. Die einzigen Fotos, die ich in Liverpool von derart finanzkräftigen Leuten gesehen habe, waren Fahndungsfotos.«

»Und keinerlei Zusammenhang zwischen den Hallorans und den Mortons?«

»Bisher nicht. Die einzige Gemeinsamkeit außer der Todesursache ist, daß ihre hinterbliebenen Partner finanziell jetzt besser dastehen als vorher. Mo sagt, die Mädchen, die für Mary Halloran arbeiteten, meinten, sie habe sich gut abgesichert. Logischerweise. Wenn ihr etwas zustieß, so wußte sie, würde notgedrungen das Geschäft darunter leiden, weil Mary zu den Menschen gehörte, die sich um alles selbst kümmern wollen.«

»Vielleicht haben sie es nach dem Muster von *Verschwörung im Nordexpreß* gemacht«, meldete Chris sich zu Wort. »Ihr wißt schon, ich übernehme deinen Mord, du meinen.« Wir sahen sie beide verblüfft an. »War bloß so 'ne Idee«, verteidigte sie sich.

»So was hat nur Sinn, wenn ein Alibi dich aufgrund der Methode des Mordes vollständig entlastet. Wie beim Erschießen oder Erstechen«, sagte Alexis schließlich. »Bei einer zeitverzögerten Tat wie in diesem Fall würde das gar nichts bringen.«

»Trotzdem netter Gedanke«, sagte ich nachdenklich. Plötzlich packte mich ein herzhaftes Gähnen und schüttelte mich. »O Gott«, ächzte ich. »Ich muß fahren, Ladys. Wenn das Loch auf meinem

Konto so groß wäre wie mein Schlafdefizit, würden die Gerichtsvollzieher vor meiner Tür Schlange stehen.«

Ich umarmte die beiden. »Man kann nie wissen«, sagte Chris. »Vielleicht ist er ja da, wenn du nach Hause kommst.«

Nur gut, daß Chris eine solch glänzende Architektin ist. Als Wahrsagerin würde sie keinen Penny verdienen.

23. Kapitel

Der Anrufbeantworter blinkte um sein Leben. Wider besseres Wissen spielte ich die lange Reihe von Nachrichten ab. Ich hatte genug Cops auf dem Band, um einen ganzen Mannschaftswagen vollzukriegen. Aber die eine Nachricht, auf die ich gehofft hatte, war nicht darunter. Ich konnte mich selbst nicht leiden, weil ich mir von Richards kindischem Verhalten zusetzen ließ, aber das machte es mir auch nicht leichter, es zu verdrängen. Die übrigen Nachrichten ignorierte ich und legte mich in meinem eigenen Bett aufs Ohr. Im Grunde wußte ich ja, daß die Mafia mich in Ruhe lassen würde. Daß ich gestern nacht in Richards Bett geschlafen hatte, war nichts weiter als eine Schwäche gewesen, der ich nicht noch einmal nachgeben würde.

Um kurz nach acht wachte ich auf, ganz benommen im Kopf von der neuartigen Erfahrung, eine Nacht richtig durchgeschlafen zu haben. Das Telefon läutete schon wieder, aber es fiel mir nicht schwer, das zu ignorieren. Ich nahm ein langes, geruhsames Bad und entwarf mein Tagesprogramm. Della hatte ich gesagt, ich sei bereit, mit dem Kunstraub- und dem Drogendezernat zu sprechen, doch inzwischen hatte ich es mir anders überlegt. Eine Verzögerung von ein paar Stunden würde den Gang der Ermittlungen auch nicht wesentlich behindern, und ich war entschlossen, meine Nachforschungen zu den KerrSter-Morden so rasch wie möglich durchzuziehen. Auf ein neuerliches Kräftemessen mit Cliff Jackson konnte ich gut verzichten, und das beste Mittel, diesem Unbill aus dem Weg zu gehen, war, schnell zu handeln, während er noch überlegte, was er mit Sandra Bates und Simon Morley anfangen sollte.

Nach dem Frühstück steckte ich die erste Ladung Schmutzwäsche in die Waschmaschine. Als ich kurz aus dem Küchenfenster sah, bemerkte ich einen unbekannten Wagen in einer der Anwohnerparkbuchten. Ich brauchte nicht die Nancy Drew von Manchester zu sein, um zu wissen, daß ein nicht markiertes Auto mit Funkantenne und zwei Insassen ein Polizeiwagen war. Offen war nur, zu welchem Dezernat er gehörte. Ich hatte jedoch nicht vor, die Cops zu fragen.

Ich nahm die blonde Perücke aus ihrer Hülle und stülpte sie mir auf den Kopf, ergänzte sie um die Omabrille mit dem Fensterglas und Pumps, die mich etwas größer machten, und lief durch den Wintergarten in Richards Haus und durch seine Tür nach draußen. Die beiden Polizisten musterten mich flüchtig, doch sie warteten ja auf eine zierliche Rothaarige von nebenan. Das hieß, daß nicht Della, auch nicht mittelbar, für ihre Anwesenheit verantwortlich war; sie wußte von dem Wintergarten. Blieb nur Jackson übrig.

Mein Auto war natürlich unverdächtig; ich fuhr immer noch Shelleys Rover. Gestern nachmittag hatte sie mich zu überreden versucht, ihn wieder gegen Richards Käfer einzutauschen, aber ich hatte einen beruflichen Notfall vorgeschützt und es geschafft, den Rover vorläufig behalten zu dürfen. Ich fuhr in Richtung Stockport zur Stadt hinaus und langte am Cob and Pen an, als dort noch geputzt wurde. Die Bar stank nach altem Rauch und abgestandenem Bier, was irgendwie mehr auffiel, wenn das Lokal leer war. »Ich suche Mrs. Morton«, sagte ich zu einer der Putzfrauen.

»Sind Sie von der Zeitung?« fragte sie.

Ich schüttelte den Kopf. »Ich vertrete Kerrchem, die Firma, die den Reiniger herstellt, den Mr. Morton zum Zeitpunkt seines Todes benutzte.« Es geht doch nichts über ein wenig Sparsamkeit im Umgang mit der Wahrheit. Sollten sie ruhig denken, daß ich gekommen war, um über die Entschädigung zu reden, wenn sie wollten.

Die Frau spitzte die Lippen. »Dann sollten Sie nach oben gehen. Es wird Ihre Firma 'ne Stange Geld kosten, daß sie Joey umgebracht haben.« Sie deutete auf eine Tür mit der Aufschrift »Privat«.

Ich lächelte zum Dank und öffnete die Tür, die zu einer Treppe führte. Die Tür am oberen Absatz war zwar mit einem Yale-Schloß versehen, doch als ich nach leisem Klopfen die Klinke herunterdrückte, schwang sie auf. »Hallo?« rief ich.

Durch eine Türöffnung zu meiner Linken hörte ich eine Stimme sagen: »Moment mal«, dann ein Klappern, als ein Telefonhörer auf den Tisch gelegt wurde. Gail Morton streckte den Kopf durch die Tür und fragte scharf: »Wer sind Sie? Was machen Sie hier oben?«

»Die Putzfrauen haben mich hochgeschickt«, sagte ich. »Mein Name ist Kate Brannigan. Ich bin Privatdetektivin und arbeite für Kerrchem.«

Sie runzelte die Stirn und warf einen besorgten Blick in das Zimmer hinter sich. »Dann kommen Sie rein.« Sie ging schnell voraus, nahm den Telefonhörer auf und drehte sich um, damit sie mich im Auge behalten konnte. »Ich rufe später zurück«, sagte sie bestimmt. »Hier ist eine Privatdetektivin von der Chemiefirma. Ich rufe an, wenn sie wieder weg ist... Nein, natürlich nicht«, fügte sie scharf hinzu. Und dann: »Na gut, nach eins.« Sie legte den Hörer auf und wandte sich mir zu, dabei lehnte sie sich gegen den Tisch, als müsse sie das Telefon vor einem feindlichen Angriff beschützen.

Mein Instinkt sagte mir deutlich, daß dieser Anruf mehr gewesen war als eine routinemäßige Beileidsbekundung. Da war etwas faul. Vielleicht hatte es mit der eigentlichen Sache gar nichts zu tun, aber mein Instinkt hatte mir in der Vergangenheit schon zu oft gute Dienste geleistet, um ihn einfach zu ignorieren. Ich wollte unbedingt wissen, mit wem sie gesprochen hatte, wer wissen mußte, daß eine Privatdetektivin bei ihr war. »Entschuldigen Sie, wenn ich störe«, sagte ich. »Hoffentlich war es kein wichtiger Anruf.«

»Nehmen Sie Platz«, sagte sie und ignorierte den Köder, den ich ihr vor die Nase hielt.

Das Zimmer war ebenso klischeehaft wie Gail Morton selbst. Dreiteilige Dralon-Sitzgarnitur, ein Couchtisch und Beistelltische aus grünem Onyx, vergoldet, komplett mit passenden Aschenbechern, Zigarettenetui und Tischfeuerzeug. Kitschige Lithographien in Pastelltönen von Frauen, die aussahen wie den Titelbildern von Liebesromanen entsprungen. Beherrscht wurde das Zimmer von einem Großbildfernseher, komplett mit Satellitendecoder. Ich wählte den Sessel, der am weitesten von Gail entfernt stand.

Sie kam vom Telefontisch herüber und setzte sich mir gegenüber. Dann beugte sie sich vor, um sich eine Zigarette aus dem Etui auf dem Tisch zu nehmen, ihre tief ausgeschnittene Bluse öffnete sich und ließ die Wölbung ihrer gebräunten Brüste sehen. Philip Marlowe wäre fasziniert gewesen. Ich hingegen fühlte mich leicht abgestoßen. »Also warum sind Sie hier?« fragte sie. »Hat man Sie geschickt, um mir ein Angebot zu machen?«

»Leider nicht«, sagte ich. »Kerrchem hat mich engagiert, um herauszufinden, wer ihr Produkt gefälscht hat.«

Sie lachte kurz auf. »Die wollen sich aus der Affäre ziehen, wie? Tja, daraus wird nichts. Mein Anwalt sagt, wenn wir mit Ihren Bossen fertig sind, können die sich glücklich schätzen, wenn sie noch einen Topf haben, in den sie pissen können.«

»Diese Dinge überlasse ich lieber den Anwälten«, sagte ich sanft. »Sie sind die einzigen, die durch solche Tragödien wie die hier reich werden.« Ich hielt es für angebracht, sie an ihre Rolle als trauernde Witwe zu erinnern.

»Das kann man laut sagen«, erwiderte sie und nahm einen tiefen Zug von ihrer Zigarette. In dem wenig schmeichelhaften Tageslicht, das zum Fenster hereinschien, konnte ich die beginnenden Falten rings um ihren Mund sehen, als sie die Filterspitze küßte. Es würde nicht mehr lange dauern, bis ihr Gesicht ihrem Charakter entsprach. »Also was wollen Sie wissen?«

»Ich habe ein paar Fragen, die Sie mir vielleicht beantworten können. Nummer eins, können Sie sich noch erinnern, wer das KerrSter gekauft hat?«

»Entweder ich oder Joey«, sagte sie. »Die Fahrten zum Verbrauchermarkt haben wir abwechselnd gemacht. KerrSter stand jedesmal auf der Einkaufsliste, und gewöhnlich hatten wir einen Reservebehälter im Schrank.«

»Wer hat den letzten Einkauf besorgt?«

»Das war Joey«, sagte sie bestimmt. Nach dem Zeitpunkt, zu dem die betreffende Serie herausgegangen war, hieß das, daß Joey den tödlichen Behälter selbst erstanden hatte.

»Wo bewahren Sie Ihre Reinigungsmittel auf?« fragte ich.

»In einem Schrank in der Küche des Pubs.«

»Ist er verschlossen?«

Sie sah mich verächtlich an. »Natürlich nicht. In einem Pub wird immer mal was verschüttet und so. Das Personal muß den Dreck notfalls gleich aufwischen können, man kann nicht alles den Putzfrauen überlassen.«

»Also hat jeder, der im Pub arbeitet, Zugang dazu?«

»Stimmt genau«, sagte sie zuversichtlich. »Das hab ich auch der Polizei gesagt.«

»Was ist mit Privatbesuchern, Freunden oder Geschäftspartnern? Könnten die auch an den Schrank gehen?«

»Wieso sollten sie? Kommen Ihre Freunde zu Ihnen ins Büro, um im Schrank der Putzfrau herumzuschnüffeln?« fragte sie aggressiv.

»Aber wäre das theoretisch möglich?«

»Es würde sofort auffallen. Wenn hier jemand zu Besuch kommt, läuft er gewöhnlich nicht allein in der Küche herum. Sie müssen ja wirklich merkwürdige Bekannte haben. Woher sollten die Leute im übrigen wissen, daß Joey diesen speziellen Behälter öffnen würde?«

Ehe ich meine nächste Frage stellen konnte, rief eine Stimme vom Treppenhaus: »Gail? Hier unten ist eine Lieferung, die Sie abzeichnen müssen.«

Gail seufzte und drückte ihre Zigarette aus. »Ich bin gleich wieder da.«

Kaum hatte sie das Zimmer verlassen, war ich auf den Beinen. Ich würde keine zweite Gelegenheit bekommen, um herauszufinden, weshalb meine Antennen sich aufgerichtet hatten. Ich holte den Kassettenrecorder aus meiner Tasche und drückte auf den Aufnahmeknopf, dann nahm ich den Telefonhörer ab und hielt das eingebaute Mikro des Recorders an die Hörmuschel. Ich drückte auf die Wahlwiederholungstaste. Das Telefon spulte die Ziffern ab, dann stellte sich die Verbindung her. Ein Telefon läutete. Ich ließ es zehnmal klingeln, unterbrach die Verbindung und legte den Hörer sanft wieder auf.

Ich hörte Schritte auf der Treppe und flitzte zu meinem Sessel zurück. Als Gail das Zimmer betrat, blätterte ich beschaulich in der *TV Times*. »Alles geklärt?« fragte ich höflich.

»Ich hasse Papierkram«, sagte sie. »Joey haßte ihn auch, deshalb kommt einmal die Woche eine Frau, die sich um die Buchhaltung kümmert.«

»Hatte Ihr Mann irgendwelche Feinde?« fragte ich. Miss Marple wäre geplatzt vor Neid.

»Es gab viele Leute, die Joey liebend gern tot gesehen hätten, meistens Fußballfunktionäre. Aber im allgemeinen mochten die Menschen ihn. Das war sein großes Problem. Er wollte unbedingt gemocht werden. Er setzte sich nie durch oder brachte die Bosse dazu, ihn anständig zu behandeln. Er gab einfach klein bei«, sagte sie, und jahrelange Bitterkeit machte sich in ihrer Stimme bemerkbar. »Ich hab ihm gesagt, du mußt ihnen zeigen, wer das Heft in der Hand hält, aber hat er auf mich gehört? Er dachte nicht dran. Das gleiche war's mit der Brauerei. Ich lag ihm ewig in den Ohren, er sollte mit ihnen über unseren Vertrag reden, aber er hat mich einfach auflaufen lassen. Tja, jetzt werden andere Seiten aufgezogen, jetzt haben sie es mit mir zu tun«, fügte sie heftig hinzu. Da ich die Raffgier der Brauereiketten kannte, dachte ich, daß Gail Morton wohl eine böse Überraschung bevorstand.

»Also keine Feinde, niemand, der seinen Tod wollte?«

»Sie bellen den falschen Baum an«, erwiderte sie. »Sie sollten sich nach jemandem in der Fabrik umsehen, der was gegen die Bosse hat. Joey hatte einfach Pech.«

»Sie ziehen Nutzen aus seinem Tod«, bemerkte ich.

Ihre Augen wurden schmal. »Es wird Zeit, daß Sie gehen«, sagte sie. »Ich muß mir diesen Mist nicht in meinem eigenen Wohnzimmer anhören. Na los, machen Sie schon.«

Ich merke, wenn ich nicht erwünscht bin.

Als ich ins Büro kam, machte Shelley ein Gesicht, das ich noch nie an ihr gesehen hatte. Nachdem wir ein paar Minuten lang unbeholfen Konversation gemacht hatten, wußte ich, was los war. Der ausweichende Blick, der nervös zuckende Mund – sie hatte wegen irgend etwas Schuldgefühle. »Na schön«, sagte ich bedeutungsvoll und hockte mich auf ihre Schreibtischkante. »Raus damit. Was quält dich? Vielleicht die Lügen, die du der Polizei über meinen Verbleib erzählen mußt?«

»Ich weiß nicht, was du meinst«, sagte sie eingeschnappt. »Im übrigen bin ich schwarz. Ist uns das Belügen der Cops nicht angeblich angeboren?«

»Dich belastet doch was, Shelley.«

»Mich belastet nichts. Übrigens, falls du dein Coupé zurückhaben willst, es steht an einer Parkuhr um die Ecke. Ich hätte auch ganz gern meinen Rover zurück.« Sie konnte mir nicht in die Augen sehen.

»War er hier?« Sosehr ich mich auch bemühte, ich brachte keinen coolen Ton zustande.

»Nein. Er kam heute morgen um acht bei mir zu Hause vorbei. Ich habe ihn gebeten, mit dir zu reden, aber du bist eine gute Lehrerin. Dein Mann hat hervorragend gelernt, wie man andere auflaufen läßt. Ich wollte dich anrufen, aber da war er schon weg, also hätte es nicht viel Sinn gehabt.«

»Hat er gesagt, wohin er geht?« Mir drehte sich der Magen um, und das hatte nichts damit zu tun, was ich zum Frühstück gegessen hatte.

»Ich hab ihn gefragt, aber er sagte, er wisse es noch nicht. Ich soll dir ausrichten, du sollst nicht deine Zeit damit verschwenden, nach ihm zu suchen.«

Ich wandte den Blick ab, blinzelte gegen die Tränen an. »Fein«, sagte ich mit unsicherer Stimme. »Obwohl ich nicht weiß, wieso er glaubt, ich könnte die Zeit erübrigen, ihn aufzuspüren...«

Shelley griff nach meiner Hand. »Sein Stolz ist verletzt, Kate. Er braucht etwas Zeit, das ist alles.«

Ich räusperte mich. »Klar. Sollte mir scheißegal sein.« Ich ging in mein Büro. »Wenn jemand was von mir will, ich bin nicht da, ja?«

Ich schloß die Tür und befaßte mich mit dem Kassettenrecorder. Das Wählen der Nummer hatte ich im Schnellauf aufgenommen, und jetzt spielte ich es in langsamerem Modus ab, um die Klickgeräusche besser zu hören. Bei dem Glück, das ich in letzter Zeit hatte, war der von mir gestörte Anruf vielleicht von außen an Gail gegangen und ich hatte nur die Nummer ihres Zahnarztes.

Ich notierte die Ziffern auf einem Blatt Papier. Falls Gail nicht jedesmal, wenn sie eine Zahnbehandlung brauchte, hundertzwanzig Kilometer fahren wollte, sah es aus, als hätte ich einen Volltreffer gelandet. Die Nummer, die ich von ihrem Telefon aufgenommen hatte, war aus Liverpool. Spontan marschierte ich in Bills Büro, wo die Telefonbücher ihre Wohnstatt haben, und suchte ein drei Jahre altes Liverpooler Telefonbuch heraus. Ich schlug Halloran nach. Da stand es. Desmond J. Halloran, eine Adresse in Childwall. Die Nummer stimmte nicht überein.

»Es ist erst vorbei, wenn es vorbei ist«, sagte ich grimmig, griff zum Telefon und rief bei der Auskunft an. Ich fragte nach Porträtfotografen in Liverpool. Die zweite Nummer, die mir die Telefonistin gab, stimmte mit der Nummer auf dem Blatt Papier überein.

DJH Porträts. Es würde wohl kein Mensch mit mir wetten, daß diese Initialen nicht für Desmond J. Halloran standen.

Ich verkroch mich wieder in meinem Büro und rief Paul Kingsley an, einen kommerziellen Fotografen, der gelegentlich für uns arbeitet, wenn Bill und ich überlastet sind oder Fotos unter Bedingungen gemacht werden müssen, denen wir uns beide nicht gewachsen fühlen. Paul freut sich immer, von uns zu hören. Ich vermute, er hat als Heranwachsender zu viele Batman-Comics gelesen. Ich erwischte ihn unter der Nummer seines Mobiltelefons. »Ich brauche deine Hilfe.«

»Toll«, sagte er begeistert. »Worum geht's?«

»Ich möchte einen Fotografen in Liverpool überprüfen. Ich muß wissen, wie seine Geschäfte laufen. Verdient er Geld? Steht er finanziell auf der Kippe? So was. Kennst du jemanden, der mir ein genaueres Bild vermitteln könnte?«

»Das ist alles?« Er klang enttäuscht. Es war beunruhigend. Dabei handelt es sich um einen Mann, der in unserem Auftrag schon den Samstag abend in einer Industriemülltonne verbracht oder drei Tage im Regen in einem Gebüsch ausgeharrt hatte. Ich an seiner Stelle wäre ausgerastet vor Freude angesichts der Nachricht, daß seine neueste Arbeit für Mortensen & Brannigan nichts Riskanteres beinhaltete als den Griff zum Telefonhörer.

»Das ist alles«, bestätigte ich. »Ich brauche die Information bloß schon gestern. DJH Porträts, so heißt die Firma.«

»Betrachte den Auftrag als erledigt«, sagte er.

Mein nächster Anruf galt Alexis. »Alles klar?« sagte sie zur Begrüßung. »Ist der Sturkopf wiederaufgetaucht?« Ich berichtete ihr von Shelleys Unterredung mit Richard. »Hört sich für mich nicht nach einem Lebewohl an«, sagte sie. »Wenn du meinen Rat hören willst, ruf deinen Versicherungsfuzzi an. Zeig Richard, daß du nicht dasitzt und wartest, bis er es für genehm hält, wieder nach Hause zu kommen.«

»Kurioserweise bin ich heute abend schon mit ihm zum Essen verabredet«, teilte ich ihr mit.

»Gut so. Tu nichts, was ich nicht auch tun würde.«

»Da bleibt mir aber nicht viel Spielraum bei einer Verabredung mit einem Typ, oder?«

»Genau. Also, was wolltest du von mir?«

»Hast du noch deinen Kontakt bei der Telecom-Kontoführung?« fragte ich.

»Und ob. Wie es so schön in dem Song heißt, hast du sie erst gefunden, laß sie nie wieder gehen. Was brauchst du?«

»Ich brauche die einzeln aufgeschlüsselten Rechnungen der letzten sechs Monate zu drei Nummern«, sagte ich. »Eine in Manchester, zwei in Liverpool. Wieviel wird mich das kosten?«

»Normalerweise fünfzig Pfund pro Wunsch. Ich frage sie, ob sie dir die drei für hundertzwanzig überläßt. Willst du mir die Nummern geben, damit ich sie weiterleiten kann?«

Ich diktierte ihr die drei Nummern. »Sobald wie möglich«, sagte ich.

»Wenn ich sie gleich erwische, faxt sie dir die Unterlagen, sobald sie heute abend nach Hause kommt. Reicht dir das?«

»Muß ja.«

»Geht es um etwas, das ich wissen sollte, KB? Ich meine, schließlich hast du mich gestern abend über geheimnisvolle Todesfälle in Manchester und Liverpool ausgequetscht.«

Ich mußte lachen. »Wenn ich dir sagte, es hätte damit absolut nichts zu tun, würdest du mir glauben?«

»Mädel, selbst wenn der Papst höchstpersönlich mir sagen würde, es habe absolut nichts damit zu tun, würde ich es nicht glauben. Da hast du nicht den Hauch einer Chance. Willst du mich nicht einweihen?«

»Stell deine eigenen Nachforschungen an«, sagte ich.

»Ich melde mich später bei dir. Viel Spaß mit deinem Versicherungsfuzzi. Ich erwarte morgen einen ausführlichen Bericht.«

»Nur zahlende Kundschaft kriegt ausführliche Berichte.« Lachend legte ich den Hörer auf und schwang die Füße auf den Schreibtisch. In meinem Kopf formte sich allmählich ein ungefähres Bild, aber es gab noch zu viele Fragen, auf die ich eine Antwort finden mußte. Vor allem jene, die Gail Morton selbst aufgeworfen hatte. Wenn es jemand persönlich auf Joey Morton abgesehen hatte, wie konnte er sicher sein, daß nur er den tödlichen Behälter öffnen würde?

Ich grübelte immer noch über diesen Punkt nach, als Paul zurückrief. »DJH Porträts«, sagte er. »Desmond Halloran. Einmannbetrieb. Früher hat er mit einem anderen Typ zusammengearbeitet, das Übliche, Hochzeiten, Babys und Haustiere. Er hielt sich jedoch für einen Künstler, daher hat er sich selbständig gemacht, sich auf Sonderwünsche in Sachen Porträts spezialisiert. Ich hab mir sagen lassen, daß seine Sachen wirklich gut sind, das Problem ist nur, daß die von ihm angewendeten Verfahren sehr arbeitsaufwendig sind, außerdem kosten die Chemikalien ziemlich viel Geld. Anfangs hielt er sich einigermaßen über Wasser, aber seit die Rezession zugeschlagen hat, hat kaum noch einer das nötige Geld übrig für ausgefallene Fotos, die pro Stück ab fünfhundert Pfund kosten. Mein Kontaktmann sagt, daß er in letzter Zeit wohl Verluste machen muß. War es das, was du hören wolltest?«

»Haargenau«, sagte ich.

»Es hat nicht zufällig was damit zu tun, daß seine Frau vor kurzem in die Kiste gesprungen ist?« fragte er gespannt, der ewige Amateurdetektiv.

»Na na, Paul, du weißt, daß ich niemals vertrauliche Informationen preisgebe.«

»Ja, klar. Mein Kumpel meinte bloß, Desmond hätte sich nur deshalb über Wasser halten können, weil das Geschäft seiner Frau ein Bombenerfolg war und sie ihm unter die Arme griff. Er fragt sich, wie Desmond jetzt wohl über die Runden kommen will.«

Ein weiteres Stück des Puzzles, das an seinem Platz landete. »Danke, Paul«, sagte ich. »Schick mir eine Rechnung.« Es war reine Spekulation, aber falls Desmond Halloran eine Affäre mit Gail Morton hatte und sie ihre Partner hatten verlassen und zusammen durchbrennen wollen, brauchten sie etwas, wovon sie leben konnten. Und zwar ein ziemlich einträgliches Etwas, wenn mein Eindruck von Gail stimmte. Wenn Desmond sich von Mary hätte scheiden lassen, dann hätte sie zweifellos die Kinder behalten und ihr Geschäft, und Desmond hätte ohne Geld dagestanden. Und ich hatte den Verdacht, daß Gail einen Desmond ohne Geld weit weniger attraktiv fand als einen Desmond mit Geld.

Bevor ich weiter aktiv werden konnte, ging die Tür zu meinem Büro auf, und Della kam herein. Sie sah mich vorwurfsvoll an und schüttelte sacht den Kopf. »Daß man sich vor Cliff Jackson drükken will, kann ich ja noch verstehen«, sagte sie. »Aber daß du dich vor einem Versprechen drückst, das du mir gegeben hast? Kate, du hast in Mailand nicht nur dein Gepäck, sondern auch deinen Verstand abgegeben und vergessen, ihn am Ziel der Reise wieder abzuholen.«

Mehr brauchte sie nicht zu sagen. Ich hätte mir einen Tritt geben können. Sie hatte recht. Wenn ich anfange, meine Freunde hängenzulassen, dann weiß ich, daß mein Leben komplett aus dem Ruder läuft. Ich stand auf. »Tut mir leid«, sagte ich matt. »Du hast recht. Du hast was Besseres verdient.«

»Fahren wir?«

Ich nickte. Als wir an Shelley vorbeikamen, sagte sie: »Entschuldige, Kate. Die meisten Leute kann ich belügen, nur nicht die eigenen.«

»Du brauchst dich nicht zu entschuldigen«, sagte ich. »Ich bin diejenige, die im Unrecht war. Ruf du Ruth an und sag ihr, sie soll mich treffen, im... in welchem Revier, Della?«

»Bootle Street«, sagte Della.

»Noch was, Shelley. Ich glaube, es wird eine Weile dauern. Ruf doch bitte Michael Haroun bei Fortissimus an und sag ihm, wir müssen unsere Verabredung auf später verschieben.«

Ich folgte Della nach draußen zu dem wartenden Streifenwagen. Ich wußte, daß ich riesiges Glück hatte, weil ich nicht verhaftet wurde. Trotzdem hatte ich nicht das Gefühl, daß ich es riskieren konnte, unter einer Leiter hindurchzuspazieren.

24. Kapitel

Es schien fast länger zu dauern, die verrückten Abenteuer von Richard und Kate nachzuerzählen, als wir gebraucht hatten, um sie zu erleben. Die Fragen stellten Inspector Mellor vom Kunstraubdezernat, der sich von unserer ersten Begegnung bei Henry an mich erinnerte, und Geoff Turnbull vom Drogendezernat, der mir Gott sei Dank wegen meiner Hilfe in einem früheren Fall, mit dem er beträchtlichen Ruhm geerntet hatte, noch etwas schuldig war. Della war bei der Vernehmung anwesend, vermutlich um dafür zu sorgen, daß meine Anwältin mich nicht dazu überredete, zur Methode der Trappisten zu greifen.

Trotzdem war es nach Mitternacht, bis ich jedermanns Fragen beantwortet hatte. Auf den Rat von Ruth Hunter, meiner unvergleichlichen Strafverteidigerin und übrigens Mitglied der verschworenen Gemeinschaft meiner weiblichen Freundinnen, die Richard den Hexenzirkel getauft hat, hatte ich ihnen all meine ruchlosen Taten gestanden. »Immerhin«, so hatte sie ironisch gesagt, »hast du all diese Rechtsbrüche außerhalb ihrer Jurisdiktion begangen, und ich glaube, die italienische Polizei wird schon genug am Hals haben, ohne dich noch wegen solcher Bagatellen wie Körperverletzung, Kidnapping, Freiheitsberaubung, Einbruch, Datendiebstahl, Beseitigen einer Leiche und Nichtanzeigen eines Mordes zu belangen.«

Ruth, Della und ich landeten schließlich in einem der Casinos im Stadtzentrum, wo wir uns an Steaks labten. Der große Vorteil dieser Etablissements ist, daß sie lange geöffnet haben und das Essen erschwinglich ist. Das soll wohl ein Ansporn sein, um die Leute an die Spieltische zu locken. Ich weiß nicht, wie wirksam es ist; die meisten Spieler in dieser Nacht waren Chinesen, und keiner von ihnen machte den Eindruck, als stünde ein saftiges Steak auf seinem Programm. Nicht, solange sich die Räder des Roulettes noch drehten.

»Cliff Jackson wird noch mit dir sprechen wollen«, bemerkte Della, nachdem wir bestellt hatten.

»Ich weiß. Heute morgen haben seine Häscher vor meiner Tür gewartet.«

Ruth stöhnte auf. »Was denn noch, Kate? Hast du nicht für eine Woche gegen genug Gesetze verstoßen?«

»Das ist nicht der Grund, warum Cliff Jackson es auf mich abgesehen hat«, sagte ich steif. »Es geht darum, daß ich seine Arbeit für ihn erledigt habe, und nachdem ich seine Saboteure aufgespürt habe, will er wahrscheinlich noch wissen, wer der wahre Mörder ist.«

Della und Ruth verschluckten sich beide an ihren Drinks. »Ach, ihr Kleingläubigen«, klagte ich. »Wie dem auch sei, ich möchte ihm aus dem Weg gehen, bis ich alles unter Dach und Fach habe. Wenn ich die Sache nicht zu Ende führe, wird er nur ein Chaos anzetteln und den Falschen einsperren. Er neigt dazu.«

»Ist es nicht an der Zeit, daß du dich wieder den Wirtschaftsverbrechern zuwendest und diese gefährlichen Kriminellen der Polizei überläßt?« wollte Ruth wissen. »Ich meine damit nicht, daß du nicht in der Lage bist, auf dich aufzupassen. Aber du ziehst immer wieder

Richard mit hinein, und er ist ein zu großer Pechvogel, um mit derlei Leuten umzugehen.«

»Ich will jetzt nicht über Richard diskutieren«, sagte ich. »Apropos, Della, was haben Mellor und Turnbull eigentlich in den letzten achtundvierzig Stunden mit dem Material gemacht, das ich ihnen auf dem Silbertablett serviert habe?«

»Zum Glück war Geoff bereits mit seinen Amtskollegen auf dem Kontinent über Fragen des organisierten Drogenhandels im Gespräch, daher konnte er viele bürokratische Hemmnisse umgehen. Es hat sich herausgestellt, daß seine italienischen Kollegen die Gruppo Leopardi und ihre Ableger schon seit längerer Zeit im Visier haben, deshalb haben die Infos, die du mitgebracht hast, großen Wert. Übrigens hattest du recht. Sie haben in ganz Europa Kunstdiebstähle organisiert, nicht nur in Großbritannien, und die gestohlenen Werke als Zahlungsmittel für Drogenlieferungen benutzt«, sagte Della. »Mit Hilfe der Daten, die du geklaut hast, wird man ihnen, wie's aussieht, eine Falle stellen können, durch die zur Abwechslung mal einige der ganz schweren Jungs ins Netz gehen.«

»Und Nicholas Turner?« fragte ich.

Della machte sich mit einer Zigarette und ihrem Zippo-Feuerzeug zu schaffen. »Sie haben seine Leiche in dem Transporter gefunden. Ein paar von den Jungs sind heute morgen nach Leeds gefahren und haben mit seiner Frau gesprochen. Sie leugnet natürlich jegliche Kenntnis zwielichtiger Geschäfte ab. Ihre Vorstellung der trauernden Witwe eines völlig korrekten Kunst- und Antiquitätenhändlers ist oscarreif. Sie mag ja durchaus trauern, aber keiner denkt auch nur ansatzweise, daß sie so unschuldig ist, wie sie uns glauben machen will. Abgesehen von anderen Dingen gibt es Indizien dafür, daß sie ihn auf mehreren seiner Ausflüge zur Villa San Pietro begleitet hat.«

»Trotzdem hatte er nicht den Tod verdient«, sagte ich.

Ruth zuckte die Achseln. »Wenn du das Geld nimmst, nimmst du auch die damit verbundenen Risiken. Wie viele Leben wurden durch die Drogen zerstört, zu deren Verbreitung Turner beigetragen hat? Die Hälfte der Leute, die ich verteidige, haben ihre Probleme zum großen Teil der Drogenszene zu verdanken. Wegen Turner würde ich mir keine grauen Haare wachsen lassen, Kate.«

Ich ließ mir keine wachsen.

Am nächsten Morgen standen Jacksons Häscher erneut vor meiner Tür. Vermutlich ließ er inzwischen auch das Büro überwachen. Ich rief Shelley an. »Hast du auch Gesellschaft der Spezies Uniform?«

»Natürlich, Sir. Wollten Sie mit einem unserer Detektive sprechen?«

Mehr brauchte sie nicht zu sagen. »Ist es Jackson persönlich oder einer seiner Handlanger?«

»Der Leiter der Agentur ist leider im Moment nicht da.«

Das mußte man Shelley lassen, sie läßt sich durch nichts erschüttern. »Gestern abend müßte ein Fax für mich gekommen sein«, sagte ich. »Kannst du es in einen Umschlag stecken und es per Kurier an Joshs Büro schicken? Ich hole es dort ab.«

»Kein Problem, Sir. Ich richte Miss Brannigan aus, daß sie zurückrufen soll, sobald Sie ins Büro kommt. Auf Wiederhören.«

Wer gesagt hat, Blondinen hätten es im Leben leichter, hat damit offenbar nicht die Erfahrung gemeint, eine blonde Perücke zu tragen. Ich zog wieder meine Verkleiden-für-Anfänger-Nummer durch und ging durch Richards Bungalow hinaus. Dort legte ich allerdings noch einen kurzen Zwischenstopp ein, um eine Inventur seines Kleiderschranks vorzunehmen. Falls Richard vorbeigekommen war, hatte er nicht viel mitgenommen. Allerdings war sein Laptop verschwunden, und das hieß, er würde zumindest so lange wegbleiben, daß er anderswo arbeiten mußte.

Ich kam zehn Minuten nach dem Fax in Joshs Büro an und bezog Posten an einem freien Schreibtisch, um die Telefonnummern durchzuackern. Die Prozedur des Nummernvergleichs war langwierig und ermüdend, zusätzlich erschwert durch den Umstand, daß Alexis' Kontaktfrau eine noch ausführlichere Aufstellung der Anrufe geliefert hatte, als die Kunden sonst bekommen. Auf dem von ihr geschickten Fax war jeder einzelne Anruf von den drei Nummern aus aufgeführt, selbst die Kurzanrufe, die nicht genug kosten, um auf der Kundenrechnung zu erscheinen. Dennoch erhielt ich am Schluß die Bestätigung, daß praktisch jeden Tag zwischen Desmond Hallorans Büronummer und dem Privatanschluß des Cob and Pen telefoniert worden war. Außerdem waren noch einige lange Gespräche von der Privatnummer der Hallorans mit dem Pub verzeichnet.

Und ich fand noch etwas Merkwürdiges. Auf beiden Rechnungen

tauchte eine Nummer in Warrington auf. Ich überprüfte die Daten. Jeden Montag fand ein mehrere Minuten langes Gespräch statt, das auf der einen oder anderen Rechnung erschien. Meist auf Desmonds Bürorechnung, aber fünfmal auch auf der Rechnung des Cob and Pen. Natürlich mußte ich dort anrufen, oder etwa nicht?

»Warrington Motorway Motel, hier Janice, was kann ich für Sie tun?« verkündete eine Singsang-Stimme.

»Ich treffe mich heute mit jemandem in Ihrem Motel. Können Sie mir eine Wegbeschreibung geben?«

»Natürlich, Madam. Woher kommen Sie?«

»Von Manchester.«

»Gut. Wenn Sie auf der M62 die Abfahrt Nummer neun nehmen, biegen Sie danach links ab und am ersten Kreisverkehr rechts. Wir sind die erste Abzweigung links, gleich nach der Brücke.«

»Vielen Dank«, sagte ich. »Sie haben mir sehr geholfen.« Wenn es nach mir ging, würde Janice mir, ehe der Tag vorüber war, noch weit mehr geholfen haben.

Das Warrington Motorway Motel unterschied sich durch nichts von den zahllosen anderen Motels, die Ende der achtziger Jahre rings um das Autobahnnetz aus dem Boden geschossen waren. Das zweistöckige, langgestreckte Gebäude aus rotem Backstein mit dem niedrigen Dach, Parkplatz und einem Fast-food-Lokal gleich nebenan hätte überall zwischen dem Kanaltunnel und dem Punkt am Rand des schottischen Hochlands stehen können, an dem die Autobahnen enden. Die Zimmer kosteten um die dreißig Pfund pro Nacht, Fernsehen, aber kein Telefon, kein Restaurant, keine Bar oder Aufenthaltsraum. Billig und trostlos.

Vormittags tat sich nicht viel am Empfang. Janice – oder eine Frau, die ihr Namensschild geklaut hatte – wirkte erfreut beim Anblick eines anderen menschlichen Wesens. Die Rezeption war so winzig, daß sie durch die Anwesenheit von zwei Personen schon fast intim wirkte. Auf der Fahrt hierher hatte ich mehrere Methoden erwogen, wie ich vorgehen sollte. Dann war ich zu dem Schluß gelangt, daß ich zu abgeschlafft war für irgendwelche Raffinessen. Außerdem trug ich ja immer noch ein dickes Geldbündel mit mir herum, das keinen offiziellen Besitzer hatte.

Mitten in Janice' Begrüßungsansprache warf ich eine meiner Visitenkarten auf den Tresen. Auf ihrem kecken Gesichtchen malte sich Überraschung, gefolgt von einem Ausdruck unterdrückter Erregung. »Ich bin noch nie einer Privatdetektivin begegnet«, vertraute sie mir an und musterte mich aus großen Augen. Hoffentlich war ich keine allzu große Enttäuschung.

Auf die Karte ließ ich ein Foto von Gail folgen, eine Leihgabe von Alexis. »Diese Frau ist hier Stammgast«, sagte ich kühn. »Sie kommt einmal pro Woche mit einem Typ hierher.«

Janice riß die Augen auf. »Ich darf keine Informationen über Gäste weitergeben«, sagte sie bedauernd.

Ich stützte mich auf den Empfangstisch und lächelte. »Verzeihen Sie mir die persönliche Frage, Janice, aber wieviel bezahlt man Ihnen?«

Sie antwortete ohne nachzudenken. »Hundertsiebzig Pfund die Woche.«

Ich öffnete meine Tasche und holte die fünfhundert heraus, die ich auf dem Weg hierher abgezählt hatte. Ich legte sie auf den Tisch und schob sie ihr hin. »Fast das Gehalt von drei Wochen. Steuerfrei. Abgabenfrei. Ich will nicht mal eine Quittung.«

Ihre Augen wurden noch größer. Sie starrte das Geld, dann mich an, und die Verwirrung war ihr vom Gesicht abzulesen. »Wofür?«

»Ich will lediglich wissen, wie oft sie kommen und wie lange sie bleiben. Ich möchte wissen, wann sie das nächste Mal kommen sollen. Dann möchte ich das Zimmer nebenan buchen. Ach, und mich fünf Minuten in ihrem Zimmer aufhalten dürfen, bevor sie eintreffen. Es gibt keinen Grund, warum jemand erfahren sollte, daß Sie mir geholfen haben.« Ich schob ihr das Geld näher hin.

»Es geht um eine Scheidung, oder?« fragte sie.

Ich zwinkerte ihr zu. »Ich darf auch keine Informationen weitergeben. Sagen wir einfach, diese zwei hätten nicht tun dürfen, was sie getan haben.«

Plötzlich schnellte ihre Hand vor, und das Geld verschwand schneller als eine in Papier gewickelte Garnele von Richards Teller. Sie tippte mit einem knallroten Fingernagel auf Gails Foto. »Sie kommt jetzt seit etwa einem Jahr mit diesem Typ her. Sie tragen sich jedesmal als Mr. und Mrs. Chester ein. Gewöhnlich mittwochs. Sie kommen getrennt, meistens gegen halb drei. Wann Sie wieder fahren, weiß ich nicht, weil ich um halb fünf Feierabend habe.«

Ich nickte, als hätte ich genau das erwartet. »Und für wann haben sie das nächste Mal reserviert?«

»Sie haben Glück«, sagte sie, als sie ihren Computer zu Rate zog. »Ja, richtig. Sie haben für heute ein Zimmer gebucht.« Sie schaute zu mir auf und grinste. »Ich wette, das haben Sie gewußt, oder?«

Ich zwinkerte ihr wieder zu. »Vielleicht könnten Sie mich in das Zimmer lassen, das für die beiden vorgesehen ist, und mich dann nebenan einquartieren?«

Sie nickte eifrig. Komisch, wie aufgeregt die Leute werden, wenn sie glauben, daß sie an einer Verfolgungsjagd mitwirken. »Ich gebe Ihnen den Schlüssel«, sagte sie. »Aber bringen Sie ihn so rasch wie möglich zurück.«

Ich nahm den Schlüssel und ging zum Aufzug. Zimmer 103 war zwei Türen vom Aufzug entfernt. Im ganzen Stockwerk war es gespenstisch still. Ich schloß auf und sah mich rasch um. Ich hätte das Zimmer aus dem Gedächtnis malen können, so ähnlich war es jedem anderen Motelzimmer, in dem ich jemals mein Lager aufgeschlagen hatte. Da ich nicht ins Büro hatte gehen können, um mir anständiges Überwachungsgerät zu holen, mußte ich mich mit dem begnügen, was ich im hiesigen Elektronikfachgeschäft hatte besorgen können. Der kleine Kassettenrecorder mit stimmaktiviertem Funkmikro hatte kein großes Loch in mein Honorar von Turner gerissen. Ich holte mein Schweizer Armeemesser heraus und schraubte die öde Seelandschaft über dem Bett ab. Mit einem Stück Elastoplast klebte ich das Mikro hinten an das Bild, dann schraubte ich es wieder an der Wand fest. Zwischen dem Bild und der Tapete klaffte eine Lücke von etwa einem halben Zentimeter, aber Gail und Desmond kamen mit Sicherheit nicht wegen der Einrichtung her.

Rasch überprüfte ich, ob das Mikro funktionierte, dann machte ich mich aus dem Staub. Ich brachte Janice den Schlüssel zurück und ging dann zu dem Fast-food-Lokal, um mich mit Essensvorräten einzudecken. Mit einem riesigen Cheeseburger, Fritten, einem großen Becher Kaffee und einem Beutel Doughnuts machte ich es mir in meinem Zimmer gemütlich. Ich steckte mir den Kopfhörer des Kassettenrecorders ins Ohr und wartete. Ich konnte es selbst kaum glauben. Es kam mir so vor, als ob ich die Hauptrolle in einem Privatdetektivfilm der allerübelsten Sorte spielte; ich war dabei, in einem schmuddeligen Motel ein Pärchen zu beschatten, das sich verbotenem Sex hingab. Mir fehlten nur noch der breitkrempige Filzhut und eine Flasche Bourbon, um mir komplett blöd vorzukommen.

Während ich wartete, rief ich Michael Haroun an. »Tut mir leid wegen gestern abend«, sagte ich. »Ich mußte der Polizei bei Ermittlungen behilflich sein.«

»Hat man dich verhaftet?«

»Mach keine Scherze. Man wollte lediglich nett mit mir plaudern. Das einzige Poblem war, daß es unbedingt sofort sein mußte.«

»Du meine Güte, du segelst aber gern hart am Wind, wie?« fragte er.

»Meine Seglerfreunde haben mir gesagt, genau das sollte man tun, wenn man schnell vorankommen will«, sagte ich. Was war nur an diesem Mann, daß er immer das prahlerische Arschloch in mir hervorlockte?

»Und ist dies ein privater oder ein geschäftlicher Anruf?« fragte er.

»Rein privat. Ich wollte dich morgen zum Abendessen einladen, als Entschädigung für die Absage gestern.«

»Du kochst auch noch, neben all deinen anderen Talenten?«

»Richtig, aber das habe ich nicht gemeint. Wie findest du das Market?«

»Toll. Mein Lieblingsrestaurant hier in der Stadt. Wann?«

»Ich bin gegen halb acht da«, versprach ich. Zum Teufel mit Barclay.

Das angenehme Gefühl, das mir das Gespräch mit Michael vermittelt hatte, hielt nicht lange an. Es gibt nichts Langweiligeres, als in einem unpersönlichen Motelzimmer zu hocken und darauf zu warten, daß etwas passiert. Die Tugend der Geduld und ich stehen normalerweise nicht auf du und du, deshalb werde ich in derlei Situationen immer schnell zappelig. Es ist nicht ganz so schlimm, jemanden vom Auto aus zu beschatten; zumindest kann ich dann Radio hören oder die Passanten beobachten. Aber hier konnte ich nur gegen die Wände starren.

Gegen zwanzig nach zwei hatte dieses Einerlei ein Ende. Mein Kopfhörer sagte mir, daß die Tür zum Nachbarzimmer sich geschlossen hatte. Sogleich war ich auf der Hut, preßte mein freies

Ohr an die Wand. Ich hörte die Toilettenspülung, dann, wenig später, ging die Tür erneut zu. Es folgte Gemurmel, das nach Begrüßung und Koseworten klang, aber ärgerlicherweise nicht zu verstehen war. Vermutlich standen sie noch in dem Durchgang am Bad, nicht im Zimmer selbst.

Weiteres Gemurmel, dann konnte ich allmählich verstehen, was sie sagten.

»... solch ein Risiko eingehen«, sagte eine männliche Stimme.

»Du hast doch gesagt, was ich dir aufgetragen habe, oder?« Gails Stimme. Unverkennbar.

»Ja, ich habe meiner Mutter gesagt, ich wollte eine Zeitlang allein sein, ein bißchen herumfahren. Ob sie für mich auf die Kinder aufpassen könnte.«

»Und hat sie sich verhalten, als fände sie es eigenartig?«

»Nein«, gab der Mann zu.

»Na also«, sagte Gail. Prompt folgten unverkennbare Kußgeräusche, lustvolles Stöhnen. »Ich mußte dich sehen«, fuhr Gail fort, als sie wiederauftauchte. »Ich wollte dich so unbedingt, Dessy.«

»Ich dich auch«, sagte er. Weitere Geräusche von der Sorte, wie man sie in Tom-Cruise-Filmen zu hören bekommt. Ich rechnete damit, daß jeden Augenblick *You take my breath away* im Hintergrund aufbrandete.

»Wir haben es geschafft, hörst du«, sagte Gail in der nächsten Pause triumphierend. »Wir kommen damit durch. Niemand ahnt etwas.«

»Was ist mit der Privatdetektivin? Bist du sicher, daß sie nichts weiß?«

»Ganz sicher. Sie hat einfach so aufs Geratewohl gefragt, das merkte man gleich. Wenn sie irgendwelche konkreten Anhaltspunkte hätte, dann hätte sie es mir gesagt. Eingebildete Ziege.«

Ich war hier nicht die einzige eingebildete Ziege. Ich hatte nur mehr Grund dazu. Ich überprüfte, ob das Band noch lief.

»Hast du die Nachrichten gesehen?« fragte Gail.

»Welche Nachrichten?« fragte Desmond nervös.

»Über die Chemiefirma«, sagte sie. »Es stand ganz groß im *Evening Chronicle*, und im Lokalfernsehen haben sie's auch gebracht.«

»Wir haben nicht viel ferngesehen. Wir sind doch in Trauer«, sagte Desmond zynisch. »Was ist denn passiert? Haben sie die Verantwortung übernommen?«

»Noch viel besser«, sagte Gail. »Anscheinend wurde Kerrchem von irgendwem erpreßt. Es ging um Produktfälschung, hieß es. Die Polizei hat einen Mann und eine Frau verhaftet. Warte mal, ich hab die Zeitung mitgebracht.« Geraschel war zu hören, dann Stille.

Dann pfiff Desmond leise. »Phantastisch!« rief er. »Jetzt sind wir endgültig aus dem Schneider.«

Wer zuletzt lacht, dachte ich.

»Genau. Es ist noch besser gekommen, als wir geplant hatten. Die Polizei denkt ja vielleicht, daß ich ein Motiv hatte, um Joey loszuwerden, aber niemand wird sich mehr die Mühe machen, mein Leben genauer unter die Lupe zu nehmen, seit sie die perfekten Sündenböcke gefunden haben.«

Und obgleich Desmond Halloran Zugang zu Fotochemikalien hatte und das bedeutete, daß er vermutlich auch ohne große Mühe an Zyanid herankommen konnte, schätzte ich, daß die Polizei nicht im Traum daran dachte, ihn zu verdächtigen, solange Simon und Sandra hinter Gittern saßen. Außerdem hatten die Hallorans laut Alexis angeblich eine harmonische Ehe geführt. Niemand hatte die leiseste Ahnung, daß Desmond Halloran seine Mittwochnachmittage in einem Motelzimmer in der Nähe von Warrington verbrachte.

Die Knutschgeräusche hatten wieder eingesetzt. Dann sagte Gail: »In einem Jahr oder so, wenn wir uns wegen der Prozesse offiziell kennengelernt haben, die wir beide gegen Kerrchem anstrengen, wird niemand überrascht sein, wenn wir heiraten wollen. Immerhin haben wir doch so vieles gemeinsam.«

Desmond kicherte, ein nerviges, schrilles Wiehern. Mal ganz abgesehen von seinen mörderischen Impulsen hätte allein schon dieses Kicherns wegen jede vernünftige Frau für alle Zeiten die Finger von ihm lassen sollen. »Was für ein Zufall«, gickelte er. »Ich wette, die beiden Erpresser haben die Hosen voll.«

Danach wurde es für mich uninteressant, obwohl Gail und Desmond offensichtlich anders empfanden. Es waren Küsse zu hören, Stöhnen und peinliche Sprüche nach dem Muster »Gib's mir, großer Junge«. Dann grunzten sie wie zwei Wimbledon-Champions. Ich nahm angewidert den Kopfhörer ab. Nicht, daß ich prüde bin, aber für mich war es so, als ob dieses Pärchen es in einem offenen Grab miteinander trieb. Ich saß geduldig auf dem Bett und beobachtete das blinkende rote Lämpchen am Recorder, das mir sagte, daß alles aufgenommen wurde. Nach einer Stunde entschied ich, daß ich mehr als genug hatte, um die Kotzbrocken festzunageln.

Höchste Zeit, die pflichtbewußte Staatsbürgerin zu mimen.

25. Kapitel

Ich warf noch einen Hunderter auf Janice' Tisch. »Haben Sie hinten noch ein Büro?« fragte ich.

Sie nickte, ließ das Geld nicht aus den Augen. »Ich möchte dort kurz das Telefon benutzen. Ich weiß, es ist Ihnen nicht gestattet, das Telefon Gästen zur Verfügung zu stellen, ganz zu schweigen von dem Büro, aber falls sich jemand aufregt, sagen Sie einfach, ich hätte einen Notfall geltend gemacht.« Ich zwinkerte ihr zu. Komisch, wie ich immer diesen Tick entwickle, sobald ich mein Geld mit den weniger Glücklichen teile.

Janice hob die Klappe seitlich am Empfangstresen, ich ging hindurch, zu dem winzigen Büro, und schloß die Tür hinter mir. Ich wählte die altvertraute Nummer der Polizei von Großmanchester und fragte nach dem Stockport-Bereitschaftsraum. Der Detective, der sich meldete, schien keine große Lust zu haben, mich zu Inspector Jackson durchzustellen. Er sagte in bestimmtem Ton, alles, was ich seinem Boß zu sagen hätte, könnte ich auch ihm sagen. Allem Anschein nach ein Mann, der es auf Beförderung anlegte. »Ich weiß, daß er mit mir reden will«, sagte ich. »Er will so unbedingt mit mir reden, daß er seit zwei Tagen zwei seiner Jungs draußen vor meinem Haus postiert hat.«

»Bleiben Sie dran«, sagte er widerwillig. »Ich höre mal nach, ob er zu sprechen ist.«

Jackson meldete sich im Nu. »Endlich«, sagte er grimmig. »Warum sind Sie mir aus dem Weg gegangen, Miss Brannigan? Bei unserem letzten Gespräch waren Sie angeblich noch so heiß darauf, Ihre Bürgerpflichten zu erfüllen.«

»Tut mir leid, Inspector, ich hatte zuviel zu tun. Und ich wußte, daß Sie nicht besonders geneigt sein würden, mich ernst zu nehmen, nachdem die letzten beiden Kriminellen, die ich Ihnen geliefert habe, nicht ganz das waren, wonach Sie suchen.«

Er seufzte. »Sparen Sie sich die superschlauen Sprüche und kommen Sie zum Punkt«, sagte er. »Wann tanzen Sie hier an?«

»Ich dachte, vielleicht möchten Sie lieber zu mir kommen«, sagte ich zuckersüß. »Ich habe etwas, das Sie sich anhören sollten. Ich spiele es Ihnen auch gern am Telefon vor, obwohl ich nicht weiß, wie gut Sie es hören können.«

»Wenn Sie sich schon wieder in meinen Fall eingemischt haben...« sagte er unheilvoll und ließ die Drohung unausgesprochen in der Luft hängen. Ich hatte keine Angst; ich bin schon von Experten bedroht worden.

»Hören Sie nur zu, bitte.« Ich drückte auf den Play-Knopf und hielt den Lautsprecher des Kassettenrecorders an die Sprechmuschel des Telefons. Vor dem Anruf hatte ich das Band zu der entscheidenden Stelle zurückgespult, an der Gail passenderweise den Mordplan angesprochen hatte. Ich ließ das Band ein paar Minuten laufen, dann schaltete ich es aus. »Die Stimmen, die Sie gerade gehört haben, sind die von Gail Morton und Desmond Halloran. Ich habe die Aufnahme gerade eben erst gemacht. Die beiden sind noch in Zimmer 103 des Warrington Motorway Motel. Wenn Sie sich beeilen, erwischen Sie sie vielleicht noch in flagranti.«

Als ich den Hörer auflegte, hörte ich ein Wutschnauben von Jackson. Wie er gesagt hatte: ich nehme es äußerst genau mit meinen Bürgerpflichten. Ich wollte nicht, daß er seine Zeit damit verschwendete, mich zu beschimpfen, während er in einen Wagen springen und hierher düsen sollte, mit heulender Sirene und Blaulicht.

Ich bedankte mich höflich bei Janice, weil ich ihr Telefon hatte benutzen dürfen, und gab meinen Zimmerschlüssel zurück. Dann ging ich nach draußen auf den Parkplatz und setzte mich in meinen Wagen. Ich weiß nicht, was ich hätte tun sollen, wenn sie sich vor dem Eintreffen der Polizei aus dem Staub gemacht hätten, aber zum Glück brauchte ich diese Entscheidung nicht zu treffen. Kaum zwanzig Minuten nach meinem Anruf fuhren mit quietschenden Rädern zwei zivile Polizeiwagen vor. Ich war beeindruckt. Sie mußten ein Höllentempo vorgelegt haben.

Jackson sprang heraus und kam zu mir gerannt. Er sah aus, als wollte er mich am liebsten verprügeln. »Sind sie noch da?« wollte er wissen.

»An Ort und Stelle.«

»Warten Sie hier«, befahl er.

»Mit Vergnügen«, sagte ich.

Jackson ging zu seinen Beamten zurück, und die sechs berieten sich. Nach einer Weile löste sich die einzige Frau aus der Gruppe und kam zu meinem Wagen. Sie öffnete die Beifahrertür und ließ sich auf den Sitz neben mich fallen. »Nett, wenn einem vertraut wird«, bemerkte ich trocken.

Sie grinste. »So wie Sie ihn an der Nase rumgeführt haben, seien Sie lieber froh, daß Sie nicht mit Handschellen an die Stoßstange seines Wagen gefesselt werden«, sagte sie. »Ich bin übrigens Linda Shaw. DC Shaw.«

»Kate Brannigan«, sagte ich.

»Oh, ich weiß, wer Sie sind, Miss Brannigan. Mein Chef sagt, Sie haben was für uns?«

Ich sah, wie Jackson an der Spitze seiner Truppe in das Motel ging. Ich empfand flüchtig Mitgefühl mit Janice. Hoffentlich entschädigten die sechshundert Pfund sie einigermaßen dafür, daß ich sie hereingelegt hatte. Sobald die Männer im Gebäude verschwunden waren, nahm ich das Band aus dem Recorder und reichte es Linda Shaw. »Ich nehme an, das hier wird unter anonymer Tip gehandelt, wenn der Fall vor Gericht kommt?«

»Denk ich auch. Ich glaube nicht, daß positive Publicity für Ihre Agentur ganz oben auf dem Wunschzettel meines Chefs steht. Also, was meinen Sie, wo sollten wir uns noch nach Beweisen umsehen, die unsere Beschuldigungen erhärten können?«

Ich mochte Linda Shaw. Sie sprach meine Sprache. Nichts von der Grobheit oder der Einschüchterungstaktik ihres Chefs hatte auf sie abgefärbt. So wie ich hatte sie ihren eigenen Stil entwickelt, mit Methoden, die viel schneller zu Ergebnissen führten als brachiale Gewalt, ohne alle Welt vor den Kopf zu stoßen. Ich nahm mir vor, Della von ihr zu erzählen. Eine Frau, die es in der männlich dominierten Polizeihierarchie zu etwas zu bringen versucht, braucht jede Hilfe, die sie nur kriegen kann. Ich sah starr geradeaus und sagte: »Die Affäre muß schon ziemlich lange dauern, wenn sie es bis zum

Mord haben kommen lassen. Ich denke, die Unterlagen des Hotels könnten ein Hinweis darauf sein, wie lange genau. Und sie müssen irgendwie Kontakt gehalten haben. Wenn ich Zugang zu derlei Informationen hätte, würde ich die Telefonrechnungen des Cob and Pen und von DJH Porträts mal genau unter die Lupe nehmen.«

Linda holte lächelnd ihr Notizbuch heraus. Während sie sich Notizen machte, sagte sie: »Ihnen ist doch klar, daß Sie mitkommen und diesmal eine vollständige Aussage machen müssen? Nicht nur hierzu, sondern auch zu der Kerrchem-Sabotage?«

Ich seufzte schicksalsergeben. »Ich habe den gestrigen Abend schon auf dem Revier verbracht und dem Kunstraub- sowie dem Drogendezernat bei Ermittlungen geholfen. Wenn das so weitergeht, werde ich Überstunden veranschlagen.«

Linda kicherte. »Da sind die Aussichten, aus Ihren Klienten etwas herauszuholen, weit größer als bei unserem Etat. Hören Sie, wäre es Ihnen lieber, wenn ich Ihre Aussage aufnehme?«

Noch jemand, der es auf Beförderung anlegte. Aber es paßte mir ganz gut in den Kram. »Glauben Sie wirklich, Jackson wird auf die Gelegenheit verzichten, mir das Leben möglichst schwerzumachen?«

Linda wies mit dem Kopf zur Tür des Motels. Ein Mann, in dem ich Desmond Halloran vermutete, wankte zum Parkplatz, mit nichts am Leib als einer Jeans, und an jedem Arm einen Polizeibeamten. »Ich glaube, Inspector Jackson wird mit diesen beiden alle Hände voll zu tun haben. Danken Sie Ihrem Schutzengel, daß Sie von nun an nur noch eine Statistenrolle spielen.«

Als nächste erschien Gail Morton, anständig angezogen, in Leggings, ausgeschnittenem T-Shirt und einer Lederjacke von der Sorte, die einen um der Kuh willen in Wut versetzt. Jackson hielt sie fest am Arm gepackt, und die beiden anderen Beamten bildeten die Nachhut. Das Liebespaar wurde in getrennte Wagen verfrachtet, dann kam Jackson zu uns.

»Wir sehen uns in Stockport«, sagte er finster zu mir. Sein Blick hinter den getönten Brillengläsern war drohend.

»Ich dachte, die Polizei wäre dankbar für jede Mitarbeit seitens der Öffentlichkeit«, sagte ich lässig.

»Das sind wir auch«, zischte er. »Wir haben nur was gegen Klugscheißer, die glauben, sie wüßten, wie man unsere Arbeit macht.«

Er ging weg, bevor mir eine saftige Erwiderung einfiel. Vermutlich besser so. Ich wollte die Verabredung morgen abend mit Michael Haroun nicht absagen müssen. Ich ließ den Wagen an und hängte mich hinten an die beiden Polizeifahrzeuge. »Wenn Ihre Kollegen auf dem Rückweg die zulässige Geschwindigkeit überschreiten, möchte ich vor Strafzetteln bewahrt bleiben«, sagte ich zu Linda.

»Sie brauchen ja nicht genauso schnell zu fahren«, wandte sie ein. »Ich kenne den Weg, falls Sie ihn nicht kennen.«

»Hören Sie«, sagte ich. »Ihr Boß ist paranoid, was mich betrifft. Wenn er mich nicht mehr im Rückspiegel sieht, gibt er garantiert sofort eine Funkmeldung durch, man solle mich anhalten und auf der Stelle das Feuer eröffnen, weil ich eine Polizeibeamtin entführt habe.«

»Da haben Sie vermutlich recht. Er ist eben eingeschnappt, weil er selbst schon auf die mutmaßliche Verbindung zwischen den beiden trauernden Ehegatten gekommen war. Leider sind uns oft die Hände gebunden, weil wir uns an die Gesetze halten müssen, daher waren wir noch nicht soweit wie Sie«, sagte Linda ironisch.

»Ein Punkt für Sie. Ich werde daran denken, wenn ich meine Aussage mache.«

»Keine schlechte Idee. Gewisse Kollegen von mir hätten nur zu gern etwas in der Hand, um Ihnen Probleme zu machen.«

Ich griff nach meinem Mobiltelefon. »Dann hole ich mir lieber mal Verstärkung.« Ruth würde begeistert sein. So gern sie mich auch mochte, daß sie mir zweimal in zwei Tagen die Hand halten sollte, strapazierte unsere Freundschaft nun doch ein wenig.

Das zweitemal innerhalb von zwei Tagen war ich bis Mitternacht auf einem Polizeirevier. Die meiste Zeit hatte ich nur herumgesessen, während Linda Shaw als Mittlerin zwischen mir und Jackson fungierte und mir, wenn sie von ihm zurückkam, immer neue Fragen stellte, von denen ich die meisten nicht beantworten konnte. Nein, ich wußte nicht, wie sie sich kennengelernt hatten. Nein, ich wußte nicht, welche Chemikalien genau Halloran benutzt hatte. Nein, ich wußte nicht, wo er sich seine Chemikalien beschaffte. Schließlich fragte Ruth ärgerlich: »Detective Constable, glauben Sie an Gott?«

Linda runzelte die Stirn. »Was hat das mit der Sache zu tun?«

»Glauben Sie, daß meine Klientin Gott ist?«

Linda legte den Kopf zurück, starrte zur Decke empor und seufzte. »Nein, Miss Hunter, ich glaube nicht, daß Ihre Klientin Gott ist.« Sie wartete auf die Pointe.

»Warum erwarten Sie dann von ihr, daß sie allwissend ist? Wir sind seit sieben Stunden hier, und meine Klientin hat vorbehaltlos mit Ihnen kooperiert. Inzwischen sind wir an den Punkt gelangt, an dem Sie sie entweder verhaften müssen, oder wir fahren nach Hause und gehen ins Bett. Welche von beiden Alternativen soll es sein, Miss Shaw?«

»Warten Sie eine Minute«, sagte sie. Nach gut fünf Minuten kam sie zurück. »Sie können jetzt gehen. Aber wir haben vielleicht zu einem späteren Zeitpunkt noch Fragen an Miss Brannigan.«

»Und sie beantwortet sie vielleicht oder auch nicht«, sagte Ruth zuckersüß, als wir zur Tür hinausgingen.

Als ich nach Hause kam, war Richard noch immer nirgends zu sehen. Ich war zu aufgedreht, um zu schlafen, daher schaltete ich den Computer ein und spielte mit mir selbst Snooker, bis meine Augen so müde waren, daß ich Rot nicht mehr von Schwarz unterscheiden konnte. Ich wankte ins Bett, nur um zu träumen, wie Gail Morton nackt über grüne Felder lief, verfolgt von einem gigantischen weißen Ball.

Am nächsten Morgen mußte ich mich der deprimierenden Aufgabe stellen, vor der ich mich seit meiner Rückkehr aus Italien gedrückt hatte. Ich fuhr nach Birchfield Place raus, wobei ich bemerkte, daß allmählich die Blätter fielen. Ich hasse den Herbst. Nicht, weil er der Vorbote des Winters ist oder den Tod des Jahres symbolisiert oder dergleichen. Ich hasse es einfach, wie das Herbstlaub sich auf den Landstraßen in Schlamm verwandelt und den Wagen zum Schleudern bringt, sobald man eine Kurve schneller als im Schrittempo nimmt.

Es war einer der Tage, an dem das Haus zur Besichtigung geöffnet war, und ich fand Henry in dem kleinen Büro in seiner Privatwohnung, wo er sich vor dem Massenansturm versteckte. Er schien nicht sonderlich erfreut, mich zu sehen, was ich auf den Stapel unerledigter Papiere zurückführte, der den Schreibtisch unter sich zu begraben drohte. Doch die werte Oberklasse läßt es aus Prinzip nicht zu, daß ihre guten Manieren unter schlechter Stimmung leiden. »Hallo, Kate«, sagte er, schob seinen Stuhl zurück und stand auf, als ich eintrat. »Schön, Sie zu sehen.«

»Danke gleichfalls, Henry.« Ich ließ mich ihm gegenüber nieder.

»Mr. Haroun von der Versicherung hat mir erzählt, daß Sie in der letzten Zeit ziemlich exotische Dinge erlebt haben«, sagte er. Ich hatte den Eindruck, daß seine Stimme leicht vorwurfsvoll klang.

»Exotisch. Was für ein Wort«, sagte ich. »Tut mir leid, daß Sie es von ihm gehört haben und nicht direkt von mir, aber die letzten paar Tage waren reichlich hektisch für mich, und ich hielt es für vorrangig, dafür zu sorgen, daß Sie so rasch wie möglich zu einer fairen Prämie weiter versichert werden können.«

»Oh, natürlich, Sie haben ganz richtig gehandelt. Und Sie müssen mir Ihre Reise nach Europa auf jeden Fall in Rechnung stellen. Es klingt ganz furchtbar, aber das einzig Positive an der Sache ist, daß Mr. Haroun sich bereit erklärt hat, einen Teil Ihrer Rechnung zu übernehmen, als Gegenleistung dafür, daß Sie die Einbruchsserie gestoppt haben.« Auf einmal hörte er gar nicht mehr auf zu reden.

Ich sah ihn an. »Wollen Sie denn gar nicht nach Ihrem Monet fragen?«

Er wurde rot. »Mr. Haroun sagte, es wäre Ihnen nicht gelungen, ihn wiederzubeschaffen. Ich... ich wollte Sie nicht an Ihren Fehlschlag in dieser Hinsicht erinnern, wo Sie ansonsten so erfolgreich waren.«

Ich witterte, daß hier etwas faul war. »Eines habe ich Mr. Haroun nicht erzählt, nämlich daß das Gemälde in den Papieren auftauchte«, sagte ich. »Es scheint bei den Drogenhändlern eingegangen, aber noch nicht mit einer Drogenlieferung bezahlt worden zu sein.« Ich lehnte mich zurück. Von Anfang an hatte ich das unabweisbare Gefühl gehabt, daß er mir etwas verschwieg, und allmählich dämmerte mir, was es war.

»Sie meinen, es könnte noch auftauchen?« fragte er. Zu nervös für meinen Geschmack.

»Schon möglich«, sagte ich. »Aber es gibt auch noch eine andere Erklärung.«

Inzwischen versuchte er nicht einmal mehr, mir richtig in die Augen zu sehen. »Tut mir leid, aber ich kann Ihnen nicht folgen.«

Er sah auf, fing meinen Blick auf und wandte seinen wieder ab. Sein jungenhaftes Lächeln war verlegen. »Ich bin ja nicht so gut informiert wie Sie, Kate, über die Praktiken der kriminellen Kreise.«

»Sie möchten also, daß ich es Ihnen auf den Kopf zusage, Henry? Na schön. Diese Ermittlungen haben Sie von Anfang an nervös gemacht. Ich habe mit Ihnen zusammen an der Sicherheitsanlage für dieses Haus gearbeitet, und ich glaube, ich kenne Sie mittlerweile gut genug, um zu wissen, daß Sie nicht zu den Männern gehören, die sich wegen eines Einbruchs aufregen, bei dem niemand zu Schaden gekommen ist. Also mußte es einen anderen Grund geben. Mir ist erst irgendwann nach vier Stunden Kreuzverhör durch das Kunstraubdezernat ein Licht aufgegangen. Henry, wenn das Bild, das man Ihnen geklaut hat, ein Monet war, dann bin ich Maria von Rumänien.«

26. Kapitel

Es war lange still, nachdem ich die Bombe hatte platzen lassen. Henry starrte ausdruckslos auf die Papiere vor ihm, als könnten sie ihn zu einer Antwort inspirieren. Schließlich sagte ich leise: »Meine Schweigepflicht gilt noch. Sagen Sie mir lieber, was passiert ist. Dann können wir uns eine Geschichte zurechtlegen, als Rückversicherung, falls das, was man Ihnen gestohlen hat, doch noch auftaucht.«

Er sah kurz zu mir auf, rot bis zu den Ohren. »Als meine Eltern starben, war nicht viel Geld in der Kasse. Ich rechnete alles durch und kam zu dem Ergebnis, daß ich das Haus nur mit einer Bargeldspritze halten konnte. Ich sprach mit einem alten Freund über das Problem, der selbst in einem ähnlichen Dilemma gesteckt hatte. Er erzählte mir, was er gemacht hatte, und es klang nicht schlecht, also habe ich dasselbe gemacht.« Wieder Stille.

»Und zwar?« half ich ihm auf die Sprünge.

»Nachdem ich für die Versicherung die Echtheit des Monets hatte prüfen lassen, brachte ich das Bild zu diesem Typ, den mein Freund kannte. Er macht wahnsinnig gute Kopien von Gemälden.

Er ist nicht kreativ, aber er hat die Fähigkeit, die Arbeiten anderer nachzubilden. Na ja, sobald ich die Kopie hatte, verkaufte ich das Original insgeheim an einen japanischen Sammler mit der strengen Auflage, daß es niemals öffentlich ausgestellt wird.« Henry schaute wieder auf, sein Blick bat um mein Verständnis. »Ich wollte es nicht publik machen, weil der Monet eine der Hauptattraktionen für die Besucher ist. Die Leute kommen in erster Linie her, um sich den Monet anzusehen, weil sie sich für die Arbeit des Malers interessieren. Leute, die hier sonst nie den Fuß über die Schwelle setzen würden. Und keiner hat was gemerkt, wissen Sie. Keiner von diesen sogenannten Experten hat was von der Tauschaktion geahnt.« Er trug den Kopf wieder eine Spur höher, als er das sagte.

»Und als die Diebe die Kopie mitgehen ließen, konnten Sie nicht reinen Tisch machen, weil Sie damit eingestanden hätten, daß Sie die Versicherung die ganze Zeit über belogen haben«, sagte ich, deprimiert bei dem Gedanken an die Risiken, die ich für eine Fälschung eingegangen war.

»Ich fühlte mich miserabel, weil mir das Geld nicht zustand«, sagte er. »Aber was sollte ich tun? Wenn ich jetzt noch mit der Wahrheit herausrücke, werden sie mich nie mehr versichern, und anderswo kriege ich auch keine Deckung. Ich habe mich selbst ins Abseits manövriert.«

»Das kann man wohl sagen«, erwiderte ich bitter. »Ganz zu schweigen davon, daß Sie mich in Lebensgefahr gebracht haben.«

Henry seufzte. »Ich weiß. Und das tut mir aufrichtig leid. Ich wußte einfach nicht, wie ich Ihnen die Wahrheit sagen sollte. Sie können sich nicht vorstellen, welche Last mir von der Seele genommen ist, weil ich es endlich jemandem sagen konnte.«

»Tja, die Katholiken hätten nicht all die Jahre an der Beichte festgehalten, wenn sie nicht einen gewissen therapeutischen Wert hätte. Es ist nur so, Henry, jetzt, da ich definitiv weiß, was ich vorher nur vermutet hatte, kann ich nicht einfach dasitzen und zusehen, wie Sie Fortissimus um eine siebenstellige Summe betrügen. Im Laufe der Jahre habe ich so manches krumme Ding für meine Klienten gedreht, aber das sind ein paar Nullen zuviel.« Mein harter Ton entsprang der Wut, die ich im Bauch spürte.

Endlich hielt er meinem Blick stand, und in seinen blauen Augen blitzte Panik auf. »Sie haben gesagt, das alles unterläge der Schweigepflicht«, warf er mir vor. »Diese Regel können Sie jetzt nicht einfach brechen!«

Mein erster Impuls war zu sagen »Und ob ich das kann« und wegzugehen. Aber ich mochte Henry. Und ich glaubte ihm, wenn er sagte, es tue ihm leid, daß ich das alles hatte durchmachen müssen. Außerdem kommt man in meinem Beruf nicht weit, wenn man in dem Ruf steht, seine Klienten zu verraten. »Henry, hier geht's nicht bloß um Schweigepflicht. Sie machen mich zur Mitschuldigen an einem Betrug über eine Million Pfund«, sagte ich statt dessen.

»Selbst wenn es herauskäme, es gibt nicht den geringsten Hinweis, daß Sie davon wußten. Schließlich hätten Sie nicht Himmel und Hölle in Bewegung gesetzt, um das Bild wiederzubeschaffen, wenn Sie gewußt hättten, daß es nur eine Kopie ist«, argumentierte er.

»Aber ich weiß, daß ich es weiß«, sagte ich. »Das ist für mich das Entscheidende.«

Henry fuhr sich mit der Hand durch sein glänzendes Haar. »Warum sind Sie dann hergekommen, Kate? Um die Wahrheit aus mir hervorzulocken und mich anschließend den Wölfen zum Fraß vorzuwerfen?«

Das saß. »Nein, Henry«, sagte ich fest. »Ich hatte gehofft, Sie würden mir die Wahrheit sagen, das stimmt. Aber ich will Sie nicht ans Messer liefern. Ich finde, statt dessen sollten wir ein Geschäft machen.«

Er runzelte die Stirn. »Sie wollen einen Anteil?« Henry hatte Glück, er schien selbst nicht zu glauben, was er sagte. Hätte er mir ernsthaft ein Bestechungsangebot gemacht, wäre er endgültig geliefert gewesen.

»Nein, Henry«, sagte ich ärgerlich. »Ich meinte, daß ich eventuell ein Geschäft mit der Versicherung einfädeln kann.«

»Sie wollen denen erzählen, daß ich sie betrogen habe?«

»Ich werde denen erzählen, was für ein ehrlicher Mann Sie sind, Henry. Vertrauen Sie mir.«

Eine Stunde später wartete ich auf Michael Haroun. Ich hatte mir die Zeit genommen, mich in mein bestes Business-Outfit zu werfen, ein umwerfend elegantes leichtes Wollensemble aus Jacke und Hose, maßgeschneidert, in Moosgrün und Grau. Vor mir lag ein schweres Stück Arbeit, und ich konnte jedes erdenkliche Hilfsmittel gebrauchen. Hinterhältig? Mag sein, aber ausnahmsweise war ich bereit, skrupellos die Wirkung von Testosteron auszunutzen.

Ich brauchte mich nur zehn Minuten zu gedulden, obwohl die Rezeptionistin der Abteilung Schadenersatz mir gesagt hatte, er sei in einer Besprechung, die noch eine halbe Stunde dauern könne. Tja, die Macht der Hormone. Michael lächelte mich erfreut an und ließ sich neben mir aufs Sofa fallen. »Was für eine tolle Überraschung«, sagte er. »Du bist doch hoffentlich nicht gekommen, um unsere Verabredung abzusagen?«

»Quatsch. Ich bin rein geschäftlich hier«, erwiderte ich. Was mich nicht davon abhielt, sein Knie mit meinem zu streifen.

»Na schön. Also, was kann ich für Sie tun, Miss Brannigan?« frotzelte er.

»Es ist im Grunde ziemlich peinlich«, sagte ich.

Er hob eine Augenbraue. Wenn das nicht sexy war, was dann? »Dann bringen Sie es lieber so schnell wie möglich hinter sich.«

Ich verzog das Gesicht und setzte dann eine Unschuldsmiene auf. »Ich komme gerade von unserem gemeinsamen Klienten, Henry Naismith. Er hatte endlich Zeit, ein paar alte Kisten mit Papieren zu sortieren, die in einer dunklen Ecke des Kellers von Birchfield Place ihr Dasein fristen. Und er hat etwas sehr Merkwürdiges gefunden.« Ich legte eine auf Wirkung bedachte Pause ein.

»Nicht den Monet hoffentlich«, witzelte Michael.

»Nicht den Monet. Nein, er hat einen Kaufvertrag gefunden und einen Begleitbrief in der Handschrift seines Vaters.« Ich holte tief Luft. »Michael, der Monet war eine Fälschung. Henrys Vater ließ ein paar Jahre vor seinem Tod eine Kopie anfertigen. Das Original verkaufte er insgeheim an einen Privatsammler, mit der Auflage, daß es niemals öffentlich ausgestellt werden dürfte, und seitdem hing eine Fälschung an der Wand.«

Ich hatte den Ausdruck, daß jemandem der Kiefer herunterklappt, immer albern gefunden. Aber anders konnte man nicht beschreiben, was mit Michaels Gesicht passierte. »Eine Fälschung?« wiederholte er schließlich.

»Sieht so aus.«

»Das kann nicht sein«, protestierte er. »Wir haben sämtliche Gemälde von einem Experten begutachten lassen, als wir Birchfield für Naismith versicherten. Er hat alles als echt beglaubigt.«

Ich zuckte die Achseln. »Experten können sich irren. Vielleicht hat er sich von den Unterlagen täuschen lassen. Ich hab mir sagen lassen, daß die Herkunft des Monet einwandfrei dokumentiert war.«

»Ich fasse es nicht«, explodierte er. »Wir haben den führenden Experten engagiert. Scheiße!« Er wandte sich kurz ab. Dann drehte er sich langsam wieder zu mir um. »Es sei denn, wir sprechen eigentlich von deinem Klienten, nicht von seinem Vater.«

Er war clever. Solche Männer gefallen mir, ausgenommen sie sind meine Gegner. Ich machte große Augen, spielte die gekränkte Unschuld. »Was soll denn das, Michael? Ich komme hierher, um dir zu sagen, daß deine Firma gerade eine Million Pfund Schadenersatz gespart hat, und du machst mir die Hölle heiß? Um Himmels willen, denk doch mal nach, was das bedeutet!«

Er kniff die Augen zusammen. »Willst du damit sagen, er verzichtet auf seine Forderung?«

»Was das Bild anbelangt, selbstverständlich. Kaum erfährt er, daß das Bild eine Fälschung war, schickt er mich zu dir, um dir zu sagen, daß es eine Fälschung war. Wenn er so unehrlich wäre, wie du es darstellst, hätte er doch einfach den Mund halten und das Geld einstecken können. Mal abgesehen davon, hätte er mich wissentlich wegen einer Kopie für eine Hetzjagd quer durch Europa bezahlt, ein Kopf-an-Kopf-Rennen mit der Mafia? Henry will lediglich, daß alles seine Richtigkeit hat und daß die Frage der Weiterversicherung der restlichen Kunstsammlung geklärt wird.«

Michael machte ein finsteres Gesicht. »Und woher wissen wir, daß der Rest der Sammlung nicht auch gefälscht ist?«

»Ist er nicht. Henry ist bereit, euch jeden gewünschten Test an den anderen Bildern zu gestatten. Experten, Röntgenaufnahmen, was auch immer. Er akzeptiert die Ergebnisse. Michael, du bist uns ein gewisses Entgegenkommen schuldig«, fuhr ich fort und steigerte mich in selbstgerechte Empörung hinein. »Ohne die Nachforschungen, die Henry initiiert hat, würde dieser Ring von Dieben nach wie vor die Schlösser eurer Klienten leer machen, mit schönerer Regelmäßigkeit als die der Mondphasen. Dank Henry ist dieses Problem vom Tisch. Und jetzt erspart seine Ehrlichkeit euch ein großes Loch in eurer Bilanz. Kannst du dich ihm dafür nicht einfach erkenntlich zeigen?«

Ich beobachtete ihn, während er verarbeitete, was ich ihm erzählt hatte. Nach kurzer Zeit verzogen sich die Wolken, und er lächelte. »Eins muß ich dir lassen, Kate«, sagte er. »Du bist aalglatt. Abgemacht. Wir belangen deinen Klienten nicht wegen Betrugs, und wir versichern ihn weiter, unter der Bedingung, daß wir mehr als die üblichen Überprüfungen vornehmen dürfen. Im Austausch dafür zieht dein Klient seine Forderungen bezüglich des gestohlenen Monet zurück. Laß ihn das schriftlich festhalten, ja?«

Ich streckte ihm die Hand hin. »Abgemacht.«

Michael schüttelte mir die Hand und hielt sie länger fest als nötig. »Mir ist klar, was für ein Spiel wir spielen, aber mit diesem Ergebnis kann ich leben«, sagte er. Offenbar brauchte er das Gefühl, das Heft letztlich in der Hand zu halten.

Ich ließ ihn gewähren. Ich hatte erreicht, was ich wollte. Ich stand auf. »Bis heute abend.«

»Halb acht, im Market Restaurant.«

Als ich im Büro anlangte, fühlte mein Kopf sich an wie ausgebombt. Ausnahmsweise hatte Shelley Mitleid mit mir und ließ mich ungestört den Berg Papierkram abarbeiten, der sich angesammelt hatte, während ich mich draußen herumgetrieben hatte. Nach meinen jüngsten Abenteuern hatte ich Sehnsucht danach, in den relativen Frieden eines kleinen, saftigen Computerbetrugs oder sogar von Routineermittlungen einzutauchen.

Kurz vor der Mittagspause rief Alexis an und wollte wissen, welche Rolle ich bei der dramatischen Festnahme von Gail Morton und Desmond Halloran gespielt hatte. Durch eigene Recherchen hatte sie herausgefunden, wie das Pärchen sich kennengelernt hatte. Anscheinend hatte Halloran Porträtaufnahmen von einer Freundin Gails gemacht, und sie war zu der Sitzung mitgegangen, um ihrer Freundin Gesellschaft zu leisten. Offenbar war es Lust auf den ersten Blick gewesen. Eine Warnung, wenn ich denn eine brauchte, welche Konsequenzen es haben konnte, sich von physischer Anziehung vernebeln zu lassen.

Im Austausch gegen diese Information lieferte ich Alexis eine Kurzversion der Ereignisse und versprach ihr einen ausführlichen Bericht über den Drogen-gegen-Kunst-Schwindel, sobald die verschiedenen Polizeikräfte ihre Arbeit koordiniert und die Täter ausgehoben hatten.

Als ich auflegte, kam Shelley mit einem Memo in mein Büro marschiert. »Ein neuer Klient«, sagte sie. »Er hat eine Kette von Schallplattenläden im Nordwesten, und anscheinend schrumpft sein Lagerbestand über Gebühr. Ich hab für dich einen Termin mit ihm ausgemacht, um halb vier im Charterhouse. Einverstanden?«

»Na gut«, sagte ich seufzend. »Das ist aber der letzte Programmpunkt für heute, ja? Ich muß mich mal wieder in meinem Badezimmer blicken lassen.«

»Kein Problem«, sagte Shelley. Für sie ist nie etwas ein Problem. Manchmal hasse ich sie.

Um fünf vor halb vier trat ich durch die imposanten Türen des Charterhouse Hotels. Das große rote Gebäude im neugotischen Schummelstil, komplett mit einem hoch aufragenden Turm, ist eines von Manchesters Wahrzeichen. Es erstreckt sich über einen ganzen Block an der Ecke Oxford Road und Whitworth Street, und dahinter fließt der braune, schlammige Medlock. Drinnen ist die Herrlichkeit viktorianischer Fußböden und Holztäfelung wundersamerweise intakt geblieben, das Denkmal einer Zeit, als Arbeitskraft und Material noch so billig zu haben waren, daß man jedes öffentliche Gebäude zu einer Kathedrale des Kommerzes gestalten konnte.

Ich ging zum Empfang, doch niemand hatte nach mir gefragt, daher ließ ich mich auf einem Sessel nieder, von dem aus ich bequem beide Eingänge im Auge behalten konnte und wo jeder, der hereinkam, auch mich sah.

Um 15:32 kam Richard herein. Ich holte scharf Luft, mein Magen krampfte sich zusammen. Zuerst sah er mich nicht, da er stur auf die Rezeption zuhielt. Ich konnte ihn kurz mustern. Er sah zufriedenstellend hohlwangig aus. Die Ringe unter seinen Augen sah man selbst aus zehn Metern Entfernung. Trotzdem sagte ich mir streng, daß er vermutlich keineswegs gelitten hatte, sondern lediglich zu oft abends mit den Rockern auf die Piste gegangen war. Er trug Levis-Jeans und ein weites Joe-Bloggs-T-Shirt unter der Lederjacke, die ich in Florenz für ihn gekauft hatte. Als ich beobachtete, wie er mit der Empfangsdame sprach, spürte ich einen schmerzhaften Stich in meiner Brust.

Ich sah, wie die Empfangsdame den Kopf schüttelte. Dann blickte er sich um und sah mich endlich. Ich versuchte, ein ausdrucksloses Gesicht zu machen, als unsere Blicke sich begegneten. Er ging unsicher einen Schritt in meine Richtung, dann blieb er stehen.

Ich stand auf und entfernte mich ein Stück von meinem Sessel. Es war ein Bild für die Götter. Von Stolz zerfressen, war keiner von uns bereit, als erster nachzugeben. Bevor dieses lebende Bild versteinern konnte, rief eine vertraute Stimme hinter mir laut: »Wir sind hier nicht in *Zwölf Uhr mittags*. Ihr könnt ruhig eure Waffen gebrauchen.«

Ich fuhr herum und sah Alexis hinter einer Säule hervortreten. »Du hinterhältiges Biest«, sagte ich.

»Ich hab das alles nicht arrangiert, nur damit ihr beide die Statuen auf den Osterinseln imitiert«, beschwerte sie sich und bezog zwischen uns Posten. »Also, jetzt immer schön einen Schritt nach dem anderen.«

Inzwischen mußten Richard und ich an uns halten, um nicht zu lachen. Im Gleichschritt gingen wir aufeinander zu. Weiß der Himmel, wie die Leute am Empfang diese Szene interpretierten. Als nur noch Alexis uns trennte, trat sie zurück und sagte: »Ich bin dann weg. Sprecht euch aus, ja? Ihr zwei könnt ganz schön nervig sein.«

Ich glaube, dann verschwand sie. Ich achtete nicht mehr darauf. Ich konnte nichts anderes mehr tun, als Richard anzustarren und mich an all die Gründe zu erinnern, warum ich mich diesem Mann zugehörig fühlte. Ich dachte auch, wie recht er gehabt hatte, sich darüber zu ärgern, daß die Leute ihn für einen Feigling hielten, denn er ist in Wahrheit der stärkste Mann, den ich kenne. Er ist stark genug, sich zurückzuhalten und mich mein Leben leben zu lassen, stark genug, niemals Forderungen zu stellen, die ich, wie er weiß, nicht erfüllen kann, stark genug, um zu verstehen, daß unsere Beziehung uns beiden gibt, was wir brauchen, ohne den ganzen Mist, den keiner von uns will.

Jemand mußte zuerst den Mund aufmachen, und ich dachte, das kannst ebensogut du sein. »Du hast mir gefehlt«, sagte ich.

»Du mir auch. Es tut mir leid«, fügte er hinzu, und seine Stimme kippte.

»Mir auch.« Ich streckte die Hand aus. Er verschränkte seine Finger mit meinen. »Wir müssen uns lange unterhalten«, sagte ich.

Dann lächelte er, dieses niedliche Lächeln, von dem mir schon die

Knie weich geworden waren, als ich ihm das erste Mal in einem schweißtreibenden Nachtklub begegnete, nur Minuten bevor er mir im Rückwärtsgang in den Wagen fuhr. »Später«, sagte er. »Nehmen wir uns erst mal ein Zimmer.«

Richard goß den restlichen Wodka aus der Minibar für mich in ein Glas, als mir auffiel, wie spät es war. Ich hoffte, daß Michael Haroun nicht immer noch im Restaurant wartete, zwei Stunden nach unserem offiziellen Termin. Allerdings wußte ich, daß es mich im Grunde nicht kümmerte. Sicher, Aufträge von Fortissimus zu bekommen wäre nett gewesen. Aber erwachsen zu sein heißt einzusehen, daß der Preis, den man für manche Dinge zu zahlen hat, viel zu hoch ist.